PARLEUR

AYERDHAL

La Bohême et l'ivraie	
Mytale	
Demain, une oasis	
Le chant du Drille	
Cybione	
Polytan	
L'Histrion	*J'ai lu* 3526/**6**
Balade choréïale	*J'ai lu* 3731/**5**
Sexomorphoses	*J'ai lu* 3821/**6**
Genèses	*J'ai lu* 4279/**5**
Parleur	*J'ai lu* 4317/**6**

AYERDHAL

PARLEUR
OU
LES CHRONIQUES D'UN RÊVE ENCLAVÉ

ÉDITIONS J'AI LU

Collection créée et dirigée
par Jacques Sadoul

À Marco Delanghe,
samouraï sans maître et sans gages
qui parcourt le monde
à la recherche d'une province où il n'y aurait
ni suzerain ni seigneur ni vassal ni serf,
un coin de Terre, en somme,
qui aurait échappé à la féodalisation
dont nos très illusoires démocraties
sont les plus fervents promoteurs,
sous la coupe réglée
d'une oligarchie de vieillards jaloux
et de concupiscents jeunes loups.
Ce havre, mon ami,
je crains qu'il ne nous faille le construire
d'urgence et partout.

PROLOGUE

Il est arrivé un matin, au petit matin, le cinquième jour de la fermentation, quand le miel prend sa première amertume. C'était l'Année des Feux de Pierre, les vignes appelaient l'eau de tous leurs raisins, l'été n'en finissait pas de rogner l'automne. C'était l'année où le Prince adouba son aîné, l'année où il lui confia la ville pendant qu'il guerroyait pour son Roi sur d'autres rivages. Jamais les mères n'avaient pleuré autant d'enfants, jamais les épouses n'avaient perdu autant de maris, jamais n'avaient-elles autant été souillées. Sale année.

Il est arrivé avec le vent de mer, un havresac au bout du bras droit, le chat sur l'épaule gauche.

Le museau niché dans son cou, le chat dormait. C'était une femelle de moins de cinq livres, d'un noir passé de gris, d'un gris taché de feux. C'était cent jours après la mort de Karel, l'assassinat de Karel. Cent jours : le temps qu'une nouvelle se faufile depuis la capitale du Sud jusqu'à la capitale du Nord et qu'un bon marcheur en revienne.

Il est arrivé par le Causse, sur le chemin qu'empruntait Karel pour aller perdre son regard dans les gorges. Ses chausses franchissaient une demi-toise à chaque pas, pourtant ses jambes se mouvaient lentement. Il avançait sans effort, ses yeux d'eau claire braqués vers un horizon que lui seul pouvait voir, ses cheveux de cendre le fuyant sous le souffle de la brise. Ses sourcils, ses cils aussi étaient de ce blond tirant sur le blanc. Il avait le visage cuivré de soleil, presque tanné, les pommettes hautes et saillantes, le nez et les lèvres rosés de brûlures. Sa tunique et son saroual d'un beige décati étaient trop amples pour qu'on pût juger de sa maigreur, mais la sécheresse de ses traits et de son cou ne laissait aucun doute : il avait consumé la graisse de tout son corps depuis longtemps.

Parce que les gorges le cernent sous cent à trois cents pieds d'à-pic, il n'existe qu'une façon d'aborder le Causse : par la ville, en grimpant les traboules et les rues de la Colline, en traversant le jardin et les vergers. Lui, il est venu par les gorges, il a trouvé un passage dans les roches, il a escaladé la falaise.

Je l'ai imaginé plaqué à la paroi, la pointe des chausses sur un relief, les doigts crochetés dans des trous d'aiguille, le sac passé à ses épaules avec juste les oreilles et les yeux du chat qui en dépassent. Ses jambes poussent, ses bras tirent. Trois appuis, un membre qui se tend vers un interstice, cent fois, mille fois, jusqu'au surplomb qui court sur des lieues et des lieues pour rappeler que le monde a existé bien avant nous, que le Causse a été plaine et que la rivière affleurait. Je l'ai imaginé jusqu'à l'encorbellement et mon imagination a rendu les armes. Le dévers s'incurve sur plusieurs toises, le balcon au-dessus tombe comme un fil à plomb. Il n'a pas pu seulement se contorsionner. Il n'a pas pu seulement compter sur son habileté.

Sous la toile bouffante de sa tunique, j'ai pressenti les muscles qui se dessinaient, à l'image de son compagnon, puissants, félins, des muscles tellement sûrs que, ni en quittant la garrigue lorsqu'elle plonge vers la rivière pour se faire chênaie, ni en atteignant le lit presque tari, il n'a songé à contourner le Causse. Vers l'est, il aurait pu suivre les gorges que l'été avait rendues praticables. Vers l'ouest, il aurait pu rejoindre le delta et la plaine fluviale. Cela ne lui aurait coûté qu'une journée. Il ne devait avoir aucune journée à sacrifier.

À un moment, il a aperçu la mer. Je l'ai déduit du raccourcissement de ses foulées, je l'ai constaté dans ses yeux. C'était comme s'il retrouvait la vue. Il lui a encore fallu plusieurs enjambées pour enrayer le mouvement de ses jambes, tant il était indépendant de lui. Il s'est immobilisé à deux toises de moi, deux pieds sous l'extrémité de la branche sur laquelle je me tenais. Jusque-là, le feuillage m'avait permis de l'observer sans qu'il me surprenne. Maintenant, il suffisait qu'il détache son regard de l'horizon pour me découvrir.

J'avais la tête et le dos appuyés contre le tronc du pin, les jambes allongées sur la branche, le carnet de Karel entre les mains, sur les cuisses. Le seul carnet de Karel qu'on ne m'ait pas confisqué. Je n'ai pas bougé d'un doigt. Lui s'était figé. Il ne remuait plus que les yeux pour embrasser la totalité du paysage.

Je savais ce qu'il voyait. La pointe du Ber, les Îlets Mouettes et l'Île Kassan, et le bleu et l'argent mêlés des matinées marines. S'il avançait d'une dizaine de pas, il devinerait la Presqu'île Aux Calanques, mais rien d'humain encore. La ville se cachait sous la Colline, le Port et la jetée ne se découvraient que de son faîte.

Sa contemplation n'a pas duré plus de quelques respirations, puis il a pensé à voix basse :

– C'est pourtant si calme.

Il y avait tellement dans cette phrase et tellement dans sa voix. Le regret, le dégoût, la déception, la colère… autant de sentiments à peine suggérés qui s'entrechoquaient du même souffle.

Alors, il m'a regardée, mais pas comme quelqu'un qui découvre subitement une présence. Non. Il m'a regardée franchement, nettement, accrochant mes yeux du premier coup parce qu'il savait depuis longtemps où les croiser, et j'ai compris qu'il avait parlé pour moi.

– Oh oui, c'est calme… et c'est beau aussi, ai-je dit pour lui retourner son affabilité.

– Et parce que c'est si calme et parce que c'est si beau, il n'y a rien que je ne regretterai plus que de mourir ici.

Oh ! Tendre Mère ! Il citait Karel. Lui, l'inconnu, le grimpeur, celui qui arrivait par le Causse, il marchait jusqu'à mon arbre et il citait Karel !

– On ne devrait jamais mourir quand il existe quelque chose de beau. La mort enlaidit tout.

Son regard était planté dans le mien et j'y lisais une douleur aussi forte que celle qui me brûlait la gorge.

– Ne dites jamais que je suis mort ici. Emportez mon cadavre dans une combe sans lumière et désignez-la comme ma fin.

Mère, Tendre Mère ! Je ne parvenais pas à détourner les yeux et les larmes montaient. Il m'a graciée juste avant qu'elles ne m'aveuglent.

– Tu es Vini.

Ce n'était pas une question – il connaissait bien plus que mon nom –, mais j'ai hoché la tête et je l'ai gratifié de mon sourire le plus niais.

– Karel parlait souvent de toi. Il écrivait : « *Un jour Vini se lèvera et les ombres n'auront qu'à s'écarter. Aujourd'hui, elle apprend.* »

Écrire ? Je ne me souvenais pas que Karel avait jamais écrit à mon propos. Il avait écrit pour moi, oui, mais je ne lui connaissais aucune correspondance ayant franchi les murs de la Cité et rien qui dénotât la moindre intimité. Même lorsque nous jouions à inventer nos vies, lorsque je suggérais quelque exploit et qu'il composait une strophe sur le ton de la geste. Nous avions entre onze et seize ans. Puis j'en ai eu quinze et lui vingt, et la geste a disparu de nos jeux. Peut-être parce que nous ne jouions plus.

Karel s'est mis à écrire et à composer, vraiment, et ses mots piquaient, et ses phrases brûlaient, et la Colline chantait ses satires à voix de moins en moins basse, pendant que le Prévost recouvrait de chaux les pamphlets dont il ornait les murs. Comment eût-il trouvé le temps, comment eût-il pris le risque de parler de moi dans une lettre ? Lui dont la seule prudence consistait à me préserver de sa vie.

– Tu connaissais Karel ?

Le grimpeur a hoché la tête. La chatte a quitté son épaule pour bondir sur ma branche, à son extrémité, afin de ne pas me toucher. Elle s'est étirée longuement et a entrepris de se nettoyer en me surveillant de regards discrets.

– Aussi bien qu'on peut se connaître sans se rencontrer. Mieux, je suppose, que se connaissent la plupart des gens, et moins que nous l'aurions aimé… Nous correspondions.

Ils correspondaient, et Karel parlait de moi. Sur ma branche, la stupeur évoqua le souvenir d'une autre stupeur. Elles étaient indubitablement liées.

C'était à l'époque où Karel n'était plus très sûr de son courage et qu'il se cherchait de nouvelles forces, quand il se forgeait une sérénité et qu'il écrivait ses plus belles pages. C'est à cette époque, aussi, qu'il s'est éloigné de moi, du moins par l'esprit, et c'est peu après que je l'ai surpris à son écritoire, au plus sombre de la nuit, s'efforçant de me cacher les lignes qu'il venait de tracer.

Sur le moment, j'ai été tellement estomaquée que je n'ai rien dit. Je suis remontée me coucher et j'ai attendu qu'il me rejoigne. Le jour était levé lorsqu'il l'a fait. Il était habillé, ses vêtements portaient encore des traces de rosée.

« – Tu es allé remettre ta lettre ?

« – Oui.

« – Elle n'était pas là ou elle t'a fait poireauter dehors ?

D'abord, il n'a pas compris que je faisais allusion à l'humidité sur ses vêtements, ni ce que signifiait le pronom féminin. Puis il a souri :

« – Tu es jalouse ?

Je ne l'étais pas. Je ne l'ai jamais été, ni comme sœur, ni comme amante. Ce qui nous liait pouvait être partagé à l'infini sans que rien me manque. J'étais vexée. Il en a accepté l'aveu et le reproche de la même moue désolée.

« – J'ai besoin d'un secret, Vini, et j'ai besoin de t'en préserver.

De quel droit aurais-je insisté ? De mur en mur, les secrets de Karel couraient les rues de Macil, je n'avais qu'à attendre la rumeur qui me retournerait celui-ci. Mais cette rumeur n'est jamais venue.

Un matin, le Prince a ordonné que cela cesse et le Prévost s'est mis en chasse. Ils ont offert de quoi nourrir une famille pendant un an, puis deux, puis cinq. Ils ont surgi n'importe quand, n'importe où, et ils ont saccagé des étals, des maisons, des auberges. Ils ont arrêté au petit bonheur, ils ont condamné pour des délits imaginaires, ils ont rudoyé. Mais nous étions si peu nombreux à connaître le nom de Karel et nous étions si inconscients, si innocents, que le Prévost frappait dans le vide.

Jusqu'à ce qu'il prenne des otages sur la Colline.

Jusqu'à ce que l'un d'eux ou un membre d'une de leurs familles échange son nom contre un peu d'illusoire liberté.

Et maintenant, cent jours après qu'on m'eut pris Karel à jamais, un grimpeur récitait des vers que je me croyais seule à connaître.

J'ai changé de position, me tournant et laissant pendre les jambes devant son nez. Il a cru que je voulais descendre, il a tendu les mains pour m'aider, m'attrapant aux hanches et m'arrachant de la branche comme si je n'avais rien pesé, à bout de bras, sans un rictus. Il m'a même tenu dix pouces au-dessus du sol, le temps de bien me détailler. J'ai cherché à retenir le rouge qui montait à mes joues :

– Karel me manque.

Il m'a posée et il a levé le bras pour flatter la gorge de la chatte.

– Il me manque aussi. Je ne l'ai jamais vu et il me manque horriblement.

Il y avait un nuage dans ses yeux, il a disparu d'un coup et ses lèvres ont souri :

– *On ne pleure pas les morts, on pleure ce qu'ils ont l'audace de nous prendre en s'en allant, un peu de tendresse et beaucoup d'égoïsme.*

Karel. Le Karel des jours sombres, Ma Mère. Celui qui avait treize ans sur ta tombe et qui bravait tes amis d'un regard sec en leur crachant ces mots au visage. Celui qui tenait la main d'une enfant de huit ans et défiait quiconque de la lui ôter. Ils ne m'ont jamais enlevée à lui, Ma Mère, ils n'ont pas pu. Il avait tout préparé. Ton agonie lui en avait donné le temps.

Je me souviens quand ils ont défilé pour nous toucher le crâne en vomissant leur compassion. Je me souviens quand il n'est plus resté que l'architecte Tamas, le précepteur qu'il nous avait désigné et sa femme. Je me souviens de leur stupeur quand la dague, que cachait Karel sous sa tunique, s'est enfoncée dans la cuisse du précepteur, quand elle a cisaillé le pourpoint et la graisse de l'architecte, quand mon frère m'a prise sous le bras et s'est rué vers les catacombes. Pour nous cacher, il a couru longtemps, Ma Mère, des heures ce jour-là, des jours cette saison-là, mais ils ne nous ont pas repris. Ils n'ont peut-être même jamais cherché à le faire.

– *Les hommes devraient pleurer davantage,* ai-je cité à mon tour, *pour éviter aux enfants de devoir le faire à leur place.*

– *Enfant, je pleurais parce que j'avais mal ou que j'avais du chagrin. Hier c'était de tristesse, aujourd'hui c'est de rage. Je voudrais qu'un jour mes larmes soient de bonheur.*

Karel encore, Karel toujours.

Il était encore tôt. Le grimpeur était fatigué, la chatte affamée, je les ai ramenés à la maison.

Rapport du Premier Maître de la Loge Macilienne au Vénérable Grand Maître de la Ghilde (extraits)

Il est difficile de conseiller quelqu'un qui ne veut pas l'être, Vénérable Maître, difficile et frustrant. Or Marelo est un imbécile et il est entouré de gens qui ne le sont pas. Ses fils, son Connétable, son Intendant, son Prévost et jusqu'à ses maîtresses, tous à des degrés divers emploient leur intelligence à maintenir leur père, leur Prince ou leur amant dans un état de stupidité crasse qui frise la dépendance et qui l'éloigne de mon influence.

J'ai appris à m'en accommoder, à composer avec eux, à les conseiller eux aussi comme si je ne conseillais qu'eux, toutefois cela nécessite de danser sur le fil de mensonges qui s'avéreront et la mission que vous m'avez confiée n'est pas de leur dévoiler l'avenir, mais de m'assurer qu'ils s'inscriront en lui tel que nous l'écrivons. Ce que beaucoup feront mal s'ils me soupçonnent d'honnêteté. Les fils surtout, qui ont tant besoin d'apprendre à manipuler, eux qui ne font que comploter. Et détruire.

C'est ainsi que nous avons perdu le petit poète de la Colline, trop tôt. En lieu et place de son père, Heyel (l'aîné) l'a condamné pour quelques phrases sur des murs et une poignée de chansonnettes qui l'offensaient.

Parfois, je doute de notre jugement, Vénérable. Se peut-il vraiment que ce boucher – car c'en est un – fasse mieux que succéder à l'incompétence de Marelo ? Il rêve, certes, comme nous lui avons suggéré de rêver, mais il finit toujours par casser ses jouets, par lassitude, par impatience ou sous le coup de la colère.

Et son frère (le docte Yergheli) qui, du haut de sa foi calculée, le défend envers et contre toute raison :

« Il vaut mieux un martyr qu'un profanateur ! »

Karel ne sera jamais un martyr. Pour cela, il aurait fallu qu'il en vienne à inciter plutôt que dénoncer. Il aurait fallu l'arrêter, le juger et le condamner à l'emprisonnement. Il aurait fallu aiguiser sa combativité par l'iniquité, tout en nourrissant la colère du peuple. Puis il aurait fallu le gracier, à l'occasion, par exemple, de l'avènement des fils. Ensuite, oui, ensuite sa plume se serait faite incendiaire et l'assassinat, officiel ou pas, l'aurait élevé au rang de martyr.

Mais voilà, le poète est mort petit et le prince Marelo est rentré de campagne, vaincu une fois de plus, pour agiter son sceptre dérisoire sous le nez suffisant de ses héritiers, et aucun d'eux ne devine l'importance du levier dont ils viennent de se priver. De nous priver.

Au moins, j'ai pu placer sur la Colline l'Assistant que vous m'avez affecté et je l'ai chargé de détecter le bourgeonnement d'une nouvelle pousse. Ce sera à nous alors de faire en sorte qu'elle s'épanouisse.

J'ai pu aussi récupérer les écrits de Karel. Quelle pitié, Vénérable ! Quel gâchis ! Ce sont des milliers de pages noircies à la lumière d'une intelligence visionnaire qui fait tant défaut à ce monde sans âme. Nous n'aurions pu, je crois, l'accueillir en notre sein (et c'est ce qui le condamnait, n'est-ce pas ?) – il raisonnait trop près de l'unité et si loin du tout –, mais je suis certain que ses réflexions enrichiront longtemps nos travaux, ne serait-ce que par la prise en compte des dangers qu'elles représentent.

L'Assistant est aussi chargé de surveiller la sœur de Karel, pourtant j'ai peu d'espoir de ce côté. Elle est cultivée, elle peut mûrir, elle peut même enrichir la fibre créatrice que le talent de son frère étouffait, mais il lui manque le goût de l'intrigue et le sens manœuvrier. Ceux-là, comme la perception de la globalité, devront venir d'ailleurs.

Pour l'heure, à défaut, je cherche un charisme emblématique, quelqu'un dont la seule voix suffise à transformer des milliers de moutons isolés en un troupeau homogène, et je continue à pousser les frères héritiers vers leur destinée, en abandonnant de plus en plus leur père à ses marottes.

PREMIÈRE VEILLÉE

La taverne des Enselvains n'est peut-être pas la plus fréquentée de Macil – il y en a sur le Port qui ne désemplissent jamais –, mais elle est celle qui abreuve la clientèle la plus diverse parce qu'elle est celle qu'on visite. Sa renommée a franchi les mers et les montagnes depuis si longtemps que, quelle que soit la durée de son séjour, quel que soit son rang, tout étranger s'y rend au moins une fois pour se confronter aux kyrielles d'anecdotes qui ont fait sa réputation, et qu'il enrichira de sa propre expérience dès qu'il aura l'occasion d'en parler.

« – Ah ! Les Enselvains ! Ça, c'est quelque chose ! J'y ai vu des trucs inimaginables et des gens comme on n'en rencontre nulle part ailleurs ! Des nains, des géants, des mercenaires de toutes origines, des trappeurs, des musiciens, des danseuses, et même un prince et un magicien… Eh ! Un *vrai* prince et un *vrai* magicien ! Pas un de ces types qui jettent des sorts à la manque ou qui te font boire des philtres dégueulasses pour te protéger de la malemort ! Non, non ! Un gars qui te coupe la tête à la scie et qui te ressuscite la seconde d'après. Un gars qui fait disparaître une jeunesse en tapant dans ses mains ou qui transforme un de tes potes en singe. En singe ! Tu m'entends ? Putain ! Je te jure que j'ai eu la pétoche ! C'est que je l'aimais bien, le gros Teng ! Pis, c'était le seul pote que j'avais dans la ville… Enfin, il lui a redonné sa graisse et sa tronche de poisson-boule, mais je brillais pas.

C'est vrai. Aux Enselvains, il se produit toujours quelque événement extraordinaire et la noblesse vient parfois s'y encanailler. C'est rare et ce ne sont pas les meilleurs souvenirs de la taverne, mais cela arrive. Quant au magicien, il s'appelait Mescal, le Grand Mescal, et il ne se contentait pas de ramener Karel à la vie après lui avoir scié la tête, de transformer Teng en n'importe quel animal ou de me volatiliser dans sa cape de satin. Quelquefois, il s'attablait avec les clients les plus pauvres et il transformait leur soupe en poulet, rôti et bien dodu, et l'eau du pichet en vin capiteux. Ce n'était pas que la soupe des Enselvains n'était ni copieuse ni succulente, c'était que la magie de Mescal était si puissante qu'elle avait convaincu le tavernier de miséricorde.

Gabar l'Ours était grand lui aussi. Il n'était pas forcément le meilleur tavernier que les Enselvains avaient connu – par moments, son affabilité laissait à désirer et ses vins ne valaient pas ceux de son père –, mais il avait la générosité facile et l'amitié fidèle. Nous lui devions beaucoup, mon frère et moi, depuis notre premier repas non chapardé jusqu'à la grange qu'il nous permit de restaurer et que j'habite toujours. Et, après que Karel fut assassiné, ce fut encore Gabar qui s'assura que je ne manquais de rien. Je remplissais ma part de travail à la taverne, bien sûr. J'aidais à la cuisine, j'assistais Mescal et il m'arrivait de chanter. Je travaillais, oui : un peu, comme je l'entendais et quand je l'entendais, et je prêtais ma plume à qui la requérait. Ça, Gabar y tenait plus que tout autre service.

« – Ta mère n'a eu que le temps de te donner le savoir des mots, Vini. C'est peu pour un enfant, mais c'est plus que ce que nous possédons tous. Dessine les mots pour nous.

J'étais l'écrivain public, l'épistolière de la Colline et des gens de passage, enfin presque. Gabar savait lire et écrire, Mescal aussi, et d'autres, plus nombreux que dans toute autre cité et néanmoins si rares. Je n'avais pas le talent de mon frère, ni celui des chansonniers, mais parce que je manquais de cette fibre créatrice, j'étais la plus apte à rédiger les requêtes, les doléances, les épîtres et les billets. Pour quelques artisans, pour plusieurs commerçants ou camelots, je tenais même le registre des comptes. Je n'en avais pas encore conscience, néanmoins personne n'en connaissait plus que moi sur ce qui faisait la vie et l'esprit de la Colline.

À de rares exceptions près, j'officiais aux Enselvains, le matin, dans une alcôve un peu en retrait de la grande salle ou dans le patio dont Gabar réservait l'usage à ses amis.

Ce seizième jour d'hiver précoce, alors que l'Année des Tempêtes s'achevait au paroxysme de sa rudesse, j'avais occupé l'alcôve toute la journée et je voyais avec soulagement la clientèle des nocturnes remplacer celle des diurnes. Ce n'étaient pas encore réellement les noctambules. Plutôt les dîneurs, ceux qui succédaient aux buveurs d'habitude, ceux qui lâchaient leur gobelet pour demander une assiette, et ceux qui décidaient de profiter de leur avance pour se restaurer ou vider quelques pichets d'hydromel en acompte sur leur nuit de beuverie.

D'ordinaire, je n'assistais pas à cette transition. Mes après-midi se déroulaient ailleurs et, si je rejoignais la taverne, c'était par les cuisines, pour aider Navia et ses filles. Navia était la belle-sœur de Gabar et, quand son époux avait disparu en mer, elle était devenue sa cuisinière, puis sa maîtresse. Ne croyez pas que l'aîné se fût octroyé le droit de cuissage sur l'épouse du cadet défunt. Navia était un cauchemar de deux cents livres qu'aucun homme ne regardait jamais et que Gabar honorait avec affection, mais par devoir. Moi, il me protégeait ; elle, il lui redonnait ses plaisirs de femme. L'Ours, je vous l'ai dit, est un animal de tendresse.

Comme chaque jour depuis les premières inondations, je n'avais rédigé que plaintes à l'administration princière, doléances à l'Intendant, demandes de délais au Connétable, requêtes en grâce auprès de Sa Seigneurie le Prince Marelo. Il ne pleuvait plus, mais la famine sévissait par toute la Province et les silos de la Cité se vidaient. L'administration augmentait les taxes, l'Intendant saisissait le grain, le bois, la laine, le boucan et le saur, le Connétable exigeait des bras, les plus forts, les plus compétents. Il fallait loger et nourrir l'armée princière en déroute, il fallait payer les mercenaires qui protégeaient Macil, il fallait assécher la Basse-Ville, réparer la flotte, consolider le Port, il fallait que les fêtes du Prince fussent toujours aussi fastueuses. Il fallait, mais le peuple ne pouvait pas et il me chargeait de l'écrire, et j'écrivais, avec de moins en moins de conviction, les douleurs et les sacrifices impossibles.

Il ne pleuvait plus. Il gelait, et la Colline comprenait qu'elle vivait ses derniers instants de sérénité. Pire, elle découvrait à quel point sa sérénité était un faux-semblant de toujours. Ce soir-là, après tant de semaines et de lignes vaines, depuis l'alcôve où je cachetais ma dernière lettre en me félicitant de l'arrivée des dîneurs, je sentis moi aussi qu'une époque s'achevait, une époque qui avait été sombre, mais que nous avions traversée illuminés.

Il y a trente tables aux Enselvains, soixante bancs et près de cent tabourets. Plus de la moitié d'entre eux sont installés dans la grande salle – et je jure qu'on ne se marche pas dessus pour circuler –, les autres occupent les huit alcôves, le salon des joueurs et la petite pièce qui jouxte la cuisine. La grande salle est ainsi disposée qu'il y a toujours de la place au centre afin que les spectacles s'y déroulent ; c'est dans cet espace que Mescal s'adonnait à l'essentiel de sa magie. Face à l'entrée, devant la porte ouvrant sur la cuisine, un comptoir court d'un mur à l'autre ; Gabar y distribuait toutes les consommations. Jamais il n'apportait un pichet ou un plat sur une table. Celui qui désirait boire ou manger se servait lui-même quand sa commande apparaissait sur le comptoir.

De chaque côté, deux estrades traversent la grande salle dans toute sa longueur. Elles supportent chacune quatre alcôves. La mienne était la dernière sur l'estrade que prolonge le couloir menant au patio, à la cave et à la réserve. Je m'y installais toujours de façon qu'on m'y vît, si possible depuis l'entrée, et qu'on sût l'épistolière présente ou, accessoirement, indisponible. Cela me permettait aussi de voir la pièce dans sa globalité.

À l'orée de cette nuit glaciale, lorsque je relevai la tête après avoir rebouché mon encrier et rincé ma plume, je vis entrer le gros Teng et l'éternel étranger qui l'accompagnait chaque soir. Ce n'était jamais le même, mais il était chaque soir étranger et réglait éternellement les dix pintes que s'avalait le Gros. Teng aimait boire et manger, mais son seul talent consistait à se faire des amitiés d'un jour qu'il ramassait sur le port, dans les auberges de la Basse-Ville ou sur les foires et les marchés. Que je sache, aucune de ces prises ne lui en tenait jamais rigueur. Il leur arrivait même de revenir après plusieurs années et de le demander pour lui offrir une autre soirée de bombance et d'ivresse. Et, si d'aventure, Teng ne se trouvait aucun ami, Gabar le rinçait à l'œil.

« – Tu es seul, le Gros ?

« – Te moque pas, l'Ours. La ville est tellement pleine de furets aujourd'hui que tu ne rempliras pas la petite salle.

« – C'est pas grave, avec tous les clients que tu ramènes et ce que tu bois, je peux me permettre une nuit creuse. Qu'est-ce que je t'offre ?

Généralement, Teng baladait des marginaux en devenir, des pauvres qui avaient fui la misère de leurs parents en fin d'adolescence, des riches qui fuyaient l'ennui d'une jeunesse trop facile, des rêveurs d'aventures ou d'ailleurs. Il savait les choisir : bons vivants, émerveillés, plutôt hardis mais pas téméraires. Celui qui entra derrière lui ne respirait aucune joie de vivre et son regard n'affichait que méfiance. Tous les habitués de la taverne le virent.

Ce fut discret : autant de coups d'œil dans sa direction que de regards échangés entre nous, des lèvres qui se pincèrent le temps d'une expiration, d'infimes mouvements pour s'assurer d'un dégagement rapide. Nous l'avions jaugé. Cet étranger-là était dangereux. Plus de six pieds, des épaules larges et carrées, le pas souple, les yeux fouillant la taverne dans ses moindres recoins en prenant la mesure de chaque client, les sourcils froncés, le menton hargneux, et le sabre en bandoulière dans le dos, la poignée plaquée à la cuisse droite, dépassant légèrement, à portée immédiate de main… ce pouvait ne pas être un mercenaire, c'était assurément un guerrier.

Par réflexe, pendant qu'il la traversait avec Teng, j'examinai la salle, la soupesant à mon tour pour juger de ce qui l'attendait. Beaucoup d'inconnus, beaucoup trop, et leur nombre ne ferait que croître à mesure que la nuit avancerait. S'il s'agissait encore majoritairement de dîneurs du commun : camelots, maraîchers, réfugiés de l'automne finissant, marins bloqués à terre, il y avait déjà quelques aventuriers de petite ambition, un groupe de paysans du delta retenus par les crues, plutôt jeunes et plutôt susceptibles, et une poignée de bourgeois du Nord que leurs hommes de main et les galantes soulevées dans la Basse-Ville rendaient arrogants.

Je me souviens d'avoir soupiré, comme si l'inévitable m'était un soulagement. C'était peut-être le cas. La tension croissante de cette dernière lune me devenait insupportable et je n'en pouvais plus de cet orage que nous contenions futilement. Teng s'était peut-être livré au même calcul.

Quelqu'un d'autre partageait mon intuition – Gabar sûrement –, car, à peine l'étranger et Teng se furent-ils emparés de leurs gobelets pour gagner l'alcôve jouxtant la mienne que la Mante fit son apparition. Halween la Mante, rousse à enflammer un lac, les yeux plus verts qu'une jeune pousse, une peau que notre soleil du Sud n'avait pas réussi à brunir, les seins pleins, les jambes ciselées et un visage à vous dégoûter des miroirs. Halween, qui se cachait sous des vêtements d'homme, des comportements d'homme, et qui n'en finissait pas de détester les femmes par pur mépris. Halween qui changeait, dans la douleur, mais qui ne pouvait pas faire autrement que rester la Mante, le goût du sang au bord des lèvres.

Elle pénétra dans la grande salle par le couloir desservant les alcôves de l'autre mur. Elle venait du salon des joueurs, la tête haute, le nez retroussé : elle était en service commandé. Je devinais aisément ce que lui avait dit l'Ours :

« – Jette un œil au guignol que Teng a levé et surveille-le. Je ne veux pas de casse.

Dans l'esprit de Gabar, la casse concernait le mobilier. Il ne redoutait ni le sang, ni les cadavres. Il craignait les rixes et leur tendance à dégénérer en bagarre générale, ce que la taverne n'avait pas connu depuis que la Mante travaillait à préserver le matériel. Il y avait même des mois qu'aucune rixe n'avait entraîné de mort d'homme. La Mante s'assagissait et la clientèle avait d'autres préoccupations que de s'étriper. En outre, la Garde passait régulièrement, sans qu'on sût si cette fréquentation tenait davantage au goût du nouveau capitaine d'arrondissement pour les Enselvains ou à des consignes particulières du Prévost.

À ma plus vive surprise, Halween traversa la taverne pour rejoindre ma table et s'asseoir en face de moi. Au passage, elle ne manqua pas de dévisager l'étranger.

– L'hiver va être dur, lâcha-t-elle.

Elle ne m'avait pas adressé la parole de l'automne. Même si je comprenais l'allusion, sa démarche et son entrée en matière me laissèrent muette.

– Nous nous en tirerons peut-être avec ce faucon-là, poursuivit-elle, surtout s'il reste dans l'ombre, mais il y en aura d'autres.

– Je… Oui… Nous savons tous ce qui nous pend au nez.

Elle me montra les dents et, si c'était un sourire, il n'avait pas de couleur.

– Non. (Elle désigna du doigt la pierre derrière elle.) Celui-là, c'est un rapace, mais nous verrons les loups aussi, et les chacals et les hyènes, et nous deviendrons nous-mêmes des charognards ou de la charogne… si le Prince et ses mercenaires nous laissent de quoi vivre. Ma petite Vini, tu n'as pas idée de ce que le froid et la faim peuvent faire.

« Regarde autour de toi. Regarde tous ces braves gens qui jouent à avoir l'esprit tranquille. C'est peut-être leur dernière soirée de bringue et, intimement, ils le savent, comme tu le sais. Les greniers sont vides, les saurisseries sont vides, la plupart des étals n'ont rien à vendre. Demain ou après-demain, l'Ours fermera sa cave et nous boufferons nos petites réserves personnelles avant de bouffer des rats. Nous sommes au bord de la disette, pourtant nous nous comportons comme si nous étions odieusement riches et, d'une certaine façon, nous le sommes… et nous le resterons, dans l'esprit de ceux qui nous jalousent depuis leurs campagnes affamées. Crois-moi, ils sont déjà en route et, parmi eux, il y a un nombre déraisonnable de gens d'armes.

En quelques mots, Halween avait assez bien résumé ce qui m'était apparu comme une évidence subite. La redondance eût dû m'inquiéter, elle ne me toucha que partiellement. Il y avait trop longtemps que la Mante ne m'avait craché que son dédain ou sa haine, je n'avais d'attention que pour l'intérêt qu'elle me portait tout à coup.

– Pourquoi tu me dis ça ?

Je crus qu'elle allait se refermer comme elle s'était ouverte, et elle ne fut pas loin de le faire. Ses mâchoires se crispèrent, dessinant les muscles sur ses joues, et un éclair de méchanceté brute jaillit de ses yeux. Ce lui fut difficile, mais elle se contint.

– La Colline va verser dans la démence et ça commence cette nuit. Il faut se serrer les coudes, Vini.

Cette nuit… *Cette* nuit. C'était mon propre pressentiment, mais je ne parvenais pas à le croire et encore moins à admettre que la Mante s'adressât à moi.

– Qu'est-ce qui t'inquiète ? Le type avec Teng ?

– Qatam.

– Pardon ?

– Il s'appelle Qatam. Ce n'est pas lui qui m'inquiète, mais sa présence, ici et maintenant.

Je n'avais que des questions :

– Tu le connais ?

– Pas directement… enfin, je l'ai déjà vu, mais lui ne le sait pas. C'est un trappeur qui serait richissime s'il était moitié moins doué pour la chasse que pour le maniement des armes. Il évite les villes et il ne reste jamais longtemps au même endroit, parce qu'il finit toujours par occire la mauvaise personne et qu'il y a au moins vingt gages sur sa tête. En plus, il a la Ghilde au cul depuis cinq ans.

Je n'avais jamais bien su s'il fallait considérer la Ghilde comme une légende, entretenue par l'existence de sectes obscures se cherchant une influence plus officielle, ou comme une société tellement secrète qu'elle n'avait aucune incidence sur ma vie. La rumeur lui prêtait de multiples visages : association de marchands visant à contrôler le commerce, commanderie de gens d'armes entretenant les conflits pour s'enrichir au détriment des royaumes, confrérie religieuse, coterie de brigands, communauté spirituelle pesant sur la conduite du monde. Assurément, il convenait de la craindre et d'en parler à voix basse, puisqu'on la disait puissante et peu encline à la bienfaisance. J'avoue que sa mention, dans la bouche de la Mante, m'intrigua au point de lui procurer, pour la première fois, une certaine tangibilité.

– D'une part, Qatam a le don d'attirer les emmerdes et le sabre facile. D'autre part, le prix sur sa tête le contraint à s'assurer du silence de ceux qui le reconnaissent. N'importe quand, je le préférerais ailleurs, mais son arrivée signifie qu'il n'y a plus d'ailleurs capable aujourd'hui de subvenir à ses besoins. Et il n'est pas le seul sac d'embrouilles à avoir des besoins !

Dame Fortune choisit cet instant pour ouvrir la porte de la taverne sur trois sacs d'embrouilles dûment patibulaires. Ils portaient tous trois l'épée, l'un d'entre eux avait une dague passée dans le ceinturon. Leurs capes de laine épaisse étaient recouvertes d'une fine pellicule blanche.

– Merde ! jura la Mante.

Je compris qu'elle faisait allusion à la neige. Toutes les tavernes et les auberges de la cité allaient grouiller d'indésirables cette nuit. Elles étaient les meilleurs refuges contre le froid et l'humidité. Et le feu des Enselvains était réputé pour éclairer cinq des plus beaux âtres de la Colline.

– Le Vielleux est prévenu. Quand je te ferai signe, dégrafe un ou deux boutons de ton corsage, grimpe sur une table et chante. Je vais envoyer chercher l'Acrobate et avertir Mescal qu'il a intérêt à être bon ce soir.

Je n'ai jamais décidé de ce que je devais ressentir à l'égard ou à l'encontre d'Halween. Depuis dix-sept ans, je la connaissais mangeant le monde et les gens avec la même voracité dénuée d'appétit, mais j'étais la seule à estimer que son asociabilité remontait si loin, alors que son univers mesurait la taille d'un quartier et qu'il ne se constituait que de bonheurs d'enfant.

Chassés du septentrion par la guerre qui avait ravagé leur île, maltraités et haïs par leurs vainqueurs quand ils s'étaient installés dans la capitale du Nord, ses parents avaient descendu tout le Royaume pour se poser sur la Colline. Halween n'avait pas deux ans. Son père avait été maître d'armes, il était devenu le videur des Enselvains. Sa mère s'était occupée de l'intendance de la taverne, le temps que Gabar apprît à succéder à son propre père, puis elle s'était faite bouilleur de cru. Tous trois coulaient une existence heureuse.

Une nuit, le maître d'armes exerça sa science sur des marins avinés qui s'en prenaient à des clients plus paisibles. Comme à chaque rixe, il toucha, il désarma, il estourbit, sa virtuosité lui permettant d'épargner sans remords ses adversaires. L'échauffourée s'acheva rapidement et les mécréants furent expulsés de la taverne. Alors un homme se dressa depuis une alcôve, s'inclina respectueusement devant lui et tira son épée. Pour le plaisir des armes. De mémoire de tavernier, ce fut un duel exceptionnel, durant lequel, plusieurs fois, le père d'Halween fut en mesure d'estoquer. Il ne le fit pas, il jouait, pour le plaisir des armes.

Il y eut un premier sang, puis un second, et le maître d'armes saisit que son opposant goûtait un plaisir très différent du sien. Celui-là était blessé, celui-ci était plus jeune, plus vif et plus vicieux. L'aube était encore loin quand Halween, endormie à l'étage, perdit son père. Elle se levait quand sa mère se pendit. Halween avait seize ans. Personne ne fut capable de la retenir. Elle quitta la taverne, la Colline et Macil.

Ce fut à son retour, cinq années plus tard, que la Colline lui découvrit une atrabile, qu'elle pardonna, tant les douleurs anciennes sont pitoyables, et qu'elle intégra, tant elle avait besoin d'une Mante. Il fallut simplement apprendre à l'accepter telle que devenue, et se tenir hors de portée de ses griffes.

Plus que tolérante, je suis conciliante. Je l'étais, du moins. Par contre, Karel m'avait enseigné à ne redouter aucune griffe. Jour après jour, Halween m'a labourée des siennes. Elle me bousculait, elle m'humiliait, elle me fustigeait avec autant d'acharnement que j'en mettais à l'amadouer en m'offrant à ses vexations.

« – Regarde-toi, ma pauvre Vini, tu es moche !

Ce n'était pas vrai : je ne manquais ni de formes, ni de finesse.

« – Je suis moins jolie que toi, mais j'en montre suffisamment pour être désirable.

Parfois, elle riait. Parfois, elle tonnait :

« – Ambition d'esclave qui n'aspire qu'à écarter les cuisses pour prendre son pied une fois tous les dix coups !

« – Je prends *toujours* mon pied.

Ça aussi, ce n'était pas vrai, et elle n'attendait pas que je rougisse pour ricaner :

« – Ça explique pourquoi tu leur cires les bottes... par reconnaissance.

Je crois qu'elle m'aimait beaucoup, certainement plus qu'elle ne pouvait le supporter, et qu'elle me rabaissait parce que je refusais de m'élever au-dessus de cette condition de femme esclave si méprisable.

Toujours est-il que j'étais son seul interlocuteur qui ne fût pas masculin et qu'une relation un peu moins conventionnelle que l'amitié nous liait. Jusqu'à ce que, bien malgré moi et bien malgré elle, je devinsse sa rivale.

Elle détesta être amoureuse. Je détestai être enviée. Pourtant elle ne chercha pas davantage à *m'écarter* que je ne cherchai à m'interposer. Elle m'ignora, je la plaignis. C'était tellement plus facile pour moi. Elle lui répugnait presque autant qu'elle l'aimait, alors que je l'avais dans mon lit la plupart des nuits sans que nous nous considérions plus qu'amis. Parleur.

Parleur, pour qui Halween délaissait progressivement ses allures de garçonne. Elle avait commencé par ne plus se couper les cheveux, puis elle avait allégé son regard des sourcils superflus. Petit à petit, les jambes de ses pantalons étaient remontées au-dessus du genou, jodhpurs puis corsaires, pendant que ses tuniques se faisaient caracos… jusqu'à ses cothurnes grossiers qu'elle avait troqués pour des spartiates et des mocassins montants. Rien qui mît vraiment en valeur sa féminité ou qui provoquât des étonnements. La Mante se bouleversait en douceur, à l'insu de ses proches. Sauf moi, parce que je connaissais ses douleurs et que j'eusse tellement souhaité l'aider.

Mais pour elle je pouvais seulement dégrafer mon corsage, grimper sur une table et chanter à son ordre, sans me formaliser du mépris qui le sous-tendait. Et, d'ici là, j'avais la ferme intention de me restaurer.

Malgré quelques paroles entreprenantes et de vagues œillades de début de soirée, je n'eus aucune peine à traverser la salle sans recourir à ma panoplie de fille du cru, rien de moins qu'avenante mais qui ne s'en laisse pas conter. Un sourire, une plaisanterie, une moue flatteuse, un air désabusé, un baiser quelquefois, pour un timoré ou un flagorneur, et toujours le pied leste et la taille fuyante. Les hommes ne m'ont jamais pris plus que je ne voulais donner.

J'arrivai au comptoir en même temps que l'aînée de Navia, Tahelle, y déposait le plateau qui m'était destiné. Gabar m'avait vue me lever, il avait hélé la cuisine. Il me tendit mon dîner sans se préoccuper des dix clients qui attendaient le leur. L'un d'entre eux, le plus proche de moi, s'en offusqua d'une voix un peu forte :

– Dis donc, l'Ours ! Elle a un passe-droit, la petite ? Je n'ai pas moins faim qu'elle et j'attends depuis une demi-heure !

Il donnait de l'Ours à Gabar avec la familiarité des habitués, mais ce n'en était pas un, seulement quelqu'un qu'une poignée de soirées à la taverne enhardissaient. Il s'essayait à imiter les fidèles pour épater ceux qui étaient à peine moins nouveaux que lui. Pas méchant, juste un peu timide. Son accent respirait la province paysanne et une année dans la cité à forcer nos intonations chantantes pour s'intégrer. Sa mise était celle des petites gens de la Basse-Ville, grisaille élimée, sauf ses bottes d'un cuir terne mais épais qui étaient l'œuvre d'un artisan de qualité, probablement la sienne. Maroquinier, savetier ou cordonnier (ses vêtements dégageaient une odeur discrète de colle et de tanin), il venait aux Enselvains échanger son maigre salaire d'apprenti contre un peu de chaleur humaine, et il s'y prenait mal.

Gabar et moi avions chacun les deux mains tenant le plateau au-dessus du comptoir. Notre geste se suspendit et nos regards discutèrent de ce qu'il convenait de faire du maladroit.

« C'est pas le soir à m'emmerder, disait celui de l'Ours, la ville est à cran et la salle ne demande qu'à me péter à la gueule. Si je laisse les râleurs foutre le bordel, je ferme avant la minuit et dans le sang. »

« Il ne cherche pas la bagarre, modérait le mien, il veut seulement qu'on s'intéresse à lui. Je m'en occupe. »

« Tu es sûre ? »

« Je suis sûre. »

Mon tavernier préféré eut un haussement d'épaules que je fus seule à percevoir.

– Merci, l'Ours, dis-je, et je me retournai vers le gaffeur :

« Je suis sur le pont depuis ce matin et je n'ai pas mangé de la journée. Je ne céderai ce repas pour rien au monde, mais si tu veux le partager en attendant que le tien soit à son tour partageable, je me ferai un plaisir de te céder un bout de table.

Il avait élevé la voix sans savoir ce qu'il attendait, peut-être seulement une occasion de s'excuser pour montrer qu'il n'était pas mauvais bougre et attirer l'attention du comptoir sur son existence jusque-là très discrète. Je lui offrais celle de se distinguer dans toute la taverne. C'était plus que son audace ne pouvait assumer. Il se retrouva face à moi, l'œil hagard, bouche bée, les deux mains s'ouvrant sur une réplique qui ne venait pas. Je posai le plateau dedans, l'attrapai sous un bras et l'entraînai vers mon alcôve. Naturellement, le comptoir ovationna, puis, tandis que nous la traversions d'un pas que je ralentis à dessein, la salle entière nous accompagna de sifflets et d'acclamations chahuteurs. Je ne pense pas m'avancer en affirmant que ma *conquête* en éprouva la plus intense satisfaction de sa vie. Personnellement, dans mon dos, je sentais la désapprobation outrée d'Halween et je la plaignais, une fois de plus, de ne pas savoir offrir, ni s'offrir, les joies les plus simples.

Pettilio était maroquinier, il formait les apprentis d'un modeste artisan de la Basse-Ville aux notions les plus rudimentaires car, de son propre aveu, malgré sa connaissance du métier et de ses petits secrets, il n'avait aucune habileté et guère plus de talent. Il ne se plaignait pas, estimant trop n'avoir pas à se plaindre, pourtant ses journées étaient fades et son avenir morose. Mal rémunéré, sans espoir d'héritage ou de promotion, une famille inculte et lointaine, de vagues copains de passage, il considérait Macil comme une bénédiction que trente années passées dans une ville du Nord magnifiaient jusque dans ses pires solitudes de déraciné.

Nous avons discuté une heure et demie, en ingérant mon repas puis le sien, et, puisque je déclinais toutes les questions en leur retournant des questions, nous ne parlâmes que de lui et de sa découverte récente de la Colline. Lui, qui connaissait la région mieux qu'un Macilien, pour l'avoir arpentée en découvreur, et la Basse-Ville rue à rue. Lui qui évitait le Port pour s'épargner les agressions et qui avait redouté l'hostilité d'une Colline chauvine et labyrinthique. Et c'est vrai que nos ruelles sont un dédale, comme il est vrai que nous sommes solidaires à en oublier la cité.

L'appel des Enselvains avait fini par gagner Pettilio et il était venu en étranger craintif tâter du laconisme de l'Ours. La chaleur de la grande salle lui avait plu, Mescal l'avait impressionné, et la simplicité des rires comme des tensions lui avait donné envie de revenir, quatre fois en un mois. N'eût été la pluie torrentielle, il eût sillonné la Colline le lendemain de sa première visite. Il n'avait toujours pas pu le faire, mais il était accroché et il rêvait déjà d'un logement dans nos venelles.

– Si tu en connais un... (Il se dandinait sur sa chaise.) Je ne suis pas fortuné, mais je peux acquitter un loyer décent.

Sur la Colline, les loyers étaient souvent plus décents que les logements. Pour la plupart notables de la Basse-Ville ou courtisans de la Citadelle, nos propriétaires tiraient peu de profit de biens qu'ils négligeaient. Quant à ceux, rares, quoique de plus en plus nombreux, qui vivaient parmi nous, ils n'avaient acquis des pierres ou du pisé que grâce au mépris dans lequel nous tenait la cité, à la faillite de quelque bourgeois présomptueux et à leur absence d'âpreté au gain. Ils possédaient, pauvrement, des maisons miséreuses.

Je ne connaissais ni chambre ni logement vacant, mais plusieurs taudis très bon marché que deux bras travailleurs pouvaient aménager en une ou deux saisons. Je n'ai pas eu le temps de décider si je devais en parler. Alors que la taverne comptait de moins en moins de dîneurs et de plus en plus de noctambules, il y eut un éclair violent dans la salle, comme un coup de tonnerre, et Mescal le Grand apparut au milieu des tables et d'une fumée nauséabonde.

– Enfer des âmes ! blasphéma Pettilio.

En même temps qu'une bonne moitié des clients, il frappa son front de deux doigts serrés dans l'espoir de préserver son esprit de la magie se déversant sur les Enselvains. Contrairement à beaucoup, il était plus émerveillé qu'effrayé. En tout cas, ses envies de Colline furent instantanément reléguées au second plan. Cela arrangeait mon indécision.

Mescal n'était ni un sorcier ni un ensorceleur et, s'il possédait quelque talent d'enchanteur, il n'était pas davantage nécromancien ou thaumaturge. Sa magie prenait sa source à une intelligence formidable et à une habileté sans égale. Ce n'est pas à moi de révéler ce que personne n'a jamais su, mais ses éclairs, par exemple, naissaient d'une poudre qui a la propriété de s'enflammer au contact de l'air, et ses apparitions subites se produisaient toujours près d'une trappe, d'une porte ou d'une fenêtre. De la même façon, il portait des vêtements doublés de myriades de poches et nombre de ses sortilèges mettaient en jeu la lumière et des miroirs finement polis.

Mystification, pensez-vous ? Non, la seule mystification que je connaisse est celle qui consiste à se prétendre détenteur d'un pouvoir sur la matière ou sur les esprits. Le Grand Mescal ne prétendait rien. Il n'évoquait aucun démon, il ne concoctait aucun philtre, il ne récitait aucune incantation. Sa magie tenait tout entière dans son érudition et la dextérité qu'il plaçait à son service. Plusieurs fois, j'ai vu de prétendus mages et de prétendus envoûteurs se casser les dents sur elle, ou contre lui. Ils venaient de tout le Royaume et d'au-delà les frontières pour le ridiculiser ou l'affronter sur un terrain qu'ils croyaient le leur. Ils venaient mandés souvent, ou mandatés, par les jaloux et les puissants. Ils venaient et ils repartaient, bafoués, humiliés, minuscules.

Il était rare que Mescal apparût avec force effets et c'était la première fois, à ma connaissance, qu'il plaçait son exercice sous le sceau de l'occultisme. Il lui arrivait de railler la cabale par l'absurde, mais jamais d'en user ouvertement pour accaparer l'attention de la salle.

– Qui m'a appelé ? tonnèrent ses premiers mots. Qui m'a invoqué ?

Ce n'était pas sa voix. Enfin, elle était déformée au-delà du méconnaissable. Grave, rauque, grasseyante, elle semblait sortir de plus loin que le fond de sa gorge. Même moi, j'en éprouvai un léger malaise. L'auberge, elle, tremblait de dizaines de dernières heures pressenties avec effroi. Pourtant personne ne se précipita vers la sortie, de crainte, peut-être, d'être foudroyé pendant la fuite.

– Toi ?

Par-dessus les têtes apeurées, son doigt tendu désignait le comptoir et Gabar. Gabar ne broncha pas, mais, autour de lui, les buveurs en quête d'un nouveau gobelet s'écartèrent sensiblement, comme pour laisser le passage entre la foudre du magicien et l'audace éventuelle du tavernier.

– C'est toi, l'Ours ? insista la voix d'outre-mort.

– Ben oui, c'est moi.

Immense dans son manteau de coton noir qui descendait jusqu'au sol en s'évasant telle une jupe, Mescal parut grandir encore.

– Ah ! c'est toi !

Sans vraiment s'affoler, la voix de Gabar se précipita :

– Non, non ! Enfin, oui… oui, c'est moi, l'Ours… je veux dire que je suis bien l'Ours, mais que ce n'est pas moi qui t'ai appelé.

Il y eut quelques rires, discrets et familiers, auxquels je participai, mais, dans l'ensemble, la tension de la salle ne se relâcha pas. Elle ne risquait pas de le faire tant les yeux de Mescal donnaient l'impression de dévisager intimement chaque client, alors qu'il pivotait sans un mouvement visible. Puis il s'avança entre les tables, les chaussures toujours masquées par la toile de son manteau. La toile ne faisait aucun pli, sa progression ne marquait aucun à-coup, on eût dit que, tracté par une corde invisible, il glissait sur le plancher.

– Alors ? reprit-il du même timbre caverneux. Il ne se trouve personne ici pour admettre m'avoir mandé ?

Le silence dura tout le temps qu'il navigua entre les bancs et les tabourets, frôlant des dos inquiets et des épaules contractées. Finalement, il s'immobilisa, dos à la table inoccupée la plus proche de l'entrée (l'issue aussi), sur laquelle il grimpa – bondit ? s'envola ? – avec la même fluidité qu'il se déplaçait.

– Une dernière fois ! rugit-il. Qui a osé…

– Je crois que c'est moi, répondit une voix gênée au bout du comptoir.

La voix était aussi petite que son possesseur, et les deux tiers de la taverne durent se lever pour mettre un visage sur celui-ci. De ma place, il eût suffi que je me redresse, ce que fit Pettilio, mais je n'en avais pas besoin : je connaissais bien ce babil d'adulte mal fini.

– Tu *crois* que c'est toi ? Comment peut-on *croire* qu'on m'a ou qu'on ne m'a pas invoqué ?

De nouveau, les buveurs en mal de breuvage se désolidarisèrent de la cible du magicien.

– Je... C'est-à-dire que je ne vous ai pas invoqué, maître, mais... il est possible que, inconsciemment, vous comprenez... je...

– Inconsciemment ? (Le magicien était outré, il martela :) In-con-sciem-ment ?

Près du comptoir, le petit homme chétif baissa encore la voix :

– Je ne l'ai pas fait exprès, maître. C'est juste que...

– Que ?

– Je somnolais, vous voyez, et comme j'avais froid... (il déglutit), j'ai peut-être rêvé ce que je ne devais pas.

– Et qu'as-tu rêvé ?

La voix d'enfant baissa encore de volume, devenant totalement incompréhensible.

– Plus fort ! exigea Mescal.

Le petit homme se répéta mais, à part Gabar qui était très près de lui, personne ne le comprit mieux.

– Je ne t'entends pas ! (Les intonations de Mescal étaient de plus en plus terrifiantes. Il éleva les deux mains et, deux fois, très vite, fit le geste d'appeler son interlocuteur.) Viens ici !

Même si l'ordre avait été impressionnant, nul dans la taverne ne s'attendait au souffle impalpable qui balaya la salle depuis le comptoir jusqu'à Mescal. Le petit homme ne fut pas aspiré, il fut littéralement arraché du sol et balayé vers le magicien, tourneboulant, les quatre membres désarticulés se heurtant, cognant, frappant le plancher, les tables et les sièges sur dix toises dans un désordre et à une vitesse effarants. Ce n'était plus un homme, c'était une marionnette, que Mescal intercepta au vol et par le col.

– Alors ? De quoi as-tu rêvé ?

Les pieds dans le vide, le pantin cherchait désespérément à les raccrocher à la table. Il avait aussi beaucoup de mal à articuler.

– J'ai rêvé… je…

– Vas-tu parler à la fin ! le secoua Mescal.

Je perçus un mouvement dans l'alcôve jouxtant la mienne – quelqu'un se levait, énergiquement –, puis, dans le silence maintenant parfait de la taverne, j'entendis la voix rassurante du Gros Teng. Je ne distinguai pas les paroles, juste le ton apaisant. Je perçus alors un autre mouvement, un peu derrière moi, sur ma gauche, et la Mante entra dans mon champ de vision. Elle était plus que vigilante. Manifestement, Teng se répéta et Qatam consentit à se rasseoir. La Mante se décontracta et retourna dans l'ombre. Je reportai mon attention vers l'entrée.

– J'ai rêvé que les cheminées tiraient davantage, lâcha le petit homme d'un bloc mais dans un gargouillis. J'avais froid, merde !

– C'est ça ! exulta Mescal sur un timbre presque normal. Tu as invoqué le feu.

Et comme si le petit homme avait pesé dix fois moins que ses cent livres, il le projeta vers le plafond avec la même désinvolture qu'il se fût débarrassé d'un os de poulet. En l'air, le petit homme fit un demi-tour et ses pieds frappèrent la poutre maîtresse, mais il ne retomba pas. Il resta là, telle une mouche, les pieds plaqués à la poutre, les bras pendants, l'air ahuri. Personne n'avait vu l'appel et l'impulsion fournis par ses jambes, personne ne voyait les deux anneaux fichés dans le bois. Mescal tenait son public et, hormis les habitués, nul ne se doutait de la détente de l'Acrobate.

– Si tu veux le feu, reprit le magicien, je te donnerai le feu.

Lui ayant servi de partenaire pour d'autres exercices incendiaires, j'étais habituée aux facéties pyromanes de Mescal (à l'occasion, il lui arrivait de m'envelopper des pieds à la tête dans un drap auquel il mettait le feu d'un simple claquement de doigts ; le drap se consumait d'une seule flamme et il ne restait plus de moi qu'une rose noircie qu'il plantait dans le pichet du plus proche consommateur... je profitais de l'ébahissement général pour reparaître debout sur le comptoir dès les premières notes du Vielleux), mais ce qu'il réalisa pour répondre à la complicité de l'Acrobate ne me laissa pas moins stupéfaite que Pettilio.

Debout sur la table, il frappa dans ses mains, et ses mains s'enflammèrent. Puis il les éleva à hauteur de ses oreilles (l'Acrobate se tortillait au-dessus de lui pour échapper aux flammèches) et les abattit violemment devant lui, deux doigts tendus vers le sol à ses pieds. Le parquet s'embrasa instantanément, donnant naissance à deux flammes frétillantes de jaunes et de bleus qui se séparèrent pour courir à travers la salle.

À en juger par les cris et les brusques reculs, ce devait être effrayant pour tous ceux qui se trouvaient sur la trajectoire des flammes et qu'elles léchèrent parfois. De mon alcôve, je ne vis que la beauté de ces deux chemins de feu serpentant entre les pieds des tables et des tabourets, se hissant même sur plusieurs tables pour les parcourir de bout en bout. Ce fut bref, ce fut indolore : deux traînées de lumière qui dansaient au milieu de trois cents incrédules et qui aboutirent, aux deux coins du comptoir, dans les âtres que, ce soir-là – il est vrai –, l'Ours entretenait mal.

Il y eut deux claquements secs, deux étincelles faramineuses, et les deux cheminées se réveillèrent en flambées imposantes.

– T'ai-je bien exaucé ? demanda Mescal d'une voix forte pour couvrir le brouhaha de la salle.

Toujours pendu par les pieds, l'Acrobate hocha trois fois la tête avec conviction. Le magicien étendit alors brusquement les mains et un voilage opaque en jaillit, qu'il lança au-dessus de lui. Le voilage épousa la silhouette de l'Acrobate, le recouvrant complètement, et ses pans retombèrent. Dans la même seconde, nous comprîmes que l'Acrobate avait disparu et nous vîmes le voilage flottant s'abattre sur Mescal, s'étalant jusqu'à ne plus couvrir que la table, vide.

Tous les regards demeurèrent braqués sur la table, jusqu'à ce que quelqu'un de courageux se levât et allât lever le voilage afin de s'assurer que Mescal ne se cachait pas dessous.

– Je suis ici, jeta celui-ci depuis le comptoir.

Nous nous tournâmes tous pour vérifier qu'il était bien assis aux côtés de Gabar.

– Et mon ami l'Acrobate est là-bas.

Il désignait la table que l'on venait de dévoiler. Nous nous tournâmes à nouveau. L'Acrobate se tenait en équilibre sur les mains entre la table et le dossier d'une chaise. D'un coup de reins, il se remit sur ses pieds et salua la salle à la volée, avant de la traverser de sauts de mains en sauts de mains et de rejoindre Mescal sur le comptoir.

– Mescal le Grand, le présenta-t-il en lui attrapant le bras et en le levant.

Les froussards hésitèrent, mais nous fûmes nombreux à provoquer l'ovation générale en applaudissant généreusement. Pendant ce bref moment de communion euphorique, je me pris à imaginer qu'Halween et moi avions rêvé, qu'il ne se produirait rien, que la cité était en paix avec elle-même et que, d'ici deux ou trois heures, les Enselvains s'endormiraient comme ils s'endormaient souvent, épuisés mais sereins. Mescal avait fait son office, je n'allais pas tarder à chanter, tout allait bien.

L'échauffourée éclata moins d'une demi-heure plus tard, stupidement, comme elles éclatent toujours. Il y avait trop de monde, et trop de lames aguerries.

Parleur nous avait rejoints et discutait avec Pettilio de cuirs et de tannerie. Ils parlaient de croupons et de vachettes, ils comparaient les usages du vélin, du basane et du maroquin. Je les écoutais, moins attentive à leurs propos qu'à la science inattendue de Parleur sur le sujet. Même Pettilio, au-delà de son ravissement de discourir de son métier, était surpris. Moi, je découvrais une fois de plus Parleur et j'étais fascinée de découvrir encore.

En deux ans, j'avais tellement appris sur lui, de lui, qu'il me semblait autant n'avoir plus rien à savoir que ne jamais pouvoir le connaître. Toujours, il dévoilait une aptitude que je n'avais pas devinée ou une érudition qui m'avait échappé. Parleur parlait, mais c'eût été le méconnaître que de limiter son talent à sa volubilité. Il accomplissait de ses mains des ouvrages qu'un bon artisan lui enviait. Je l'avais vu, dans les vignes aussi bien que dans les chais, se comporter comme un vigneron, je l'avais vu sur un bateau en pleine tempête plus à l'aise qu'un marin. Je l'avais vu bûcheron, apiculteur, ferronnier, tisserand, et je l'avais entendu conseiller charpentiers, maçons ou herboristes, et jusqu'à un architecte sur le chantier naval. Un soir que le Vielleux était malade, il avait pris la vielle et avait enchanté la taverne. Un autre, il avait tenu, seul, la cuisine. Et Mescal affirmait enrichir sa magie de ses conseils.

De ma vie, je n'ai rencontré quelqu'un qui m'a plus impressionnée, ni qui fût moitié moins admirable. Pourtant je ne l'aimais pas, pas comme on aime un homme au point de lui vouer son existence, et je suis sûre que l'amour qu'il me donnait n'était pas moins éphémère. J'ai mis longtemps à comprendre comment nous pouvions fonctionner ainsi et pourquoi nous le faisions. Cela tient aux mêmes raisons qui me poussaient à le regarder parler. Regarder. Je ne l'écoutais pas, ou si mal que je n'entendais de ses mots que leur passage en force lorsqu'ils s'inscrivaient irrémédiablement dans ma mémoire.

Il en fut ainsi du dialogue maroquin qu'il entretint avec Pettilio jusqu'à ce qu'un des bourgeois du Nord fît un croc-en-jambe au Gros Teng tandis qu'il revenait du comptoir, une chope dans chaque main. Le Gros était plus agile qu'il n'y paraissait, il ne s'affala pas tout à fait, mais les deux chopes et sa bedaine se répandirent sur la table qu'occupaient les paysans du delta.

C'eût pu être cocasse : l'une des bières détrempa la tunique d'un paysan, l'autre passa au-dessus de lui pour éclabousser le dos d'un mercenaire à la table de derrière. Les bourgeois, leurs hommes de main et leurs galantes éclatèrent de rire. Le paysan se leva et poussa violemment le Gros, le propulsant sur celui qui lui avait crocheté le pied. Le mercenaire était déjà debout, la main sur la poignée de sa rapière, son regard tâchant de déterminer à qui il devait d'être mouillé et comment il allait en tirer réparation.

Simultanément, je vis Qatam jaillir de son alcôve et le bourgeois assener une claque du revers au Gros qui, cette fois, s'écrasa contre le mercenaire. Quand celui-ci tira l'épée du fourreau, Qatam bondissait pardessus une table entre deux buveurs effarés. Depuis l'alcôve la plus éloignée, Halween aussi se précipitait, choisissant de courir sur les tables plutôt que de slalomer entre elles. Les trois spadassins des bourgeois se dressaient du même élan, les rapières prêtes à protéger leurs employeurs. Les galantes ne riaient plus. Dans toute la taverne, des armes apparaissaient au bout des bras et des jambes convergeaient vers l'algarade. Les clients moins aguerris commençaient à peine à se demander par où fuir. À côté de moi, Parleur s'arrachait de la banquette.

Face aux bourgeois et à leurs spadassins, le mercenaire, seul, ne chercha pas davantage à renoncer qu'à finasser. Il enserra Teng par le cou, le retourna et s'en servit de protection, tout en assenant un premier coup d'estoc à son adversaire le plus proche, le même qui était responsable de l'altercation. Son mouvement avait été rapide, il ne fut pas paré : le bourgeois hurla en sentant la pointe traverser son épaule.

Les gens d'armes ont des codes d'honneur que personne n'a jamais édictés, mais qu'ils respectent d'instinct. Le mercenaire était l'offensé, il s'était rétribué au sang du bourgeois, la rixe eût pu s'achever ainsi. Il y eut un moment de flottement. Le mercenaire ramena sa lame vers lui, parallèle au ventre du gros. Les spadassins hésitèrent. Si le bourgeois blessé ne leur avait pas ordonné de venger sa chair meurtrie, ils se fussent probablement rassis. Au lieu de cela, obéissant à l'injonction de son employeur, l'un d'entre eux se fendit, rapière en avant. Il ne cherchait pas à toucher le mercenaire, il n'aspirait qu'à transformer son bouclier humain en poids mort.

L'estocade ne porta pas. Les cent cinquante livres de Qatam percutèrent le mercenaire et Teng de plein fouet, les envoyant bouler à plus de dix pieds. L'épée ne dut pas être loin de toucher le trappeur, mais ce fut la dernière occasion qu'elle eut de le faire, la main qui la tenait s'envolant avec elle au-dessus des tables, tranchée net à la base du poignet. Le sabre de Qatam ne s'arrêta pas là. Dans le même mouvement, il se retourna et entra de plusieurs pouces dans la gorge du bourgeois, avant de passer d'une main à l'autre, tandis que Qatam bondissait par-dessus la table. En l'air, le sabre entailla deux autres cous, puis, manié à deux mains, après que, à peine posé, le trappeur eut pivoté sur lui-même, il transperça de part en part la poitrine du dernier spadassin. Alors, enfin, Qatam interrompit son ballet sanglant. Il avait duré moins de deux secondes, le temps pour Halween d'atteindre la table des paysans du delta.

Hormis les galantes, épouvantées, il ne restait d'indemne qu'un bourgeois, dont la terreur n'avait rien à envier à celle de ses compagnes. Autour, ceux qui avaient tenté de s'approcher reculaient de quelques pas et ceux qui avaient essayé de s'écarter s'écartaient davantage. Halween se retrouva dans le champ de vision de Qatam et, à la façon dont ils se dévisageaient, il était impossible de se méprendre sur les ressemblances qui les poussaient déjà à se détester.

Le dos contre les pieds d'un tabouret, l'œil vague, Teng était assis sur le plancher, il secouait la tête pour reprendre ses esprits. Le mercenaire se relevait. En tombant, son crâne avait frappé le sol ou une botte, il saignait à la tempe droite. Il essuya le sang à sa joue d'une main, le contemplant avec rage, et, de l'autre, affermit la prise sur sa rapière.

– Je n'aime pas qu'on se mêle de mes affaires, lança-t-il à Qatam.

Pettilio et moi étions debout. Comme beaucoup, nous supposâmes que le mercenaire n'affichait sa témérité que parce que, à terre, il n'avait pu assister à la danse meurtrière du trappeur. Nous nous trompions : ceux qui vivent par les armes n'en ont aucune peur.

– Je n'aime pas qu'on se cache derrière mes amis, répliqua Qatam.

Du pied, il écarta deux cadavres et contourna la table. Le sabre pendait au bout de son bras droit, la pointe en biseau effleurant le sol et y laissant goutter d'épaisses larmes vermillon.

– Je n'aime pas qu'on s'en prenne aux faibles, ni qu'on les sacrifie.

Il me tournait le dos et je ne pouvais pas voir ses yeux, mais je devinais ceux du mercenaire et j'entendais la voix du trappeur. Elle tremblait de fureur, crachant une sanction que personne ne risquait d'adoucir.

– Je n'aime pas les veules !

Lentement, se positionnant face au mercenaire, les jambes écartées, les genoux à peine pliés, le pied droit en retrait de vingt centimètres, il releva le sabre à deux mains et en plaça la poignée à hauteur du visage, la lame tendue derrière lui, parallèle au sol. Il était très près d'Halween, trop près. Quand son adversaire se jeta sur lui, la Mante n'eut qu'à avancer d'un pas, pivoter sur une jambe pour fouetter le visage du mercenaire et bloquer les bras de Qatam d'une manchette. Puis elle glissa une main entre ses poignets et pivota de nouveau, lui balayant les deux pieds et le basculant par-dessus sa hanche.

La tête du mercenaire produisit un son mat en percutant le bois d'un banc. Il y eut un bruit énorme quand Qatam retomba de tout son poids sur le dos, à plat, le souffle coupé et les mains vides.

– Halween ! hurla Parleur deux toises derrière elle.

Elle avait le bras en l'air, le sabre du trappeur prêt à s'abattre sur son propriétaire. Je ne crois pas qu'elle l'eût fait, pas si Qatam était resté immobile, mais Qatam n'était pas du genre à rester immobile et Parleur n'eût ensuite rien pu pour lui.

Le bras et l'arme s'abaissèrent doucement, contraints et déçus, permettant enfin aux Enselvains de reprendre leur souffle et à ses éternelles fourmis d'en récupérer le contrôle. L'Ours aidait le Gros à se relever, l'Acrobate vérifiait que l'inconscience du mercenaire n'était pas définitive, Mescal bandait sans conviction le moignon du seul spadassin survivant.

– Vini ! m'appela-t-il. Trouve-moi une plaque de métal et trempe-la dans la braise. Je vais cautériser.

– Que tous ceux qui n'ont rien à foutre ici se tirent ! lui fit écho Halween. Et vite !

Sous les yeux consternés de Gabar, elle appuya son injonction d'un coup de sabre qui fendit un tabouret en deux. Sa frustration était telle que personne ne doutait qu'elle eût préféré fouailler de la chair. À l'exception de Qatam qui, lui aussi, préférait que sa lame pourfendît muscles et os, il y eut peu de grognements pendant que la salle se vidait sous la houlette peu amène de l'Ours et les adieux plus conviviaux de l'Acrobate.

Une fois la taverne débarrassée de sa clientèle, pendant que, avec l'aide de Pettilio et du bourgeois miraculé, je maintenais le spadassin afin que Mescal stoppât l'hémorragie de sa plaie et prévînt les infections au moyen d'une brûlure nauséeuse, Halween la Mante défoula sa colère sur le Gros. Préoccupée par ma tâche, je n'entendis pas tout, mais je ne doutai pas que ce fût globalement grossier et injuste, et le peu que j'interceptai confirmait mon impression.

– Passe encore que tu trimballes des poivrots un soir sur deux, mais ne t'avise plus jamais de me ramener des sous-merdes de ce genre !

Elle était dressée sur ses ergots, face au Gros qui se remettait à peine de ses mésaventures, s'appuyant du mieux qu'il pouvait sur une table. Elle n'avait pas lâché le sabre et elle s'en servait pour désigner Qatam – et la lame ne passait jamais loin de sa gorge ou de ses yeux –, lequel avait réussi à s'asseoir sur un banc sans se faire décapiter. Je ne dirais pas que le trappeur était serein, ni qu'il envisageait plus qu'attendre l'issue de la tempête, mais il se tenait droit et ne quittait pas la Mante du regard.

– Il n'y est pour rien, intercéda-t-il.

S'il avait porté la moustache, le sabre la lui eût taillée d'un seul passage. Il ne broncha pas. Il eut juste un commentaire :

– C'est facile quand on est du bon côté du manche face à un homme désarmé.

Halween ricana :

– Tout à l'heure, c'est toi qui tenais le sabre et moi qui étais sans arme.

– Je n'avais rien contre toi, je ne me suis pas méfié.

– Par la force des choses, tu te méfies toujours de tout et de tous... Qatam.

Cette fois, il tiqua. Il ne s'attendait pas qu'elle sût son nom et il n'aimait pas qu'elle le crachât comme un mépris. Pourtant ce fut le mercenaire, de l'autre côté du banc et encore à demi étourdi, qui accusa le plus le coup. Autant qu'Halween, il savait ce que signifiait le nom et il pouvait imaginer, rétrospectivement, qu'il l'apprenait un peu tard.

Entre mes mains, le spadassin se tendit d'un seul spasme, il y eut un grésillement écœurant et l'odeur devint insupportable. J'immobilisais un bras et une épaule qui furent tout à coup plus mous. Pettilio se détourna, le bourgeois se vomit dessus et s'évanouit.

– J'ai fini, annonça Mescal, et je ne sais pas si cela servira à grand-chose tellement il a perdu de sang. On verra demain.

Navia arrivait avec deux seaux pleins de neige, ses filles suivaient avec des serpillières de coton et des balais.

– Je veux bien nettoyer, dit-elle, mais il faut me virer ces cadavres et déplacer les tables.

D'une certaine façon, cela mettait un point final à une soirée qui ne pouvait pas en avoir, comme si nettoyer et exorciser avaient le même sens.

– Ramène une carriole, lança l'Ours à l'Acrobate, je vais chercher la brouette pour les sortir. Toi et toi (il désignait le mercenaire et Qatam), vous allez m'aider à réparer vos conneries. Halween, tu t'assureras sur leurs couilles qu'aucun d'eux ne tire au flanc. Vini, donne la main aux filles, ce n'est pas le boulot qui manque. Le Gros, Mescal, il y a des pelles et des pioches dans la remise et j'accepte tous les bras. Parleur, il vaudrait mieux que tu déniches le nouveau capitaine et que tu lui racontes le truc avant qu'il l'apprenne par je ne sais quelle mauvaise langue.

Curieusement, la prise en main de Gabar à l'instigation de Navia me fit passer la nausée. La consistance de l'air était toujours aussi irréelle, mais je connaissais bien cette irréalité-là. L'Ours assumait les siens et ce que le vent apportait à la taverne.

– Et moi ? lança la voix mal assurée de Pettilio.

– Toi, tu me ranimes le bourgeois et tu le jettes dans l'auberge qu'il n'aurait jamais dû quitter.

Je sais que, à cet instant, Pettilio eut le sentiment d'entrer dans la famille des Enselvains. Je doute qu'il eût conscience d'avoir, dans la même nuit, échappé de justesse à l'exclusion définitive. Je n'en avais cure. Au froncement de sourcils barrant les traits d'Halween, je voyais bien qu'elle pressentait l'adoption d'un autre Enselvain, parce que l'hiver allait être rude et parce que – Gabar l'avait dit – la taverne avait besoin de bras. Or, quelle que fût son opinion du bonhomme, ces bras-là et le sabre qu'elle leur avait arraché étaient des concurrents dans le seul domaine qu'aucun de nous ne lui avait jamais contesté.

Tout a une fin.

Et rien n'est une fin en soi, écrivait Karel, *si ce n'est la mort, mais franchement, il n'y a pas de quoi se vanter.*

DU VÉNÉRABLE GRAND MAÎTRE DE LA GHILDE AU PREMIER MAÎTRE DE LA LOGE MACILIENNE
Ordre de Mission

Notre agent dans la Cité du Temple nous informe que le Dogme s'apprête à expédier un émissaire au Prince Marelo pour quémander sa protection. Selon nos calculs, les forces régulières et les finances de Marelo sont si basses qu'il ne sera pas en mesure d'accorder cette protection. C'est donc à vous qu'il revient de le convaincre qu'il n'a pas davantage les moyens politiques de rejeter la requête du Temple que ceux, pécuniaires, de décliner notre assistance.

Dans un premier temps, engagez-le à négocier l'envoi de sa meilleure armée en échange de l'élévation de son cadet à la dignité d'archiprêtre. Puis assurez-le de notre soutien financier. Dans cette optique, vous êtes autorisé à régler la solde des mercenaires dont Macil aura besoin pour se préserver des pillards que le froid et la famine attirent vers elle. À titre de dédommagement, vous requerrez un laissez-passer permanent pour les caravanes et les vaisseaux des membres de notre société.

Je sais que le Prince ne vous porte pas plus dans son cœur que vous ne déplorerez sa disparition quand celle-ci se produira. Toutefois, il vous est interdit de précipiter ou de laisser précipiter celle-ci. Elle viendra en son heure, quand le monde aura rattrapé son destin.

Concernant Heyel, continuez à entretenir son souvenir des quelques jours où il accompagna l'Infante dans sa visite de la Province macilienne. Ne perdez cependant pas de vue que, même s'il fut impressionné par la beauté et la spiritualité de la jeune fille, l'héritier de Macil est bien trop pragmatique pour nourrir des espoirs à l'égard de la royale puînée. Comme vous le signalez, il sait que jamais le Royaume ne s'est défait d'une enfant de son sang pour un prince du Sud et qu'il n'existe aucun motif politique de concevoir aujourd'hui une telle alliance, au demeurant inutile (en outre, même si son fils l'en implorait, Marelo préférerait l'exiler plutôt qu'essuyer le mépris d'un royal refus à la demande d'une main dont il pense sa famille indigne).

Je sais que la tâche est délicate, mais soyez convaincant, dussiez-vous vous attirer sa colère... plus tard, il vous en saura gré.

De mon côté, puisque l'Infante semble favorablement disposée, je m'efforce d'organiser une seconde et proche rencontre. J'attends pour ce faire que nos compagnons montillans aient poussé leur monarque à commettre l'irréparable agression qui brisera les projets d'alliance nuptiale entre la dynastie de Montille et celle de notre souverain. Comme nous le savons tous deux, la victoire des troupes maciliennes ne suffira pas à élever les ambitions d'Heyel, mais, après une nouvelle rencontre, je ne doute pas que l'Infante parvienne à bousculer son père pour fomenter des épousailles de cœur.

Enfin, il me faut vous prévenir de deux désagréments. D'une part, en vue de la protection de la Cité du Temple, vous devrez momentanément prêter au Prince Marelo l'Assistant que je vous ai adjoint. D'autre part – relativement à votre rapport mentionnant l'arrivée sur la Colline d'un « gentilhomme » de fortune ayant contracté une *dette de vie(s)* auprès de nous –, et malgré l'importance de la créance, je vous demande d'en suspendre momentanément la rétribution. Je crois en effet que la personnalité de cet aventurier peut cristalliser certaines tensions, fort opportunes pour nos desseins.

SECONDE VEILLÉE

Qatam resta et Pettilio s'installa. Ils aménagèrent en deux habitations les mansardes délabrées d'un ancien moulin. Le mercenaire, lui, avait décampé dès qu'Halween l'y avait autorisé, après qu'il eut aidé Qatam à ensevelir les cadavres sur le Causse.

Anticipant l'arrêté princier d'une semaine, l'Ours ferma la taverne à la consommation le jour du solstice. La plupart des auberges étaient déjà closes et celles qui demeuraient ouvertes n'avaient plus à offrir qu'un peu de chaleur et des infusions dont personne encore ne voulait. La neige s'était arrêtée, mais les fontaines ne coulaient plus et les bassins n'étaient que glace. Après l'eau, ce fut l'hydromel, puis les eaux-de-vie ; en un mois tout finit par geler. De toute façon, nous n'avions plus à boire que ce que nous étions capables de fondre après l'avoir brisé ou concassé. Fondre signifiait chauffer, et nos réserves de bois comme de charbon diminuaient rapidement. Manger posait davantage de problèmes ; même Teng et Navia perdirent leurs rondeurs.

Pour la première fois du vivant de ses doyens, la Colline dut s'organiser et elle, qui s'entraidait habituellement d'instinct, eut du mal à le faire. Car s'il est vrai que la pauvreté se partage plus facilement que la richesse, l'indigence peine parfois à morceler son dernier quignon de pain. C'est un égoïsme de survie, je crois, contre lequel il est malaisé de lutter. Je ne sais pas si nous en serions venus à nous dresser les uns contre les autres pour une poignée de céréales ou une nichée de souris, mais nous apprenions déjà à nous taire quand nous avions la chance de dénicher un tubercule ou un rat. Se taire et cacher garantissaient des repas plus copieux.

Ce furent les pillards qui nous permirent de conserver le goût de la solidarité et Parleur qui nous en rappela les vertus. Parleur qui avait expulsé la chatte de la maison et veillait à ce qu'elle n'approchât pas d'autres habitations : elle ne survivrait peut-être pas au froid, mais elle était mieux aguerrie que nous pour se nourrir des petits animaux du Causse et, au moins, elle ne ferait le repas d'aucune famille Collinarde.

La Colline culmine à quatre cents pieds au-dessus de la Basse-Ville (laquelle descend de manière imperceptible jusqu'au niveau de la mer) et la partie habitée de ses flancs s'étend en demi-lune sur une lieue. Parleur estimait que ce que nous appelons les Pentes couvre environ deux cents acres, soit un centième de la superficie du Causse, et que deux tiers des vingt-cinq mille Collinards y vivaient, le reste habitant le Plateau. En fait, la Colline s'étage en terrasses, dont la plus basse domine déjà la Basse-Ville de soixante pieds et dont le Plateau est la plus large et la dernière sans en être le point culminant, parce qu'il grimpe encore en pente douce bien après la plus haute habitation.

Au nord, comme je l'ai déjà écrit, le Causse s'achève au-dessus de l'Aven en falaises qui l'enrobent par le couchant jusqu'à la Basse-Ville. À l'ouest, donc, l'Aven serpente indolemment avant de pénétrer dans Macil à nos pieds, coupant la Basse-Ville en deux et baignant plus loin la Citadelle telle une douve naturelle. À l'est, complètement bordée par le fleuve, la Colline domine l'estuaire du Bleyan. Au sud, c'est la Basse-Ville, puis le Port et la mer.

On ne peut pas aborder la Colline par le Bleyan : les à-pic y sont moins impressionnants que ceux que lèche l'Aven, mais la flore, la faune et les tourbières mouvantes des marécages rendent l'expédition très hasardeuse. Il faut atteindre la partie domestiquée de l'estuaire pour recourir aux bacs et traverser le fleuve à hauteur de la Basse-Ville ou du Port. Et ainsi de l'Aven, qui se franchit en des centaines d'endroits sans difficulté, mais qu'il faut longer jusqu'au premier pont de Macil pour ne pas se heurter aux escarpements. En théorie, conséquemment, la Colline ne connaîtrait le pillage qu'après la prise globale de la cité, ce qui ne s'est jamais produit. Toutefois, on ne se prémunit pas de la même façon contre la guerre ou la disette, et la Citadelle craignait davantage le jeûne que la maraude de réserves qu'elle avait déjà vidées pour son propre compte. De plus, au moins dans les premières semaines, la plupart des pilleurs étaient Maciliens ou percevaient une solde macilienne.

Ce furent d'abord des chapardages, aussi discrets que le brigandage sait l'être, puis des bandes se formèrent et s'adonnèrent aux razzias nocturnes, dévastatrices, violentes et souvent bredouilles. Quelques quartiers de la Basse-Ville furent saccagés à plusieurs reprises et s'inventèrent des milices qui, à leur tour, se livrèrent au pillage. Bientôt ces bandes se tournèrent vers la Colline. Une nuit, l'une d'entre elles grimpa jusqu'aux Enselvains.

~

La taverne se situe juste sous le Plateau, au sud-est, sur une petite place que distribuent trois rues, dont deux montent des terrasses inférieures et la troisième longe le Plateau. Cette place ressemble à un hameau dont toutes les maisons auraient été collées, contrairement aux habitations du Plateau, qui n'ont que peu ou pas de mitoyenneté, et à celles des Pentes, qui occupent de longs bâtiments citadins à flanc de coteau. Seuls Gabar, Halween, Navia et ses filles dormaient d'ordinaire à l'étage de la taverne, mais il arrivait que les combles accueillissent l'un ou l'autre ou plusieurs des amis de notre Ours préféré. Mescal, l'Acrobate, le Vielleux et moi avions souvent passé la nuit aux Enselvains.

Par cette nuit glaciale, hormis ses occupants habituels, Pettilio et Qatam s'étaient réfugiés à la taverne pour profiter d'un toit plus étanche que celui qu'ils réparaient. En outre, dans sa propre chambre, Tahelle expérimentait sa nubilité auprès d'un godelureau lui ayant promis mont de Vénus et merveilles. Ce fut elle qui actionna la cloche que Parleur avait installée dans le pigeonnier, en prévision de ce qui, justement, se produisait.

À l'époque, ma maison était la plus avancée sur le Causse, à près de deux cents toises des Enselvains. Nous les avons courues du plus vite que je pouvais mouvoir les jambes. Parleur ne me lâchait pas la main, il ne tenait pas à me laisser seule en me distançant. Lorsque, en même temps que le Vielleux et le Gros Teng, nous atteignîmes la place, il y avait le feu dans la taverne, tandis qu'une mêlée sanguinolente se nouait et se dénouait autour de la fontaine. Nous rejoignîmes Navia et Pettilio qui s'efforçaient de sortir les tables et les tabourets en flammes ; Tahelle, son godelureau et ses deux sœurs transportant des seaux de glace qu'ils lançaient inefficacement sur le feu. Parleur et le Vielleux entreprirent d'arracher les tentures.

Dehors, l'Ours maniait un banc comme s'il s'était agi d'un bâton de combat, le tenant par un bout et le faisant tournoyer au-dessus de sa tête avant de l'abattre sur les pilleurs. Il était torse nu, le poil blanc de sueur givrée, deux blessures au côté gauche. Qatam et la Mante étaient totalement nus, ils avaient juste pris le temps d'attraper leurs armes : le long sabre droit pour Qatam et les deux lames plus courtes et plus incurvées de la Mante. Comme la terre battue sur laquelle dansaient leurs pieds, ils étaient couverts de sang gelé, mais ce n'était pas le leur.

À les voir par intermittence, lui taillant toujours de l'avant et elle virevoltant telle une toupie, à les voir ainsi nus et bataillant de concert, je me demandai s'ils n'avaient pas jailli du même lit. Ce n'était pas le cas, bien sûr et hélas, ils sortaient simplement du même moule et, à mes doutes incongrus, la Mante n'eût pas manqué d'assener son réalisme guerrier : mieux vaut se battre nu que crever par pudeur. À l'évidence, leur dépouillement vestimentaire n'offrait aucune supériorité à leurs adversaires : chaque fois que le brasier que nous expulsions de la taverne éclairait le combat d'une lueur orangée, je constatais que leurs rangs s'éclaircissaient.

D'ailleurs, le moment arriva où les marauds renoncèrent, où la massue titanesque de l'Ours leur interdit irrémédiablement de rêver de la taverne, où le tourbillon des deux sabres de la Mante leur parut ne pas avoir de fin, où les brèches ouvertes par Qatam n'eurent plus l'espoir d'être comblées. Ceux qui pouvaient rompre se dégagèrent et se tournèrent vers les rues descendant à la Basse-Ville. Ce fut un carnage.

Des trois rues, des traboules, la Colline leur vomit ses hordes. Ils avaient attendu que l'Acrobate et Mescal les tirent de leur apathie, ils avaient pris le temps de s'habiller, ils espéraient peut-être que les Enselvains le leur rendraient en victuailles, mais ils avaient répondu à cette cloche, dont beaucoup ignoraient le message, par centaines. Peut-être les flammes que nous maîtrisions à peine avivèrent-elles leur colère, peut-être la certitude de leur nombre et de la victoire qui en découlait, peut-être le sang dont la place était couverte, peut-être l'animal en l'homme... ils n'épargnèrent que le pillard qui se réfugia, hors de leur portée, sur le bras du palan suspendu au toit de la taverne.

Alors ils se retrouvèrent là, sous l'enseigne et les torches à la main, trois ou quatre cents visages plus ou moins familiers, à tendre le poing vers le survivant terrorisé. Nous éteignions les dernières flammèches, Tahelle rapportait des vêtements pour Qatam et Halween, Navia tentait de soigner Gabar qui la fuyait pour examiner les dégâts dans la grande salle, Mescal et une poignée de Collinards rassemblaient les cadavres de l'autre côté de la place.

– L'Acrobate, lança une voix, va nous chercher la pipistrelle qui s'accroche aux Enselvains.

L'Acrobate était devant l'entrée de la taverne, il leva la tête, puis la hocha.

– Avec plaisir !

Il accepta le couteau de boucher qu'on lui offrit, se le carra entre les dents et bondit sur le volet d'une fenêtre.

– Non ! hurla Parleur à mes côtés.

Il y avait une telle puissance dans sa voix que les rires haineux se turent et que l'Acrobate faillit décrocher de sa prise entre les pierres. À l'intérieur, Halween passait une ceinture, elle n'acheva pas son geste, ramassant un seul de ses sabres et se précipitant. Parleur fendit l'attroupement, s'empara d'une torche et la brandit au-dessus de lui. Nous étions tous aussi surpris les uns que les autres.

– Vous ne voyez pas que c'est un gosse, bordel ? Foutez-lui la paix !

Il atteignit la fenêtre au-dessus de laquelle l'Acrobate était perché. À une toise de lui, Halween se cala dans l'encoignure de la porte, le fil encore écarlate du sabre posé contre ses lèvres. Derrière elle, dans l'ombre, Qatam se rapprocha.

– C'est peut-être un gosse, cracha une voix, mais ça l'empêche pas de tuer et de piller ! Il vaut mieux lui en faire passer le goût avant qu'il grandisse. Ramène-le-nous, l'Acrobate.

Parleur se tourna vers celui qui avait parlé et jeta la torche à ses pieds.

– Qu'est-ce qu'il y a, le Boucher ? Tu n'as pas eu ton content de viande ?

Peyal, le boucher, blêmit.

– Va chier, Parleur ! réagit enfin l'Acrobate (il avait ôté le couteau d'entre ses dents et s'était retourné, ne tenant plus que du bout des talons sur le volet). Le boucher a raison. C'est même plus de la graine de salaud, ton gosse. C'est du salaud tout court !

Juste quand il faillit reprendre son ascension, Parleur explosa :

– Et toi, tu es quoi ? Le bras du bon peuple offensé ? Le fer du droit de crever de faim dans la bienséance ? Il te doit quoi, ce môme, pour que tu juges sa façon de tenir l'hiver ? Tu lui as proposé de le nourrir ?

– Nous n'avons pas plus à bouffer que lui !

– Et rien à offrir, renchérit quelqu'un.

Navia avait enfin réussi à coincer Gabar et lui engluait les plaies d'un onguent. Il essaya de lui échapper pour rejoindre Parleur, mais elle le suivit sans cesser de l'enduire. Mescal qui, une seconde avant, se tenait près de moi, avait disparu et je le cherchais en vain. Mes mains étaient noires de suie, pourtant le sang n'irriguait plus le bout de mes doigts ; j'étais frigorifiée et je me demandais ce que tous ces Collinards attendaient pour rentrer chez eux. Là-haut, même s'il tremblait de tous ses membres, le gosse ne devait plus sentir le froid depuis un moment.

– Ce n'est pas vrai. Nous avons tous un peu de farine de gruau, des confitures, des racines et ce que nous avons entassé de l'année pour passer l'hiver au chaud. Et nous avons les rats des traboules et les corbeaux du Causse. Nous maigrissons, nous rationnons, mais nous mangeons encore. D'ailleurs, si nous sommes là cette nuit, c'est que la moitié d'entre nous pense tenir jusqu'au printemps et que l'autre espère que son assistance sera payée de retour.

Une rumeur de dénégation indignée parcourut la place. Parleur lui répondit avec la même hypocrisie :

– Vous avez raison : même sans espoir nous serions ici… comme le môme, et comme les chacals avec lesquels il est venu pour voler de quoi survivre un jour de plus. Parce qu'il en était là, lui (il donna un coup de tête vers le toit), alors que nous en sommes encore à protéger jalousement nos réserves.

– Merde, Parleur ! On ne peut pas nourrir toute la ville !

– Probablement pas, Gabar, mais ce n'est pas une raison pour juger les actes de ceux qui n'ont plus rien à bouffer. Parce que je n'en connais aucun parmi vous qui laisserait crever sa femme ou ses gosses sous couvert de la bonne morale.

Les murmures, cette fois, n'exprimèrent aucune indignation, de l'embarras, tout au plus, et la certitude d'une impuissance désagréablement prémonitoire.

– D'accord, admit Gabar d'une voix désarmée. D'accord, il y a des circonstances où on vaut pas mieux que les autres. Mais on va faire quoi quand d'autres monteront jusqu'ici ? Puis d'autres qui auront encore plus faim et d'autres qui seront mieux armés ? Bref, que ferons-nous, Parleur, quand toute la région saura que la Colline a pitié des pillards ?

Halween se dégagea enfin de l'entrée, mais elle attendit que les torches l'éclairassent bien avant d'écarter la lame rougie de ses lèvres.

– À quelle pitié fais-tu allusion ? demanda-t-elle. Tu devrais compter les cadavres, l'Ours… et il n'y a pas de Collinards parmi eux.

Même ceux n'ayant aucune chance de l'apercevoir tournèrent la tête vers le charnier qui attendait derrière la fontaine la charrette pour le débarrasser. De là où je me tenais, je ne pouvais pas le manquer et, malgré l'obscurité le baignant, j'en étais répugnée.

– J'ai besoin de bras, de pelles et de pioches, enchaîna Halween pour étouffer toute discussion. Que les autres rentrent chez eux avant de se transformer en statues de glace.

Plus de cinquante volontaires se proposèrent, les autres quittèrent la place sur des bribes de discussions qu'ils n'avaient pas l'habitude de tenir. L'Acrobate se décida à quitter son mur.

– Bonne idée, l'Acrobate, dit une voix au-dessus de lui. J'aurais été peiné de devoir te roussir le poil.

Mescal, assis sur le palan à côté du gosse enveloppé dans la cape du magicien, Mescal dont le timbre de voix ne trahissait aucun humour.

Rapidement, nous sommes tous rentrés dans la taverne, tous : ceux qui nous sentions plus Enselvains que Collinards (moins Halween occupée à son travail de fossoyeur), et nous avons entrepris de nettoyer la salle en silence. Il y avait une gêne entre nous. Ce fut Qatam qui la cristallisa en s'adressant à Parleur :

– C'est bien, ce que tu as dit. C'est vraiment bien.

Pour la seconde fois de la nuit, Parleur nous sidéra, sa colère nous sidéra.

– C'est de la rhétorique de merde ! Je n'ai pas été foutu de proposer la moindre solution et j'ai laissé Halween conclure sur sa saloperie de loi du plus fort ! Tout ce que ces abrutis retiendront, c'est qu'il vaut mieux vous avoir, elle et toi, dans leur camp.

Gabar trouva une façon très originale de dire notre incompréhension :

– C'est très bien, tout ça, comme dit Qatam, mais la prochaine fois que tu veux me traiter d'abruti, j'aimerais autant que ce soit de manière moins impersonnelle.

Je ne fus pas la seule à sourire.

– Alors puisque, apparemment, tu es le seul ici à ne pas être trop stupide, ce serait gentil de nous faire un dessin.

Le visage de l'Acrobate s'illumina aussi rapidement qu'il s'éteignit. Il regardait vers le comptoir. Je n'eus qu'à tourner les yeux pour voir Mescal apparaître avec le garçon. Mescal avait une cruche à la main et l'adolescent tenait un quignon rassis et un morceau de fromage rance. Le magicien montra une table à l'enfant et l'engagea à s'y installer, ce qu'il fit, non sans jeter un regard craintif vers Gabar.

– Je me suis permis, lança Mescal à ce dernier en faisant allusion au pain et au fromage. (Comme l'Ours haussait les épaules, il changea de sujet :) Je vous ai interrompus, excusez-moi. (Puis, de sa voix la plus innocente, il ajouta :) Vous parliez de quelque chose en particulier ou de la bêtise en général ?

Parleur n'avait pas envie de sourire, sinon il eût été cette fois le seul à le faire.

– Nous parlions de ce qui nous attend, se contenta-t-il de relever, quand, pour bouffer, Qatam et la Mante seront contraints de nous lâcher ou de nous saigner.

Décidément, le sourire changeait souvent de visage. Celui de Qatam n'échappa à personne et je ne suis pas certaine qu'il se trouva quelqu'un pour l'apprécier.

– Bêtise générale, nota simplement Mescal.

Il s'assit en face du gamin et Parleur se posa sur le bord d'une table, à côté du Vielleux. Qatam était déjà à cheval sur un banc, je m'installai sur un autre entre Tahelle et son godelureau. Navia était à l'étage avec ses deux cadettes qu'elle couchait. Pettilio rejoignit Mescal et le Gros, qui s'était déjà assis près de l'adolescent. L'Acrobate et l'Ours approchèrent deux tabourets du groupe qui n'occupait plus qu'une portion raisonnable de la grande salle. Il faisait froid et nous étions épuisés, mais, au-delà de ce qui s'était produit, nous sentions que nos certitudes et notre quotidien s'apprêtaient au bouleversement.

– Tu ferais ça ? demanda Pettilio pour la forme.

– Je ne me laisserai jamais crever.

– Tu nous lâcherais ou tu nous saignerais ?

Qatam ricana. Parleur l'interrompit avant que sa réponse n'assombrît encore nos humeurs.

– Qatam fera ce qui lui semblera le plus profitable, mais ce n'est pas le problème. Le problème est que nous nous comportons tous chaque jour de la même façon. Quand tout va bien, cela ne se voit pas. Par contre, plus les choses vont mal, plus nous nous rapprochons de la bestialité.

– Bouffer ou être bouffé, appuya Qatam.

– Ah non ! Tous les bouffeurs finissent bouffés. Il leur suffit de croiser un prédateur plus performant ou de vieillir un peu. Le lion qui s'attaque à un tigre ou à un éléphant n'a aucune chance de s'en sortir et celui qui ne court plus assez vite pour attraper une gazelle crève de faim.

– Quant à l'espérance de vie de la gazelle, c'est à pleurer de rire.

Très nettement, le trappeur considéra que sa repartie mouchait la morgue allégorique de Parleur. Un instant, le silence de celui-ci me fit penser qu'il en était réellement ainsi. Nous nous trompions : il réfléchissait. Je dirais même qu'il consultait sa mémoire.

– La différence n'est pas toujours considérable, néanmoins et très généralement, les herbivores vivent plus longtemps que les carnivores. De toute façon, nous n'avons plus grand-chose d'animal, si ce n'est la tendance à le redevenir chaque fois que, pour cause d'urgence, nous devrions nous servir de cette intelligence censée nous rendre supérieurs.

– Oh oh ! s'exclama Mescal. Sous-entendrais-tu que nous aurions meilleur compte à agir en hommes ?

L'intervention et surtout sa tournure coupèrent Qatam dans son élan polémique. Il avait la bouche ouverte, il la referma, un court instant.

– C'est quoi : agir en hommes ? demandai-je.

– Ne pas subir, se précipita le trappeur (ravi que je lui tende une aussi belle perche).

– Ne pas avoir à subir, corrigea Parleur.

Navia réapparaissait, un plateau dans les mains et, dessus, douze bols fumants. En redescendant, elle était passée par la cuisine. Commençant par le garçon, elle circula entre nous et nous remit à chacun un bol tellement brûlant que nous ne pouvions le tenir plus que le temps de le porter aux lèvres. Du thym, de la lavande et peut-être de la marjolaine, ce n'était pas très bon, mais il nous suffisait que ce fût chaud et vaguement sucré.

– Navia, tu es irremplaçable, exprima l'Ours pour nous tous. (Il huma la tisane, s'ébouillanta un peu le palais et s'adressa à Parleur :) C'est quoi, ton idée ?

– Nous ne pouvons pas massacrer tous les affamés qui monteront voler ce qu'ils nous croient posséder et nous aurons encore plus de mal à empêcher les mercenaires mandés par le Prince de nous piller. Donc, que ce soit par le froid, par la famine ou par l'épée, la plupart d'entre nous tomberont avant le printemps.

Ce constat, si pessimiste fût-il, était celui auquel nous conduisait cette première agression. Nous avions peur, en mêlant nos regards, de croiser celui d'un ami condamné qui nous observerait avec une égale compassion.

– Les vieux sont plus sensibles au froid, les enfants à la faim et les faibles à la violence, pourtant il n'y a pas de règle : si fort soit Qatam, une mauvaise blessure ou une plaie mal soignée peuvent le tuer. Quand il n'y aura plus de bois et de charbon, nos toits et nos couvertures nous protégeront partiellement du froid, même si nous ne pouvons préserver les plus fragiles des maladies qui en découlent. En revanche, il n'y a pas de remède à la faim, et la malnutrition provoque d'autres maladies qui emporteront d'autres désespérés. Toutefois… toutefois, nous sommes au bord d'une mer qui regorge de richesses.

– Nous sommes peu de marins et nous ne possédons pas de bateau, objecta Gabar. En aurions-nous et serions-nous pêcheurs qu'il nous faudrait nous acquitter du quayage princier. Or la mer est mauvaise, le poisson rare et la Citadelle gourmande. Ce que l'Intendant nous laisserait suffirait à peine à nourrir l'équipage.

– Sans compter que cela ne ferait qu'attiser les convoitises, renchérit l'Acrobate. Même les Collinards nous tomberaient dessus !

– Encore faudrait-il traverser le Port, la Basse-Ville et les Pentes sans se faire dépouiller, approuva le Gros.

Parleur leva les yeux vers le plafond, inspirant puis expirant longuement.

– J'ai toujours pensé qu'il était préférable de chercher des solutions aux problèmes, plutôt qu'essayer de prouver qu'il n'en existe pas. Il est évident que nous ne pouvons pas faire traverser la ville à un chargement de poissons dont l'Intendant ne nous laisserait, de toute manière, que les arêtes ! À peu près aussi évident que nous ne sommes rien sans le reste de la Colline… La Colline et les Collinards, l'Acrobate ! Est-ce que, pour une fois, tu pourrais dire *nous* en pensant à un peu plus que ton nombril ?

Il ne s'interrompit qu'une seconde, pour laisser la possibilité à l'Acrobate de s'offusquer, mais celui-ci en avait assez d'être rabroué chaque fois qu'il ouvrait la bouche. Parleur se tourna donc vers moi :

– Combien de Collinards possèdent des barcasses, Vini ?

Au début, je restai sans voix. Je ne comprenais pas pourquoi il s'adressait à moi.

– Réfléchis, Vini. Tu écris et tu comptes pour toute la Colline. Tu dois bien avoir une idée du nombre de mariniers qui y vivent et des bateaux dont ils disposent ?

Je réfléchis.

– Il y a Bandeo, le mareyeur, qui fait naviguer deux chalands sur le Bleyan, Caneli et Ditciec qui pêchent dans le delta, Le Guevian et quelques autres qui trafiquent dans les marais, plus les barques de ceux qui fournissent les marchés. Je ne sais pas… peut-être une trentaine d'embarcations en tout, mais rien de marin ou de vraiment solide, à part les chalands de Bandeo.

– Ils sont gros, ces chalands ?

– Ils jaugent une cinquantaine de tonneaux, mais franchement, Parleur, ils ne sont pas faits pour la pleine mer. Ce ne sont que de grosses barques à voiles carrées et à fond plat, dont Bandeo se sert pour transporter le poisson, du Port au bac de la Ménargue.

Au bas des Pentes et sur le Bleyan, le bac de la Ménargue reliait la Basse-Ville aux îles du delta, elles-mêmes jointes entre elles par d'autres bacs jusqu'à rallier la rive est du bras le plus oriental du fleuve. Depuis que certains bras peu profonds et quelques rives avaient gelé, les bacs ne fonctionnaient plus.

– Le fleuve n'est pas moins poissonneux que la mer, remarqua Mescal.

– En mettant bout à bout plusieurs filets, approuva Parleur, on peut fabriquer une senne de bonne taille avec laquelle les chalands remonteront le fleuve à partir de la Ménargue.

– Remonteront ? s'étonna Gabar.

– C'est ce que tu as dit, non ? On ne peut pas nourrir tout Macil.

Gabar regarda Parleur avec de gros yeux ronds.

– Je ne vois pas le rapport.

– Le rapport, si regrettable soit-il, c'est que nous ne pouvons pas espérer manger sans être capables de protéger la nourriture que nous dénichons et que le plus petit périmètre derrière lequel nous pouvons nous retrancher correspond précisément aux contours de la Colline.

– Périmètre ? Retrancher ? Je ne comprends rien, insista Gabar.

Je n'en saisissais pas davantage. Qatam, par contre, exulta :

– Putain ! C'est génial !

– Qu'est-ce qui est génial ? s'impatienta Gabar.

– Parleur veut fermer la Colline, l'Ours. Et il n'y a rien de plus facile : il suffit de bloquer les rues sur le bas des Pentes !

– Ce qui signifie que nous devrons pêcher en amont de la Ménargue, précisa Mescal, et qu'il faudra trouver un moyen d'accéder au quai du bac pour transporter notre pêche sous bonne garde… mais sur une très courte distance.

– Non, réfuta Parleur, la Colline est ainsi faite que nous pouvons en bloquer chaque accès, pas en sortir et y rentrer quotidiennement sans verser un sang inutile et nous affaiblir. Nous devrons nous passer du quai.

À part peut-être Mescal, qui semblait parfaitement suivre le raisonnement de Parleur, nous avons tous retenu la réplique ou la question qui nous brûlait les lèvres. Nous commencions à admettre que, même s'il improvisait, Parleur avait suffisamment d'arguments pour prendre nos critiques en défaut.

– À la verticale du Causse, reprit-il, il y a plusieurs endroits où nous pouvons utiliser les rochers en bord de fleuve comme appontements. Avec des nacelles, des poulies et de la corde, nous fabriquerons un système pour monter ou descendre les hommes, le matériel et le poisson. Par ailleurs, rien ne nous interdit d'utiliser les autres embarcations pour aller chercher du bois ou d'autres denrées et les hisser à l'aide d'un système identique.

Mescal souriait, presque fier de son ami, les autres étaient béats. Tout paraissait si simple, tout était si évident. Il n'y avait qu'à, en quelque sorte. Personnellement, je doutais que Parleur n'eût pas conservé les pires achoppements pour la fin. Non qu'il eût pour habitude de fonctionner ainsi, mais parce que, justement, tout était trop simple. En l'entendant, il m'était impossible de croire que son raisonnement était spontané et qu'il découlait de cette première crise. Il devait y penser depuis plusieurs jours, peut-être deux ou trois semaines. Alors pourquoi n'en avait-il pas parlé auparavant ?

– Qu'est-ce qui cloche ? pris-je tout le monde de court. Il y a sûrement quelque chose qui coince, n'est-ce pas ?

Il écarta les bras, plus en signe d'abattement que d'impuissance.

– Nous.

– Nous ?

– Il va falloir travailler de concert et partager sans regarder au sacrifice. Il va falloir dépendre du bon vouloir de chacun et nous fier à tous. Il va falloir que ce nous et que ce tous soient une même entité pendant probablement plusieurs mois... une entité qui couvre toute la Colline et dont personne, à titre individuel, ne tire profit.

– C'est l'intérêt de chacun, non ?

– Non, parce que, ainsi, les forts mangeront moins bien que s'ils dépouillaient ou ignoraient les faibles. Par exemple, Bandeo aurait meilleur compte de vendre le poisson une fois que ses bateaux l'auront pêché.

– Nous avons besoin de ses chalands, pas de Bandeo, rugit Qatam. Quel choix lui reste-t-il ?

– Quelle confiance peux-tu accorder à quelqu'un que tu contrains ? Combien de personnes devras-tu contraindre pour faire valoir ton opinion ? Comment les empêcheras-tu de se liguer pour se débarrasser de toi ?

Qatam éclata :

– Ben voyons ! Et si ton idée n'est pas réalisable, à quoi sert-il de nous en parler ?

– Parce qu'elle n'est pas irréalisable, mais que sa nécessité entraîne des concessions.

– Concessions, mon cul ! On a besoin des bateaux, on les prend et on se fout des profits de Bandeo ! De toute façon, c'est pas lui qui lèvera le petit doigt pour…

– Et toi ? coupa Gabar. Quel doigt aurais-tu levé avant que Parleur n'expose son idée ?

Bien qu'il fût Enselvain de fraîche date, nous mesurions déjà bien les risques qu'il y avait à vexer le trappeur. Il s'emportait presque aussi vite qu'il tirait le sabre et ses colères n'aspiraient qu'à baigner sa lame de sang. Heureusement, si blessé qu'il pût l'être, son sens de l'honneur l'empêchait de frapper le premier.

– C'est toi qui demandes ça… tavernier ? (Il avait craché le mot avec le même mépris qu'il avait occis les bourgeois de la première neige.) Tu veux me donner une leçon de charité ?

Il s'était dressé et il criait. Dans les yeux de Navia, je vis qu'elle cherchait Halween, mais la Mante n'était pas rentrée et l'Ours n'avait probablement pas besoin d'elle. Il souriait et son sourire s'élargit quand Parleur prit le relais :

– Tu es décidément bien chatouilleux sur les défauts des autres, Qatam.

– Je me fous des autres !

– Alors ne t'emmerde pas avec les chalands de Bandeo, tu n'en as aucun besoin.

Qatam marqua le coup et se rassit : Parleur l'avait touché un peu plus bas que la ceinture.

– Tu as très bien compris ce que je voulais dire, se défendit-il néanmoins, et Gabar aussi !

– Que devons-nous comprendre ? Que tu te fous des autres au point de lâcher ou de saigner tes amis pour ne pas te laisser crever ?

– C'était une image et c'est toi qui...

– Ou que les autres sont tellement importants que Bandeo n'a pas à tirer profit de leur survie ?

La fureur de Qatam s'éteignit tout à fait, remplacée sur ses traits par un renfrognement buté.

– En tout cas, poursuivit Parleur, il faudra interroger Bandeo avant de décider pour lui de l'attitude qu'il tiendra. Je voulais simplement souligner que la Colline n'est pas une communauté homogène au sein de laquelle nous aurions tous autant à perdre ou à gagner. Il conviendra de faire preuve de diplomatie et de subtilité pour gagner l'engagement de certains.

– Par exemple ? s'enquit Pettilio.

– Par exemple, il est évident que nous devons prendre personnellement l'avis de ceux dont la Colline a le plus besoin, *avant* que tous les Collinards se réunissent pour discuter de ce qui s'est produit cette nuit et des mesures à prendre, mais *après* que Gabar les aura conviés à le faire.

Gabar protesta :

– Moi ? Mais... Bon sang, Parleur ! C'est toi le... le... le parleur !

Mescal se joignit à mon rire. La panique drolatique de Gabar était exactement ce dont la taverne avait besoin pour digérer la violence du trappeur.

– Désolé, l'Ours, mais cette nuit, les pillards en avaient après les Enselvains. Tout le monde comprendra que ça te reste en travers de la gorge. De plus, tu es le seul Collinard que tous les Collinards connaissent et, autant que je le sache, tu n'as pas réussi à te faire le moindre ennemi, même parmi les autres taverniers.

– J'ai horreur de parler.

– Toute la Colline le sait. Cela ne fera que renforcer le peu que tu diras.

– Je ne saurai pas quoi dire.

– Ça t'évitera de nous endormir avec un discours. Après, il te suffira de donner la parole à ceux qui voudront bien s'impliquer : Qatam pour le blocage des rues, Halween pour la défense des barricades, Bandeo pour la pêche, moi pour le système des nacelles, etc. Il ne s'agit pas de convaincre ; le froid, la faim et les pillages ont déjà fait le boulot. Il s'agit de susciter un minimum d'organisation pour lutter contre l'hiver.

Beaucoup plus tard, je pris conscience que, d'idée très théorique, la proposition de Parleur était devenue projet puis plan de travail, sans que nous en eussions réellement discuté et encore moins décidé. Parleur parlait et nous suivions. Il y avait quelque chose de magique dans cette sujétion, quelque chose qui ne tenait pas seulement de ce charisme, dont Mescal me parla par la suite, et qui ne dépendait pas uniquement du parfait usage qu'il faisait de ces connaissances humaines. Aujourd'hui, je sais que cette magie s'appelle intégrité et qu'elle fonctionne par la conscience que nous en avons, car tous nous connaissons les limites de notre propre honnêteté. Nous ne savions pas au juste ce que Parleur pensait, mais nous n'avions jamais détecté le moindre décalage entre ses paroles et ses agissements. De cette probité découlait une confiance absolue : que nous approuvions son engagement ou que nous le rejetions, celui-ci ne déviait pas.

Sur le moment, excitée par cette notion de communauté et par le bien-être qu'elle me procurait, j'éprouvai une irrésistible envie de m'impliquer.

– J'irai voir Bandeo. Il y a des années que je peaufine ses comptes avant qu'il les présente au Connétable, il m'écoutera. Ce n'est pas vraiment un philanthrope, mais il aime qu'on l'aime et il sait qu'on ne peut pas prendre sans donner. Je lui ferai comprendre que son désintéressement lui conférera une aura qui, à la longue, lui rapportera autant en estime qu'en écus. Je passerai chez Caneli aussi, il a toujours rêvé de me marier à un de ses fils et il continue, même si le seul que les guerres lui ont laissé n'a que quinze ans. Pour Ditciec, ce sera plus difficile, il habite sur le bas des Pentes et la plupart de ses relations sont de la Basse-Ville. Il n'acceptera pas de les abandonner.

– Il ne sera pas le seul, intervint le Gros. J'ai pas mal de copains sur le Port et c'est surtout grâce à eux que je bouffe ces derniers temps.

– Tes copains continueront à se débrouiller, intervint Parleur, mieux d'ailleurs que la plupart des amis que les Collinards laisseront tomber quand nous verrouillerons la Colline. Ditciec, c'est autre chose… c'est lui qui permet directement à ses proches de survivre. Il faudra le laisser conserver une partie de sa pêche pour qu'il continue.

– Cela provoquera des inégalités, donc des tensions et des jalousies, remarqua Mescal.

– Nous fermons la Colline et nous nous entraidons, dit Parleur. Ce qui signifie que nous partageons équitablement le produit de cette entraide. Chacun est libre de gérer sa part comme il l'entend.

– Pourquoi Ditciec devrait-il se fendre sur les miettes qui lui reviendront ?

– Parce qu'il aura plus que des miettes.

– Alors pourquoi sa part serait-elle plus importante que celle des autres ? se ranima Qatam. Tu recrées le système de privilèges que tu recommandes de suspendre.

– Parce que la Colline sera redevable à Ditciec qui débauchera gratuitement une part de ses talents pour elle, lui qui les emploie déjà pour d'autres.

La porte de la taverne s'ouvrit alors sur une bourrasque d'air glacial et Halween entra. Malgré l'heure tardive, elle ne fut pas surprise de nous trouver tous encore présents.

– Ah ! Le conseil de guerre a déjà commencé (on eût dit qu'elle était soulagée).

Je n'avais pas envisagé notre discussion sous cet angle, pourtant, maintenant que la Mante la qualifiait ainsi, j'acceptai l'image pour l'expression sans ambages d'une sombre réalité. Seul Parleur en parut contrarié, néanmoins il laissa Mescal résumer le cours de nos réflexions sans en faire la remarque. Quand le magicien eut terminé, Halween adressa une œillade admirative à Parleur.

– Personne ne gardera un bon souvenir de cette année de chiotte, mais je plains la mémoire de ceux qui ne t'ont pas.

Excepté le godelureau de Tahelle et, peut-être Pettilio et Qatam, personne dans la salle ne rata les sous-entendus de la phrase. L'hommage, en tout cas, provoqua chez Parleur un malaise inhabituel. Il eut un claquement de langue irrité et son regard fuit celui d'Halween. Comme en d'autres occasions, je me demandai comment il pouvait ne pas deviner la femme sous son apparat de Mante et pourquoi il s'obstinait à la détester. Cette fois pourtant, à cause de cette gêne, je compris qu'il voyait très bien la femme et sa perfection, qu'il les percevait même mieux que moi et que cela lui était odieux. Il me restait à découvrir la nature de cette répugnance. Pour l'heure, je ne voulais pas le laisser dans cet embarras.

– Je me charge de Bandeo et de Caneli, résumai-je, et il serait préférable que Parleur m'accompagne pour rencontrer Ditciec. (Il accepta d'un hochement de tête.) Par contre, je ne m'aventurerai pas auprès de Le Guevian.

– Pourquoi aurait-on besoin d'un trafiquant ? demanda Pettilio.

– Nous avons besoin d'accéder aux marais, répondit Mescal, et Le Guevian en contrôle près du tiers. De plus, il a suffisamment d'influence sur les autres trafiquants pour nous ouvrir leur attention. Je traite parfois avec lui pour certains… euh… ingrédients… euh… magiques. Il ne m'entendra peut-être pas, mais il m'écoutera. Seulement, je doute que je puisse l'intéresser avec de belles phrases : il a un profond sens du négoce et nous n'avons pas grand-chose à concéder.

– À part toi, qui utilise ses services ? interrogea Parleur.

– Beaucoup de monde, même dans la Citadelle ! Sa devise, c'est : « Dis-moi ce que tu veux, je te dirai quand et à quel prix je peux te l'avoir. »

– Et lui, de quoi a-t-il besoin ?

– D'écus. (Parleur étant insatisfait de sa réponse, Mescal poursuivit :) De protections, de passe-droits, de tout ce qui lui permet de continuer son activité sans ennuis.

– Il a certainement des ennemis ?

– La Ghilde. C'est d'ailleurs pour ça qu'il reste sur la Colline.

Qatam remua sur son banc, mais il ne dit rien.

– Comme toi, l'aiguillonna Halween. Ça ne te suggère pas un biais par lequel on pourrait le pousser à prendre la bonne décision ?

– Si réellement la Ghilde en a après lui, il a toute mon admiration, répondit le trappeur.

C'était une fin de non-recevoir. Personne n'insista.

– D'accord, dit Parleur, s'il ne réagit pas d'emblée positivement, le plus simple sera de lui demander ce qu'il veut. On avisera après. Qui d'autre est susceptible de nous mettre des bâtons dans les roues ou de nous apporter une assistance solide ?

– Le prêtre, dis-je, son appui nous faciliterait beaucoup les choses.

Sans se froncer vraiment, les sourcils de Parleur se plissèrent.

– Les Dogmates ont déjà un pied sur la Colline, dit-il. Il serait préférable de ne pas les engager à y mettre l'autre.

À l'instar du Royaume et de la plupart de ses proches voisins, Macil est dogmate, depuis longtemps. Elle l'était même avant que le Dogme remonte le Bleyan et traverse les Forêts Profondes pour atteindre la capitale du Nord. Cela fait mille ans, mais il y a à peine deux siècles que la Colline possède son propre temple, un seul temple (la Basse-Ville en compte douze) que les Collinards ne fréquentent guère, moins par manque de foi que par défaut de religion. C'est une chose que reconnaître la préséance d'une volonté divine nourrie des essences de toute existence, du végétal à l'humain. C'en est une autre de lui dédier sa vie en acceptant le Dogme pour seule représentation de son autorité. J'aime l'idée de cette entité née de toutes les autres, d'une certaine façon elle abolit les privilèges. À l'inverse, il m'est difficile d'accepter que le Dogme en soit pétri, et intolérable qu'il en soit le plus fervent zélateur.

Karel écrivait : *Le Dogme est une hiérarchie qui entend ordonner le monde à sa convenance, sous prétexte que l'individu n'en est qu'une infime partie. Il s'est arrogé l'expression du Tout pour en dominer chaque élément. Alors il octroie les mérites et les blâmes, ainsi qu'un roi distribue les privilèges et les punitions. Alors il dicte ce qu'il convient pour chacun sans qu'il revienne à tous la même part. Il flatte les puissants afin de croître dans leur ombre. Il rassure les faibles afin qu'ils s'en tiennent à leur impuissance. Il endort les déshérités afin qu'ils endurent leurs souffrances dans l'humilité. Le Dogme est une machine à conserver le monde en l'état. Qui, à part les puissants, peut s'en contenter ?*

« Les Dogmates », répondait Parleur.

Et il avait raison, mais il était injuste. Même parmi les ordonnés du Dogme, on rencontre des purs. Ils en sont la piétaille, ils en sont les martyrs, ils en sont le faire-valoir, l'excuse et le bouclier. Alviès, le prêtre de la Colline, était de ceux-ci, dogmate par vocation, humain jusqu'au schisme. Collinard de naissance, missionnaire par vertu, il avait si bien servi le Dogme dans les contrées inhospitalières que, pour sa fin de carrière, on lui avait confié le plus éreintant des sacerdoces : le temple déchu de la Colline des hérétiques. C'était une sanction, bien sûr, pour s'être dressé contre la hiérarchie, pour avoir aidé ses ouailles du bout du monde à échapper à l'esclavage, mais il avouait s'en réjouir quotidiennement depuis dix ans, et de nombreux Collinards s'en réjouissaient avec lui.

– Alviès prêche pour le Dogme, pas pour les Dogmates, dis-je. Il n'est pas moins Collinard que nous et il ne vit pas autre chose. S'il parle pour notre projet, de nombreux hésitants s'y investiront.

– Je m'en occupe, annonça Pettilio.

– Toi ? réagit l'Acrobate. Tu ne le connais même pas !

– Je ne l'ai vu qu'une fois, admit Pettilio, et cela ne saurait suffire à le connaître. Mais mon oncle était missionnaire et mon frère aîné est prêtre. De plus, j'ai reçu une éducation religieuse et je ne suis pas hostile au Dogme. Lequel d'entre vous se sent moins intolérant que moi ?

– Je t'accompagne, proposa le Vielleux. Je ne suis pas plus dogmate que Parleur, mais ce prêtre-là s'en fout complètement et mon père garde un bon souvenir des tours qu'ils jouaient ensemble quand ils étaient mômes.

Le Vielleux n'ajouta pas que, à l'époque où il portait encore le nom que lui avait donné son père, quand il prêtait ses compositions aux textes de Karel, le prêtre Alviès avait racheté sa vie au Prévost. De toute façon, depuis la mort de son ami poète, depuis la mort de mon frère, le Vielleux parlait peu.

– Nous avons fait le tour ? demanda Gabar à la ronde. Parce que je sens qu'il va falloir se lever tôt et que je tombe de sommeil.

Parleur hocha la tête.

– Nous allons tous nous lever tôt, en effet, ne serait-ce que pour s'assurer que toute la Colline sera prévenue avant midi. L'Acrobate, le Gros, c'est surtout à vous qu'il revient de faire du battage : vous êtes de loin ceux qui connaissez le plus de monde.

– Je veux bien prévenir toute la Colline, accepta Teng, mais il faudrait d'abord fixer l'heure et le lieu de cette fameuse réunion.

Parleur ne réfléchit pas une seconde :

– À la seizième heure, pendant qu'il fait encore jour, et sur le Plateau, sur la Place du Marché… c'est à peu près le seul endroit où nous tiendrons tous.

– Tu sais, lâcha Mescal, tout le monde ne viendra pas.

– Oh ! Ça, je sais ! Mais nous serons déjà nombreux, fais-moi confiance.

– Il n'y a qu'à juger du nombre de rigolos qui nous ont donné la main ce soir, renchérit Halween.

Parleur l'incendia du regard.

– Au fait, l'Ours, ajouta-t-elle, il y avait trente-quatre cadavres dans la charrette.

Au-dessus de son bol vide, le gosse éclata en sanglots. Il avait un frère à peine plus âgé que lui dans ce décompte macabre. Même l'Acrobate et Halween eurent honte de ses larmes.

Sur le chemin du retour, en m'efforçant de maîtriser le tremblement de mes mâchoires, je demandai à Parleur :

– Cette idée de barricader la Colline… tu y penses depuis combien de temps ?

Tout en avançant, il me serrait contre lui et il me frictionnait le dos. La réponse tarda.

– Ça fait plusieurs jours, hein ? insistai-je.

Je levai alors la tête vers lui et je vis qu'il avait les yeux fermés, comme s'il contenait quelque chose. Il les rouvrit, mais il ne me regarda pas.

– À la vérité : depuis que je l'ai vue, soupira-t-il.

– Depuis que tu l'as vue ? Mais ça fait presque deux ans !

Je ne comprenais pas. Je ne pouvais pas comprendre, et il ne m'éclaira pas.

– Ça fait un an et demi. Mais ta question concerne cet hiver, n'est-ce pas ?

Je n'eus pas le loisir d'acquiescer.

– C'est une idée qui a commencé à germer le jour où Qatam est arrivé aux Enselvains. Je savais vers quoi nous allions et je savais que la Colline pouvait s'en sortir en se repliant sur elle-même. Les autres idées se sont imposées petit à petit.

– Bon sang ! Pourquoi n'en as-tu pas parlé avant ?

Il s'arrêta.

– Avant quoi, Vini ? Avant que qui que ce soit puisse l'entendre ?

Cette fois, il me regarda et il récita :

– *Je mourrai jeune parce que je dis aujourd'hui ce que le monde découvrira demain. Si l'on y réfléchit, ce n'est pas pire qu'atteindre l'âge des vieillards avec la cer-*

titude que le monde ne changera pas, mais c'est rageant.

Il se remit en marche, m'entraînant de son bras. Il avait encore Karel à l'esprit :

– *Ma vie se précipite et je n'ai rien achevé. Si seulement j'avais été patient ! Si seulement j'avais su attendre, parfois, que l'aube s'annonce, pour dire : il va faire jour.*

– *Mais il fait nuit noire,* poursuivis-je, *et je m'obstine à dire « le soleil va se lever » à des enfants qui sont encore aveugles. Comment expliquer le soleil à quelqu'un qui ne connaît pas la lumière ?*

Rapport du Premier Maître de la Loge Macilienne au Vénérable Grand Maître de la Ghilde
(extraits)

J'ai perdu le contact avec les membres de ma loge qui n'ont pas la chance d'habiter la Citadelle. Si le froid, la famine et les actes de violence se prolongent, je crains de devoir reconstituer une part importante de mes effectifs dès le printemps. C'est une dépense de temps et d'énergie qui tombera au mauvais moment, mais qui nous permettra de disposer, à la base, d'éléments moins initiés à notre grand projet. Trop de novices et d'assistants possèdent en effet aujourd'hui des informations qui, pour parcellaires qu'elles sont, conduiraient un esprit synthétique à entrevoir nos intentions.

J'ai déjà vérifié hier soir, avant son départ pour la Cité du Temple où, dans les semaines à venir, il passera la robe d'archiprêtre, que le jeune Yergheli subodore plus qu'il n'est souhaitable. Contrairement à son frère Heyel, rompu aux sciences militaires du commandement, Yergheli excelle dans l'art de la politique et des arcanes. Il faut avouer que, en cette matière, l'enseignement dogmate n'est pas moins efficace que le nôtre. Bref, il ne s'est pas contenté de s'étonner que notre société manœuvre à son intronisation dans les hautes sphères du Temple (plusieurs recoupements l'avaient jadis amené à supposer que nous étions les instigateurs de la formation spirituelle encouragée par sa défunte mère et, à quatre reprises déjà, il s'était enquis de ma position vis-à-vis de sa prêtrise).

Hier, donc, il m'a clairement exprimé qu'il ne servirait pas *deux* maîtres et que, s'il devait au futur Prince Heyel la fidélité d'un cadet pour son aîné, il ne braderait pas son mandat ecclésiastique pour un frère manipulé par le plus farouche ennemi du Dogme. Je le cite :

« – Le travail de la Ghilde a été récompensé au-delà de vos attentes ; je ne me suis pas seulement immiscé dans la hiérarchie du Dogme, je suis devenu dogmate. »

Et c'est vrai, je n'en doute pas, comme je ne doute pas qu'il devienne un jour le premier dignitaire du Temple… ainsi que nous le souhaitons. Toutefois, je ne pouvais pas lui expliquer que nous avons autant besoin de sa totale allégeance au Temple que d'un ennemi de la trempe du Dogme. De toute façon, il finira par le comprendre lui-même, lorsqu'il percevra l'intérêt des guerres intimes quand il s'agit de se partager le monde.

Pour cette fois, je me suis borné à l'appâter avec les avantages que pourrait tirer un prince macilien du soutien conjoint du Temple et de la Ghilde. Une lumière dans son regard m'a confirmé qu'il n'était pas aussi imperméable aux intérêts de sa famille que son dogmatisme le prétendait, mais il a immédiatement orienté la conversation sur le terrain le plus instable. Je le cite encore :

« – Mon frère s'attend à un règne tel que notre père l'a connu… tel que tous les princes de Macil l'ont connu : martial et sans gloire. Il est naïf et sanguin. Vous n'aurez aucune peine à ajouter l'opulence à son destin et le Temple éprouvera peu de difficultés à asseoir son image et sa notoriété, mais pourquoi celui-ci le favoriserait-il et quel bénéfice en retirerez-vous ?

« – Les Royaumes du Nord étendent leurs empires vers l'orient et le sud, lui ai-je répondu. Bientôt, ils coloniseront massivement les continents découverts à l'occident. Les Royaumes auront de nouvelles terres à conquérir, pour lesquelles et dans lesquelles ils s'affronteront des siècles durant. Le Temple aura lui de nouvelles peuplades à endoctriner, de nouvelles âmes à transcender, de nouvelles offrandes à accepter. Et la Ghilde exploitera de nouvelles marchandises, bâtira de nouveaux comptoirs, tracera de nouvelles routes commerciales. Mais avant cela, Yergheli, avant que nous puissions songer à tirer profit de l'immensité du monde, il faudra que nous ayons stabilisé une partie de celui-ci, celle pour laquelle et dans laquelle les Royaumes se déchirent depuis des siècles : notre continent et les mers qui le bordent, dont la plus convoitée d'entre elles, que les Maciliens appellent Mer Macilienne. Beaucoup de cités marines pourraient prétendre au titre de Porte du Sud et de l'Orient, mais seule Macil est imprenable par la mer et sa situation de province du plus puissant Royaume du Nord la préserve des sièges terrestres. Avec votre influence et notre soutien, elle pourrait être le phare qui assagirait la région et servir son roi autrement que par la guerre. Alors enfin, au lieu de nous disputer une poignée de cours dégénérées et des millions de roturiers aux abois, nous pourrions défricher le monde et reprendre notre jeu d'escarmouches sur des terres prometteuses.

Voilà, Vénérable, dans notre grande clepsydre, Yergheli est à son tour en mouvement. C'est plus tôt que nous ne l'avions prévu, et nous aurons du mal à le garder dans ses canalisations, mais quand viendra l'heure – faites-moi confiance –, il entraînera tout le Dogme dans la vasque que nous lui réservons.

Au fait, et sans vouloir vous offenser, Vénérable Maître, je me permets de renouveler ma demande de renseignements, toujours sans réponse, concernant l'étranger mystérieusement apparu à Macil l'année des Feux de Pierre.

TROISIÈME VEILLÉE

Le vieux Caneli fut facile à convaincre. Trois fois, il m'avait espérée pour l'un de ses aînés et, trois fois, les guerres ne lui avaient offert que le désespoir, mais il me rêvait encore en bru et il m'aimait envers le destin, comme si celui-ci finirait par l'exaucer. Je le visitai en premier, parce qu'il avait en mon cœur la place qu'eût occupée mon père, si mon père avait vécu, et parce que j'avais besoin d'assurance.

Il faisait à peine jour. La porte du hangar, qu'il habitait avec obstination depuis trente ans, avait grincé sur ses gonds.

– Ma Vini, m'accueillit-il à bras ouverts.

Je me glissai entre eux et lui offris mon front à embrasser. Derrière lui, accoudé à la table où ils prenaient tous leurs repas, son dernier garçon reposa le bol qu'il portait à ses lèvres et s'essuya la bouche avant de se lever. Il souriait, comme seuls sourient les petits frères quand ils n'ont pas vu leur sœur depuis longtemps.

– Vini ! exulta-t-il.

Pour cause de puberté, je n'étais peut-être plus tout à fait sa sœur, mais son sourire n'exprimait rien de moins que sa joie de me revoir.

– Il y a des mois que tu n'es pas passée !

– Deux mois, corrigeai-je.

– Deux, c'est « des », non ?

– « Des » est une quantité qu'on ne sait pas définir, Ielo... donc plus de deux.

– C'est bien ce que je disais : deux mois, c'est tellement long qu'on peut dire « des ».

J'avais un faible pour Ielo, probablement parce que notre différence d'âge m'avait toujours semblé suffire à déjouer les projets matrimoniaux de son père – ce qui n'avait pas été le cas pour ses trois regrettés frères, que j'avais dû *éloigner* de moi, mais il me dépassait maintenant d'une bonne tête et je sentais nettement ses muscles lorsqu'il me serrait dans ses bras. Or, même s'il était plus indépendant que ses frères, je connaissais l'influence que Caneli avait sur ses fils. Voilà pourquoi j'avais espacé mes visites.

– Et en plus ma venue est intéressée ! me jetai-je à l'eau.

Oh ! je ne risquais rien, pas même de me faire reprocher cet intérêt. Je n'eus qu'à expliquer et, lorsque ma requête fut formulée, le père se tourna vers le fils, ainsi qu'il l'avait toujours fait avec chacun de ses enfants, quel que fût leur âge.

– Qu'en penses-tu, Ielo ?

Ielo hocha deux fois la tête.

– Ce que j'en pense ? J'en pense que la Colline a une chance de passer l'hiver. Et ça, c'est pas donné à tous les quartiers de toutes les villes !

Pour moi, cette réponse, qui englobait un univers beaucoup plus vaste que celui fréquenté par l'adolescent, disait combien celui-ci était mûr au-delà du duvet lui couvrant le menton, et, très égoïstement, cela me contraria.

Une heure plus tard, je n'eus pas davantage de difficulté à emporter l'adhésion de Bandeo, bien que nos rapports ne ressortissent pas à la même intimité. En fait, si cossu fût-il – et il détenait assurément la plus grosse sinon la seule fortune de la Colline –, le mareyeur appréciait les situations claires et les relations simples. Il goûtait qu'on allât droit au but et qu'on ne l'embarrassât pas de flatteries ou d'hypocrisie, et il appliquait à son endroit ce qu'il espérait d'autrui… qualité indéniable s'il en est, mais qui me créa quelque souci lors de nos premières rencontres.

Il faut avouer que, à dix-neuf ans et malgré une existence plutôt riche en mouvements, je débordais encore de candeur. Son regard sur mes seins, par exemple, me gênait à peine moins que ses mains lorsqu'elles me frôlaient la nuque ou les cuisses ou mes propres mains. Dans l'exiguïté de son bureau, je fus d'autant plus mal à l'aise que, malgré mon habileté à lui échapper, il finit par me proposer clairement la botte. Offre aussi rapidement qu'explicitement déclinée, cela va de soi, sans qu'il m'en tînt aucune rigueur… et sans qu'il cessât de reluquer mes charmes. Au moins, il ne m'effleurait plus.

Un an plus tard, alors que j'achevais ses comptes mensuels, il remit le sujet sur la table en me regardant droit dans les yeux.

« – Je vais encore te choquer, Vini, mais j'aime la vie à un point dont tu n'as pas idée, et ta beauté fait partie des attraits qui motivent cette passion. C'est sûrement très mal ou très sale, néanmoins il m'arrive de te désirer et de trouver absurde de le taire.

« – Vous êtes marié…

« – Je désire aussi ma femme très régulièrement, et elle-même me désire alors qu'elle en désire d'autres.

« – Elle les désire, mais elle ne vous trompe pas.

« – Non, Vini, elle ne me trompe pas, elle assouvit ses désirs.

À quarante ans, avec son sourire espiègle, son front dégarni et dépourvu de la moindre ride, Bandeo était encore très bel homme. À vingt, je perdais le goût des certitudes au profit d'une nonchalance accorte. Un matin, au lieu de calculer la taxe de mareyage, je laissai le mareyeur se glisser sous mes jupes. C'était facile, c'était agréable et cela n'exigeait rien de moi.

Comme j'écrivais pour les gueux, comme je comptais pour les roturiers, comme je chantais pour les noctambules, comme tout ce que j'entreprenais au service d'autrui, m'offrir devint une évidence autant qu'un accomplissement. Bandeo ne fut pas mon premier amant, mais il fut le premier auquel je m'abandonnai par amour pour tous les autres. Karel parlait du devoir d'aimer, moi j'aimais sans effort. C'était si simple.

Adolescente, une maladie m'avait emporté le pouvoir d'enfanter. Adulte, je pouvais défaillir impunément, et défaillir encore, et libérer l'homme des pulsions qu'il transforme si souvent en violences. Halween me classait dans le rang des galantes – et elle usait d'un autre vocabulaire –, mais je ne l'étais pas, et pas seulement parce que mon plaisir ne s'achetait pas. Je choisissais. J'ai toujours choisi, et nul autre que mes amants n'en a jamais rien su.

À Bandeo, je devais de ne pas confondre l'émotion et l'émoi, je n'eus jamais à lui en vouloir. Dès qu'il eut appris à dresser convenablement ses comptes, je ne me rendis plus à son bureau qu'une ou deux fois l'an pour m'assurer que le Connétable ou l'Intendant ne leur trouverait aucune faille. Il n'y avait pas de rite entre nous, mais toujours nous échangions des plaisirs qui nous voyaient haletants.

Ce matin, lorsqu'une domestique m'introduisit dans son cabinet, amaigrie, lasse et les yeux tellement cernés qu'ils me tiraient le visage, Bandeo afficha une surprise nuancée d'attention inquiète.

– Vini ? Ça ne va pas ?

Je compris tout de suite ce qui traversait ses pensées. Il était là, mon mareyeur, dans sa belle maison bien chauffée, le ventre sûrement repu, l'esprit à peine soucieux des affaires qui ne se faisaient plus et la petite épistolière aux traits tirés grelottait de froid devant lui. Il avait honte et, pour moi, cette honte anticipait l'engagement que j'étais venue quérir.

J'ôtai ma cape, contournai le bureau et m'accroupis devant l'âtre pour réchauffer mes mains à la chaleur de la flambée.

– J'ai connu des hivers plus cléments, dis-je.

Je n'étais pas encore coutumière des phrases intentionnelles et des mots si bien choisis qu'ils font mouche à peine prononcés. Pourtant, ceux-ci me vinrent d'instinct, comme surgirent tous ceux de ce curieux entretien.

– Je… Tu as faim ?

Il avait quitté son fauteuil et il était dans mon dos, au-dessus de moi. Je sentais sa gêne et sa maladresse aussi sûrement que je percevais le sang remontant à mes doigts.

– J'avalerais bien un cuissot ou un gigot, mais ce n'est pas très original, n'est-ce pas ?

Dieu que les couteaux sont faciles à enfoncer quand on sait où les planter !

– Je n'ai ni cuissot ni gigot, se ressaisit-il, mais j'ai du saur d'anguille et du pâté de mouette. Il doit même me rester un pain et de l'hydromel…

En cognant à l'huis du mareyeur, je n'avais pas imaginé une seconde que je pourrais me restaurer, je n'avais d'ailleurs pas faim, mais comment refuser une nourriture qui me manquerait avant la fin de la journée ?

– Va pour le pain, le pâté et l'hydromel !

Il tira le cordon d'une sonnette et donna ses ordres à la domestique. Un peu plus tard, assis en face de moi, de l'autre côté du bureau, il me regarda grignoter pendant qu'il sirotait une coupe d'hydromel. Que j'eusse du mal à mâcher lui échappa complètement.

– C'est bon, le remerciai-je.

Il sourit et me laissa manger sans poser une seule question. Quand j'estimai que je m'étais assez forcée, je vidai ma coupe d'un trait, nettoyai quelques miettes du bout des doigts et décidai de répondre à sa patience :

– Tu as entendu que l'Ours réunit la Colline cet après-midi ?

– La Colline ? haussa-t-il un sourcil.

– Je crois qu'il y aura du monde, oui.

– Le bruit est effectivement arrivé jusqu'ici. C'est pour ça que tu es venue ?

Je hochai la tête.

– Cette nuit, les Enselvains ont été attaqués…

– Je sais cela aussi. Il y a eu pas mal de pillages ces derniers jours, dans toute la cité. (Il soupira.) L'Intendant a vidé mes entrepôts depuis plusieurs semaines, tout le monde le sait, mais cela n'a pas empêché certains de les dévaster. La Basse-Ville est à genoux, il est normal que les maraudeurs grimpent sur la Colline.

– Normal, oui, comme il est normal que nous nous défendions. Cette nuit, nous avons tué trente-quatre pilleurs. Demain, ils seront peut-être cent ou mille et nous n'aurons pas toujours le dessus.

– Gabar veut organiser une milice ?

L'intelligence de Bandeo n'était peut-être pas aussi aiguisée que celle d'un Mescal ou d'un Parleur, mais personne ne pouvait le soupçonner de stupidité.

– Pas exactement. En fait, nous allons fermer la Colline. (Je laissai son intérêt lui plisser les yeux et je continuai :) Il suffit de barricader les rues au bas des Pentes et de se relayer pour garder les barricades et les rendre inexpugnables. Dans ces conditions, une poignée d'hommes peuvent repousser des centaines d'assaillants sans se découvrir.

Il se prit le menton entre trois doigts et entreprit de le masser.

– Il y a sept rues qui partent de la Basse-Ville, plus la Montée du Hayet et les Mille-Marches. La plupart sont tellement pentues ou étroites qu'elles sont aisées à bloquer, mais la rue du Bac et le chemin Aux Dames seront beaucoup plus coûteux à garder. (Il évacua la difficulté d'une moue désinvolte.) Ce n'est pas infaisable... par contre, cela suppose que nous ne nous boufferons pas entre nous.

Je me levai et vins m'appuyer contre le bureau, près de son fauteuil.

– Il suffit d'avoir autre chose à bouffer, lâchai-je, et c'est là que tu as une carte à jouer.

– Vini ! Bon sang ! Je n'ai *réellement* plus rien en stock !

– Tss tss tss !

Il jeta un œil vers les restes du repas qu'il m'avait offert. Je le détrompai immédiatement :

– Tu as deux chalands, Bandeo, et nous avons le moyen de les charger et de les décharger sans que quiconque puisse nous en empêcher.

Je lui expliquai l'ensemble de notre projet. Il attendit que j'eusse fini pour interroger :

– Vous voulez que je vous *prête* mes bateaux, c'est ça ?

– Tu as l'habitude d'approvisionner et de distribuer. Ce sont surtout ces talents dont la Colline a besoin, car tu es le seul à pouvoir gérer le rationnement sans provoquer ni carence ni conflit.

Je vis son regard s'allumer. Il pensait : « Je vais nourrir la Colline alors qu'elle est incapable de subvenir à ses besoins. » Et il subodorait déjà l'aura que cela allait lui conférer.

« C'est ça, mareyeur, ne lui dis-je pas. Tu as déjà le respect des Collinards, tu vas gagner leur estime, et tes concurrents de la Basse-Ville ne s'en relèveront pas, en tout cas pas sur ton territoire. »

Il ne remua pas longtemps l'idée avant de se décider.

– Je ferai de mon mieux, Vini, mais il faut d'abord récupérer mes chalands à la Ménargue. Ce qui nécessite auparavant d'avoir un endroit où les apponter en amont.

Je ris : Parleur s'était levé en même temps que moi et il était parti vers le Causse.

– Tu auras l'endroit avant ce soir et l'appontement dans la matinée de demain. Je suppose que nous utiliserons l'un des chais comme entrepôt et que le plus dur sera d'y accoler une fumerie.

Son front se rida légèrement.

– Je n'ai pas eu souvent l'occasion de rencontrer Gabar, mais, franchement, je ne l'avais pas jugé si… organisé.

– Ce n'est pas étonnant, biaisai-je, il faut être plusieurs pour s'organiser.

Je ris une nouvelle fois et il se contenta d'autant plus facilement de ma réponse que mon rire le toucha au bas-ventre. Les fesses appuyées sur le bord du bureau, j'étais si proche de lui qu'il eut juste à tendre la main pour la glisser sous le revers de ma robe et planter ses doigts dans ma chair.

Un peu après midi, sur les conseils de Teng, nous trouvâmes Ditciec sur le mail de la Ménargue. Il discutait plutôt chaudement avec d'autres pêcheurs, dont beaucoup étaient de la Basse-Ville. Teng nous avait expliqué qu'une véritable guerre d'influence se jouait autour du bac depuis que les compagnies avaient interdit le chenal du Port aux indépendants, contraignant ceux-ci à s'aventurer loin dans le delta, à la merci des bandes de pillards et des contrebandiers. Pour les pêcheurs, il s'agissait de partager des eaux qui fussent à la fois poissonneuses, faciles d'accès et libres de brigandage. Or elles n'étaient pas seulement rares, elles étaient le terrain de prédilection des plus jeunes ou des moins influents, à qui les autres avaient fermé les meilleures eaux avant que les compagnies ne les en privent. Aujourd'hui, les jeunes roulaient des muscles et les dominés se retrouvaient dominants, prêts à faire valoir leurs prérogatives à grand renfort de gaffes.

– On n'a rien contre toi, Ditciec, disait un gaillard de vingt-cinq ans et de près de sept pieds. T'as jamais refusé un coup de main à personne et t'as jamais viré un filet de tes eaux. Tu sais très bien qu'on te laissera pêcher où tu veux et sans te demander quoi que ce soit. Mais les autres peuvent aller se faire foutre ! C'est trop facile de jouer les aristos quand tout va bien et les mendiants quand ça déconne. Tu te rappelles la règle ? La flotte appartient au premier qui l'exploite. Ça m'a valu pas mal de dérouillées et des heures à réparer mes filets. J'ai appris à la respecter, leur putain de règle ! C'est leur tour d'apprendre.

Debout sur le môle, ils étaient une quarantaine de deux groupes distincts que séparait une toise et demie. Le géant se tenait un pas en avant du groupe des plus jeunes. Ditciec était entre lui et les plus âgés. Il remarqua notre arrivée, mais ne s'étonna pas plus de ma présence que de celle de Parleur. Nous nous immobilisâmes sur le bord du quai, à mi-chemin entre les deux groupes, et Parleur s'assit sur un bollard. Excepté Ditciec, je ne connaissais personne.

– Cantal, s'adressa Ditciec au géant, tu dois davantage de coups à ton mépris des règles qu'à la règle elle-même. Ne nous la jette pas à la figure quand ça t'arrange !

– Ne viens pas me demander de la renier quand ça t'arrange *toi* ! Et laisse ces minables se défendre eux-mêmes !

Cantal fit un pas en avant, il avait les deux poings fermés. Ditciec haussa les épaules et avança lui aussi ; il n'avait ni la carrure, ni la force du géant, mais je doutais que celui-ci pesât très lourd face à son expérience des affrontements.

– *C'est le rôle de celui qui fait la règle de l'appliquer et c'est le rôle de celui qui la combat de la mépriser.*

Cantal, Ditciec et leurs deux groupes se tournèrent d'un bloc vers Parleur. Il y avait autant d'étonnement que d'animosité dans leurs regards, mais l'impasse dans laquelle ils étaient les empêcha de réagir immédiatement. Parleur poursuivit dans la veine de Karel :

– *Celui qui fait la règle n'a pas à revendiquer de dérogation et celui qui la combat n'a pas à se cacher derrière.*

Bien entendu, ce fut Cantal qui s'anima le premier :

– Et tu es qui pour donner des leçons ?

Parleur se redressa et avança jusqu'aux deux antagonistes. Je n'avais pas besoin de le voir pour savoir que son regard ne lâchait pas celui du géant.

– Je suis quelqu'un qui pense qu'il faut être bien veule pour quémander ce qu'on refusait et bien vil pour refuser ce qu'on réclamait. Je suis aussi quelqu'un qui dit qu'il faudrait être stupide pour ne pas tirer un enseignement de sa lâcheté ou un profit de sa mesquinerie.

Cantal fanfaronna :

– Ah ! mais rassure-toi : j'en profite, de ma mesquinerie ! Et j'en profiterai jusqu'au trognon !

Parleur laissa rire le groupe du géant.

– J'en doute, dit-il. En profiter, ce serait obtenir l'abolition des règles que tu as combattues. Là, tu ne fais que les renforcer pour ton seul usage, et dans dix ans tu rencontreras un type qui te fera la même vacherie parce que tu lui en auras autant fait baver que tu en as bavé. Le plus absurde, c'est que ce sera sûrement le fils d'un des veules d'aujourd'hui... à qui tu auras oublié d'apprendre que ce n'est pas l'exception qui pose problème, mais la règle qui est débile. Et puis, va-t'en savoir, peut-être qu'un jour, quand vous aurez fini de jouer aux pleutres et aux mesquins avec vos miettes de règle, vous vous apercevrez que ce sont les compagnies qui font la loi.

Tandis que ses paroles creusaient une fissure dans les certitudes des deux clans, il se tourna vers Ditciec.

– Le moment est sûrement mal choisi, mais nous aurions besoin de te voir…

Ditciec jeta un œil dans ma direction et entraîna Parleur vers moi.

– Eh ! les apostropha Cantal. Je ne sais pas qui est le beau causeur, mais vous n'allez sûrement pas nous lâcher maintenant !

– Parleur, répliqua Parleur.

– Hein ?

– Pas Causeur, Parleur.

– Ouais, ben… Parleur ou Causeur, puisque t'as la langue bien pendue, c'est le moment de nous expliquer comment on va pêcher à trente dans une flotte où y a pas de poisson pour dix !

Parleur s'était déjà tourné vers moi. Je le vis fermer les yeux une seconde et les rouvrir sur un sentiment que je ne parvins pas à définir mais qui lui crispa les joues. Il fit volte-face.

– C'est l'hiver partout, dit-il, et cet hiver-là n'est facile pour personne. Vous avez des barques et des filets, et c'est tellement mieux que la plupart que vous continuez à vendre le poisson… de la main à la main, bien sûr, puisqu'il n'y a plus de marché, mais vous bouffez et vous limitez les dégâts. Alors non, je ne peux pas t'expliquer comment on partage un haut-fond ou un banc de mulets. Toutefois, si ça t'intéresse, je peux t'apprendre la meilleure façon de préparer un rat afin qu'il nourrisse une famille complète.

Le géant en resta bouche bée, puis il éclata de rire, un rire qui manquait de joie, comme ça, pour le principe, pour montrer qu'il n'y avait pas de quoi rire.

– Merci bien, Parleur. Aujourd'hui, je me contenterai de la leçon sur les mesquins et les veules.

Parleur apprécia le commentaire d'un hochement de tête et pivota de nouveau. Ditciec m'avait déjà rejointe. Je ne l'avais jamais vu aussi impressionné.

Ditciec, sa femme et leurs trois enfants vivaient dans une maison surplombant la Ménargue d'une cinquantaine de pieds. La maison n'était pas seulement accrochée à la falaise, elle s'intégrait dans la roche jusqu'à n'avoir qu'une façade en bâti et communiquait, racontait-on, avec une traboule de la rue du Bac. Même parmi les Collinards, beaucoup de légendes circulent sur le réseau de galeries censé courir sous les rues pour relier toutes les traboules et les caves de la plupart des bâtisses. On pourrait, par exemple, traverser la Colline du Bleyan à l'Aven sans mettre le nez dehors et le faire quotidiennement pendant un an sans emprunter deux fois le même parcours. Ce n'est pas exagéré, c'est *viscéralement méridional,* comme disent les gens du Nord, mais il est exact que de nombreuses caves sont jointes par le même dédale de tunnels et que la Colline peut être sillonnée en dehors des rues : plus de deux mille ans d'histoire et de constructions effectuées les unes sur les autres l'ont en effet truffée de passages souterrains. Concernant la maison de Ditciec, la seule chose dont j'étais certaine était qu'il pouvait descendre sur le môle sans utiliser les ruelles ; il lui suffisait de passer une corde ou une échelle par une fenêtre.

– Merah et les enfants ne sont pas là ? m'étonnai-je lorsque Ditciec nous ouvrit une maison glaciale et franchement désordonnée.

– Merah a emmené les gosses chez son frère, dans les Montagnines. Ils n'auront pas moins froid et pas moins faim qu'ici, mais au moins ils n'auront pas à se défendre contre leurs voisins pour survivre.

Parleur était tout ouïe.

– Pourquoi n'es-tu pas parti avec eux ? interrogea-t-il.

– Il n'y a rien à pêcher dans les torrents gelés… et mon beau-frère est un sale con. (Le pêcheur eut un remords :) Attention, je ne dis pas qu'il soit plus con que les gens d'ici, mais j'ai eu le temps de m'habituer à la connerie d'ici.

Jamais je n'avais entendu Ditciec parler en mal de qui que ce fût – il était plutôt du genre à mettre en valeur les qualités de chacun –, aussi m'étonnai-je. Seule la lumière dans les yeux de Parleur m'empêcha de le faire à haute voix. Ces deux-là ne se connaissaient pas (au mieux s'étaient-ils croisés trois ou quatre fois en deux ans, sans échanger plus que des civilités), mais ils savaient l'un de l'autre ce que leurs meilleurs amis n'avaient pas encore découvert.

– Je m'y fais doucement, lui fit écho Parleur. La question est de savoir en combien de temps les autres se feront à la mienne.

Ditciec libérait trois chaises et un coin de table des vêtements et du matériel de pêche les encombrant, il approuva la remarque d'un sourire désabusé et nous encouragea à nous asseoir.

– Je suppose que cette visite est en rapport avec la réunion de ce soir, engagea-t-il.

Parleur prit place à côté de lui, je m'installai en face, entre une flaque de bougie et une nasse désagréablement odorante en cours de réparation. Si j'avais été seule et si je n'avais pas perçu la connivence entre eux, j'eusse entamé la discussion avec circonspection. Je décidai de m'abstenir de toute subtilité :

– Après l'agression contre les Enselvains, nous nous sommes demandé comment lutter contre le froid, la faim et les pillards. Parleur a proposé de barricader les accès à la Colline et d'organiser un système collectif pour nourrir tout le monde. D'un point de vue pratique, nous avons résolu les différents problèmes. Il nous reste à nous assurer des compétences. C'est le pêcheur que nous sommes venus voir.

Parleur ne s'attendait pas que je fusse aussi directe et Ditciec n'avait pas envisagé qu'on pût attendre de lui plus qu'un soutien de principe. Ils restaient tellement silencieux que, gênée d'avoir à soutenir seule la discussion, je poursuivis en expliquant les astuces techniques de Parleur. Plus j'avançais dans mes explications, plus le pêcheur s'assombrissait. À la fin, deux rides énormes lui barraient le front et les muscles de ses joues se voyaient aussi nettement que son nez. J'osais à peine regarder Parleur, de crainte que ses yeux ne me foudroient ; ils affichaient pourtant la plus parfaite sérénité. Quand il s'exprima, Ditciec fut encore plus direct que moi :

– Je ne peux pas vous aider.

Parleur ne manifestant toujours aucune intention de prendre la parole, je tentai de relancer la discussion :

– Nous savions qu'en te demandant de choisir entre tes amis de la Basse-Ville et ceux de la Colline, nous te soumettions un dilemme…

– Il n'y a pas de dilemme, Vini. Je ne suis Collinard que parce que j'ai trouvé la maison qui me convenait sur les Pentes, mais je n'ai pas plus d'affinités avec la Colline qu'avec le reste de Macil, pas plus que mes amis, d'ailleurs… qu'ils soient d'un quartier ou de l'autre. Vous m'ôtez le poids de ceux qui habitent la Colline, je m'occuperai des autres.

– Ce sera difficile une fois que nous aurons barricadé les Pentes, intervint enfin Parleur.

Ditciec désigna une des fenêtres ouvrant sur le Bleyan.

– J'ai mon entrée personnelle, commenta-t-il.

– Nous serons obligés de nous assurer que personne d'autre ne l'emploiera, modéra Parleur, mais ce n'est pas à ça que je pensais. Il va y avoir pas mal de jalousies, tu sais ?

– Il y en a déjà.

– Bien sûr, mais pour l'instant tout le monde est aussi mal loti. Dans moins d'une semaine et des deux côtés des barricades, il s'en trouvera beaucoup pour ne plus tolérer que tu fasses la navette.

– Je m'installerai dans la Basse-Ville.

Ce que j'avais craint la veille en avançant le nom de Ditciec se produisait : il fermait la porte, en douceur et probablement à regret, mais sans l'ombre d'une hésitation. Parleur se départit alors de sa sérénité.

– Je te comprends, dit-il. Je... Merde, ne crois pas que j'insiste ! J'approuve vraiment ton choix, mais si tu es coincé... Je veux dire...

– Je sais ce que tu veux dire, et c'est une connerie. Je t'ai entendu, tout à l'heure, et moi non plus je ne peux pas m'empêcher de me mêler des affaires des autres, moi aussi je me sens coupable chaque fois que je me tais, moi aussi j'aurais honte de te laisser dans la merde... et même de te foutre dedans, hein ? C'est comme ça que tu le ressens ? Alors rentre-toi dans la tête que je ne m'apitoierai pas davantage sur ton sort que je ne me préoccupe du mien. Si tu te cherches un mal-être, Collinard, pense à la Basse-Ville, pas à moi.

Parleur reçut le « Collinard » en pleine figure. Il blêmit, baissa la tête et la releva deux fois pour dévisager le pêcheur sans parvenir à soutenir son regard. Finalement, il se leva.

– Bonne chance, fit-il, et il sortit en prenant bien soin de refermer la porte derrière lui.

Je me dressai aussi sec afin de le rattraper. Ce fut en atteignant la porte que je décidai de ne pas quitter Ditciec sans exprimer, même modérément, mon indignation.

– Tu es dur, reprochai-je.

– Il avait besoin que je le sois.

– Bon sang ! Sans lui, la Colline n'a aucune chance et, s'il pouvait en offrir une à la Basse-Ville, il le ferait !

– Mais il ne le peut pas.

Écœurée, j'ouvris la porte.

– Vini ?

Je tournai juste la tête. Il n'avait pas bougé.

– En vous parlant de ses idées pour aider la Colline à passer l'hiver, il a fait un choix, m'assena-t-il. Je ne pense ni que c'était facile, ni qu'il existait une alternative autre que garder le silence. Seulement maintenant il ne peut pas reculer, et surtout pas faire d'exception pour un pêcheur entêté sous prétexte qu'il l'aime bien.

Curieusement, plutôt que m'ouvrir l'esprit sur l'attitude de Ditciec, sa remarque éclaira la discussion que Parleur et moi avions tenue la veille en quittant les Enselvains. Plus précisément, il me sembla mieux cerner pourquoi Parleur avait tant tardé à exposer ses solutions à *notre* problème.

Le prêtre Alviès n'habitait pas le temple mais une dépendance dont ses prédécesseurs avaient usé comme remise et qui avait tenu lieu de cave bien avant que le temple fût édifié, sur les vestiges du seul castel que la Colline eût connu et qu'un prince avait démantelé, par jalousie. Fraîche même l'été et humide quand toutes les fontaines tarissaient, l'habitation communiquait avec le temple par un escalier taillé dans ses fondations et donnait sur une venelle étroite. Certains affirmaient qu'Alviès se l'imposait pour être plus proche du peuple, lui prétendait qu'il y vivait très bien alors que ses livres supportaient beaucoup mieux la sécheresse du temple. Le Vielleux disait que ce prêtre assumait d'autant plus aisément son vœu de pauvreté qu'il avait fait des livres le seul luxe de son existence. De toute façon, si Alviès prenait effectivement ses repas et dormait dans la remise, il passait une moitié de son temps d'éveil dans le temple et l'autre dans la rue ou chez ses ouailles.

Le Vielleux conduisit Pettilio chez Alviès à l'heure où habituellement celui-ci déjeunait, ce qu'il ne faisait plus depuis les premiers signes annonciateurs de la famine, continuant toutefois à rejoindre son *domicile* à seule fin d'entendre, de ses amis, ce qui ne pouvait être dit dans le temple. Le prêtre les reçut comme il recevait tous ses invités : assis sur le bord de sa couche et emmitouflé dans sa couverture de laine, tel un vieillard qui ne quitterait jamais sa chambre. La pièce était étroite, très basse de plafond et si sombre que, même en été lorsque le soleil était au zénith, il était impossible de se passer de la lumière des trois bougies fichées dans l'unique chandelier. Le Vielleux se cala à côté d'Alviès, le dos contre le mur, les jambes repliées sous son menton. Pettilio se posa sur la planche rabattable que deux chaînettes fixaient à la roche ; plus tard, en me racontant la rencontre, il m'avouera n'avoir jamais pu s'extraire du malaise que la sordidité du lieu lui avait d'emblée soulevé. Ce fut pourtant lui, tandis que le Vielleux somnolait à moitié, qui expliqua nos intentions et ce fut à lui que le prêtre répondit :

– Saint Dogme ! Pettilio, vous rendez-vous compte de ce que vous allez faire ? Enclaver la Colline, c'est l'exclure du monde et exclure le monde alentour de votre propre essence.

Notre maroquinier eut la sensation que le sol s'était ouvert sous lui. Il ne paniqua pas, il s'effondra, renonçant instantanément à la mission qu'il s'était octroyée. Le Vielleux alors s'extirpa de sa léthargie, le regard aussi embué que s'il avait vraiment dormi et la voix mal accordée.

– Saint Dogme, Prêtre Alviès ? Ici ? À quel dogme faites-vous allusion ? S'agit-il de celui qui conduit les pillards dans nos maisons ou de celui qui passe l'hiver au chaud, dans la Citadelle et avec *nos* réserves ?

Sur son banc de fortune, Pettilio se tassait. Il avait le respect du Dogme, lui. Il le respectait même tellement que sa seule évocation suffisait à le rabrouer, comme son père le rabrouait quand, enfant, il lui arrivait de blasphémer. Et le Vielleux blasphémait dans la maison d'un prêtre !

– De quel monde secourable nous excluons-nous ? poursuivait le musicien de son timbre assoupi. Quel équilibre allons-nous rompre en nous secourant nous-mêmes ? Que de questions, pâtré, sur lesquelles vous devriez nous éclairer afin que la mort nous emporte moins ignorants. Que chantait mon ami poète, déjà ?

Il chantonna :

Il faut le ventre plein pour juger du parjure
Et le goût de l'orgie pour dicter l'anathème
Mais celui qui a faim peut-il être aussi sûr
Que le prix de sa vie se limite au blasphème

Si Pettilio avait pu disparaître dans le rocher, il l'eût fait. Il se sentait tellement sale qu'il n'osait plus regarder le prêtre. Aussi celui-ci se leva, ajusta la couverture autour de ses épaules et alla s'asseoir à côté de lui.

– Le Vielleux te choque, n'est-ce pas, Pettilio ?

Pettilio risqua un assentiment d'une infime inclinaison de tête.

– La vérité est souvent inconvenante, reprit le prêtre. Il serait préférable de ne pas s'en formaliser, mais nos certitudes et nos habitudes nous affaiblissent le discernement. Karel… Tu connais Karel, Pettilio ?

Le visage offensé du maroquinier répondit à sa place.

– Tu connais au moins quelques-uns de ses textes, en déduisit Alviès.

– Karel était le frère de Vini, précisa le Vielleux.

C'en était trop pour Pettilio. Il manqua plusieurs respirations et eut du mal à reprendre son souffle. Le prêtre lui tapota la cuisse.

– Oui, et Karel était le parolier que notre ami Vielleux mettait en musique… ainsi cette chansonnette qui leur a valu bien des haines et pour laquelle je les ai sévèrement blâmés. Comme toi aujourd'hui, j'étais heurté dans ce que je croyais être de profondes convictions morales et qui ne sont en fait que des principes. On ne doit pas dire du mal du Dogme, on ne doit pas douter de son action ou de ses propagateurs. On ne doit pas… Pourquoi ? Le Dogme détiendrait-il la seule vérité de l'univers ? Agirait-il toujours justement ? Ses propagateurs seraient-ils tous constamment irréprochables ? On peut rêver qu'il en soit ainsi et, par la prêtrise, j'ai choisi d'œuvrer, entre autres, à cette ambition, mais faut-il pour autant que je sois aveugle ?

– Pâtré ! s'indigna Pettilio.

– Pâtré, justement… celui qui guide, celui qui veille. Comment m'acquitter de la tâche si je n'entends pas ce qu'on me reproche ? Je ne puis cautionner celui qui s'en prend au Dogme, mais je ne puis rejeter celui qui accuse ses prêtres d'injustice et de luxure, parce que ce qu'il ressent découle de ce que nous montrons. À nous de prouver qu'il se trompe. À nous d'expliquer ou à nous de montrer autre chose. À nous, enfin, d'admettre qu'en le contraignant au silence nous ne démontrons rien, sinon notre incapacité à nous dédouaner. Je suis sûr que tu comprends que je parle de tolérance, Pettilio.

La tolérance, Pettilio comprenait, mais il ne parvenait pas à comprendre qu'un prêtre – et son frère n'était pas de cette trempe – pût accepter que le bien-fondé de son sacerdoce soit mis en doute. Il savait, en tout cas, qu'Alviès lui avait donné à réfléchir pour plusieurs jours.

– Et je suis sûr que notre ami Vielleux comprend lui aussi, reprit Alviès. (Il retourna s'asseoir sur le bord du lit.) Tu comprends, n'est-ce pas ? Tu comprends que je ne peux pas placer ma foi au service d'une action qui lui est contraire.

– Quelle action, pâtré ? (Le musicien avait *retrouvé* une voix normale.) Nourrir nos enfants, protéger nos femmes, soigner nos vieillards ?

– Sortir la Colline du monde et prétendre le nier.

– Et que font donc vos pairs et les nobles dans l'enceinte de la Citadelle ? De quelle essence votre Saint Dogme nous prive-t-il en prétendant nous nier ?

Le prêtre eut un geste d'énervement.

– Le Dogme n'est pas responsable de ce qu'en font certains Dogmates !

– Le monde n'est pas davantage responsable de ce que les Dogmates lui font au nom du Dogme.

– Cela rend-il le Dogme coupable de ce que les hommes se font entre eux ?

Le Vielleux quitta sa position et se leva.

– Hélas, je ne connais pas le Dogme, pâtré. Je ne connais que des hommes, dont certains sont les prêtres d'une foi qu'ils prétendent universelle et que je ne partage pas. Vous parlerez pour ou contre notre projet… ou vous vous tairez, mais quoi que vous fassiez, c'est un homme qui le fera. Je vous salue, Alviès.

Il atteignit la porte, mais n'eut pas le temps de l'ouvrir.

– Par ma foi et par le ministère que je remplis pour elle, je ne peux pas être qu'un homme, mon irrespectueux ami.

– C'est le vœu d'intégrité, souffla Pettilio (se levant à son tour et heureux de pouvoir enfin soutenir le prêtre).

– Le troisième vœu, je sais, répliqua le Vielleux. Sais-tu ce que Karel en disait ? *Se croire plus qu'un homme, c'est ravaler l'homme au rang de bête. Comment doit-on alors considérer les prêtres et quelle humanité peut-on attendre d'un animal supérieur ?*

Il adressa une mimique navrée à Alviès et quitta la remise. Derrière lui et emprunté, Pettilio fut tout surpris que le prêtre lui signifiât son congé d'un geste de la main. Sur le moment, il supposa que le saint homme lui demandait de rester dans le sillage du musicien pour le raisonner. Plus tard, lorsqu'il me raconta l'entrevue – après la réunion, à laquelle le prêtre assista –, il préféra penser qu'Alviès, troublé, ne souhaitait pas embarrasser sa méditation d'une repartie beaucoup moins stimulante que celle d'un athée. De sa relation, je notai surtout que le Vielleux sortait de sa longue et silencieuse mélancolie, mais je ne savais pas comment interpréter l'évidence qui reliait Parleur à ce réveil. Je comprenais seulement que, au moins en nous trois, Karel vivait encore.

Quoique beaucoup plus petit, l'Ours était au moins aussi imposant que Cantal, alors que Mescal était inquiétant et que Qatam était clairement dangereux, mais aucun d'eux n'était plus impressionnant que Le Guevian. Comme l'Ours, Le Guevian dégageait une sensation de puissance qu'il ne faisait pas bon contrarier, et il n'était pas moins grand que ne l'était Cantal. Comme Qatam, chacun de ses mouvements était une menace, et son regard ne se soutenait pas mieux que celui de Mescal.

Le Guevian était une sorte de félin immense et puissant qui portait la mort sur ses traits, une mort qu'il avait affrontée et vaincue souvent, ne conservant d'elle que l'empreinte. Un bandeau sur l'œil gauche qu'un véritable ours avait arraché, quatre sillons de l'oreille droite à l'épaule gauche là où un vrai tigre l'avait labouré, une balafre sous les côtes qui avait sa jumelle au-dessus des reins et, partout, les entailles d'autres lames qui n'avaient pas su le pénétrer. Il avait été marin avant de devenir pirate, et soldat avant de s'adonner à la contrebande. Il avait voyagé, beaucoup, dans des contrées parfois inconnues, et il était revenu à Macil pour conquérir le Marais d'où on l'avait chassé quand il avait treize ans. À son retour, il en avait vingt-cinq et il arborait déjà toutes les cicatrices que j'ai décrites. L'Année des Tempêtes avait été sa trente-cinquième et, s'il ne contrôlait pas la totalité du Marais, c'était que la Ghilde ne l'eût pas laissé faire.

À proprement parler, il n'habitait pas la Colline. Il y logeait lorsqu'il avait besoin de passer plusieurs jours à Macil ou lorsque ses *affaires* pouvaient se passer de lui (fort peu, d'ailleurs, étaient les Collinards qui savaient où, et je ne l'avais rencontré que rarement et toujours chez moi, de nuit ou à l'aube, chaque fois qu'il avait eu besoin de mes talents épistolaires pour régler un problème délicat). Il vivait dans les marais, dans un hameau de contrebandiers construit sur pilotis, à l'écart des bras d'eau fréquentés par les pêcheurs mais beaucoup plus près que la plupart ne le croyaient. Même Mescal ignorait comment gagner le hameau. Il savait seulement où mener sa barque pour approcher un guetteur et attendre que celui-ci prévînt Le Guevian de sa présence. Il lui arrivait de devoir revenir à une heure et à un jour convenus, il arrivait aussi que Le Guevian le rejoignît en moins de deux heures. Jamais, en tout cas, le contrebandier n'avait laissé un de ses hommes traiter directement avec le magicien.

Cette fois, debout sur un arbre couché et givré qui enjambait un marigot à moitié gelé, Le Guevian était déjà au point de rendez-vous et sans qu'un rendez-vous eût été fixé. Manifestement, il n'attendait pas

Mescal et l'irruption de celui-ci le rendait nerveux, pourtant il ne le salua pas avec moins de chaleur que d'habitude et refusa que le magicien revînt plus tard dans la journée.

– Je n'ai pas beaucoup de temps à t'accorder, s'excusa-t-il, et je te demanderai peut-être de me laisser si... quand... Enfin bref, je ne vais pas te faire revenir alors que je suis là et que, de toute façon, je me gèle les couilles.

Mescal approcha la barque du bord et le contrebandier le rejoignit dedans.

– Que puis-je pour toi, magicien ? Tu as encore besoin de Poudre d'Orient ?

– Pas exactement, dit Mescal, et il exposa nos intentions.

Plus il s'expliquait, plus Le Guevian ouvrait un œil rond et se livrait à des mimiques décontenancées. Il arriva un moment où il perdit patience :

– Euh... tout ça, c'est très joli, mais, sincèrement, qu'est-ce que tu veux que ça me fasse ? Vous vous occupez de la Colline, je m'occupe des marais, tout va bien ! Alors si tu as un truc à me demander, fais-le, je te dirai quand je peux te l'avoir et ce que ça coûtera.

Il y avait un tel décalage entre l'état d'esprit du braconnier et celui que Mescal représentait pour nous, que ce dernier mesura la difficulté de sa tâche en termes d'impossibilité. Assis sur la nage de la barque, le borgne en face de lui, il énonça notre requête avec un dépit fataliste :

– Nous avons besoin de circuler dans les marais pour pêcher, pour chasser ou pour accéder aux autres bras du delta. Pour ça, il nous faut ton accord et l'assurance que nos embarcations ne seront pas attaquées. (L'œil unique du contrebandier sortait déjà de son orbite, mais Mescal ne s'arrêta pas :) De plus, vu notre méconnaissance de la mangrove, il serait préférable que tu nous guides dedans et que tu... euh...

intercèdes auprès de tes… euh… collègues afin d'éviter les malentendus.

Le Guevian hésitait entre le fou rire et la colère noire.

– Non, laissa-t-il tomber après avoir maîtrisé ses deux émotions contradictoires. Catégoriquement non… et je ne te demande même pas ce que tu es prêt à payer, tellement je suis sûr que tu n'as rien à offrir pour un service que je ne rendrais à aucun prix !

Il se redressa mais ne quitta pas la barque.

– Je croyais que tu me connaissais suffisamment pour savoir que je fais du négoce, Mescal, pas la charité. Et quand bien même me laisserais-je aller à une fleur de temps en temps, je ne donnerais pas ma chemise, merde !

Il bondit sur la berge et poussa l'embarcation du pied.

– Sais-tu combien nous sommes dans les marais ? Plus de deux mille ! Imagine votre tête si nous débarquions sur la Colline et que nous demandions le libre usage de vos biens comme si tout nous appartenait ! Vise un peu la tronche de l'Ours si nous nous installions pour une saison aux Enselvains et qu'il doive nous nourrir et nous abreuver gratis ! Et je te dis pas la réaction des autres taverniers quand il leur demanderait de l'aider à nous entretenir ! C'est une idée de dingue, ton truc. Alors tu vas la ramener à celui qui l'a émise et tu vas lui conseiller de la remettre là d'où elle aurait jamais dû sortir, puis de s'asseoir dessus !

Il s'éloigna, disparut derrière un arbre dont le givre masquait la mousse et reparut sur celui qui enjambait le bras d'eau.

– J't'aime bien, magicien, mais tu devrais pas faire les commissions des autres. Si tu reviens, j'aimerais autant que ce soit pour parler d'affaires entre amis. Maintenant fous le camp, j'ai une dure journée.

Mescal planta une rame dans l'eau et fit pivoter la barque, avant de l'éloigner de quelques mètres.

– Entre amis, on ne devrait jamais parler d'affaires, lança-t-il sans cesser de ramer.

Ce n'était pas une phrase que pouvait comprendre Le Guevian.

La journée du contrebandier ne fut pas celle qu'il attendait, mais elle fut aussi rude qu'il l'avait annoncé. D'abord, les maraudeurs avec qui il escomptait négocier le fruit de leurs pillages ne vinrent pas (depuis dix jours, il était en contact avec plusieurs équipes de pilleurs maciliens, espérant échanger leurs larcins contre ce qui leur manquait le plus : de la nourriture, et l'affaire promettait d'être d'autant plus juteuse que, outre les viandes et les poissons dont regorgeaient les marais, il pouvait offrir du saur et du grain, achetés à vil prix au sein même de la Citadelle). Ensuite, alors que, regagnant son quartier général, ce rendez-vous manqué lui laissait un goût amer et que la démarche du magicien lui restait en travers de la gorge, il fit une rencontre inattendue. Or lui, qui consacrait une énergie considérable à se protéger jusqu'au cœur de son territoire, ne pouvait envisager une surprise autrement que par un défaut dans son réseau de surveillance (cinquante hommes épiaient constamment les marigots et trois ou quatre cents y circulaient de jour comme de nuit).

La rencontre imprévue fut d'autant plus horripilante qu'elle se produisit à moins d'un quart de lieue de *son* village, sur un bras très étroit serpentant entre les buttes recouvertes de saules et de palétuviers. À cet endroit, les marais ressemblaient davantage à un archipel sillonné de canaux qu'à une zone inondable, mais les fonds étaient si hauts qu'il était plus facile, pour progresser, de planter l'aviron dans la vase que de ramer. Le Guevian était donc debout sur sa yole lorsque celle-ci fut littéralement happée par une gaffe surgie de la végétation. Perdant l'équilibre, il n'eut d'autre choix que se jeter à plat ventre dans l'embarcation, ce qui fit jaillir un rire que, en toute autre occasion – et surtout en tout autre endroit –, il eût été ravi d'entendre.

– Halween ! s'exclama-t-il comme on jure.

Au moins, ce rire et le nom qu'il y accolait l'empêchèrent de se relever l'épée en main : Halween avait le droit de traverser les marais pour atteindre le village, elle avait même celui de le faire s'étaler dans sa yole, pourtant cela ne le détendit pas, car il était intolérable qu'elle, comme quiconque, pût le faire sans qu'il eût été averti de sa présence.

Elle avait collé la barque à la berge, il n'eut qu'à faire un pas pour la rejoindre. Ensuite ils s'étreignirent, mais moins fort et moins longtemps qu'ils le faisaient habituellement, et ce ne fut pas lui qui s'écarta.

– Aïe, commenta-t-il. Il ne s'agit pas vraiment d'une visite de courtoisie, n'est-ce pas ?

Son sourire n'avait aucune gaieté, mais elle sourit.

– Si tu places la courtoisie en dessous de la ceinture, non en effet, il ne s'agit pas de ça.

Le Guevian haussa les épaules. Avec la colère et la déception, sa frustration ne pouvait concerner que le rendez-vous manqué. Il se souvenait du corps d'Halween, bien sûr, et des plaisirs, rares mais tellement intenses, qu'ils avaient partagés. Pourtant, là, tandis qu'il devinait ce qui lui valait sa présence, il n'éprouvait aucun désir pour elle, pas même à l'évocation de leurs jeux passés.

– Je t'écoute, dit-il.

– Mescal t'a présenté une requête…

Le contrebandier tiqua.

– Je me doutais de ce que tu allais lui répondre et je l'attendais pour m'en assurer, précisa Halween. Ce que tu lui as dit ne m'a évidemment ni étonnée, ni choquée. Néanmoins, je suis obligée de te demander de reconsidérer ta position.

– Tu plaisantes, là ?

– Je préférerais.

– D'accord, alors écoute-moi bien ! Que Mescal ou je ne sais quel abruti croient que je peux leur ouvrir les marais, en claquant des doigts et avec le sourire, dépasse déjà mon imagination. Mais toi, la Mante ? Bordel de merde ! Tu sais exactement ce qui se passe ici et comment je tiens !

Halween savait, depuis longtemps, depuis le jour où elle avait pisté l'assassin de son père dans le delta et qu'elle avait attrapé la fièvre des marais. Un soir, elle s'était mise à trembler de froid, un soir de canicule, et elle avait déliré toute la nuit, puis la journée suivante, puis une autre nuit encore, jusqu'à perdre conscience. Elle avait émergé plusieurs fois pendant une semaine, avant de se réveiller finalement dans le village sur pilotis.

« – Mate un peu l'oiselle que j'ai trouvée, avait dit un passeur en la sortant de son canoë six jours plus tôt. Roulée comme elle est, une fois retapée, j'en tirerai sûrement un bon prix !

« – Ton oiselle, c'est une gosse ! avait rugi Le Guevian. Et personne ne vendra de gosse dans *mon* Marais !

Il avait écarté le passeur avec une telle violence que celui-ci s'était retrouvé dans l'eau, puis, tandis que le passeur tirait l'épée dans son dos, il avait sorti Halween du canoë. Quand il s'était retourné, le coup d'estoc était passé à un pouce de son œil déjà mort. Les bras encombrés du corps de l'adolescente, il s'était déhanché et avait défoncé la carotide du passeur d'un seul coup de pied. Dans son Marais, aucun contrebandier, plus jamais, n'avait envisagé de vendre de gosse.

Un guérisseur était venu s'occuper d'Halween dans la maison de Le Guevian. Elle y était restée près d'un an : quelques semaines pour se refaire une santé et quelques mois pour s'endurcir au contact de ce que la Province de Macil comptait d'hommes les plus rudes. En une année, jamais Le Guevian ne l'avait touchée. Ce fut elle qui, pour cadeau d'adieu, lui avait offert ses charmes. Le lendemain, elle était partie. Il ne l'avait pas revue de cinq ans, comme nous tous, puis elle était revenue, en Mante, plus dure que lui ne savait l'être, plus froide que la mort qu'elle semait dans son sillage. À lui, par touches, chaque fois qu'elle avait surgi pour partager une nuit d'étreintes, elle avait raconté ce qui souillait sa mémoire et il avait appris à occulter ce torrent de haine pour l'aimer comme elle le lui permettait, cinq ou six fois l'an, dans leurs souffles mêlés.

– J'en sais tellement, Guev, que je pourrais guider les pêcheurs dans les marais et leur assurer la protection que tu leur refuses.

Le cœur du contrebandier rata plusieurs battements.

– Pas ça, Halween. Pas toi. Pas avec moi.

– Pourquoi ? Parce que tu m'as sauvé la mise autrefois ?

– Je ne t'ai pas que sauvé la mise. Je t'ai appris à survivre dans cette saloperie de vie. Je t'ai appris à te battre !

– C'est mon père qui m'a appris à me battre. Toi, tu m'as appris à tuer et je ne t'en remercierai jamais assez, mais tu te fous en travers de quelque chose que je trouve chouette et...

– Chouette ? Tu sais dans quelle merde je pataugerai si je laisse vos bateaux entrer dans les marais ? Les trois quarts de mes hommes se retourneraient contre moi ! Et je ne te parle pas des autres équipes ! Et après, Halween ? Après ! Que se passera-t-il quand les

Collinards auront appris à se débrouiller dans la mangrove ? Combien de temps s'écoulera-t-il avant que l'un d'eux me vende à la Ghilde ou au Prévost ? Je ne peux risquer ni qu'une armée de ploucs ni qu'une armada de gardes se baladent sur mon territoire. Merde ! Tu sais tout ça, alors fais pas chier !

Halween secoua sombrement la tête, serra les dents et cracha :

– Je n'ai pas le choix, connard ! Je te dois certainement pas mal de trucs et j'ai quelques copains dans ta bande de salopards, mais la plupart de mes potes vivent sur la Colline et l'hiver est en train de les suriner ! Je suis sûre que tu piges ça, merde ! Alors fais un effort et essaie aussi de piger que je ne les laisserai pas crever pour une poignée d'enfoirés qui s'engraissent sur leur misère !

Elle avait hurlé les derniers mots et ses mains tremblaient tellement au-dessus de la garde de ses sabres que Le Guevian recula du seul pas qu'il pouvait faire en arrière sans tomber dans le marigot. Qu'elle le tuât ne l'inquiétait pas : il n'était pas certain qu'elle eût le dessus et la mort était une finalité qu'il ne redoutait pas plus qu'il ne la recherchait. Par contre, il était effrayé qu'elle pût en arriver là, à l'affronter avec la même haine qui lui avait valu son surnom. Il ne chercha pas à la calmer, il chercha à comprendre.

– Qu'est-ce que c'est que ces conneries, la Mante ?

Elle serra les poings et elle recula elle aussi d'un pas. Puis, alors qu'il ne s'y attendait pas, ou plus, elle tira d'un coup ses deux sabres de leurs étuis et les leva devant elle. Ils étaient rouges de sang.

– Ce soir, il va te manquer un passeur et un guetteur, aboya-t-elle. Ceux que tu as chargés de guider les cinq pourris qui remorquaient une barcasse pleine de bibelots volés dans la Basse-Ville ! (Elle frotta les lames l'une contre l'autre et de petits copeaux de givre rose en jaillirent.) Des pilleurs, Guev, des charognards avec qui tu traites pendant que la ville agonise. Ceux-là ne pilleront plus, mais il en reste combien avec qui tu comptes marchander nos peaux ? Parce que c'est de nos peaux qu'il s'agit, tu vois ? C'est nos peaux que nous avons défendues la nuit dernière contre trente-cinq minables qui t'auraient apporté leur larcin sur un plateau. Je fais chier, hein ? Tu as peur que les ploucs bousillent ton territoire, hein ? Tu sais dans quelle merde tu vas patauger si je parle de ton petit négoce aux ploucs ?

Elle abaissa les sabres mais ne les rengaina pas. Quand elle reprit, sa voix avait retrouvé son calme. Le Guevian le savait : maintenant, elle était dangereuse.

– Il n'y aura plus de trafic avec les maraudeurs, Guev. Il n'y aura d'ailleurs plus de trafic du tout. Parce qu'il y a une chose que tu n'as pas bien comprise : demain, pour bouffer, nous prenons le contrôle du fleuve. Nous laisser l'accès aux marais était pour toi la seule façon de conserver un passage vers Macil.

– C'est une menace, Halween ?

– Non, ça, c'est un état de fait. La menace, c'est que je vais emmener les pêcheurs dans les marais et que, si tu t'y opposes, je fous le feu à ton village de chiottes.

D'une certaine façon, il s'y était attendu – la Mante ne faisait qu'atteindre la conclusion logique à ses éclats –, d'une autre, il n'était pas parvenu à croire qu'ils en arriveraient là. Il n'avait pas moins envie de vomir qu'elle et il devait le lui dire.

– Tu me laisses quel choix, maintenant ? Je tire l'épée ?

– Tu serais mort avant d'avoir dégagé la lame.

Il encaissa une bonne seconde avant d'ironiser :

– Oh oh ! Tu me refuserais jusqu'à un combat loyal ?

– Rappelle-toi, Guev… c'est toi qui me l'as appris : tu te bats pour tuer, pas pour croiser le fer.

Il soupira. Oui, il lui avait beaucoup appris, peut-être trop, et elle avait été meilleure élève qu'il ne l'avait espéré.

– D'accord, Halween, je ne peux pas t'empêcher de te dresser contre moi, même si je n'ai aucune envie de t'affronter. Alors balade tes ploucs dans mon Marais, mais surveille bien tes arrières, parce que c'est maintenant que je t'avertis. Demain, je frapperai dans le dos et tu ne me verras pas venir... et tes ploucs ne te seront d'aucun secours. Tu as conscience de ça, j'espère ? C'est vers la mort que tu les entraînes.

Il la connaissait trop bien pour avoir la moindre réserve sur sa démence, mais lorsqu'elle explosa de rire, il fut parcouru d'un frisson extrêmement désagréable. Du même geste, elle remit ses deux sabres aux fourreaux et elle disparut parmi les arbres que le gel tuait doucement. Une seconde avant de rire, comme née de la phrase du contrebandier, l'image de Qatam massacrant les pilleurs à ses côtés lui avait traversé l'esprit.

Sur la Place du Marché, le rassemblement *initié* par Gabar attira plus de la moitié des Collinards : hommes, femmes (parfois avec leurs enfants), vieillards confondus. Par un froid épouvantable et dans un calme extraordinaire pour une telle assemblée, la réunion dura à peine une heure. L'Ours y fut aussi mal à l'aise qu'il l'avait prédit, mais Bandeo assura le rôle de coordination que le tavernier ne pouvait pas tenir et Parleur, par de brèves interventions, résolut les problèmes que les plus hardis et les plus clairvoyants soulevaient par intermittence. Le prêtre Alviès s'exprima peu, toutefois ses paroles abondaient dans le sens de cette collectivité à laquelle nous proposions de se prendre en charge. Comme moi, comme nous tous, il fut emporté par l'espoir que nous éveillions et par les élans communautaires qu'il suscitait. Nous partagions le froid et la faim, il devint évident que nous pouvions œuvrer ensemble contre eux.

Nous recensâmes les urgences, nous étudiâmes les solutions, nous répartîmes les tâches. Nous, la Colline, nous découvrions une entité qu'aucun dogme ne pouvait faire tenir dans un temple et nous la découvrions en nous.

Mère, Tendre Mère ! Que les hommes sont beaux quand leurs efforts se conjuguent au singulier !

– Merci, soufflai-je à Parleur en l'embrassant.

Il m'attrapa aux épaules et me regarda avec tellement de désespoir que mon excitation retomba d'un bloc.

– Quelque chose ne va pas ? m'inquiétai-je.

Dans ses yeux, je vis qu'il chassait une pensée, et une autre, et une autre encore. Elles étaient toutes aussi sombres. Il en choisit une, sûrement la moins noire, et il me la confia :

– Je pense à Ditciec.

Dans la même seconde, Ma Mère, et pour une seconde, je crois que je l'ai aimé et que je l'ai haï. Ce fut un souvenir de Karel, encore, qui m'apaisa :

Pour qu'un arbre cache une forêt, il faut qu'on en soit si près que son écorce occupe totalement notre vision. Pour qu'une forêt en cache une autre, il suffit que notre regard n'aille jamais au-delà. Mais ne cacherait-elle qu'un arbre, nous serions déjà aveugles à l'ensemble du monde.

DU VÉNÉRABLE GRAND MAÎTRE DE LA GHILDE
AU PREMIER MAÎTRE DE LA LOGE MACILIENNE
Ordre de Mission

Ici, la situation n'est guère meilleure qu'à Macil, mais le Roi dispose de ses troupes régulières et celles-ci contiennent efficacement les pillards, sans avoir besoin de martyriser la populace. Je sais, en outre, par nos différentes Loges que toutes les cours du Nord connaissent semblables difficultés. Conséquemment, nous dépensons des fortunes pour sauver les Comptoirs d'Orient des appétits indigènes, leurs roitelets ayant hélas très bien compris l'avantage qu'ils pouvaient tirer des malheurs du Nord.

Dans les Tropiques, c'est pire et, en plusieurs endroits, notre société a dû opter pour le soutien aux tyrans locaux, plutôt que renforcer les bastions des Royaumes du Nord. Certains ont été complètement détruits et les missionnaires massacrés jusqu'au dernier, mais, au moins, les intérêts de la Ghilde ont été préservés et nous serons en mesure de fournir leur quota d'esclaves aux Royaumes colonisant les continents occidentaux.

C'est en direction de ces continents et grâce aux récentes découvertes de nos plus hardis pionniers (certains rapportent des richesses fabuleuses littéralement offertes par les autochtones) que j'attise l'appétit de notre monarque. Déjà, en contribuant pour moitié à l'armement d'une flotte coloniale, j'ai obtenu qu'il nomme son frère Vice-Roi des Terres de l'Occident et qu'il l'expédie sur place dès le printemps. Il nous sera ainsi plus facile de soustraire celui-ci à la course au trône *avant* que le Roi ne défunte. Par ailleurs, privés des troupes envoyées dans les colonies, les cousins et les neveux de Son Altesse n'auront plus qu'une poignée de bataillons pour s'entre-déchirer.

Pour peu que nous soyons patients, notre projet semble bien engagé.

Patients et habiles.

Et c'est sur votre habileté que nous comptons.

Ainsi, c'est à vous qu'il revient d'isoler Macil des préoccupations du Royaume. Ni Marelo ni Heyel ne doivent s'enthousiasmer pour les promesses de l'Occident. Leur attention doit être concentrée sur leurs seuls problèmes provinciaux et ces problèmes doivent être tels que l'intérêt royal pour les colonies leur soit une gêne pénalisante.

Je veux que Marelo craigne que le Roi n'exige des troupes et des vaisseaux maciliens et qu'Heyel ait tellement l'impression que le Royaume les abandonne qu'il se sente libre d'agir à sa guise. Mais surtout veillez à ce que ces sentiments ne fassent pas leur plein effet avant que Macil ne se croie tirée des conséquences de l'hiver.

QUATRIÈME VEILLÉE

Avec les plans de Parleur, les menuisiers et les charpentiers ne nous construisirent pas un mais quatre monte-charge. Deux potences furent installées côte à côte, à cent toises de la dernière maison de la Colline, près d'un chais transformé en entrepôt ; elles surplombaient une plage limoneuse, coincée au fond d'une crique que le courant épargnait. Les deux autres furent placées une lieue plus au nord, à cent pieds l'une de l'autre, au-dessus d'un dédale de roches plates que les chalands pouvaient aisément accoster. Les plus proches furent attribuées aux pêcheurs, les plus éloignées aux chalands, une douzaine de charrettes furent affectées aux navettes entre elles. Une semaine après l'assemblée, les nacelles descendaient leurs premiers hommes et remontaient leurs premiers chargements de poisson.

Sur les conseils de Parleur, Bandeo commença par limiter le rayon d'action des pêcheurs à l'orée de la mangrove. L'un et l'autre refusaient de risquer une guerre ouverte avec les contrebandiers tant que notre approvisionnement pouvait s'effectuer autrement. Mus par le même souci, ils expédièrent les chalands très en amont du fleuve, leur confiant la tâche de rapporter du bois et de découvrir d'autres sources de subsistance sur les berges du Bleyan.

Malgré quelques accrochages avec les habitants des villages fluviaux, que les mariniers apprirent à éviter, les chalands subvinrent facilement à nos besoins en bois, mais il devint vite évident qu'un seul d'entre eux suffisait à rapporter le peu de nourriture que ses chasseurs et ses pêcheurs parvenaient à prélever dans la neige et sous la glace. De la même façon, nous prîmes rapidement conscience que le delta n'était pas assez poissonneux pour alimenter seul la Colline. Les prises quotidiennes de nos pêcheurs soulageaient, mais elles ne nourrissaient pas. Au mieux, elles freinaient la famine, elles ne la stoppaient nullement, et nombre de vieillards et d'enfants continuaient à décliner.

Au bas des Pentes, Qatam et Halween durent réorganiser trois fois nos défenses tant les pillards les sollicitaient. Et les pillards n'étaient pas toujours des soudards que nous pouvions repousser sans scrupule. Ils étaient parfois aussi décharnés que nous, parfois davantage, et beaucoup avaient grandi à Macil, comme nous. Qatam doubla les barricades, puis nous décidâmes de sacrifier les plus belles poutres et les grumes les plus sèches de notre seule scierie pour dresser des portes entre la cité et nous.

À l'exception de deux d'entre elles, les rues des Pentes étaient étroites, mais ce ne fut pas facile d'aménager les maçonneries et d'assembler les portes, alors qu'il gelait à pierre fendre et que les barricades, censées protéger nos charpentiers et nos maçons, subissaient une à deux attaques quotidiennes. Néanmoins, nous en érigeâmes sept d'une facture irréprochable et nous posâmes les huisseries gigantesques de la rue du Bac et du chemin Aux Dames. Les deux dernières portes, elles, devraient attendre que nous rapportions d'une de nos expéditions de quoi les achever.

Surmontées d'un pont abrité, les Portes soulagèrent très vite nos défenseurs : deux hommes, leurs arcs et quelques barriques emplies de pierres suffisaient à tenir d'éventuels béliers à distance. Pour nos derniers points faibles, Halween désigna les plus endurcis des Collinards. Il s'agissait autant de contenir les assauts que notre propre pitié. Chaque nuit pourtant, les assauts se faisaient moins violents. Chaque nuit, les assaillants étaient moins nombreux. Quand, lors d'un de nos conseils de guerre aux Enselvains, Halween en fit le très rassurant constat et que nous eûmes l'imprudence de la féliciter, Parleur nous sabra le moral :

– Que croyez-vous, bon sang ? Plus l'hiver avance, plus la Basse-Ville crève. Nous n'aurons bientôt plus personne à repousser, parce que plus personne n'aura la force de remuer la peau sur ses os pour assaillir nos barricades. Vous voyez là de quoi se réjouir ?

Nous ne voyions rien, fors cette décrépitude que nous ne parvenions pas à enrayer pour nous-mêmes. Parleur pouvait s'assombrir chaque jour un peu plus en évoquant d'autres agonies, nous sentions la nôtre l'emporter. Puis il tomba malade et, malgré les soins que Mescal et moi lui prodiguions, la fièvre l'affaiblit au point que nous craignîmes de le perdre. Ce fut pendant ces jours où il resta alité et délirant que nous prîmes conscience de la place qu'il occupait au sein de notre communauté. Ce fut aussi pendant ces jours que nous décidâmes de pénétrer plus avant dans les marais, parce que Bandeo, seul, n'avait plus assez de poids face au réalisme de Qatam.

– On peut aller en amont tant qu'on veut et envoyer deux cents pêcheurs de plus dans le delta, ça ne nous empêchera pas de perdre une livre par semaine. Alors, il vaudrait mieux bousculer Le Guevian, avant qu'il ait juste besoin de nous souffler dessus pour qu'on tombe en poussière.

Pour la plupart d'entre nous, Le Guevian faisait plus figure d'épouvantail que de monstre, mais ce croque-mitaine régnait sur un enfer de légendes que nous n'étions pas pressés d'affronter. Aussi peu louables nous semblaient les contrebandiers, la mangrove seule eût suffi à nous refréner. Mais il n'était plus possible de s'en remettre à l'ingéniosité de Parleur et Halween promettait des marais sans autres pièges que ceux du Guevian.

– Ne vous leurrez pas, nous devrons nous méfier et nous aurons sûrement à nous défendre, mais je vous garantis que ce ne sera pas contre des fantômes, ni contre des crocos géants. Le plus gros que j'ai vu ne faisait pas huit pieds et ce n'est même pas la bestiole la plus dangereuse de la mangrove. Quant au phacoche, ce n'est jamais qu'un cochon irascible qui se prend pour un cervier.

– Et le cervier, justement ? objecta le vieux Caneli. Il paraît que le Marais en est truffé.

– Et le pandours, et les loups, renchérit le gros Teng. Et le tigre des marais !

Halween ricana :

– Il n'y a pas de loups dans la mangrove et le pandours se nourrit d'insectes. Pour le tigre, contente-toi d'avoir peur du cervier, lui est capable de s'attaquer à l'homme. L'autre, ton tigre des marais, c'est juste un gros chat. Bon, et maintenant qu'on a fait le tour des prédateurs, on peut peut-être s'intéresser à leurs proies, non ? Parce que s'il y a autant de carnassiers dans la mangrove, figurez-vous, c'est qu'elle regorge de gibier. Alors le musqué et le gondin ne sont peut-être pas meilleurs que le rat, mais ils sont dix fois plus gros… et nous pourrions aussi parler du daim, de l'agouti, du veau de tourbe ou du dindon palmé. Ce n'est sûrement pas la bonne saison et encore moins le meilleur hiver, mais vous voulez de la bouffe, non ? Eh bien, même maintenant, il y en a plein les marais !

– Et ce sont les malandrins qui se gavent ! ajouta Qatam. Pendant qu'on perce de nouveaux trous dans nos ceinturons…

Deux jours, leurs arguments firent le tour de la Colline et la gonflèrent d'assurance. Des centaines de volontaires vinrent proposer leur relative expérience des armes auprès de Bandeo, et le mareyeur finit par admettre l'évidence : l'hiver ne faiblissait pas, nous si. Un soir, il accepta de confier un chaland à Halween. Le lendemain, celle-ci conduisait la première expédition dans la mangrove. Elle avait elle-même demandé à Qatam de l'accompagner.

Pour ne pas provoquer inutilement Le Guevian, Halween avait choisi de pénétrer dans les marais très au nord du cœur de son territoire et de guider le chaland, ainsi que les quatre barques l'escortant, dans les bras les plus larges du dédale marécageux. L'aube n'était pas encore levée et ils n'avaient pas parcouru un mille dans le Marais, lorsqu'elle entendit le sifflement qu'un guetteur émit depuis une rive.

– Et ça ? demanda Qatam. C'est quoi, comme bestiole ?

Il se tenait un peu en retrait d'elle, à la proue du bateau.

– Ça ? C'est le chant caractéristique du sous-fifre qui alerte la meute.

– Je m'en doutais un peu. Il se passe quoi ensuite ?

Halween haussa les épaules.

– Le guetteur tombe de son arbre.

Elle passa devant Qatam, qui la suivit, et descendit le chaland jusqu'à la poupe. Au barreur, elle dit :

– Rapproche-nous de la berge bâbord. (Puis elle revint à Qatam :) Dès que j'ai abordé, remets le bateau au milieu du chenal. Je vous rattraperai par la terre dans un petit moment. Si tu entends un autre sifflement douteux, repère l'endroit.

– Et si nous sommes attaqués ?

La Mante ôta sa cape et la lui tendit.

– Je serai revenue avant. (Pour le barreur, elle ajouta :) Le chenal se sépare en deux un peu plus bas, prends le bras bâbord et attends-moi à l'endroit où il fait un coude.

Le chaland frappa et broya la mince couche de glace annonçant la berge. Halween prit appui sur le plat-bord pour se propulser vers la rive. Deux respirations plus tard, elle avait disparu dans les entrelacs givrés du fouillis végétal.

Qatam retourna sur le pont de proue. Au passage, il eut quelques tapes amicales et quelques clins d'œil pour les hommes appuyés sur les pavois de fortune dont ils avaient rehaussé le bastingage. Quarante hommes, tous jeunes, tous survivants de la dernière débâcle macilienne dans les cités du Sud. À les commander sur les barricades des Pentes, il commençait à bien les connaître. Ce n'étaient pas vraiment des guerriers, mais ils avaient été soldats et ils connaissaient le maniement des armes. Ce n'étaient pas non plus des chasseurs. Ils étaient toutefois suffisamment habiles pour ramener quelques prises. L'important, pour cette première expédition, ne résidait pas dans leurs compétences, mais dans la maîtrise de leurs propres peurs et dans la confiance qu'ils lui accordaient. Pour l'heure, ils se relayaient sur les huit longues rames que les bas-fonds autorisaient toujours ou surveillaient en silence les berges et l'eau. Le silence était une discipline que le trappeur avait exigée ; lui seul interdisait à leurs appréhensions individuelles de trouver un écho dans celles des autres.

Dans le sillage du chaland, les quatre barques emportaient chacune deux hommes : un pêcheur expérimenté et un chasseur adroit. Quatre rameurs capables de distancer des poursuivants, donc, et quatre archers à même de décourager leur approche.

« – Il y a peu de chances que nous ayons à affronter un groupe plus nombreux que le nôtre, avait dit la Mante, et aucune que Le Guevian soit parmi eux. Nous serons trop loin du village.

Contrairement à Bandeo et à l'opinion générale des Collinards, elle ne croyait pas que les contrebandiers fermeraient les yeux sur leur intrusion et encore moins que Le Guevian n'eût pas donné des ordres précis allant dans le sens du massacre. Qatam partageait son point de vue.

Le chenal se divisa et le barreur exécuta l'ordre d'Halween, puis le coude fut en vue. Le jour était maintenant tout à fait levé ; il allait être glacial, une fois de plus, mais le ciel resterait sans nuages et le soleil finirait par l'emporter sur la bise.

L'homme le plus proche du trappeur lui donna un coup de coude dans le bras.

– J'ai vu, dit Qatam.

La Mante les attendait sous les filaments de cristal d'un saule gelé. Entre ses pieds, il y avait un phacoche égorgé.

– Notre première prise, lança-t-elle en basculant l'animal par-dessus le pont.

Elle ne parla pas du guetteur. Elle montra juste à Qatam l'appeau qu'elle lui avait arraché, celui qui lui avait servi à donner l'alerte.

– On stoppe ici ? demanda le barreur.

Halween secoua la tête :

– On stoppera quand nous saurons à quoi nous en tenir avec les contrebandiers.

Deux gaffes s'appuyèrent sur la glace pour arracher le chaland de la berge et celui-ci reprit sa descente du chenal.

– Nous allons déboucher sur un étang, annonça Halween. C'est là qu'ils nous attendent.

– Le guetteur a parlé ? s'étonna Qatam.

– Pas eu le temps. Regarde…

Elle désignait l'eau devant le bateau. D'abord, le trappeur ne vit rien. Près des berges, le givre blanchissait une mince pellicule de glace, puis l'eau devenait grise avec, par endroits, de larges taches brunes qui paraissaient presque visqueuses. Plus loin, le gris s'illuminait jusqu'à devenir argent et se confondre avec les bords gelés.

– Deux yoles nous ont précédés, commenta la Mante. Ça fait moins d'une heure. (Elle sourit à la mimique navrée de Qatam.) Les fonds sont hauts ici et, comme à peu près partout, c'est de la vase. Quand tu remues l'eau, le limon remonte... c'est ce qui donne cette couleur brunasse ou jaunasse à la flotte. Si tu vas à l'arrière et que tu observes bien notre sillage, tu verras une traînée d'eau claire, très courte, en forme de pointe. À la pointe, tu auras l'impression de deux nuages de fumée qui se mélangent, brouillant totalement l'eau. Plus le chenal est brassé, plus il y a de particules en suspension, plus elles le brunissent. Ensuite, suivant la largeur du chenal, les courants et les sillages, les particules s'organisent. Fumée, brouillard, langues, filaments, cercles, taches. Généralement, après une heure, l'eau est redevenue translucide. Avec un peu d'expérience et d'intuition, tu peux déterminer combien d'embarcations ont emprunté un chenal et depuis combien de temps.

Qatam siffla :

– Pister quelqu'un dans l'eau... Satané truc ! Et pourquoi supposes-tu qu'ils nous attendront sur l'étang ?

– La moitié des bras d'eau du secteur débouchent dessus. C'est un passage quasi obligatoire et c'est un point de ralliement pratique. De plus, il est cerné de roseaux. A priori, ils vont rester planqués dedans jusqu'à ce que nous ne puissions plus faire demi-tour. Dis aux barques de ne pas entrer sur l'étang avant qu'ils nous tombent dessus.

Le trappeur approuva de la tête et traversa le chaland jusqu'à la poupe. Halween le regarda héler les pêcheurs avec un sourire en coin. Sur la Colline, plusieurs fois, ils s'étaient accrochés au propos des barricades et de la façon d'organiser leurs défenseurs. Bandeo avait même dû scinder les Pentes en deux secteurs, afin que leurs attributions ne se recoupassent pas. Mais dans les marais, Qatam s'en remettait à elle, sans discussion. Il lui semblait qu'elle aurait la même attitude si elle devait l'accompagner sur un terrain où lui serait le guide, mais elle n'était pas certaine d'accepter son autorité avec autant d'aisance.

Une centaine de brasses avant qu'un dernier coude amenât le chaland devant l'entrée de l'étang, elle réunit tous les hommes autour du barreur et leur expliqua ce qu'elle pensait devoir se produire. Ils posèrent peu de questions et reprirent leurs places sous les pavois. Quand le bateau pénétra les eaux de l'étang, seuls douze d'entre eux étaient visibles. Les barques, elles, s'étaient immobilisées contre les berges du chenal, dans les premiers roseaux.

Qatam était à la proue, Halween à la poupe. Elle attendit qu'ils fussent bien engagés dans les eaux plus claires de l'étang et elle donna l'ordre de larguer les filets. Dans les roseaux qu'aucune brise n'inclinait, elle savait que les contrebandiers s'interrogeaient. Ils avaient envisagé une flottille de barcasses et ils découvraient le chaland. Ils escomptaient un combat yole à yole et Halween leur proposait un abordage. Les risques étaient différents, la tactique était différente. Ils hésitaient. Et ces ploucs de pêcheurs jetaient leurs filets comme si de rien n'était !

– Petits, petits, petits, petits, susurra Halween. Venez dire bonjour à maman Halween. Venez goûter du bon gros grain qu'elle cache dans sa main.

Seul le barreur l'entendait, et il n'en menait pas large. Le suspense dura encore quelques instants et, près des berges qu'ils avaient dépassées, les roseaux s'écartèrent. Cinq, dix, douze, quinze yoles surgirent des tiges brûlées par le gel et se ruèrent vers le chaland. Entre ses dents, la Mante annonça :

– Deux ou trois cloportes par bateau. Des frondes, des haches et des épées… pas d'arcs. (Elle s'adressa au barreur :) Quand ils seront à quarante brasses, vire à tribord. (Aux rameurs, elle dit :) Dès qu'on vire, souquez ferme. Je veux qu'ils s'arrachent les bras avant de s'emmêler dans les filets. (De nouveau au barreur :) Tribord jusqu'à la boucle, après on met en panne. (Pour tout le monde :) On ne bouge pas tant qu'ils ne s'agrippent pas au bastingage. Par contre, vous cognez tout ce qui dépasse des pavois. Ne vous exposez pas, ne cherchez pas à vous battre… repoussez. À cette température, un type qui passe à la baille est foutu. Pigé ?

Les yoles atteignirent la distance critique, le chaland vira et, dès le début de la manœuvre, il fut clair que six embarcations ne se feraient pas enfermer dans les filets. Au loin, les quatre barques de la Colline entraient sur l'étang, leurs archers ne seraient pas en mesure de décocher leurs traits avant plusieurs minutes. Comme la Mante l'avait espéré, l'assaut débuta dans une désorganisation totale.

Au centre de la nasse formée par les filets, dans un cercle de vingt toises de diamètre, plusieurs contrebandiers tentaient d'extirper leurs rames des mailles, pendant que d'autres s'efforçaient de coller au chaland. Les embarcations s'entrechoquaient et se gênaient les unes les autres, les hommes s'aboyaient des ordres contradictoires. Sur l'autre flanc du chaland, les yoles qui avaient échappé aux rets s'accrochèrent beaucoup plus facilement. Leurs pirates furent les premiers à passer à l'abordage, mais le pavois bâbord tenait bon et les Collinards s'acquittaient tant bien que mal de leur office. Le temps d'entailler quelques bras et quelques gorges, comme on élague les branches qui dépassent, Halween leur prêta main-forte, puis elle traversa le pont et, derrière

Qatam qui bondissait déjà, se propulsa dans une yole ennemie.

Adossée à la coque du chaland, debout sur une embarcation gênant l'abordage des autres, la Mante jouait de ses deux sabres pour entailler les contrebandiers d'estafilades profondes. Dans l'air, elle dessinait des arabesques infranchissables. Elle ne cherchait pas à tuer, elle écartait.

Le trappeur, lui, sautait de yole en yole et les traversait d'un élan dévastateur. Il n'écartait pas, il éliminait, et son mouvement ne s'arrêtait jamais car il était seul garant de son équilibre. Son sabre, unique, était insaisissable, même pour le regard ; il esquissait des courbes très courtes et il changeait de main, sans cesse.

À l'abri du pavois, les Collinards n'eurent bientôt plus d'adversaires à repousser. Qatam et Halween interdisaient presque totalement l'accès au bastingage tribord et, sur bâbord, leurs agresseurs essuyaient les traits des archers enfin à portée de tir. Le combat s'acheva peu après que deux yoles eurent tenté de s'enfuir, quand la Mante et Qatam les eurent rattrapées à l'aide d'une embarcation pirate.

« – Pas de survivant, avait dit Halween en engageant le trappeur à ramer. C'est le seul message que Le Guevian comprendra.

Plus de la moitié des contrebandiers s'étaient noyés, les autres avaient succombé à leurs blessures. Sur le chaland, plusieurs hommes portaient des estafilades sans gravité majeure, deux seulement étaient morts, tués par le seul adversaire qui avait pu poser les pieds dans le bateau.

– On les ramène, hein ? demanda quelqu'un.

– Bien sûr qu'on les ramène, assura la Mante. Mais, pour l'instant, on va faire ce pour quoi on est venus.

Quand le chaland regagna son appontement, la Colline n'eut pas le temps de déplorer deux de ses enfants : quelqu'un raconta le combat et toutes les rues se le répétèrent, comme elles se firent l'écho de ce que Bandeo, ce soir-là, avait à distribuer. Quatre cents livres de poisson et dix fois plus de viande. Il y eut quelques étonnements lorsque le mareyeur annonça qu'une moitié des prises de la journée serait salée ou fumée, et quelques bougonnements quand, après avoir débité l'autre moitié du gibier, les bouchers recommandèrent la préparation de ragoûts collectifs dont nous n'aurions chacun qu'une assiettée. Pourtant, ce fut sans amertume que nous dégustâmes notre fiole de soupe de poisson et notre bol de ragoût, notre repas le plus riche depuis le début de l'hiver.

J'étais avec Parleur, dans la chambre que Tahelle lui avait cédée depuis le début de sa maladie, lorsque notre conseil de guerre quotidien commença. Je ne devrais pas écrire conseil *de guerre* : nos réunions n'avaient rien de martial – du moins tant qu'il ne s'était pas agi d'affronter les marais –, mais celle-ci fut carrément guerrière. Et comment pouvait-il en être autrement, puisque Parleur, cloué dans un lit, n'y participait pas et que la Mante ne voyait aucun motif de débat ? Assise sur le comptoir, elle ne raconta pas, elle résuma, et elle le fit en termes de conséquences, insistant sur l'état de rage dans lequel Le Guevian devait se trouver.

– Aujourd'hui, disait-elle quand je redescendis dans la grande salle, nous avons eu affaire à une bande désorganisée, parce que, quels que soient les ordres que Le Guevian avait donnés, il nous sous-estimait. Ce ne sera plus le cas. Il va verrouiller la mangrove comme nous avons fermé la Colline et il va limiter les risques en se servant de sa connaissance du terrain.

– Tu le connais apparemment aussi bien que lui, remarqua Mescal.

– Apparemment, mais j'en suis assez loin. De toute façon, cela ne l'empêchera ni de poser des pièges, ni de nous préparer des traquenards où ses hommes ne prendront aucun risque, ni d'envoyer ses tueurs nous assassiner un par un. Par ailleurs, il ne faut pas compter ramener des prises suffisantes tant que des chasseurs et des pêcheurs isolés ne pourront pas circuler librement sur les canaux.

En journée, sous la férule de Navia et de Gabar, la taverne des Enselvains était devenue le plus efficace de nos centres de répartition. Teng et l'Acrobate assuraient le transport depuis les entrepôts de la falaise, Tahelle, ses sœurs et Meo (l'adolescent que Parleur avait sauvé de la vindicte populaire) se chargeaient de distribuer nourriture et combustible, je tenais le registre qui nous permettait d'être équitables. Puis, après que l'Ours eut fermé la taverne pour la nuit et même si d'autres réunions se tenaient ailleurs, Bandeo prenait toujours un moment pour nous y rejoindre. D'autres y étaient presque à demeure, bien sûr, comme Mescal, Pettilio, Halween, Qatam et le Vielleux, et d'autres encore y passaient régulièrement : Caneli, Ielo, Peyal ou Alviès, mais ce qui faisait réellement des Enselvains le nerf stratégique de la Colline, c'était la présence de Bandeo, surtout depuis que la maladie nous privait de Parleur.

Le mareyeur avait parfaitement répondu à notre attente. Il gérait et il organisait avec un talent consommé, et il était capable de trancher lorsque nous butions sur des désaccords. Cette nuit, pour examiner la poursuite et l'extension de notre intrusion dans le Marais, il était présent. Nous étions tous présents. La quantité, même limitée, de victuailles rapportées par le chaland nous ouvrait une perspective à laquelle nous n'avions plus osé croire. La victoire, facile et peu coûteuse, de nos chasseurs sur les contrebandiers nous montrait que cette perspective n'était pas un rêve. En deux phrases, Halween nous avait ramenés sur terre.

– Nous devrons adjoindre une escorte armée à chaque groupe de chasseurs, commenta Gabar. Cela limite le…

– Quelle escorte ? l'interrompit Qatam.

Nous nous entre-regardâmes tous sans comprendre. Le trappeur poursuivit :

– Invisible, inaudible, sachant se battre et connaissant la mangrove ? Même moi je ne réponds pas à tous les critères. En fait, à part la Mante, il n'existe pas un Collinard qui puisse s'aventurer dans les marais avec la certitude d'en revenir. Or elle ne peut pas se multiplier pour couvrir tout le monde et, en serait-elle capable, elle ne ferait qu'accroître les risques d'être piégée.

– Celui qui me piégera dans le marécage n'est pas né, objecta Halween, mais, sur le principe, tu as raison.

Bandeo leva une main.

– Si je comprends bien, dit-il, il nous faut expédier plus de chasseurs et de pêcheurs en toutes petites équipes que nous sommes incapables de protéger. (Il parlait pour Qatam et Halween.) Vous avez une solution ?

Manifestement, Qatam n'en avait pas, mais il ne doutait pas qu'Halween eût une idée derrière la tête. La Mante, elle, rayonnait.

– Éliminer Le Guevian et chasser ses malandrins du Marais, laissa-t-elle tomber. (Personne ne relevant, elle continua :) Cette nuit, à l'exception de quelques guetteurs, tous les vautours seront au nid, rappelés d'urgence pour régler le problème de notre intrusion. Le nid est une espèce de village sur pilotis au bord d'un étang. En soi, le village n'est pas facile à défendre, mais il est malaisé d'y accéder et les accès sont, eux, très faciles à tenir : c'est la mangrove profonde, avec des canaux tellement étroits que seuls des canoës ou des yoles peuvent s'y déplacer. Beaucoup de canaux, beaucoup de vigies et, entre, les marécages et des milliers de bouts de terre plutôt inhospitaliers. Par habitude et parce que, parcourant de grandes distances avec des charges souvent importantes, les contrebandiers ne se déplacent que sur l'eau, Le Guevian surveille étroitement les chenaux et tous leurs bras navigables, négligeant la maremme proprement dite et ses îlets. On ne va pas jusqu'au village par là, mais on accède à un réseau de petits canaux très simples à contrôler qui débouchent sur le repaire des contrebandiers. De nuit, j'ai besoin de très peu d'hommes pour prendre ce contrôle et le tenir jusqu'à ce que des archers aient investi l'étang. Entretemps, nous aurons rendu les embarcations inutilisables. Il ne restera qu'à mettre le feu au village.

Le silence qui suivit fut assez long, le temps que nous digérions la « solution » de la Mante. Je ne sais pas ce qui se produisit dans la tête des autres, le chaos dans la mienne suffisant à m'ôter jusqu'au sens de l'observation. Il me semble toutefois que nous étions tous abasourdis, à des degrés divers et pour diverses raisons, mais réellement hébétés. La simplicité, peut-être, de la proposition, ou la confiance avec laquelle elle nous était soumise, ou son radicalisme, ou l'aisance d'Halween à traiter un sujet nous dépassant complètement, tout nous interdisait de réagir avant d'avoir longuement mâché nos pensées.

– Tu peux réellement conduire des hommes jusqu'au repaire des contrebandiers ? demanda finalement Bandeo. Je veux dire : sans déclencher une alarme qui leur coûterait la vie ?

– Oui.

– Combien d'hommes ?

– Une demi-douzaine et deux yoles, d'abord, pour s'assurer de l'accès qui nous intéresse. Puis tous les archers que vous voudrez, mais une cinquantaine suffiront. Il faudra aussi des canots, une dizaine, pour prendre position sur l'étang. Si la première équipe part vers minuit, nous sommes tous de retour demain soir et le problème est réglé. Seulement, il faut le faire cette nuit, parce que je doute qu'il nous laisse une autre occasion.

Sur sa chaise, Bandeo se croisa les bras, s'appuya contre le dossier et réfléchit. Gabar prit son relais :

– Le village de Le Guevian est si proche de la ville ?

– Quatre heures à ramer et à courir en empruntant le chemin le plus court, tu trouves que c'est si près que ça ?

– Ben… je m'attendais plutôt qu'il soit à deux, trois jours d'ici.

– Trois jours, quand on les connaît, c'est le temps qu'il faut pour traverser la totalité des marais, l'Ours. Quant au village, si Le Guevian l'a aménagé si près, c'est qu'il avait besoin d'un accès rapide à Macil. C'est ce qui lui a permis d'acquérir une telle importance dans la contrebande et de prendre la plus belle part de la mangrove.

– Alors pourquoi le Prévost ne lui a-t-il jamais envoyé la milice ?

Ce ne fut pas Halween qui répondit, mais le Vielleux, et il le fit avec véhémence :

– Parce que la moitié de la Citadelle traficote avec lui. Qu'est-ce que tu crois ? Qu'ils acquittent l'octroi comme de vulgaires plébéiens ? La noblesse ne paie pas l'impôt, elle en vit ! Et il y a belle lurette que les bourgeois ont appris à ne payer qu'un peu tout en profitant beaucoup !

Dans le regard du Vielleux, je vis qu'il considérait que ce n'était pas un hasard si Bandeo reprenait à cet instant la parole. Je vis même l'étincelle de défi qu'il lui lança, mais le mareyeur revint à notre sujet initial :

– Que penses-tu du projet d'Halween, Qatam ?

Qatam n'attendait que cette question. Il se jeta dessus comme un affamé sur un morceau de fromage :

– Je n'ai rien à dire sur le projet… Halween connaît Le Guevian et la mangrove mieux que personne, elle sait ce qu'elle fait. Par contre, j'ai beaucoup à dire sur le ragoût de ce soir et toujours autant sur les miettes des semaines précédentes. Merde ! Nous ne tiendrons pas si nous ne pouvons pas chasser librement dans le Marais !

– Tu penses que nous devons risquer l'expédition ?

– Je pense que nous allons crever de faim et que le seul risque que nous prenons en attaquant les contrebandiers, c'est d'échapper à la famine, d'une façon ou d'une autre.

À nos visages, il était clair que nous étions nombreux à nous ranger derrière cette opinion. Nous avions beaucoup essayé depuis le début de l'hiver et le seul espoir encore tangible qui nous restait résidait dans les marais. Il se passa alors quelque chose d'étrange : sans un mot et sans que personne y prêtât attention, le Vielleux se leva et traversa la salle jusqu'au couloir conduisant à l'escalier. Sur le moment, comme les autres, j'estimai qu'il avait disparu vers les tinettes, mais, au bout d'un quart d'heure, comme il ne revenait pas, je m'étonnai. Du moins faillis-je le faire, car le regard de Mescal croisa le mien et je sus qu'il avait deviné, bien avant moi, où s'était rendu le musicien. À son tour, le magicien vit que j'avais compris. Quand je plissai les yeux pour manifester une surprise très interrogative, sans attirer l'attention des autres, il posa un doigt sur ses lèvres fermées et leva les yeux vers le plafond. Le message était clair :

« Tais-toi et monte, ma petite Vini. »

Dans la grande salle, la discussion avait repris entre Bandeo, Halween et Qatam. Il était question de détails pratiques. Je n'eus aucune peine à m'éclipser discrètement.

Le Vielleux s'était assis à la tête du lit, sur le tabouret depuis lequel je veillais habituellement Parleur. Il était penché en avant, les avant-bras sur les genoux et il se retourna à peine lorsque j'entrai sans frapper. Parleur, lui, était adossé contre un gros oreiller. Il était livide et ses yeux étaient furieux.

– C'est fini ? s'étonna-t-il en me voyant.

– Fini ?

– La décision est prise ?

Je saisis.

– Tu veux savoir si Halween… (Il hocha la tête, j'abrégeai :) Je crois que oui, même si nous n'en avons pas vraiment débattu… il n'y avait pas grand-chose à débattre, tu sais ?

Curieusement, alors qu'il paraissait plus épuisé qu'une heure auparavant (j'insultai muettement le Vielleux pour l'avoir tiré du sommeil), son regard était plus alerte et sa voix moins amorphe.

– *Ce qui n'a pas été débattu doit être combattu, Vini, c'est le prix de la liberté individuelle si l'on veut être juste avec chacun.*

Même la citation de Karel était une nouveauté dans l'évolution de sa maladie. Je passai de l'autre côté du lit et m'assis près de ses pieds.

– Qu'aurions-nous dû débattre ? m'enquis-je.

– L'hypocrisie de celui qui prend la vie d'un autre pour sauver la sienne !

– Quelle hypocrisie ? Celle des contrebandiers ou la nôtre ?

– Celle qui argue de droits qu'elle bafoue lorsqu'elle prétend les défendre. (Sa voix s'attendrit à peine :) Tuer un assassin, Vini, c'est le devenir soi-même. Que tu le fasses parce que tu aimes ça, parce que ça te rapporte ou parce que tu as faim ne change rien à l'acte lui-même. Celui qui est mort est mort, et les vivants n'auront que le meurtre pour exemple, ou pour solution.

Il me laissa tout loisir de répliquer, mais je n'avais plus de répliques. Je jetai un œil vers le Vielleux, il n'avait pas lâché Parleur du regard. Je connaissais bien cette fascination, c'était la même qu'il avait eue pour Karel. Cela me rassura.

– Maintenant, s'il te plaît, reprit Parleur, demande à Halween de monter.

Cela, par contre, ne me rassura pas du tout.

Halween ne me posa pas de question : Parleur la demandait, elle accourait. Je ne savais pas ce qu'il avait en tête, ni comment il allait le lui infliger, mais je la plaignais déjà. Dans l'escalier, nous croisâmes le Vielleux, il nous décocha un sourire sans joie, par politesse. Ensuite je m'effaçai pour laisser Halween entrer dans la chambre et j'attendis qu'elle se fût installée sur le tabouret abandonné par le musicien pour m'approcher du lit. Un regard de Parleur m'arrêta. Je le traduisis par : « Reste si tu veux, mais ne te place pas dans son champ de vision. » Je reculai un peu et m'appuyai contre le mur, près de la porte.

– On dirait que tu reprends des forces, remarqua Halween sur un ton sincèrement joyeux. Même si c'est pour me passer un savon, j'aime mieux te voir comme ça.

Cela désarçonna Parleur. Il avait commencé à la toiser avec la dureté qu'il lui réservait habituellement ; ses yeux se fermèrent une seconde et se rouvrirent sous une lumière moins crue. Ses mots – j'en fus certaine – ne furent pas ceux qu'il avait préparés :

– Comme Bandeo, j'espérais que nous pourrions subsister sans provoquer Le Guevian dans les marais. Nous en avons beaucoup parlé, nous savions ce que cela coûterait. Aujourd'hui, il faudrait être stupide pour prétendre que nous avons encore le choix et complètement idiot pour croire que cela se fera sans affronter les contrebandiers.

Halween n'était pas la seule interloquée. J'étais sidérée. Je fus tentée d'imputer ce revirement de position à l'accès de fièvre qui collait les cheveux de Parleur à ses tempes. La Mante dut suivre le même raisonnement. Il y avait une serviette, une bassine avec de l'eau et une éponge sur la table de chevet, elle s'empara de l'éponge, l'essora un peu et l'approcha de Parleur. Il eut un geste de recul et la foudroya du regard, mais il ne résista ni lorsqu'elle lui mouilla le front, les joues et le cou, ni lorsqu'elle le sécha avec la serviette.

– Le Guevian a rejeté la requête que Mescal puis toi lui avez présentée, reprit-il d'une voix moins posée. Nous n'avions pas à juger de ses raisons, nous avions juste à tenir compte de ses menaces. En les transgressant ce matin, nous avons vérifié qu'elles n'étaient ni vaines ni contournables. Vous étiez bien préparés, cet accroc nous a été moins onéreux qu'aux contrebandiers. Pourtant il nous place dans une logique de guerre, lui et nous. Je sais que tu l'as fait exprès, Halween.

– Bien sûr que je l'ai fait exprès ! Je n'allais pas le laisser nous massacrer et nous atteindre si fort au moral que nous renoncerions ! J'ai perdu deux hommes, lui une quarantaine, c'est exactement l'inverse de ce qu'il escomptait. Tu aurais préféré que…

Parleur ne tonna pas, il n'en avait pas la force, mais il l'interrompit avec violence :

– Je sais que tu as fait exprès de ne laisser aucun survivant pour l'affoler et le pousser à réunir immédiatement ses hommes au village ! Je sais que tu pensais déjà au projet que tu as présenté ce soir ! Je sais que tu ne cherches pas à nous ouvrir la mangrove, mais à mettre les contrebandiers à genoux ! Le sang pour le sang, la Mante !

– C'est *sa* manière d'agir !

– Alors nous ne valons pas mieux que lui si nous agissons pareillement !

Elle se pencha vers lui.

– Merde, Parleur ! Ce fumier trafique avec les pillards. Il leur achète ce pour quoi ils nous égorgent avec la bouffe qu'il nous refuse ou avec le saur et le grain que l'Intendant nous a saisis !

Nous l'apprenions et, s'il m'était difficile de le croire aussi brutalement, la tension des joues de Parleur ne me laissa aucun doute sur sa façon d'encaisser la nouvelle. Halween en profita pour enfoncer le clou :

– Tu as toujours envie de ne pas juger de ses raisons ? Tu penses toujours que nous ne valons pas mieux que lui ?

Parleur recala l'oreiller de façon à faire mieux face à la Mante.

– Je ne pense pas que ses raisons soient moins égoïstes que les nôtres et je n'ai pas envie qu'elles nous amènent à agir à sa manière.

Halween tira le tabouret pour s'approcher encore de lui.

– C'est une ordure, dit-elle.

– Cela ne t'autorise pas à en être une.

– Ce que je suis, Parleur, est en partie ce qu'il a fait de moi.

– Cela ne t'excuse pas.

– Je n'ai pas besoin d'excuses.

– Pourtant tu justifies le mal que tu veux faire aux contrebandiers par celui qu'ils nous ont fait.

– Je ne vais tout de même pas les regarder s'engraisser pendant que nous crevons ! (La voix d'Halween monta d'un ton, mais son innocence était toujours aussi franche :) Que veux-tu que je fasse ?

Parleur tendit les deux mains et elle les attrapa. Alors il l'attira un peu plus vers lui et il planta ses yeux d'eau claire dans le vert tendre des siens.

– Je veux que tu me conduises jusqu'au village dans le Marais.

Elle essaya de reculer, il l'en empêcha.

– Je veux que tu me mènes à Le Guevian.

Elle secoua la tête, mais elle était trop choquée pour parler. Il continua à lui assener ses phrases aberrantes.

– Je veux que nous empruntions le chemin par lequel tu comptais guider les archers et que nous arrivions à l'aube.

Elle tourna la tête pour chercher un appui auprès de moi, mais j'étais aussi impuissante qu'elle. Je ne pus lui renvoyer que ma propre consternation.

– Je veux que nous arrivions seuls.

Elle eût tellement préféré lui résister, mais c'était comme s'il l'avait envoûtée, comme si… Non, c'était simplement qu'il était Parleur et qu'elle l'aimait à s'en damner.

– Tu délires, réussit-elle à articuler. La fièvre…

Il se tourna vers moi :

– Demande à Mescal de nous rejoindre, Vini. Finalement, je crois que nous ne serons pas trop de trois pour convaincre Le Guevian. (Il revint à Halween pendant que je quittais la chambre :) Tuer Le Guevian n'arrêterait ni les pillages, ni les vols. Chasser les contrebandiers de cette partie du Marais ne les empêcherait ni de revenir, ni de pratiquer leur négoce ailleurs. Brûler le village ne nous offrirait ni la pitié de l'Intendant, ni le respect de la Citadelle.

« Karel écrivait : *La guerre est une banalité qui nous contraint à remplacer ce que nous avons détruit par ce que d'autres détruiront*. Il m'a longtemps semblé que cette phrase énonçait une fatalité pire que l'ironie, puis je me suis aperçu que Karel signifiait que la guerre est un système qui s'entretient de lui-même. Qu'importent ses acteurs et ses justifications, il se nourrit de ses dévastations. La victoire et la défaite n'ont aucune pérennité, sinon comme germes de la prochaine guerre. Cependant, le système est extrêmement faillible puisqu'il suffit qu'un des deux camps y renonce pour qu'il s'effondre.

– Renoncer est une attitude de lâche !

– Demain, tu me diras si je suis lâche. Ce soir, dis-moi seulement qui est le plus courageux : celui qui s'expose ou celui qui frappe ?

Halween ne répondit pas. Elle n'écoutait plus vraiment. Elle avait pris conscience que ses mains étaient toujours dans celles de Parleur et elle éprouvait une sensation de chaleur qui se diffusait de ses paumes à sa poitrine. Ses bras étaient figés, ses épaules étaient paralysées, mais elle osait à peine respirer, de crainte qu'il la relâchât.

– Dans l'absolu, nous sommes plus forts que Le Guevian et, cette nuit, nous avons l'occasion de le détruire. Dans l'absolu aussi, demain, nous nous placerons dans une situation où il sera le plus fort, et il n'aura qu'à claquer des doigts pour nous écraser.

S'il essayait seulement de lever un doigt contre *son* Parleur, la Mante le décapiterait.

– Je crois que nous pouvons saisir la chance constituée de ces deux absolus pour échapper à la banalité, Halween.

Elle n'était pas sûre de comprendre tout ce qu'il avait dit, en tout cas pas ce qu'impliquait sa dernière phrase, mais elle voyait bien que quelque mécanisme venait de se déclencher en lui, quelque chose qui éclairait son visage de l'intérieur et effaçait toutes les traces de son mal. Elle ne lui avait pas encore dit qu'elle le suivrait jusqu'en enfer, elle le fit :

– Nous partons dans trois heures et j'ai eu une rude journée, je vais aller dormir… Tu ferais bien d'en faire autant.

Avant de se relever, elle étreignit ses mains et les reposa sur l'édredon. Puis, très vite, elle se pencha pour l'embrasser sur le front et elle quitta la chambre. Quand Mescal et moi entrâmes, Parleur était encore hébété.

– Que peut-elle espérer de quelqu'un qui est son contraire ? lâcha-t-il.

Mescal fit la moue et ouvrit les bras en signe d'incompréhension.

– Ce que tu devrais espérer d'elle, répondis-je.

Le soleil pointait à peine au-dessus de l'étang lorsque le village sur pilotis s'éveilla. Comme souvent, Le Guevian fut le premier à quitter le sommeil. Il avait placé sa couche de façon que, à travers la fenêtre de sa chambre, le premier rayon de soleil le frappât directement. Il aimait autant l'aube qu'il détestait le crépuscule et, à peine levé, quelle que fût la saison, il ne manquait jamais d'ouvrir la fenêtre pour aspirer tout l'air que pouvaient contenir ses poumons et contempler la brume au ras de l'eau. C'était sa façon de ne pas oublier qu'il y avait eu d'autres aubes avec beaucoup moins d'air à respirer.

Ce matin, son inspiration se bloqua bien avant de gonfler sa cage thoracique. La brume était si ténue qu'elle masquait à peine les yoles sur l'eau, et toutes les yoles étaient au milieu de l'étang. Toutes, et si loin qu'un nageur serait mort de froid avant de les atteindre.

Le Guevian enfila son pantalon et sa tunique, sans en fermer les boutons, et se précipita, dévalant l'escalier de deux enjambées énormes. Il gueula si fort que tout le village s'éveilla d'une même crispation. Mais il eut beau courir d'un ponton à l'autre et frapper la berge de coups de pied furibonds, il ne découvrit aucune embarcation ayant échappé à la dérive. Quand plusieurs de ses hommes le rejoignirent, incrédules, la rage qu'il abattit sur eux ne le soulagea même pas. Puis, au milieu de la panique générale, il se calma et son cerveau recommença à fonctionner. Alors il regarda l'étang avec moins de hargne et il eut peur, pas une peur viscérale, non, plutôt une appréhension, quelque chose comme un pressentiment désagréable. Il se retourna vers le village et voulut donner les ordres en conséquence. Il n'eut pas le temps de le faire.

À trente pieds de lui, assis sur un tronc contre la réserve de bois (l'une des rares cabanes que ne supportait aucun pilotis, parce qu'elle était hors de portée des crues), il reconnut Halween et Mescal. Halween jouait à gratter le sol avec la pointe d'un de ses sabres. Mescal regardait le ciel. Entre eux, emmitouflé dans une couverture, il y avait quelqu'un que le contrebandier ne connaissait pas.

Les ordres que Le Guevian donna à voix basse furent différents de ceux auxquels il avait auparavant pensé. Il y était question de fouiller les environs avec prudence, de vérifier la situation des vigies et d'encercler très discrètement les trois indésirables. Après, seulement, encadré de deux de ses plus fines lames, il s'approcha de ceux-ci.

– La Mante, cracha-t-il, j'aurais dû m'en douter !

– Hello, Guev !

Elle avait à peine relevé la tête, elle continuait à jouer avec son sabre.

– Tu vas me payer ça ! la menaça-t-il.

Cette fois, elle se releva, avec une vivacité de très mauvais aloi, et elle redressa son arme. Mais elle se contenta de sourire et de la rengainer.

– Je ne te présente pas Mescal, railla-t-elle, mais tu ne connais pas encore mon ami Parleur. (Elle se tourna vers l'emmitouflé :) Parleur, je te présente Le Guevian.

L'emmitouflé se contenta d'une brève inclination de tête.

– Parleur ? répéta Le Guevian.

– Je suis l'abruti qui a émis l'idée que tu pouvais nous ouvrir le Marais, dit Parleur (il était très pâle et il grelottait malgré la couverture). Je suis aussi le seul Collinard qui pense encore que tu vas le faire.

Le Guevian éclata d'un rire tonitruant.

– Et qu'est-ce qui te fait croire ça… le frileux ? Les quarante types que vous m'avez dessoudés hier ? Vous m'avez eu une fois, mais je te promets que les mille prochains morts seront Collinards ! Et vous êtes tous les trois en tête de liste !

La voix de Parleur était lasse :

– C'est facile de promettre quand on n'aura pas à tenir sa promesse.

– Qu'est-ce que tu veux dire ?

– Si tu me tues, je ne pourrai pas vérifier que tu ne t'es pas parjuré.

Même s'il avait encore possédé ses deux yeux, l'ébahissement du contrebandier eût été comique. En tout cas, ainsi, il fit sourire Mescal.

– De plus, reprit Parleur, ta vie et la mienne sont tellement liées que ma seule mort rend ta promesse caduque.

Le borgne plissa son unique œil.

– Tu crois que je ne te survivrai pas ? C'est ça ? Tu surestimes la Mante, mon gaillard, quant au magicien…

Ce fut au tour de Parleur de s'étonner :

– Halween ? Mescal ? Non, je ne pensais pas à eux… Ils te tueraient, bien sûr… avec ma plus sincère désapprobation, d'ailleurs, mais ce n'est pas ce qui lie nos vies. Nos vies, tu vois, dépendent uniquement de la faculté de cohabitation entre la Colline et la mangrove. Elles s'entendent, elles vivent. Elles ne s'entendent pas, elles meurent.

– Qu'est-ce que c'est que ces conneries ? Vous avez besoin de notre gibier, c'est sûr, mais nous n'avons pas besoin de vous.

– Pourquoi parles-tu de besoins ? Aucun de nous n'a besoin de l'autre. Ce que tu veux de nous, tu nous le prends. Ce que nous attendons de toi, nous te l'imposons.

Nouveau rire, très gras, mais moins assuré :

– Tu veux m'imposer quelque chose, le frileux ?

– Je ne *veux* pas. Je le fais.

– Tu ne peux rien faire.

– Ce que je peux n'est pas important. Je peux couler tes yoles, par exemple, brûler ton village, te tirer comme un lapin depuis les roseaux, te vendre à la Ghilde, conduire la Garde ici. Je peux tout faire, mais, je te l'ai dit, ce n'est pas important. Ce qui est important, c'est ce que je fais.

Il n'y avait plus de morgue dans la voix du borgne, juste un peu de méfiance et de curiosité.

– Et tu fais quoi ?

– Je viens m'asseoir devant toi et t'informer que la Colline ne peut plus faire autrement que chasser dans les marais.

– M'informer ? Ouais ! Une chose est certaine : tu as des couilles, mais le Marais est à moi et vous ne chasserez pas dedans.

Le ton de Parleur se fit moins conciliant :

– Tu ne comprends pas, Le Guevian. Nous ne te demandons rien. Quand nous pouvions encore nous permettre de le faire, Mescal et Halween sont venus te présenter notre requête. Tu pouvais la rejeter et tu l'as fait. Maintenant, le choix n'existe plus, ni pour nous, ni pour toi.

– C'est une déclaration de guerre, en quelque sorte.

Parleur se mordit la lèvre inférieure et inspira profondément. Il était excédé.

– Mescal ? interpella-t-il le magicien. (Celui-ci se leva, Parleur revint au contrebandier :) Tu veux voir ce qu'est la guerre ? Regarde.

Mescal dressa les deux mains au-dessus de sa tête et les joignit, puis il les abaissa brusquement vers le sol.

Comme la veille de l'hiver dans la taverne des Enselvains, le sol à ses pieds s'enflamma et une langue de feu fusa à travers tout le village, frôlant deux maisons et courant sur un ponton. Elle tomba à l'eau, telle une masse, mais elle ne s'arrêta pas. Au contraire, ce fut comme si l'eau la revigorait. Les flammes se firent plus hautes, plus bleues, et leur front s'élargit, se ruant vers les embarcations. Mescal claqua dans ses mains et elles s'arrêtèrent, net, à quelques mètres des yoles au milieu de l'étang. Un instant, elles dansèrent sur tout leur parcours, puis elles moururent, laissant çà et là quelques flammèches frétillantes qui s'éteignirent en dix secondes.

Jamais, de jour, le village n'avait été aussi silencieux. Jamais les contrebandiers n'avaient été aussi effrayés. Même Le Guevian eut du mal à chasser la fixité de terreur qui paralysait son œil valide. Il ne croyait pas forcément aux pouvoirs du magicien, il était trop pragmatique pour croire plus loin que les yoles en feu, mais il voyait son impuissance.

– C'est ça, la guerre ! cria Parleur (surtout pour que tout le village l'entende). Une flamme pour chaque yole et pour chaque maison, une flèche pour chaque homme qui s'enfuit dans le noir, les vêtements passés à la hâte et en feu. C'est l'odeur de la chair brûlée et le sang qui inonde la terre, c'est un cri de douleur qui se mêle à un cri de terreur et qui rebondit de gorge en gorge, c'est la mort, et c'est moche, et c'est minable. Tu peux jouer à ça si ça t'amuse, Le Guevian, et tu n'auras aucune peine à trouver un adversaire aussi joueur que toi sur la Colline. Moi, non. J'ai passé l'âge des jeux de mômes qui se terminent dans les larmes.

Le Guevian ne réagit pas. Aucun contrebandier ne réagit. Parleur continua :

– Voilà en quoi ta vie et la mienne sont liées. Voilà pourquoi la Colline et la mangrove ont intérêt à s'entendre. Voilà pourquoi je me suis gelé à traverser tes putains de marais alors que j'ai une fièvre de cheval ! Maintenant, je t'ai informé. Tu fais ta crise ou tu te croises les bras. Tu m'égorges ou tu me raccompagnes jusqu'au fleuve. De toute façon, la Colline chasse sur ton territoire depuis hier et elle le fera jusqu'à ce qu'elle puisse bouffer autrement.

Il fit trois pas en avant qui le portèrent entre Le Guevian et un de ses hommes, puis il en esquissa un autre et il vacilla. Ses jambes ne le soutenaient plus, il était à bout de forces. Halween se précipita, l'attrapa sous un bras et toisa Le Guevian.

– Aide-moi à le porter jusqu'à une cheminée et trouve-moi un truc chaud à lui faire avaler.

Le Guevian resta une seconde immobile. Il n'hésitait pas, il enregistrait une information : Halween était amoureuse de ce Parleur. Il eut envie de sourire, mais il se retint, se contentant d'un hochement de tête.

– D'accord, dit-il en saisissant Parleur sous les bras et les jambes. On va te le remettre sur pied, ton doux dingue !

Plus tard, après que les contrebandiers eurent tracté leurs embarcations avec la yole qu'Halween avait cachée dans les roseaux et après que Le Guevian eut raccompagné les Collinards jusqu'au fleuve, lorsque ceux-ci accostèrent au pied d'une de nos nacelles, ils trouvèrent Qatam assis sur un canoë retourné. Sa première phrase fut pour Mescal :

– Très impressionnant, ton feu qui court sur l'eau !

Mescal n'eut pas le temps de répondre.

– Tu étais dans les marais ! s'écria Parleur, furieux.

Qatam haussa les épaules.

– Dans les roseaux, avec ça…

Il sortit un arc et un carquois de derrière le canoë. Du carquois, il tira une flèche, sa pointe dépassait à peine d'un manchon de tissu, et le tissu était manifestement humide.

– Ce n'est peut-être pas aussi surprenant que l'huile de Mescal, reprit-il, mais ça brûle mieux.

Parleur s'en prit à Halween :

– Tu as laissé des traces pour qu'il puisse nous suivre, c'est ça ?

– Mourir ne me gêne pas, avoua la Mante, mais il était hors de question que notre mort profite au Guevian.

– Je ne suis pas un très bon archer, précisa Qatam. Disons qu'à la distance où je me tenais j'aurais raté les hommes. Les cabanes, par contre…

Parleur ne décolérait pas, alors le trappeur haussa le ton :

– Tu as proposé une alternative au plan de la Mante et ton truc a marché, c'est tant mieux, mais aucune de vos morts ne nous aurait ouvert la mangrove…

– Nous ne sommes pas morts.

– J'en suis ravi, Parleur, parce que je vous aime bien tous les trois ! Et je ne suis pas mécontent de n'avoir pas eu à brûler le village des contrebandiers. Seulement, repose les pieds sur terre. Tu as eu de la chance, un point c'est tout.

Toujours emmitouflé dans sa couverture, Parleur alla se planter sous le nez de Qatam. Son visage était complètement fermé, mais il avait retrouvé sa sérénité. Une fois de plus, il cita Karel, le Karel des phrases sentencieuses :

– Depuis quelque temps, mes amis s'inquiètent de ma témérité, du moins est-ce ainsi qu'ils l'appellent pour ne pas prononcer le mot « inconscience ». Ils craignent que je ne m'expose trop. Ils craignent pour ma vie, en fait, à défaut d'avoir peur pour la leur. Moi je crains qu'à trop mesurer ce qu'ils risquent de perdre ils n'en oublient ce que nous avons à gagner.

Rapport du Premier Maître de la Loge Macilienne au Vénérable Grand Maître de la Ghilde
(extraits)

Heyel revient de la Cité du Temple, qu'il a brillamment défendue, et il sort vainqueur de la bataille contre les Montillans. Toutefois, ses troupes ont été décimées, alors que Montille n'a pas engagé ses armées d'élite. Selon mes contacts montillans, la dénonciation des fiançailles entre leur Prince héritier et notre Infante pourrait raviver un conflit que Macil serait incapable de soutenir seule. Cela m'inquiète d'autant plus que, pour des raisons de latitude, Montille a peu souffert de l'hiver. Je recommande donc la création d'un second foyer de guerre, cette fois contre des intérêts directement montillans : une révolte dans ses colonies ou le siège de ses principaux Comptoirs d'Orient par des tribus autochtones.

J'ai conscience des dépenses que cela occasionnera et je vous laisse juge de la situation, mais je pense que cela devrait être effectué rapidement, de manière à ne pas freiner nos projets maciliens. Cela pourrait même les faciliter, puisqu'il suffirait alors à Heyel de masser des troupes dans les Montagnines pour que Montille propose un traité de paix. En position de force, le Roi pourrait sans conséquence annoncer la dissolution des fiançailles entre sa puînée et l'aîné montillan, puis laisser Heyel négocier le traité et, enfin, le récompenser d'un mariage inespéré.

Après la disparition de deux tiers des membres de ma Loge, il me faut aussi vous informer, Vénérable Maître, que je suis en train de perdre le contrôle des mercenaires censés protéger Macil des pillards. Rien de grave, au demeurant, puisque la plupart accourront vers la capitale lorsque le Roi aura annoncé l'expédition d'une flotte vers les Terres de l'Occident et qu'il aura promis des richesses fabuleuses à ceux y participant. Néanmoins, avant que ce recrutement s'effectue, je crains de devoir concéder aux mercenaires le saccage d'une partie de la ville. Cela générera bien entendu des tensions qui me permettront de faire comprendre à Marelo que sa Province a grand besoin de se ragaillardir avant d'être en mesure de reconstituer la flotte princière.

Car Marelo s'ennuie déjà et il ne rêve que de retourner guerroyer sur la mer. Heureusement, son Connétable, son Intendant et son Prévost sont beaucoup plus réalistes que lui. Sans s'impatienter encore, il n'est pas exagéré de dire que ces trois-ci espèrent l'avènement d'Heyel avec enthousiasme. Le Connétable, particulièrement, qui a plus d'ambition pour Macil que de nouvelles débâcles dans les ports d'Orient.

Avec votre permission (voir dossier joint), j'envisage d'initier le Connétable à nos rites et de l'élever rapidement au grade de Maître. Son influence sur Heyel nous sera de la plus grande utilité et, à défaut d'être brillant, c'est un homme de valeur. En outre, pour peu qu'on lui soumette une cause d'envergure (et la partie visible de notre Grand Projet en est une), il est capable d'un engagement pouvant aller jusqu'au sacrifice. D'une part, il pourrait rapidement me permettre de ne plus m'impliquer *physiquement,* donc d'impliquer notre société, dans la conduite des affaires maciliennes. D'autre part, ce serait un bouc émissaire parfait (et volontaire !) si nous étions appelés à modifier opportunément notre stratégie.

CINQUIÈME VEILLÉE

Alors que nous vaquions à nos tâches respectives, qui dans les marais, qui sur le fleuve en amont, qui des entrepôts aux tavernes, nous prîmes un après-midi conscience que nous avions passé l'hiver. L'eau ne gelait plus que la nuit, dans les flaques, et le soleil dardait si fort en journée que les bâtisses conservaient un peu de sa chaleur du crépuscule à l'aube. Ce n'était pas encore tout à fait le printemps – il s'en fallait d'une paire de semaines –, mais, sur le Plateau, la lumière et les bruits avaient changé, et, au zénith, les hommes qui accomplissaient les travaux de force le faisaient torse nu.

J'étais avec Bandeo devant le chais qui nous servait d'entrepôt. Avec quelques planches et deux tréteaux, nous avions dressé un bureau de fortune en plein soleil et nous faisions l'inventaire de nos stocks. Le mareyeur suait un peu aux tempes, je regrettais le gris trop sombre du lin qui couvrait mes épaules. À vingt pas de nous, Parleur et Pettilio déchargeaient la nacelle que l'équipage d'un chaland avait remplie quarante mètres plus bas. Le gibier qu'ils transféraient sur un chariot n'était pas gros, mais il était abondant. Quand ils eurent fini, ils renvoyèrent la nacelle et Parleur se dirigea vers nous. Il avait un daim sur l'épaule et les yeux dans le vague d'une préoccupation illisible.

J'interrompis mes travaux d'écriture quand il fut à vingt pieds de nous et je jetai à Bandeo :

– Pause.

Le mareyeur était aussi exténué que moi. Il s'épongea le front d'un mouchoir et acquiesça :

– Pause.

J'allais me lever, mais quelque chose dans les traits de Parleur me retint. D'abord, son regard avait rejoint le monde et, aux commissures de ses lèvres, se dessinait un sourire presque tendre. Ensuite, il s'arrêta. Ses yeux accrochèrent les miens et sa main, paume vers le ciel, me désigna le chemin dans mon dos. En me retournant, je vis que le mareyeur regardait dans la même direction que Parleur et qu'il était, lui, bouche bée.

Grimpant la sente avec nonchalance, Qatam et Halween nous rejoignaient. D'une main, Qatam jonglait avec son sabre, qu'il faisait tournoyer au-dessus de lui et récupérait indifféremment dans son dos ou devant lui. Les figures que l'arme décrivait étaient époustouflantes et son aisance donnait l'impression que le sabre était relié à sa main par un fil invisible. Pourtant, ce n'était ni ce qui amusait Parleur, ni ce qui intriguait Bandeo.

Ébouriffée, les cheveux détachés flamboyant au soleil comme autant de flammes rousses, Halween remontait le chemin jambes nues, bien au-dessus des genoux, sous une jupe de daim que je ne lui connaissais pas. Noué à hauteur du nombril, elle portait un de mes corsages dont elle n'avait attaché aucune agrafe, laissant un jour impressionnant sur l'arrondi de ses seins.

Moi, j'avais toujours su qu'elle était belle au-delà du raisonnable, et je suis sûre que Parleur faisait plus que s'en douter, mais là, il la découvrait enfin et, à l'image de Bandeo qui n'en croyait pas ses yeux, ou à celle de Qatam qui en éprouvait le besoin de briller, il acceptait l'envoûtement. Mieux, son sourire exprimait qu'il acceptait l'intention dont il était la seule cible. Et c'était vraiment ça : il acceptait. Halween était entrée dans une nouvelle forme de guerre, une guerre qu'il ne pouvait pas intellectuellement désavouer, alors il rendait les armes, celles en tout cas qui lui avaient permis de la détester sans rémission.

Il fit les derniers pas qui le séparaient de la table et il bascula le daim dessus. Halween alla se placer juste à côté de lui, elle rayonnait littéralement (elle aussi, elle avait vu le sourire sur son visage). Alors, il laissa tomber la phrase qui mettait définitivement un terme à l'hiver :

– C'est une femelle et elle est grosse.

Nous ne comprîmes pas immédiatement.

– Un dixième des femelles abattues aujourd'hui étaient grosses, précisa-t-il, toutes espèces confondues. Il va falloir arrêter la chasse, sous peine d'épuiser le cheptel.

– Je crois qu'on appelle ça le printemps, lui fit écho Halween.

Il y avait de ça, oui. D'ailleurs, il suffisait de la regarder pour s'en persuader.

– On ne peut tenir que deux ou trois semaines avec ce qu'on a fumé, dit Bandeo.

– Trois, affirmai-je.

– De toute façon, insista Bandeo, en attaquant les semailles dès demain, nous ne pourrons pas récolter avant deux ou trois mois et il ne faut pas compter sur les premiers fruits et légumes avant cette période. Par ailleurs, nous n'avons pas assez de semis et la terre a gelé trop profondément pour être très généreuse. Je crains que nous ne devions chasser jusqu'au milieu de l'été.

Parleur secoua la tête :

– Et se retrouver sans gibier dès l'automne ? Tu courrais le risque d'un second hiver comme celui-ci ?

Le mareyeur n'osa pas répondre.

– En outre, continua Parleur, la vie va retrouver son cours normal. Les compagnies vont réarmer les chalutiers, l'Intendant va réclamer le dû de la Citadelle, le Connétable reprendre la Province en main et le Prévost nettoyer la ville. Et parce qu'il aura beaucoup de mal à se débarrasser de la racaille que la cité a attirée, sans compter celle qu'il a lui-même embauchée, il ne se passera pas une saison avant que le Prince ordonne une conscription.

« Si, pendant quelques semaines, subsister sera encore une priorité, les contraintes individuelles prendront le pas sur l'organisation collective. Les pêcheurs, les chasseurs et d'autres, dont toi, Bandeo, auront rapidement intérêt à se remettre à leurs comptes. Cela ira d'autant plus vite que, contrairement à la Basse-Ville, la Colline s'en sort avec peu de dommages. Je pense n'étonner personne en avançant que Le Guevian sera le premier à se désolidariser…

Halween rit : un vrai rire, haut et clair, pas un ricanement.

– C'est vrai que pour ce qui est de l'esprit de solidarité…

– Justement, s'appesantit Parleur, il serait préférable que nous ne le poussions pas à nous saborder et, pour ça, le mieux est de l'informer que nous nous retirons du Marais… disons… demain. Avec nos réserves et ce que nous prendrons encore sur le fleuve, nous avons six semaines devant nous. C'est une marge suffisante pour que chacun retourne sans heurt à ses activités coutumières. De toute manière, je doute que le Prévost nous laisse autant de temps.

Personne n'était sûr de saisir ce qu'il avait en tête, mais je fus la seule à le questionner :

– Le Prévost ? Qu'est-ce que tu veux dire ?

– Qu'il faut s'attendre à voir la Garde se pointer sous peu devant nos Portes, répondit Qatam (lui avait apparemment très bien saisi). Ce qui ne facilitera pas nos rapports avec la Citadelle.

Je vis les yeux d'Halween étinceler et je crus un instant qu'elle allait nous gratifier d'un de ses coups de poignard habituels. Elle n'en fit rien, au contraire, elle décocha son plus beau sourire à Parleur et elle anticipa :

– Il serait imprudent de rouvrir la Colline aujourd'hui, et ce sera tout aussi dangereux dans deux semaines. Par contre, nous pouvons déjà ouvrir les Portes en journée afin qu'une circulation s'installe entre la Basse-Ville et nous. Il suffira de les fermer la nuit.

Parleur lui retourna son sourire.

– En attendant que la Garde reprenne sa fonction normale, c'est ce que nous avons de mieux à faire, je crois. De la même façon que c'est à nous de recommencer à circuler entre la Basse-Ville et la Colline, ne serait-ce que pour voir comment nous pouvons aider ceux qui ont survécu.

Pour chacun d'entre nous, tout à coup, la journée parut moins ensoleillée.

À l'exception des quartiers nord, entre la boucle de l'Aven et la Colline, la Basse-Ville était exsangue. La moitié de sa population avait disparu, tuée par le froid et la faim ou ayant fui la cité dans l'espoir de combattre l'hiver sur des terres plus hospitalières. Beaucoup de ses bâtiments avaient souffert du gel ou de vandalisme. Par endroits, dans les rues les plus riches, les habitants avaient suivi notre exemple et s'étaient retranchés derrière des barricades qu'ils avaient défendues avec plus ou moins de bonheur. La plupart de ces bastions fragiles s'étaient transformés en tombes pour ceux qu'ils étaient censés protéger. Ailleurs, on s'était efforcé de survivre sans faire plus que traîner les cadavres vers des maisons abandonnées, quand on ne s'en était pas nourri.

Au sortir des gorges de l'Aven, les quartiers nord avaient mieux résisté. Parce qu'ils étaient plus près des forêts, parce que l'Aven avait conservé un peu de poisson, parce que Ditciec, surtout, les avait portés à bout de bras. Il n'avait pu faire ce que Parleur et Bandeo avaient fait pour nous, il n'avait pas non plus disposé de lames comme celles d'Halween et de Qatam, mais il avait su organiser des défenses pas trop perméables et barrer l'Aven sur toute sa largeur d'un filet très efficace. Ceux qu'il avait pris en charge étaient beaucoup plus affaiblis que les Collinards, mais leur mortalité avait été dix fois inférieure à celle de la Basse-Ville dans son ensemble. Ditciec, lui, n'était plus qu'un fantôme.

Trois jours d'affilée, alors que Qatam, Gabar et Mescal chapeautaient le contrôle de ceux qui franchissaient nos Portes, Halween nous accompagna dans Macil (Meo, Pettilio, Parleur et moi). Nous n'avions pas souhaité que l'adolescent se joignît à nous, mais il avait insisté et Pettilio avait supporté son obstination avec ferveur :

« – La plupart de ses amis étaient morts avant que nous l'accueillions et son frère était le dernier membre de sa famille. De quoi croyez-vous le préserver ? Il veut nous guider dans la Basse-Ville, qu'il connaît par cœur, parce que nous sommes aujourd'hui ses seuls proches. Ne pas le lui permettre, c'est le chasser de la Colline.

Meo n'avait effectivement plus grand-chose à perdre, nous exceptés : Mescal, qui lui apprenait quelques tours, Qatam, qui lui enseignait le maniement des armes et Tahelle, qui n'entendait pas rester sa sœur d'adoption. Il vint avec nous et, plus d'une fois, il nous montra à quel point l'hiver avait torturé la Basse-Ville :

« – C'était la maison de Vazzé, le minotier. Je ne sais pas qui sont les gens qui l'habitent maintenant, mais, ce qu'il y a de sûr, c'est qu'ils ne sont pas de sa famille… (Ailleurs, dans un pâté de maisons qui avait brûlé :) Il y avait un entrepôt où on séchait le bois, là, et un atelier d'archerie juste à côté. Au-dessus, c'était une espèce de chambrée avec des dizaines de paillasses, j'y ai dormi la moitié du printemps dernier. Derrière, c'était la peausserie des Bélites…

« – Je m'en souviens, avait dit Pettilio. Je suis allé y choisir des maroquins une fois ou deux.

Meo était une mine d'informations anodines qui racontait un passé que Macil oublierait en quelques mois et qui était pourtant si proche. Il nous entraîna des Pentes à la Citadelle et du Port à l'Aven, mais ce ne fut pas lui qui trouva Ditciec, ce fut Teng.

Le Gros (il ne l'était plus, mais le surnom demeurait, par habitude, et par anticipation) lui aussi arpentait la cité, seul, comme il l'avait toujours fait lorsqu'il se cherchait des amis d'un jour, et avec l'aisance que confère la certitude d'être une proie indigeste. Il localisa Ditciec au fil de ses pérégrinations et nous conduisit jusqu'à lui.

Ditciec était malade, d'épuisement, de malnutrition et, peut-être, d'un mal opportuniste profitant de sa faiblesse générale. Le blanc de ses yeux était presque jaune et leur contour était cerné d'un noir de chair pourrie. Il toussait surtout beaucoup, ne tenait plus sur ses jambes et tremblait sans avoir de fièvre. D'abord, nous le laissâmes nous raconter l'hiver près de l'Aven. Puis, malgré ses protestations et avec l'assentiment de ses amis de la Basse-Ville, nous l'installâmes sur un brancard et le ramenâmes aux Enselvains. Ce ne fut pas un voyage de tout repos : au début, il nous insulta copieusement et tenta de nous échapper, ensuite il nous supplia de ne pas abandonner ceux qui nous l'avaient confié et s'efforça de nous extorquer des promesses impossibles à tenir. Il ne délirait pas réellement, mais il n'avait plus sa pleine lucidité. Parleur lui opposait sans cesse la même réplique :

– Tu t'es occupé des autres, je m'occupe de toi. C'est sûrement déplaisant, mais il ne fallait pas te mettre dans cet état. Pour l'instant, tu n'es pas en mesure de discuter quoi que ce soit avec qui que ce soit.

– Et il sait de quoi il parle ! raillait Halween.

La Mante avait remis ses vêtements de garçonne. Toutefois, il était difficile de ne pas percevoir la femme sous ses allures de guerrière, même lorsque ses joues se tendaient d'une menace explicite. Parleur ne savait plus s'il devait s'agacer du plaisir de violence qui émanait d'elle ou des sollicitations de plus en plus ouvertes qu'elle lui adressait. Il eût simplement voulu la rabrouer sur les deux attitudes, ce dont il était incapable.

Nous atteignîmes les Pentes au bas du chemin Aux Dames, celui dont Qatam avait, ce jour-là, la responsabilité, et que, à l'image de la rue du Bac – elle aussi dépourvue de Porte –, nous n'avions rouvert que très partiellement. Serpentant à fleur de Colline, le chemin Aux Dames est le moins pentu des accès au Plateau et il est suffisamment large pour que deux charrettes s'y croisent. Conséquemment, c'est le plus difficile à garder, et la voie que Qatam avait ouverte à sa base slalomait péniblement entre les barricades.

Déjà, en arrivant par la petite place des Thermes, nous nous étonnâmes de l'attroupement qui barrait la rue. Puis, nous aperçûmes Qatam juché sur une barricade et, après le rang des curieux, les uniformes noirs et verts de la Garde. Douze Gardes, et le nouveau capitaine d'arrondissement. Les badauds étaient tous de la Basse-Ville et, manifestement, ils n'étaient pas mécontents que la Colline eût maille à partir avec la Garde, mais ils se contentaient d'observer. Les soldats étaient nerveux. L'officier paraissait au contraire très calme et presque aussi sûr de lui que le trappeur. Ils se parlaient l'un à l'autre à voix plus basse qu'il n'était souhaitable et ils se disaient que rien n'altérerait leurs fermetés respectives.

– Je ne prendrai pas de décision pour la Colline, affirmait Qatam, et encore moins une décision qui la mettrait en danger.

– La Garde reprend le contrôle de la Cité, disait le capitaine, vos Portes et vos barricades n'ont plus de raison d'être. Si vous ne les enlevez pas maintenant, je demanderai plus d'hommes et nous les détruirons avant la nuit.

Le sourire de Qatam était une provocation, puis le trappeur nous vit émerger de l'attroupement et son sourire se fit plus jovial. Parleur et Pettilio posèrent le brancard au sol et Parleur contourna le cordon de Gardes (immédiatement suivi par Halween).

– J'ai deux questions, capitaine, attaqua-t-il à brûle-pourpoint.

L'officier ne s'attendait pas qu'on l'interpellât dans son dos. Il se retourna, sourcils froncés, et toisa Parleur.

– Tu es Parleur, c'est ça ? demanda-t-il. (Il croisa alors le regard d'Halween et lui dédia une inclination de la tête :) Halween.

Je ne sais pas s'il craignait la Mante (pas pour lui, en tout cas), mais je suis certaine que le regard qu'il jeta à ses hommes cherchait à s'assurer qu'aucun d'eux ne broncherait avant son ordre.

– Captain' Miette, le salua Halween.

Ce n'était pas la première fois que j'entendais la Mante appeler le capitaine d'arrondissement par ce sobriquet (à l'automne, quand il avait commencé à fréquenter les Enselvains, elle n'avait jamais manqué de l'approcher et de le saluer comme elle venait de le faire), mais, sur le moment, je n'avais pas eu l'occasion de lui demander d'où elle le tenait, ni ce qu'il signifiait. En tout cas, les placards que le Prévost avait fait afficher par toute la Colline lors de sa nomination stipulaient qu'il se nommait Egvand, den Egvand Siehl, et, même s'il ne s'en offusquait pas, le Miette qu'elle lui jetait ternissait un peu son den de noblesse, que celle-ci fût modeste, lointaine et étrangère, ou pas.

– Quelles sont tes questions ? revint-il à Parleur.

– Où étais-tu quand il nous a fallu dresser des Portes et des barricades pour nous protéger ? jeta Parleur. Et comment penses-tu suppléer à cette protection avec seulement douze hommes ?

Côté Colline et côté Basse-Ville, il y eut quelques rires discrets. Le capitaine ne se démonta pas :

– Je n'ai que douze hommes parce que mon bataillon a été décimé en défendant successivement la Passe de Lernes, contre les Montillans, et la Cité du Temple, contre les pillards.

– Dommage qu'ils n'aient pas défendu Macil ! railla Qatam. Ça nous aurait évité quelques soucis !

Den Egvand Siehl ignora la remarque.

– Ces douze hommes sont les seuls valides, mais d'autres se remettent de leurs blessures et réintégreront la Garde d'arrondissement dans les semaines à venir. En attendant, les Collinards qui le souhaitent pourront nous aider à assurer la police, mais les barricades disparaissent aujourd'hui.

– Et c'est à treize que vous allez les lever ?

– J'ai des ordres, trappeur. Le Prévost ne me donnera pas un homme de plus pour un travail de routine, mais j'en obtiendrai autant qu'il faudra pour mater ceux qui s'opposent à son autorité.

Toujours dressé sur sa barricade, Qatam sauta au sol et se planta sous le nez du capitaine :

– Mate-moi, lui cracha-t-il au visage.

– Qatam ! intervint Parleur sans crier. Tout den qu'il soit, c'est un soldat… il ne pense pas, il obéit. On lui dit de casser du Montillan, il casse du Montillan. On lui dit de sacrifier ses hommes pour sauver les richesses du Dogme pendant que les Maciliens crèvent de faim, il les mène à l'abattoir. Ne t'abaisse pas à le défier, il ne relèvera le gant que si le Prévost lui en donne l'ordre.

Cette fois, parmi les badauds et les Collinards, les rires furent moins contenus. Les Gardes eux se tendirent, ils s'attendaient à recevoir l'ordre d'arrêter Qatam et Parleur et ils étaient prêts à l'exécuter armes en main. Parleur s'adressa alors directement à l'officier :

– La ville est encore pleine de mercenaires et de maraudeurs, capitaine. Il est trop tôt pour rouvrir la Colline, mais si tu tiens à le faire, tu vas grimper là-haut, tu vas réunir les Collinards sur la Place du Marché et c'est toi qui vas leur expliquer que le Prévost en a décidé ainsi.

Parleur estimait en avoir fini. Il pivota et se dirigea vers Pettilio, qui ne s'était pas écarté de la civière dans laquelle Ditciec était tout ouïe. Aussitôt, le capitaine fit un geste et quatre gardes se décalèrent pour bloquer le passage. Parleur s'arrêta net et se retourna, mais il ne regarda pas l'officier, il regarda Halween et, de manière imperceptible, secoua trois fois la tête. Derrière den Egvand Siehl, Qatam avait déjà la main sur la poignée du sabre qui pendait dans son dos, mais lui aussi intercepta la négation de Parleur et accepta de se détendre.

– Tu m'insultes, puis tu me donnes des ordres ? gronda le capitaine. C'est un comportement intolérable, Parleur !

– J'ai dû mal m'exprimer, capitaine. En t'engageant à expliquer ta mission aux Collinards, je n'ai pas davantage eu l'intention de commander que tu n'as eu celle de menacer en invoquant l'autorité du Prévost. Quant à l'insulte, tu pourras me la retourner quand tu voudras… je serais de bien mauvaise foi si je m'en formalisais.

Je ne sais pas à quoi je m'étais attendue. L'officier avait été offensé publiquement et, même s'il n'en était pas furieux, il ne pouvait pas fermer les yeux. C'est en tout cas ce qu'il avait exprimé à l'offenseur. Lorsque Parleur avait commencé à parler, il m'avait semblé qu'il présentait des excuses, ainsi que n'importe qui l'eût fait pour sauver sa tête ou sa liberté. Pourtant Parleur ne s'excusait pas. Au mieux, il proposait une échappatoire. Au pire, il confirmait l'outrage. C'était subtil, bien sûr, assez pour que les Gardes et les badauds ne pussent décider de la nature du discours, mais le den ne s'y trompa pas plus que Qatam, Ditciec ou moi (et peut-être Halween, mais elle était bien trop occupée à se contenir).

Ce ne fut pas immédiat, mais j'eus rapidement le sentiment d'avoir assisté à quelque chose de nouveau. Aussi loin que mes souvenirs remontaient, je n'avais jamais vu personne tenir tête à un officier de la Garde – je veux dire : personne du commun, personne que son lignage ne protégeait des gens d'armes – et jusqu'à Karel, qui ne s'était dressé ouvertement contre l'autorité que lors de son arrestation, pour éviter qu'on le châtiât sur un gibet public après un jugement officiel, pour qu'on l'assassinât.

Je regrette d'avoir été si lâche que j'écrivais la vérité en cachette, au lieu de vous en fouetter le visage…

Tu n'étais pas lâche, mon frère. Tu me protégeais, tu protégeais tes phrases. C'est juste que lui arrive après toi. C'est juste qu'il n'a peur de rien, sinon de t'être infidèle. C'est que tu écrivais et que lui parle.

Et le capitaine Egvand choisit l'échappatoire :

– J'accepte tes excuses, tricha-t-il.

Il ne pouvait pas voir le sourire de Qatam dans son dos. Il ne pouvait pas lire la force se diffusant de mon ventre vers tous mes muscles. Il perçut seulement le relâchement dans les épaules de la Mante et il s'en satisfit.

– Laisse-nous trois heures, captain' Miette, lui lança celle-ci, et nous te réunirons la Colline sur le Plateau.

Autre échappatoire, autre tricherie :

– Deux heures.

Parleur lui devait bien une concession :

– Deux heures devraient suffire.

Les badauds s'égaillèrent, les soldats nous laissèrent passer avec Ditciec sur son brancard et Qatam remonta avec nous.

– Pourquoi tenais-tu tant à ce qu'il s'adresse lui-même aux Collinards ? demanda Ditciec lorsque nous eûmes franchi la première boucle de la montée.

Parleur haussa les épaules.

– Qatam le lui a dit : aucun Collinard n'a à décider pour la Colline et, si n'importe lequel d'entre nous proposait aujourd'hui de lever les barricades, il se ferait huer. Lui ne propose pas, il impose. La Colline ronchonnera, mais les rues seront rouvertes sans coup de force et après que le capitaine d'arrondissement lui aura parlé. Den Egvand Siehl est loin d'être un imbécile. Il est en poste depuis presque un an et il s'est contenté d'observer. Il connaît nos visages, nos noms et nos habitudes sans s'être vraiment mêlé à nous. Il sait aussi à quel point cet hiver aura renforcé nos liens et combien lui en est exclu. Or son retour débute par un acte d'autorité parfaitement arbitraire. En le présentant tel quel, publiquement, il s'épargne les rebuffades, les frictions et les tentations d'insurrection souterraine.

– En gros, tu lui offres la mainmise sur la Colline… J'ai du mal à comprendre.

– La mainmise sur la Colline ? C'est le Prévost qui la lui a offerte. Moi, je lui demande simplement de discuter avec nous et de nous écouter, même lorsqu'il ne peut pas nous entendre.

Ditciec retomba sur sa civière en hochant la tête. Qatam prit le relais :

– Ta façon de t'y prendre est un peu tordue, mais tu t'es bien démerdé. J'ai particulièrement apprécié quand tu l'as traîné plus bas que terre pour m'empêcher de lui donner une leçon…

– En le provoquant, tu ne lui laissais pas d'autre choix que te combattre, et on n'apprend rien quand on est mort, Qatam.

– On n'apprend rien, mais on ne fait plus chier !

– Le Prévost dispose d'une flopée de mercenaires qui ne demandent qu'à remplacer Egvand pour exercer leur sadisme sur les Collinards. Toi, tu es suffisamment fort pour survivre à une répression en règle mais les autres en ont assez bavé avec l'hiver.

À son tour, le trappeur hocha la tête et se tut.

– C'est peut-être lui qui t'aurait tué, insinua Halween à son intention. Parce qu'il a l'air de rien comme ça, le petit capitaine d'arrondissement, mais pourquoi crois-tu que c'est à lui que le Prince confie les pires boulots ?

Qatam et Parleur levèrent une oreille intéressée. La Mante poursuivit, très fière de son effet :

– Moi je l'appelle Miette, pour le charrier un peu… et je crois qu'il préfère ça, mais son vrai surnom, c'est Laisse-Miettes, du moins une fois traduit de sa langue natale, parce qu'il ne reste jamais grand-chose de ses ennemis après le combat.

Qatam ricana.

– Tu le connais bien ? s'enquit Parleur.

Halween détestait parler de son passé, elle se ferma :

– Je le connais.

– Il hérite vraiment des pires boulots ?

– Systématiquement.

Parleur réfléchit le temps d'un souffle :

– Pourquoi ?

Halween hésita, mais elle répondit :

– Il était capitaine d'un vaisseau kayan et il a trahi son roi pour Macil. Or notre très cher Prince n'est pas qu'un ingrat, il déteste les transfuges, même lorsque leurs parjures l'ont servi.

– Il a raison, intervint Qatam. Moi aussi je me méfie des traîtres : ce qu'ils ont fait, ils peuvent le refaire.

Je fus surprise que Parleur ne relevât pas une phrase digne de ses cibles préférées, mais il avait autre chose en tête :

– À qui ou à quoi, au regard du Prince, la Colline doit-elle de passer pour le pire arrondissement de Macil ?

Il y avait une réponse évidente à la question, mais personne n'osa la formuler.

– À Karel, dis-je. D'ailleurs, den Egvand Siehl a été nommé après son assassinat, quand son prédécesseur a été envoyé guerroyer vers l'Orient.

Nous approchions des Enselvains, tous redevenus silencieux. Qatam et Halween avaient remplacé Pettilio et Parleur au transport de la civière. Meo avait pris de l'avance sur le groupe pour prévenir Gabar. Teng devait déjà courir les rues pour informer les Collinards de la réunion organisée par le capitaine. Parleur attendit que nous débouchions sur la placette où se tenait la taverne pour me détromper :

– Si le Prince et le Prévost avaient craint que Karel ne devienne un martyr, ce n'est pas à un Egvand Siehl qu'ils auraient confié la Colline. N'importe quel boucher aurait fait l'affaire, le temps de débarrasser l'arrondissement des meneurs. Après, s'ils avaient été habiles, ils auraient nommé un bon vivant pour créer un effet de soulagement.

« Il n'y a pas eu de chasse aux esprits forts… même le Vielleux n'a pas été particulièrement inquiété, et Laisse-Miettes s'est montré d'une discrétion exemplaire. Contrairement à ce que pense Halween, je crois d'une part que ce ne sont pas les pires boulots qu'on attribue à notre petit capitaine d'arrondissement, mais le rebut, un peu comme le Dogme a voulu enterrer Alviès en l'instituant sur la Colline. D'autre part, si le Prince se méfiait d'un guerrier qui a trahi son roi pour lui, il lui suffirait de l'occire… surtout un officier si compétent que la Citadelle n'hésite pas à le distraire de sa fonction macilienne pour sauver la Cité du Temple et tenir la Passe de Lernes.

Nous étions en arrêt devant la porte de la taverne, tous stupéfaits, nous demandant où il voulait en venir et en quoi den Egvand Siehl méritait une telle attention.

– Je n'ai pas connu le prédécesseur d'Egvand, mais je doute qu'il ait possédé la moitié de son intelligence et qu'il ait été aussi tolérant sous l'insulte. C'est beaucoup pour un homme uniquement chargé de recueillir la taxe d'un quartier sans richesse, en assurant de manière très laxiste une police peu regardante.

La porte s'ouvrit sur un Gabar empressé. Derrière lui, Navia surgit et se précipita vers Ditciec. Parleur leur jeta un vague regard et poursuivit :

– Je ne serais pas étonné qu'Egvand Siehl ait été imposé au Prince de Macil et que sa nomination sur la Colline soit une vexation infligée par celui-ci.

Il fixa Qatam, et Qatam plissa les yeux.

– Peut-être bien, laissa-t-il tomber, et alors ?

– Alors il se pourrait que nous ayons hérité d'un capitaine qui n'apprécie pas plus que nous les lubies de la Prévosté.

– Et alors ? insista le trappeur.

– Alors, tout en testant ses intentions à notre égard, nous allons devoir faire preuve d'un peu de subtilité pour éviter qu'il ne défoule ses frustrations sur nous.

La première subtilité de Parleur consista à enlever les barricades et à ouvrir nos Portes pendant que le capitaine Egvand Siehl informait les Collinards qu'il allait le faire. Ouvrir béantes les Portes et les bloquer contre les murs par de lourdes barres de fer scellées dans la maçonnerie.

Les journées passaient, ne faisant qu'embellir, et, un matin, alors que je dormais encore, j'entendis un bruit étrange près de mon oreille gauche, pas un ronflement, ni un bourdonnement, mais un bruit très régulier qui s'amplifiait par moments et redevenait presque une respiration à d'autres. Le temps de m'extirper de ma somnolence, je songeai à une rechute de la maladie hivernale de Parleur. Lorsque j'ouvris les yeux, ce fut pour découvrir un spectacle d'une rare quiétude.

La chatte était revenue. Elle était allongée sur le torse de Parleur, le crâne sous son menton, les quatre pattes en l'air, et elle ronronnait tandis qu'il lui caressait le ventre. Je me tournai sur le côté et j'appuyai ma tête sur le bras pour participer à leur bonheur du bout des doigts.

– Salut, la Cendre, soufflai-je. Contente de te revoir.

– C'est fini, dit Parleur.

Je ne compris pas. Il me désigna le cadavre de lapereau qui gisait sur la couette, entre nos jambes.

– Cadeau de chat, expliqua-t-il. Ce n'est sûrement pas son premier lapin de l'année, mais celui-ci signifie que, pour ses sens félins, la disette est terminée.

Le lapereau était égorgé et du sang souillait notre couche.

– C'est dégoûtant ! m'insurgeai-je.

Parleur éclata de rire :

– Tu ferais mieux de t'excuser : elle a dû le traîner sur une lieue et il est presque aussi gros qu'elle.

C'est vrai qu'elle n'était pas bien imposante, la Cendre, avec ses cinq livres et son crâne qui tenait entièrement dans une de mes mains ! Je m'excusai.

Dès ce matin-là, Parleur recommença à se balader avec la chatte sur les épaules, pas en ville, naturellement (il ne tenait pas à aiguiser de sombres appétits), mais chaque fois qu'il arpentait le Plateau ou qu'il partait en expédition dans les environs. Cela me permit d'assister à l'un des échanges les plus étonnants de la saison.

Peu de Collinards avaient repris leurs activités normales, du moins peu de ceux qui l'avaient fait s'étaient remis à travailler vraiment pour leur compte. C'était une phase de transition, entre l'œuvre collective qui nous avait permis de franchir l'hiver et le retour au labeur individuel qui rendrait à chacun son indépendance. Un peu partout sur la Colline, il régnait une ambiance étrange, comme si, malgré le plaisir que chacun avait à recouvrer la libre disposition de son existence, personne n'était pressé d'en tirer des profits personnels. Les paysans étaient retournés à la terre, les pêcheurs au delta ou à la mer. Les artisans cherchaient de la matière ou apprêtaient leurs outils, les commerçants astiquaient leurs échoppes et reprenaient contact avec leurs fournisseurs. Il y avait à la fois de l'entrain et une certaine inertie. Rien encore ne se vendait ni ne s'achetait. On s'échangeait des services, on troquait des denrées. Mais surtout on se consultait et on s'entraidait, sans se soucier de concurrence et de privilèges.

Jusqu'à Bandeo, qui continuait à organiser et à gérer avec la même intention collective. Il travaillait à rouvrir ses entrepôts, évidemment, et se préparait à redevenir le mareyeur qu'il était, mais il n'avait toujours pas récupéré ses chalands. En fait, il occupait l'essentiel de son temps à dresser un bilan des besoins de la Colline, et je l'assistais. Un jour, nous calculions le volume en bois de ce qu'il faudrait rentrer dans les mois à venir. Le lendemain, nous étudiions avec l'ensemble des maraîchers ce qu'il conviendrait de cultiver. Sans en avoir conscience, nous jouions un rôle d'intendance et nous oubliions que la Colline n'était qu'un quartier de Macil, et que Macil possédait déjà un Intendant, dont les préoccupations étaient très différentes des nôtres. Il était d'autant plus facile d'oublier que, pendant ces semaines, seuls le capitaine d'arrondissement et ses poignées de Gardes nous liaient avec la Citadelle.

Nous étions en train de recenser les fruitiers épargnés par le gel, lorsque nous vîmes, simultanément, Mescal et l'Acrobate monter de la Colline, et Parleur et Qatam rentrer d'une expédition dans les gorges de l'Aven. Mescal et l'Acrobate s'étaient remis à élaborer leurs spectacles. Parleur initiait Qatam à l'escalade et Qatam enseignait les rudiments de son métier de trappeur à Parleur. Les deux groupes se rejoignirent à notre hauteur. Il n'y eut pas d'échange de politesses ; tout de suite l'Acrobate désigna la Cendre sur l'épaule de son compagnon humain :

– Tu ne l'as pas bouffée, finalement ?

L'Acrobate ne plaisantait pas. Comme d'autres, probablement, il avait estimé sans y faire allusion que nous avions mangé la chatte, et sa remarque ne visait qu'à marquer son étonnement. Ni Parleur ni Qatam ne la reçurent de la sorte.

– Ce qui est bizarre, claqua la voix de Parleur, c'est qu'*elle* ne t'ait pas bouffé !

– Non, cracha Qatam, ce qui est incompréhensible, c'est que, moi, je n'aie pas bouffé ce connard ! Putain, l'Acrobate ! Ne t'avise ni de toucher la Cendre, ni de redire une connerie sur elle !

Il est difficile de dire ce qui nous surprit le plus, Mescal et moi (Bandeo n'avait pas prêté attention aux répliques et l'Acrobate essayait de se faire encore plus petit qu'il n'était), la démesure du trappeur pour un propos somme toute innocent concernant un animal, ou l'absence de réaction de Parleur à cette bouffée d'agressivité.

Dans la nuit du lendemain au surlendemain, la Colline subit le pillage que nous redoutions depuis la réouverture des Pentes. Ce fut le dernier que connut Macil, mais ce ne fut pas le moins dévastateur. Le dernier, parce que le Prévost achevait d'expulser les parasites que la cité avait attirés tout l'hiver. Le plus meurtrier, parce que les charognards concernés avaient décidé de partir sur un coup d'éclat, les poches pleines.

Ils étaient deux ou trois cents, ils traversèrent la Basse-Ville sans lui accorder un regard et grimpèrent les Pentes dans un silence absolu. Ils prirent grand soin d'éviter les Enselvains. Ils savaient où ils allaient et ils s'y rendirent directement. Un promontoire en bordure de Plateau, presque un hameau surplombant Macil, très peu d'habitations mais les plus riches de la Colline, et la plus riche d'entre elles : celle de Bandeo.

En quelques minutes, les maisons furent enfoncées, dévastées et vidées de leurs biens les plus précieux (et c'était souvent peu de chose). Indifféremment, les hommes, les femmes et les enfants furent égorgés ou éventrés. Vingt-quatre maisons. Quatre-vingt-douze Collinards, tous survivants du gel et de la famine, tués en une fraction de nuit pour quelques bibelots, pour quelques écus.

Lorsque nous arrivâmes sur les lieux, Parleur et moi, et d'autres qui accouraient de toute la Colline, la maison de Bandeo brûlait, sans espoir d'être sauvée, et des centaines de seaux pleins d'eau passaient de main en main pour préserver les habitations alentour. Des cris de douleur et d'effroi retentissaient de partout, des dizaines de gosses pleuraient dans des bras qui étaient rarement ceux de leurs parents, des femmes gisaient hébétées à même le sol, des Collinards se précipitaient dans chaque maison pour porter secours à ceux qui avaient une chance de s'en tirer.

La première personne que mes yeux fixèrent dans cet enfer fut le capitaine d'arrondissement. Il sortait de la maison en flammes avec un corps sur les épaules. Quelqu'un l'en soulagea et le porta un peu plus loin, et den Egvand retourna dans la fournaise. Il y retourna trois fois et revint de chaque voyage avec un corps inanimé, puis il y eut un craquement effrayant et la maison s'effondra sur elle-même.

Nous combattîmes le feu jusqu'à l'aube. Nous pansâmes et nous soignâmes des jours durant. Sauvés par le capitaine, Bandeo et sa femme survécurent à leurs blessures. Laborieusement, Bandeo se remit des déchirures qu'une épée avait faites dans ses entrailles. Sa femme ne remarcha jamais, la colonne vertébrale sectionnée au bas du dos. Au début de l'automne, elle mit elle-même fin à ses jours. Quel que fût son amour de la vie et quel que fût son acharnement à la vivre par la suite, Bandeo la pleura jusqu'à son dernier souffle.

Den Egvand Siehl mit un point d'honneur à ce que, dans l'année, la plupart des assassins fussent pris et châtiés par le bourreau, mais la moitié d'entre eux échappèrent à la justice princière. Parmi ces derniers, quelques-uns eurent l'inconscience de proposer le fruit de leurs rapines dans le Marais. Le Guevian joignit leurs têtes aux objets qu'il nous restitua.

Le traumatisme occasionné par cette nuit d'horreur eut de profondes conséquences sur le comportement des Collinards. Après notre victoire collective sur l'hiver, nous n'avions plus besoin de nous rapprocher, pourtant nous nous liâmes davantage. Après ce qu'il avait donné à la Colline, nous n'avions plus besoin de rendre grâce à Bandeo, pourtant nous l'aimâmes davantage. Après que Karel eut disparu, nous avions mis sa fronde en sommeil, elle se réveilla dans la bouche de Parleur et nous nous mîmes à la fredonner.

Cela commença dès que la dernière flammèche s'éteignit dans les décombres du pillage. Cela commença en moi et en Gabar, et, par tous les Enselvains, dans la colère de ceux qui virent Parleur s'installer sur une chaise en face de den Egvand Siehl, tandis que, sous le regard de son lieutenant, Navia l'enduisait d'un onguent. Le capitaine était brûlé de la tête aux pieds. Ses brûlures ne lui laisseraient pas de séquelle, mais ses cheveux étaient racornis, les poils à ses membres avaient grillé entièrement, et Pettilio lui avait prêté des vêtements pour remplacer son uniforme ravagé.

– C'est courageux d'avoir sorti Bandeo et sa femme des flammes, attaqua Parleur. C'est courageux d'avoir replongé dedans pour tenter de sauver ceux qui pouvaient l'être. Ils te remercieront quand ils seront en état de le faire. Pour l'instant, je le fais pour eux, et pour nous, qui sommes leurs amis.

Sa voix ne recelait aucune gratitude, elle exprimait seulement une formule de principe, que le capitaine reçut comme telle. Dans ses yeux dessillés, il portait la responsabilité de ce qu'il avait tenté de réparer au péril de sa vie. Une honte et un dégoût dont Parleur ne tint aucun compte :

– Pour ceux qui étaient aussi nos amis et qui sont morts, je te méprise. Je te méprise parce que, en levant nos barricades et en ouvrant nos Portes, tu as tué en une nuit ceux qu'elles avaient protégés pendant des mois et à ta place. Je te méprise parce que tu as agi sur ordre et que tu savais l'ordre débile. Je te méprise parce que tu fais primer la force sur la raison. Je te méprise parce que tu sers les puissants et que tu ne t'octroies aucun discernement.

Avant de se lever, il fixa longuement Egvand, peut-être pour lui laisser une chance de s'excuser ou de se défendre, peut-être pour le défier. Puis il sortit, sans un bonsoir pour personne.

Plus tard, lorsque je le rejoignis, il était assis sur le perron de notre maison, la chatte enroulée autour de ses épaules, le regard absent. Je me posai à côté de lui. Nous restâmes ainsi, perdus dans nos pensées, jusqu'à ce que le lieutenant d'Egvand – dont nous ignorions le nom – grimpât jusqu'à nous. Il ne s'assit pas, mais il s'accroupit en face de Parleur et posa ses coudes sur ses genoux.

– Tu devrais mesurer tes propos, Parleur. Le capitaine aurait pu te tuer en te soufflant dessus, et ni la Mante ni le trappeur n'auraient pu te protéger. La Mante n'est pas assez puissante et le trappeur pas assez vif.

Parleur écarquilla les yeux.

– Je ne comprends pas bien le message, dit-il.

– C'est ton droit de te suicider, mais, par égard pour tes amis, ne les entraîne pas à une mort certaine.

– S'agit-il d'une menace ?

– Seulement de l'expression de mon mépris. Tu as craché le tien parce que, en exécutant les ordres, le capitaine a mis tes amis en danger. C'est maintenant toi qui leur fais courir des risques. Alors, avant que tu décides pour eux de leur fin, pèse bien ce que tu dis.

À la façon dont Parleur hocha la tête, je sus qu'il accusait le coup. Je connaissais bien le trouble qui assombrissait ses pensées, j'avais vécu face à lui toute mon adolescence, je l'avais vu ronger Karel chaque fois qu'il écrivait. Le lieutenant visait juste : Parleur ne redoutait rien, sinon qu'on s'en prît aux siens. De cela, je pouvais immédiatement le soulager :

– Nous aurons tous la fin que nous méritons, lieutenant. Den Egvand Siehl, Parleur, Qatam, la Mante, toi et moi… tous, nous mourrons. Certains périront peut-être de la fureur de ton capitaine, qui sait ? Ce qui est sûr, c'est que d'autres sont déjà morts de sa suffisance.

Le Garde s'agaça :

– Sa suffisance ? Ne parle pas de ce que tu ne connais pas, Vini ! Par trois fois, le capitaine a demandé au Prévost de suspendre la levée des barricades. Trois fois ! Tu sais ce qu'un officier de la Garde encourt à suggérer qu'un ordre est inconséquent ? Et toi, Parleur, toi qui insultes den Egvand en public, tu as une idée du courage qu'il faut pour tenir tête au Prévost ?

– J'en ai même une excellente, répondit Parleur. Je la tiens de mon ami Karel. Tu as connu mon ami Karel, lieutenant ? Je ne sais pas si Karel était plus ou moins courageux que ton capitaine. Par contre, il devait être moins important aux yeux du Prévost, parce que lui est mort de lui avoir tenu tête.

Le lieutenant se releva, dégoûté.

– Je t'ai prévenu, Parleur. Le capitaine est un excellent officier, le meilleur que j'aie connu. Alors même s'il tolère ton irrespect, je ne te laisserai pas l'insulter. Comme tu n'es pas un adversaire intéressant, je ne prendrai aucun plaisir à te tuer, mais je ferai mon devoir.

Parleur le laissa s'éloigner de quelques pieds, puis il lui jeta Karel :

– *Le devoir n'est ni ce qui est dicté par ceux qui jonglent avec le pouvoir, ni ce qui découle de leurs intérêts. Le devoir, c'est être juste aux yeux des déshérités.*

DU VÉNÉRABLE GRAND MAÎTRE DE LA GHILDE AU PREMIER MAÎTRE DE LA LOGE MACILIENNE
Ordre de Mission

Le Roi a cédé ! Je devrais dire : enfin. Il ne reste plus qu'à fixer la date des épousailles.

Vous l'avez compris, cela signifie que nous lançons la seconde phase du projet.

Vous disposez approximativement d'une année pour préparer la succession de Marelo. À cette fin, je vous expédie une courtisane, experte dans l'art de la séduction, mais surtout porteuse d'un germe malin qui se répand par la fornication et provoque la mort en quelques saisons. Elle nous est tout entière dévouée (elle ignore sa maladie), mais je vous recommande de veiller à ce que ses charmes n'opèrent que sur le Prince et les personnes que vous aurez judicieusement sélectionnées. Ensuite, dès que les premiers symptômes apparaîtront (fièvres intermittentes, toux glaireuse, douleurs urinaires), éloignez-la définitivement de la cour. Assurez-vous aussi que les hommes ayant succombé à ses charmes ne puissent transmettre le mal ou que les soubrettes contaminées disparaissent avant de l'infliger à d'autres. Les épidémies qu'engendre ce germe sont dévastatrices.

Si vous n'avez pas encore élevé le Connétable au rang de Maître, faites-le instamment et obtenez de lui que, sous l'autorité de Marelo, l'administration macilienne décide de mesures de plus en plus impopulaires. Celles-ci devront atteindre leur paroxysme peu avant la passation des pouvoirs, de manière que, par un double effet de soulagement et de transfert, le peuple accueille Heyel avec chaleur.

Ne vous préoccupez plus des Montillans. Ils auront en effet fort à faire avec les conspirations que fomentent certains jeunes nobles contre la cour. Ces complots, que nous dénoncerons après les avoir financés, auront certes des conséquences moins durables que vos propres suggestions, mais ils ont le mérite d'être beaucoup moins dispendieux.

SIXIÈME VEILLÉE

L'Année de la Disette passa lentement.

Le printemps fut moins salvateur que nous l'escomptions. La terre et la mer avaient souffert si profondément du gel que la nature peinait à redémarrer. Les arbres donnèrent peu de fruits, les sillons peu de céréales. La pêche fut mauvaise, les maraîchages peu féconds, et nous sûmes très tôt que les vendanges seraient désastreuses.

Au début de l'été, les moustiques et les eaux stagnantes nous apportèrent leur lot de maladies. Beaucoup étaient encore trop faibles, les morts furent nombreuses. Puis il fallut recommencer à s'acquitter de la taxe et payer en écus ce que nous ne pouvions fournir en nature. L'Intendant n'était pas très exigeant, le Prévost était compréhensif, mais nous savions que cela ne durerait pas.

À l'automne, le Connétable entama une campagne de recrutement pour l'armée royale. La solde qu'il proposait était inférieure au salaire d'un commis de ferme, pourtant nombreux furent ceux qui enrôlèrent leurs adolescents, tant les familles étaient exsangues. Les soldats rapportaient peu d'écus, mais au moins l'armée les nourrissait.

Enfin arriva l'année nouvelle, celle que nous appelâmes l'Année des Femmes Grosses, et la clémence d'un hiver comme Macil les avait toujours connus. Ce fut cet hiver-là, pendant que les couples concevaient la génération d'après la famine, que le Prince Marelo déclina.

Je ne crois pas me tromper en affirmant que, de l'avis de toute la Province, den Marelo Castan ne fut jamais un bon souverain. Il ne s'intéressa qu'à la guerre, parce que seule l'extension du Royaume intéressait son monarque, là-haut, dans la capitale du Nord. Et il perdit les guerres. Le reste, la cité de Macil et la Province tout entière, il le délégua à ses connétables, den Legi Mar d'abord, puis den Espar Fès. Den Legi priva le pays de ses hommes, den Espar le frustra de ses ressources. Aucun des deux ne fut moins impopulaire que leur monarque.

Le Prince eut cinq enfants de la même épouse. Les plus jeunes, trois filles, furent mariées selon le bon vouloir du Roi à des ennemis devenus des alliés. L'aîné, den Heyel Castan, fut éduqué par des maîtres de guerre sous la férule de Legi Mar, mais dès sa plus tendre enfance son amitié se donna à Espar Fès. Den Yergheli Castan, le cadet, fut élevé par sa mère et la sœur benjamine de celle-ci. Il apprit les arts et les lettres, l'astronomie et la botanique. Il prononça ses vœux pour son treizième anniversaire et devint le plus jeune archiprêtre du Dogme dans sa vingt-huitième année. On disait qu'il n'avait d'amitié que pour son frère.

Den Heyel avait passé trente ans quand la mort envoya les premiers signes à son père. Den Yergheli allait les atteindre. Même si un seul d'entre eux gouvernerait en souverain, ils étaient l'un et l'autre prêts à diriger la Province de concert. La Province, elle, s'apprêtait à les honorer aussi chaleureusement que la mort annoncée du Prince la laissait froide.

Oubliés les mois interminables où Heyel avait remplacé den Marelo pendant que celui-ci guerroyait. Oubliées les exigences de la Citadelle et les violences de la Garde. Oubliées les saisies et les arrestations arbitraires. Oublié l'assassinat de mon frère.

Les imbéciles !

« – Ils ne se souviennent pas, ils ne pensent pas, ils bêlent, disait Qatam avec mépris.

Et Parleur se servait de Karel pour corriger :

«– Si le peuple avait une mémoire, il lui faudrait l'écouter. Alors il n'y aurait plus ni princes, ni nobles, ni bourgeois, ni dogmes. Il n'y aurait plus que le peuple et il se gouvernerait lui-même.

En attendant, Karel était mort et je m'aigrissais l'humeur d'une mémoire que la Colline avait si courte.

Néanmoins, le Prince Marelo passa l'hiver et se ragaillardit au printemps. Au début de l'été, il se sentit même si fort qu'il se prit à rêver de nouvelles guerres. Comprenez : l'Année de la Disette avait dépeuplé Macil, mais tant de femmes étaient rondes qu'il se voyait patienter quinze ans pour entraîner leur engeance vers cette victoire glorieuse qu'il n'avait jamais connue. Il leva un nouvel impôt, qu'il promit passager et que den Espar appela Relève. La Relève devait servir à reconstruire la cité et à remplir silos et entrepôts, elle fut tout entière dirigée vers les chantiers navals. Beaucoup y trouvèrent leur compte. C'est qu'il en faut, des menuisiers, des charpentiers, des ferronniers, des apprentis et de la main-d'œuvre pour fabriquer des vaisseaux de guerre !

La Relève fut fixée à un écu par transaction, quelle que fût la transaction, que vous consommiez une chopine dans une taverne ou que vous achetiez mille pieds d'étoffe, que vous commandiez une paire de sabots ou mille livres d'argent. Le Prince Marelo se rengorgeait de l'équité de la nouvelle taxe.

Belle équité ! Un écu pour un poisson d'un écu, un écu pour une robe de mille écus. Et la Relève n'était pas perçue sur la main-d'œuvre ! Bourgeois et nobles en ricanaient par toute la ville. Nous, nous resserrions encore les ceintures d'un cran. Dans la Basse-Ville et sur la Colline, le mécontentement grimpait moins vite que la misère, mais rares devinrent les conversations qui ne s'indignaient pas de la Relève, si rares que le vent en porta une bonne part jusque dans la Citadelle.

Le Prévost se contenta de renforcer les escouades qui accompagnaient les questeurs sur les marchés ou dans les échoppes et les tavernes. Cela n'empêcha ni que les questeurs fussent chahutés, ni que la Relève fût toujours difficile à percevoir. Car, du mieux qu'il nous était possible, nous trichions.

Puisque chaque transaction était taxée, nous en pratiquions un minimum. L'idée était encore venue de Parleur : faire ses achats en commun de sorte que, tour à tour, un seul payeur acquittât la Relève. Un écu pour cent pains ou pour cent poissons. Jamais, en tout cas, l'Ours ne servit autant de tournées générales. Cela nécessitait de s'organiser, mais nous commencions à en avoir l'habitude, et le capitaine Egvand nous laissait faire.

Nous nous défiions toujours de den Egvand Siehl, mais la Colline n'avait pas à se plaindre de sa police. Il faisait respecter la loi et exécutait les ordres sans zèle ni violence. Or ce n'était pas le cas partout. Dans la Basse-Ville, par exemple, les quatre capitaines d'arrondissement ne reculaient devant aucune brutalité et les Gardes partageaient avec les questeurs une part non négligeable de l'impôt. Au premier jour de l'automne, ce fut d'ailleurs sur un marché de la Basse-Ville que Macil connut sa première émeute. Elle fut spontanée, brève et meurtrière.

Plus de deux cents morts, pour la plupart des femmes. Sur ordre du Prince en personne.

Dans la grande salle, l'ambiance se voulait à la colère, mais l'inquiétude se lisait sur les visages et l'abattement perçait dans les voix. Les Enselvains se cherchaient du courage ou, à défaut, des raisons de ne pas trembler. Ils étaient nombreux pour cette soirée de deuil, comme ils avaient été nombreux, dès la fin de la matinée, quand la rumeur avait grimpé les Pentes.

Près du comptoir, les fiers-à-bras surenchérissaient d'esprit vengeur en roulant des muscles avinés. Ça ne se passerait pas comme ça, ça suffisait, ça se paierait... Autant de forfanteries éculées qui ne trompaient que le désarroi de ceux les proférant. Il y avait Peyal et l'Acrobate et Cantal et Meo, et quelques survivants de guerres lointaines. On se promettait des lendemains sanglants, on enjolivait les souvenirs glorieux, on menaçait les absents.

– Qu'il ose se pointer, entendis-je. Qu'il ose, et on verra ce que ça vaut, un capitaine d'arrondissement !

Den Egvand Siehl n'était pas là, bien sûr, comme d'ailleurs aucun Garde. Nous n'étions qu'entre nous, Collinards, et les minables aboyaient.

Dans la salle proprement dite, les tables frémissaient de craintes à peine voilées et d'incompréhensions timides. Il y en avait aussi qui s'excusaient, ou qui excusaient tout court. On se félicitait d'être sage, on s'assurait de le rester, on baissait déjà le regard, quand on ne le détournait pas. Nous n'étions qu'entre nous et les veules biaisaient.

J'ignore ce qui s'échangea dans toutes les alcôves, mais cela se fit souvent à voix basse et les tripes nouées. Dans celle qui jouxtait la mienne, Pettilio pleura une amie qu'il n'avait pas eu la force d'épouser, Ditciec pleura de rage, le Gros les consola.

J'étais à ma table d'épistolière, encore incrédule de cette émeute et de sa répression. J'essayais de me souvenir d'une phrase que Karel eût pu écrire sur ce que je lisais dans la sueur des autres. J'essayais de comprendre pourquoi j'observais les Enselvains sans détachement, pourquoi j'avais envie de baisser les bras, moi qui ne les avais jamais levés. J'essayais de ne pas être dégoûtée.

La chatte quitta les genoux de Parleur et traversa la table pour se loger contre mon ventre. Alors Parleur cessa de se taire et me regarda enfin. Non, il ne me regarda pas, il me scruta.

– La petite Vini se lève, dit-il.

D'abord, ce fut comme un bruit dans mon brouhaha intérieur, un son incongru tellement il n'avait pas de sens. Puis je me souvins de notre rencontre et de ce que Karel lui avait écrit de moi, et la sensation de confusion s'accentua.

– Tu changes, Vini. Tu ne supportes plus ni la bêtise ni la fatalité. Ça fait mal, n'est-ce pas ?

Je ne savais pas quoi répondre.

– Ce n'était pas une question, m'épargna-t-il.

À côté de moi, Qatam se retourna. Depuis une heure, assis en bout de banquette, il me tournait le dos. Il surveillait la taverne, comme Halween la surveillait depuis l'entrée.

– Ça y est ? dit-il. Vous vous réveillez ?

Parleur sourit, je l'imitai mollement. Nous n'avions en effet pas été des compagnons très diserts.

– Que penses-tu de ce qui se passe ici ce soir ? demanda Parleur.

Qatam haussa les épaules.

– Pourquoi ? Il se passe quelque chose ?

À mon intention, Parleur ouvrit les paumes et leva les yeux vers le plafond.

– Et voilà, Vini ! L'humanité telle qu'en soi, résumée par saint Qatam… un tas de riens au milieu du néant. (Il revint au trappeur :) Ici, il ne se passe rien, tu as raison. C'est à l'intérieur des têtes que ça bouge, et ça fait comme une tempête de neige au cœur de l'été : un grand froid.

– C'est joliment tourné, commenta Qatam, mais, si ça a un sens, il m'échappe complètement.

– Le froid se supporte très bien l'hiver, et on peut l'accepter à l'automne ou au printemps. L'été, il fait beaucoup de dégâts, et l'humeur des hommes comme des bêtes s'en ressent gravement. Après la disette, les Maciliens se croyaient en plein été. L'Intendant n'était pas très exigeant et le Prévost était plutôt discret, au point qu'on avait fini par considérer ce répit comme une situation normale.

– Je vois. C'est la tempête d'aujourd'hui qui est la situation normale.

Parleur secoua la tête avec un air affligé.

– Et c'est toi qui dis ça ? Il n'existe pas de situation normale, Qatam, juste des habitudes, celles qu'on subit ou celles qu'on impose. À l'évidence, ces deux dernières années, la Basse-Ville et la Colline ont pris des habitudes dont, à l'évidence, la Citadelle souhaite les défaire pour leur imposer ses propres et vieilles habitudes. Ce qui se passe ici ce soir, c'est que chacun regrette déjà ses habitudes les plus récentes et s'apprête à retrouver les anciennes telles qu'on les lui dictera.

– Beurk.

Intérieurement, je cautionnai l'onomatopée du trappeur. Je ne fus donc pas moins surprise que lui lorsque la voix de Parleur se fit ironie.

– Beurk ? Oui, sûrement. Mais beurk à quoi ? À celui qui impose ou à celui qui subit ? Et parmi ceux qui subissent, le dégoût doit-il s'adresser plutôt à ceux qui courbent l'échine ou à ceux qui la conservent droite par le même fer que celui qui impose ?

– Et nous y revoilà ! s'exclama Qatam. C'est certain, je reprendrai aussi rapidement mes habitudes de teigneux que les couards reprendront leurs habitudes de couards. N'empêche que c'est eux qui en bavent, pas moi, et que je ne suis pas du genre à offrir le dos au fouet !

– Pourquoi ? Tu as peur de la douleur ?

Qatam chercha deux fois sa respiration avant de me prendre à témoin :

– Il est pas possible, ce mec ! Merde ! Dis-lui, Vini. On ne vit pas dans un conte pour mômes, on vit dans un monde où de vraies épées font de vrais trous dans de vrais connards ! Le problème n'est pas de savoir si on va mourir, mais *quand* !

– Et *comment*.

– Je ne te le fais pas dire ! Et en ce qui me concerne, ce ne sera ni de trouille, ni de lâcheté !

Parleur se leva. Instantanément la chatte passa de mes genoux à ses épaules, s'enroulant sous ses cheveux autour de sa nuque.

– Je crains que tu te trompes, mon ami. Tu mourras de la peur d'en baver et de la peur du fouet, sans avoir eu le courage de ne pas tirer le sabre.

Qatam eût volontiers retenu Parleur pour ne pas lui laisser le dernier mot, mais lui aussi avait vu den Egvand Siehl entrer dans la taverne, seul, et se diriger vers le comptoir.

Évidemment, les fiers-à-bras ne bronchèrent pas. Leurs discussions se turent et tous fuirent le comptoir pour gagner les tables les plus éloignées. Ils faillirent faire demi-tour lorsqu'ils virent Parleur et Qatam s'approcher du capitaine, mais leur crainte du ridicule fut plus forte que leur désir de voir le trappeur s'en prendre à Egvand. Quand, à son tour, Halween les rejoignit, plusieurs hommes se glissèrent dans son sillage, des curieux plus que de vrais voyeurs.

Gabar dévisagea longuement le capitaine avant de lui servir la bière qu'il avait demandée, mais il ne dit rien. L'Ours voulait simplement signifier à den

Egvand Siehl qu'il n'était pas le bienvenu. Dans la salle, la plupart des conversations s'étaient tues, les autres étaient devenues murmures. Je crois que les deux cents personnes présentes entendirent distinctement la première phrase du capitaine :

– Le Prince Marelo est mort.

Il leva la chope au-dessus de lui, puis la vida d'un trait. En la reposant sur le comptoir, il annonça :

– Tu devrais fermer la taverne, Gabar.

Ce n'était pas un ordre, à peine une remarque : à Macil, la coutume veut que le deuil d'un Prince ou d'un membre de sa famille commence par la fermeture de tous les commerces et de tous les établissements, trois jours et trois nuits, le temps que la cité se prépare aux obsèques. Gabar, Halween et Qatam n'eurent aucun besoin d'insister, les Enselvains se vidèrent d'eux-mêmes. Après la boucherie de la matinée, le décès de Marelo ne pouvait pas être un soulagement, aussi n'y eut-il pas d'effusion de joie, mais chaque visage que mon regard croisa s'était rouvert. Avant que ma colère tombât, Tendre Mère, je les avais maudits un par un.

Quand la porte de la taverne se ferma sur le dernier client, nous restâmes une douzaine, toujours les mêmes, autour du capitaine Egvand. Nous étions sombres et lui l'était plus que nous. Il quitta le comptoir et s'installa à une grande table, nous le suivîmes et prîmes place à ses côtés, sauf Parleur qui passa de l'autre côté du comptoir et glissa une phrase à l'oreille de Gabar. L'Ours disparut dans la cuisine et en revint avec deux énormes pichets d'hydromel. Parleur nous gratifia chacun d'un gobelet que l'Ours remplit à ras bord.

Egvand demeura un long moment à regarder le liquide ambré dans le gobelet devant lui, comme s'il y cherchait quelque chose. Nous étions tous silencieux et immobiles, à attendre qu'il eût trouvé, ou qu'il refusât la prolongation de cette soirée amère. Alors Parleur s'assit à côté de lui, presque à le toucher, et, sans le regarder, lui adressa la parole :

– La mort de Marelo est bien opportune, n'est-ce pas ? La Basse-Ville n'osera peut-être pas s'en réjouir, même après le massacre qui l'endeuille plus intimement, mais fichtre, qu'Heyel sera bien accueilli !

Le capitaine ferma longuement les yeux et les rouvrit sur moi, ou plutôt à travers moi, qui lui faisais face, sur un point qui n'existait pas.

– Macil ne pourra acclamer Heyel que lorsque le Roi confirmera son droit au titre, dit-il. D'ici là, de la Basse-Ville aux Enselvains, le deuil que la cité portera sera celui d'un peuple pour son Prince, dont il aura été privé plus tôt qu'on ne l'avait annoncé, sans que personne y puisse rien changer. Suis-je clair ?

Sous nos yeux ébahis, Parleur hocha la tête. Alors Egvand avala son hydromel d'un trait et se leva.

– La coutume vaut pour tous, ajouta-t-il. Rentrez chez vous.

Il tint la porte de la taverne jusqu'à ce que tous ceux qui ne l'habitaient pas l'eussent quittée, puis il jeta un regard illisible à Parleur et disparut dans la nuit.

– Je n'ai compris ni ce que tu lui as dit, ni ce qu'il t'a répondu, dis-je lorsque je fus certaine que personne d'autre que Parleur ne pouvait m'entendre.

– Je pensais qu'Heyel avait mis un terme aux souffrances de Marelo…

– Tu veux dire qu'il aurait assassiné son père ?

– Je me trompais. En tout cas, Egvand dit que Marelo est mort de façon naturelle… mais pas ce soir.

Le Roi fit mieux que confirmer le titre d'Heyel, il lui offrit sa fille. Et la Citadelle inhuma den Marelo Castan dans la crypte princière. L'essentiel de la cérémonie se déroula à notre insu, de l'autre côté du pont-levis, derrière les murs de cent cinquante pieds de haut, mais le tout nouveau Prince de Macil dédia l'événement à sa ville. Il le fit sur la Place des Princes qui borde l'Aven au pied de la forteresse, dressé sur une estrade depuis laquelle plus de cent mille Maciliens le virent : très grand, très beau et superbe de noblesse dans sa houppelande noire brodée d'or blanc.

C'était juste après que l'archiprêtre Yergheli, son pieux frère, eut déclamé l'oraison funèbre qu'il avait lui-même écrite. Un magnifique compliment posthume tout tissé de mensonges et d'hypocrisie. Den Yergheli s'effaça, den Heyel s'avança. Il n'écrasa pas une larme, il montra qu'il se retenait, et il parla d'avenir : abolition de la Relève et un système d'imposition entièrement remanié, vraiment équitable, pour bientôt.

La place, bien sûr, tonitrua d'un hommage aussi sincère que dépourvu d'intelligence. Macil exulta pendant trois semaines. Puis elle se contenta d'attendre et d'oublier un peu quand l'automne fraîchit.

Aux Enselvains et sûrement ailleurs, il y en eut pour douter, mais le Prince tint parole. Le premier jour de la nouvelle année, le premier jour d'hiver, son Connétable fit annoncer la réforme de l'impôt dans toute la Province.

Désormais, la gabelle s'étendait du sel à toutes les marchandises : un quart de chaque transaction. Désormais, la dîme, instituée pour le Dogme, se prélevait en nature sur l'ensemble des récoltes, des élevages, des chasses et des pêches : un animal, un baril ou un boisseau sur dix. Désormais, sur la valeur de son travail, chaque roturier devait s'acquitter de la taille, estimée à une journée de salaire ou de labeur par semaine. Et toujours la capitation, perçue sur chaque tête, hommes, femmes et enfants, était fixée par le Connétable selon les exigences royales.

Plus la toute nouvelle païse, imposant la terre et les murs, que reversaient les bailleurs, nobles ou bourgeois, après en avoir exigé le dû aux fermiers.

Oui, le Prince Heyel avait tenu sa promesse et il n'avait pas fait semblant, et peut-être l'impôt était-il plus juste, parce que d'apparence mieux réparti. À la taille près, les nobles et les bourgeois n'étaient-ils pas tout aussi concernés que les roturiers ? Et, après tout, était-ce la faute du Prince ou du Connétable si ces nobles et ces bourgeois reportaient leurs charges sur les baux, les coûts et les salaires ? Était-ce la faute des bailleurs, des commerçants et des employeurs s'ils répercutaient les taxes pour préserver leurs marges ?

Tendre Mère, si seulement il s'était arrêté à ça ! Mais il allait si loin, notre ambitieux souverain !

Parce qu'il ne lui suffisait pas d'édicter l'impôt. Encore fallait-il que celui-ci parvînt jusqu'à ses caisses. Alors, il en avait aussi réformé la perception. Les questeurs ne quêtaient plus, ils enquêtaient. Sur les marchés, dans les échoppes, près des silos, dans les champs, dans les foyers, partout ils s'affairaient et notaient, ou évaluaient, au jugé ou à la tête du redevable, ce qu'il convenait de devoir pour telle ou telle taxe. L'impôt n'était plus de leur responsabilité, il était de leur invention.

La responsabilité, elle, en incombait aux capitaines d'arrondissement et de bourgade. Eux seuls, forts de leurs escouades, avaient en charge d'assurer sa réalisation. C'était à eux, sur les consignes des questeurs, de presser les tricheurs et les récalcitrants. C'était à eux, surtout, avant de la porter dans la Citadelle, de vérifier que la collecte atteignait bien le montant fixé par ces mêmes questeurs, mais ils ne collectaient pas davantage que ceux-ci. Eux, ils désignaient les baillis qui devaient s'en charger, du moins proposaient-ils des noms que la Citadelle entérinait ou pas.

De la volonté princière, aucun noble ne pouvait être bailli. Sinon, à condition de savoir lire, écrire et compter, et à condition de l'avoir sollicité, n'importe qui pouvait être désigné à la tâche. Un bailli par bourgade ou par arrondissement, chargé de collecter l'impôt, sauf la dîme, mais aussi les doléances, et d'assurer la médiation entre l'administration princière et sa propre juridiction. À chaque changement de saison, le bailli convoquait les commerçants, artisans et bailleurs pour rassembler la gabelle et la païse. Un mois plus tard, il encaissait la taille auprès des roturiers. À la fin de l'été, il percevait la capitation que la Province devait faire parvenir au trésor royal avant le changement d'année. Aucun pouvoir effectif, si ce n'était de recruter à son tour, parmi le peuple, les assistants dont il pouvait avoir besoin.

Ce que je fus avec d'autres, dont Ditciec et Pettilio, aussi longtemps que Bandeo fut bailli, du jour où den Egvand Siehl, approuvé par l'Intendant et le Connétable, lui confia la charge qu'il avait briguée avec la bénédiction de toute la Colline.

Naïvement, nous pensions que notre situation à la charnière de l'impôt nous permettrait d'alléger le fardeau des Collinards. Il fut rapidement évident, malgré la tolérance du capitaine Egvand, que nous n'avions aucune marge de manœuvre : dans leurs nouvelles fonctions, les questeurs étaient très efficaces, et les ordres du Prévost étouffaient complètement l'indulgence du capitaine.

Et hélas il devint tout aussi évident que den Heyel Castan n'était pas meilleur Prince qu'il n'avait été régent lorsqu'il suppléait Marelo.

Cela se passa au milieu du printemps, un jour de peu d'inquiétude, si ce n'était du silence de la Citadelle. En tant que bailli, Bandeo n'avait pas collecté les trois quarts de la gabelle et de la païse *décidées* par les questeurs – et à peine la moitié de la taille –, et, malgré les explications que j'avais écrites pour lui, nous nous attendions à une réaction du Connétable. Peut-être une convocation, peut-être une destitution, sûrement une réprimande.

À l'insu du capitaine Egvand, toute une brigade de Gardes s'abattit sur la Colline, comme une colonie de corneilles sur un champ d'épeautre. Le capitaine tenta de modérer leur ardeur, mais il n'eut pas d'autre choix que se conformer aux ordres qu'on lui remit et mêla ses hommes à ceux de la Citadelle.

Le Prévost entendait nous donner une leçon, elle fut cuisante. Les Gardes ne se contentèrent pas de saisir, ils rudoyèrent, molestèrent, bastonnèrent et, lorsqu'un Collinard s'indignait, ils saccageaient ses maigres biens. Si brutale que fût leur intervention, elle ne risquait pas de permettre à la Colline d'atteindre les quotas fixés, mais tel n'était pas son objectif. C'était une leçon – je l'ai dit –, et cette leçon enseignait que les tricheurs, les imprévoyants et les démunis paieraient d'une façon ou d'une autre : en écus, en biens, en denrées ou en meurtrissures.

Voilà pourquoi, en fin d'après-midi, après avoir soigné nombre de plaies aux côtés de pâtré Alviès, je me précipitai vers mon arbre, sur le Causse, espérant que, pour une fois, Qatam et Parleur rentreraient tôt.

Tous les jours, depuis trois mois, Qatam venait chercher Parleur au saut du lit et l'entraînait vers le Causse. Ils se chargeaient chacun d'un énorme havresac vide et revenaient à la tombée de la nuit, un sac plein de gibier dépecé, l'autre débordant de fourrures disparates. Les peaux étaient confiées à Pettilio, qui en travaillait certaines et négociait les autres auprès d'artisans de la Basse-Ville. Une partie de la viande était faisandée, cuisinée et servie par Gabar aux Enselvains, le reste était séché, salé ou fumé, et stocké dans un entrepôt enfoui d'une traboule dont seuls Ditciec et Bandeo connaissaient l'existence.

Qu'ils se rendissent dans la garrigue ou dans les marais du Guevian (ce que j'appris incidemment), ils emmenaient chaque fois la chatte. Toujours celle-ci partait sur les épaules de Qatam et toujours elle revenait sur celles de Parleur. Elle était la seule à rentrer propre et sans fatigue, mais elle n'en racontait pas moins qu'eux, c'est-à-dire : rien. Pour ce que j'en savais, l'un continuait à apprendre l'escalade et l'autre le métier de trappeur. Accessoirement, l'un devait s'efforcer de convertir l'autre à la pratique de la non-violence, pendant que l'autre tentait de lui inculquer des codes de survie tout à fait pugnaces. En tout cas, l'amitié entre eux avait largement dépassé le stade du respect. Il régnait même, au cours de leurs joutes orales les plus agressives, une complicité pour autrui dérangeante tant elle était incompréhensible. En fait, ils avaient si bien appris à se connaître que chacun pouvait user des arguments de l'autre pour lui exprimer sa propre idée et sans que cela changeât l'idée de son vis-à-vis.

Halween en crevait de jalousie... non, j'exagère : Halween en était désespérée. Parleur la regardait maintenant, oui, parce qu'elle se montrait jusqu'à lui en donner le vertige, mais il voyait, au-delà de sa beauté, ce qu'il percevait comme une laideur et qui lui procurait la nausée. Point d'autre laideur selon ses critères, pourtant, que ce que Qatam affichait ouvertement et qui ne semblait pas le dégoûter. À la décharge d'Halween, je dois avouer que je ne comprenais pas davantage son rejet d'elle que son amitié pour le trappeur. À mon sens, les deux guerriers n'étaient pas moins dévastateurs l'un que l'autre et Halween offrait plus d'*attraits* que Qatam. Il m'était néanmoins difficile d'engager Parleur sur le sujet car, si pour moi rien n'était plus clair, je n'étais pas sûre que ma situation de compagne s'efforçant d'entraîner une « rivale » dans le lit de son amant lui parût très saine.

Tendre Mère ! Les hommes…

Je n'aperçus Qatam et Parleur remonter la lande qu'au crépuscule. Ils étaient sales et fatigués, comme d'habitude, et Cendre se fit un plaisir d'abandonner Parleur pour mes bras, dès que je me laissai glisser du pin.

– Un problème, Vini ? devina Parleur.

Qatam ne dit rien, mais son regard s'étrécit et tous ses sens s'aiguisèrent.

Je leur racontai l'irruption et les exactions de la Garde. Je leur racontai mon effroi et mon dégoût. Je leur racontai le nœud que j'avais dans la gorge et la crainte de ne pas pouvoir m'en défaire. Et ce fut en racontant que je touchai ma peur du doigt, la peur de souffrir et d'avoir à le faire sans rémission envisageable. Je ne me souviens pas avoir prononcé le mot, ni même y avoir fait allusion. Pourtant, peut-être parce qu'il cherchait à se protéger de ses propres émotions, ce fut à cette appréhension que Parleur réagit :

– Tu te trompes, Vini. Heyel n'est pas pire que son père et nous ne souffrons pas plus que ce que nous avons déjà souffert. La seule différence aujourd'hui, c'est que cela t'est enfin intolérable, à toi, et sûrement à d'autres, et bientôt à tout le monde. (Sa voix se mit à vibrer :) Mais il y a longtemps que c'est intolérable. Ça l'est depuis toujours et tu l'as toujours su, toi entre tous, parce que Karel t'a dessillé les yeux bien avant d'ouvrir les miens, bien avant de rêver que le monde entier pouvait s'éveiller à la lumière.

Ne pouvant plus contenir sa colère, il se mit à marteler les phrases, jusqu'à en faire des coups de poing.

– Bordel de merde ! Il est intolérable que des milliers crèvent de faim pendant qu'une poignée s'empiffre et donne les restes à ses chiens ! Il est intolérable que des milliers meurent à la guerre pendant qu'une poignée *joue* à la guerre depuis ses lointains châteaux ! Il est intolérable de trimer quinze heures par jour dans les champs pour les miettes que laisseront ceux qui ne font que l'effort d'empocher la récolte ! Il est intolérable de trembler de peur ! de grelotter de froid ! de souffrir de tortures ! d'enfanter de viols ! Il est intolérable de consacrer son existence à la seule survie, pendant que d'autres peuvent briser n'importe quelle vie sur un caprice, et qu'ils ne s'en privent pas !

D'une certaine façon, je savais que j'avais déjà lu tous ces mots au gré de la plume de Karel, clairsemés, distillés, ennoblis souvent par son talent de poète. Mais, là, je les entendais, et je les prenais en pleines tripes. Cendre quitta mes bras tant j'en avais les mains moites, et je vis sur les traits de Qatam qu'il avait été bousculé aussi violemment que moi. Parleur revint à un ton moins passionné, mais où perçait autant de dégoût :

– Rien ne peut être pire que tous ces intolérables, Vini, et nous les vivons déjà... Je devrais dire : « Pourtant, nous les tolérons. » Comment trouver encore quelque chose à redouter, dis-moi... À moins de redouter que les choses ne changent jamais ?

Ainsi voilà ce dont j'avais peur.

– C'est ce que chacun devrait redouter, non ? me paraphrasa involontairement Qatam.

Parleur tarda à répondre. Nous étions là, tous les trois sous le pin et, derrière nous, la mer flambait d'une dernière rougeur. Par cette nuit qui tombait sur Macil, j'eus l'aberrante sensation d'une aube. Pas en moi, ainsi que Karel puis Parleur l'avaient cru, mais sur toute la Province. Alors Parleur cita Karel – des lignes que je n'avais jamais lues – et je pris la seconde claque de la soirée.

– Dans ma troisième lettre au frère de Vini, j'ai manifesté sensiblement la même inquiétude. Il a répondu d'une phrase si simple et si évidente que j'eus honte de ne pas l'avoir faite mienne avant.

– C'est quoi, cette phrase ? s'impatienta Qatam.

Parleur lui lâcha son plus beau sourire et se ferma d'un coup :

– *Si le monde ne te convient pas, tu n'as qu'à le changer.*

Le surlendemain, lorsque le premier coq chanta, nous l'entendîmes à peine. Nous avions dépassé les vignes et les vergers, nous marchions entre deux rangées naissantes de blé vert. L'année n'avait pas encore de nom, mais nous savions qu'elle serait féconde. Il y a des signes qui ne trompent pas. L'hiver avait été pluvieux, comme les précédents, et l'eau profonde affleurait le sol, les puits étaient pleins. À l'ouest du Causse, entre les moraines, les flaches résiduelles formaient presque un marécage et leur surface était gluante d'œufs de grenouilles. Dans le delta, les canards et les échassiers avaient quitté le Marais pour les terres du Nord avec trois semaines d'avance. Nous avions semé très tôt et quelques fruitiers portaient déjà des fleurs. Et, surtout, depuis plus d'un mois, la brise était de terre dès le milieu de la nuit et de mer à partir de midi.

Nous quittâmes le Causse cultivé pour la pinède au moment où le ciel s'éclaircit, une manière de prolonger la nuit. Çà et là, entre les pins, un bosquet de feuillus résiste à l'acidité des aiguilles. Ailleurs, il parvient même à s'étendre vers le nord, et c'est un liseré d'ormes et de sureaux qui surplombent les gorges de l'Aven.

C'est beau, même quand, tout autour, le monde est laid à vomir, et nous avions besoin d'oublier, l'espace d'une journée, que nous faisions partie du monde. En tout cas, c'était dans cet état d'esprit que nous avions accepté l'invitation de Parleur.

Qatam ouvrait la marche, avec Meo, et, poursuivant l'éducation qu'il avait entreprise depuis deux ans – parfois avec Parleur et parallèlement à celle de Mescal –, il s'assurait que le gosse avait bien retenu ses précédentes leçons sur la nature et l'art d'évoluer en son sein. Meo approchait sa dix-huitième année, maintenant, mais ce n'était pas tout à fait un adulte ou, plutôt, c'en était un qui s'efforçait de prolonger une adolescence revenue. Il ne manquait pourtant pas de maturité et n'avait que peu ou pas de comportements adolescents. Simplement, il adoptait toujours une attitude réservée, presque déférente, auprès des adultes et sa curiosité était telle que chacune de ses phrases était une interrogation. Le seul ami de son âge était Ielo, le fils de Caneli, par qui il avait été accueilli depuis que Tahelle l'avait expulsé de sa chambre (au grand dam de Gabar, mais au soulagement de Navia).

Derrière le trappeur et son élève venaient l'Acrobate et Mescal. Ils parlaient de magie, ils concoctaient nos futures soirées aux Enselvains. L'Acrobate sautillait, le magicien glissait sur la terre du chemin.

Un pas derrière eux, le Vielleux marchait à mes côtés, en chantant. Plus exactement, il composait de sa voix la mélodie pour une chanson que nous inventions au fil de notre promenade. Que j'inventais, pour l'essentiel, et dont il corrigeait quelques vers pour que le nombre de pieds coïncide avec sa mélodie.

« Allez trime et sue et paie la gabelle
Pour ton prince ton roi et ta citadelle
Tu es laid tu pues et tu pisses le sel
Mais ton prince ton roi chient dans la flanelle »

C'était un air pétillant, dont le Vielleux sifflait l'accompagnement entre ses dents et que je rythmais en frappant ma paume de quatre doigts. Nous avancions tous les deux avec entrain, claquant les talons sur un pas de gigue et pirouettant à chaque refrain. Nous étions satisfaits de nous, mais je jure que nous n'imaginions pas que cette chanson deviendrait l'antienne de tous les gueux de la Province.

« Ta masure est moche et tes gosses hideux
Et ta femme fait peur à tous les lépreux
Tu t'habilles d'un sac et le sac est affreux
Mais c'est rien crois-moi comparé à tes yeux
Allez tremble et gèle et paie la gabelle
Pour les nobles le Dogme et la Citadelle
Tu es loque tu pues et tu fais dans ton sel
Mais le Dogme les nobles ont de fiers lambels »

– N'oubliez pas la Ghilde, nous jeta Qatam en se retournant.

Nous ne l'oubliâmes pas.

Derrière nous, je sentais la goguenardise de Parleur chaque fois que le vent lui portait une bribe de notre chansonnette. Je crois que lui avait une idée assez précise de ce que celle-ci allait provoquer à Macil et je suis persuadée qu'il eût volontiers participé à son élaboration, mais Halween l'avait entrepris sur un ton beaucoup plus sérieux – si j'ose dire – et il ne la détestait pas assez pour la fuir.

« – Je sais que je te répugne, l'avait-elle attaqué dès que nous avions dépassé la dernière habitation, et je pense même savoir ce qui me vaut ça, mais si tu ne te donnes pas la peine de me l'expliquer clairement, tu ne me laisses aucune chance d'être meilleure à tes yeux.

À ce moment, Parleur eût encore pu l'envoyer balader sans être plus cuistre qu'il ne l'était d'ordinaire avec elle. Pourtant il ne le fit pas. Peut-être avait-elle trouvé des mots qui le piquaient au vif ? Peut-être attendait-il depuis longtemps qu'elle provoquât une explication ? Peut-être acceptait-il enfin de ne pas être moins humain avec elle qu'il ne l'était avec tous les autres ?

« – Mes yeux n'ont aucune importance, avait-il répondu en la regardant droit dans les siens (une main refermée sur un de ses bras pour la retenir le temps que le reste du groupe prît quelque distance), et être meilleure ne signifie pas grand-chose si cela ne concerne pas tout le monde.

« – Alors apprends-moi à être meilleure.

« – T'apprendre quoi ? À ne plus aimer ce que tu aimes ? À aimer ce que tu n'aimes pas ? À ne plus être la Mante ? Désolé, ça ne s'enseigne pas. La personnalité se forge pendant des années et se forge encore quand on la croit figée. Tu peux choisir d'aller contre ce qui te déplaît en elle, tu peux même décider de ce que tu vas lui apporter, mais elle ne deviendra jamais ni ce que tu en attends, ni ce que tu ne veux pas. Et en aucun cas le “vouloir” ne peut être moins qu'une conviction. C'est une démarche, Halween. Le reste n'est qu'opportunisme, et l'opportunisme est un mensonge par omission.

« – Je... je ne suis même pas assez intelligente pour comprendre ce que tu dis.

Pour ce désarroi, toute autre femme (et peut-être n'importe quel homme) aurait eu droit à la compassion de Parleur, mais à elle, il refusa d'accorder plus que son temps.

« – Pour reprendre tes termes, tu t'améliorerais si tu commençais par te répugner, sincèrement, malgré toi, mais tu t'aimes comme tu es.

« – Je ne m'aime pas !

« – Non, tu as raison : tu ne t'aimes pas... tu tires satisfaction de toi.

Il lui avait lâché le bras et s'était mis en route, la chatte sur les épaules, comme toujours. Elle l'avait rejoint et aucun d'eux n'avait cherché à nous rattraper. Depuis, ils parlaient, elle en amoureuse cent fois dépitée, lui en adversaire capable de cent répits. Halween disait qu'elle n'aurait de cesse qu'elle ne se substituât à moi dans sa vie. Parleur disait qu'aimer tuer était le contraire de se battre pour vivre.

Quand nous atteignîmes la falaise, Halween affirmait :

– Je peux être belle à en effacer toutes les autres et je le serai pour toi.

Parleur répliqua :

– Ne te fatigue pas, Halween, tu es la plus belle femme que je connaisse. Seulement, je ne m'intéresse qu'à ce qu'il y a à l'intérieur des gens.

Comme ils nous avaient rattrapés, nous entendîmes tous ce dernier échange.

– Eh bien, moi, je me contenterais aisément de l'extérieur ! réagit Qatam.

Au regard qu'il jeta à Parleur, je devinai qu'ils avaient déjà abordé le sujet ensemble et que le trappeur désapprouvait fermement son compagnon d'escapades. Le Vielleux, lui, s'adressa directement à Halween :

– Ne fais pas attention (il désigna Parleur du pouce), son intérieur à lui est un tel foutoir qu'il préfère balayer chez les autres plutôt qu'y dormir une nuit.

De sa part, c'était une remarque inattendue, mais si bien ciblée que Parleur en resta pantois.

– Serait-on le dernier des ivrognes, l'achevai-je, il ne faut pas prétendre devant une fontaine qu'on n'aura jamais envie de son eau.

Les autres ne dirent rien, mais ils ricanèrent.

Quoi qu'il se passât par la suite entre Parleur et moi, quelque chose venait de se détraquer. En moi bien plus qu'entre nous. Je n'en avais pas encore conscience – la conscience vint beaucoup plus tard –, pourtant, dès cet instant, je devins incapable de le regarder comme quelqu'un dont je partageais l'existence. Cela n'altéra ni l'admiration que j'avais pour lui, ni l'intimité de nos relations. Cela changea ma perception de lui, comme cela eût dû se produire si Karel avait vécu. Entre ami, amant et frère, j'avais choisi. Et même si, longtemps, cette fraternité avait été de substitution, Tendre Mère, tu aurais chéri ce second fils comme je te l'avais choisi.

Parleur n'avait pas l'habitude d'essuyer le genre d'invectives qu'il distribuait pourtant généreusement à son entourage – et je doute qu'il ne fût pas blessé de notre triple sortie –, pourtant il se contenta d'un soupir, les yeux levés au ciel :

– Je sais que vous ne pouvez pas m'aimer pour mes défauts, mais vous devriez quand même me ménager… surtout quand je suis seul à savoir ce qu'il faut faire d'une falaise. Bon, qui saute le premier ?

Nous dominions l'Aven de cent cinquante pieds et le surplomb nous empêchait de distinguer plus de quelques toises de roche. À part Qatam et l'Acrobate, qui frémissait d'impatience (et évidemment Parleur), aucun de nous n'était vraiment pressé de se tourner dos à la gorge et d'attaquer la descente comme Parleur nous l'avait appris, la veille, sur la pierre d'un silo à grains.

Cela s'appelle : rappel. Il s'agit d'enfiler par les jambes un sac de jute renforcé de corde à fouet, nommé harnais, de passer une corde plus épaisse dans les deux boucles d'un anneau de fer formant un huit, de crocheter la manille qui ferme les rabats du sac au huit, et de jeter la corde dans le vide, avant de se laisser coulisser dessus. En théorie – et nous l'avions testé sur le silo –, tant qu'on ne tire pas la corde pendant sous la manille vers le haut, il ne se passe rien : le huit fait verrou et l'on peut marcher sur la paroi ou rester suspendu en toute confiance. En théorie aussi, pendant la descente, il suffit de lâcher la corde pour que le huit et la manille se bloquent net. En théorie…

En pratique, il n'est absolument pas naturel de se jeter dans le vide, pour glisser le long d'une corde plus longue que la chute à parcourir ! Surtout lorsqu'on ne voit pas où l'on va !

Nous n'avions que deux huit et deux harnais. Après que Parleur eut noué la corde autour d'un arbre bien enraciné, Qatam glissa les huit dans la corde, enfila son harnais, vérifia que celui de Meo était correctement agrafé et crocheta sa manille sur le huit. Puis il jeta la corde dans le vide, s'installa dos à lui, au bord de la falaise, et s'assura que Meo tenait fermement le second huit.

– Tu ne t'accroches pas tant que je n'ai pas crié que je suis dégrafé, recommanda-t-il, et tu te jettes franchement quand tu atteins la bascule du surplomb.

Meo hocha la tête. Il était beaucoup moins pâle que le Vielleux et moi, mais il n'avait aucune envie de fanfaronner.

Qatam fit un pas en arrière et, bien en appui sur ses pieds, se plaça perpendiculairement à la roche pour la descendre à reculons. Arrivé au bord de l'encorbellement, il se ramassa contre le rocher et poussa d'un coup vers l'arrière pour plonger vers les gorges. Mon cœur battait très vite, mais, si j'avais compté, je n'eusse pas dénombré beaucoup de battements avant que la voix du trappeur nous annonçât son arrivée dans l'Aven.

– Tu peux y aller !

Meo n'hésita pas une seconde et crocheta sa manille dans le huit qu'il n'avait pas lâché. Ce fut à ce moment que Parleur se décida à modérer l'enthousiasme instillé par Qatam en donnant quelques conseils supplémentaires.

– Tant que tu le touches avec les pieds, fais bien l'équerre avec le rocher, mais comme si tu étais assis. Pour passer le surplomb, tends tes jambes à fond et ne te jette pas, laisse-toi simplement tomber. Si tu te jetais, tu risquerais de basculer tête vers le bas, de frapper la falaise avec la petite tête en question et de te retrouver coincé à l'envers dans le huit. Ce n'est pas très grave, mais je serais probablement obligé de descendre te débloquer, et je m'en passerais très bien !

Cela n'eut pas l'air de refroidir le garçon. Par contre, le Vielleux et moi nous regardâmes piteusement.

– Dès que tu auras franchi l'encorbellement, continuait Parleur, bloque-toi et relève la corde jusqu'à trouver une position qui te permette de descendre sans à-coups à une vitesse modérée. Quand on grimpe, il faut éviter de regarder vers le bas ; en rappel, c'est l'inverse. D'une part, c'est rassurant de voir qu'on se rapproche du sol sans anicroche ; d'autre part, c'est la seule façon de ne pas arriver trop vite vers lui. Et ne t'occupe pas de la taille du rocher sur lequel tu vas atterrir, on y tient sans problème à six et il n'y a pas trois pieds de fond à cet endroit. De toute façon, il faudra bien traverser la rivière… Tu es prêt ?

Pour toute réponse, Meo se plaça au bord de la falaise et commença à descendre. Il mit beaucoup plus de temps que le trappeur, mais ce fut sa voix qui nous prévint qu'il était arrivé à bon port.

Parleur remonta la corde, détacha les harnais qui y étaient accrochés et, conservant les huit dans une main, nous les présenta.

– À qui le tour ?

Je m'attendais qu'Halween ou l'Acrobate se proposent, mais ils n'en firent rien et, Mescal ne bronchant pas, le Vielleux maugréa :

– J'y vais.

Sa descente fut encore plus longue que celle de Meo, puis Halween se laissa glisser presque aussi vite que Qatam, et l'Acrobate fit encore mieux qu'elle. Mescal, qui m'avait graciée de cette troisième série et n'avait toujours pas décoché un mot, se bloqua trois fois sur la corde pour éclater d'un rire triomphal. Sa peur avait dû être aussi forte que la mienne et il exultait autant de l'avoir vaincue que des sensations procurées par son *vol.* Lorsque Parleur eut de nouveau remonté les harnais, je n'eus plus d'autre choix qu'en enfiler un.

Depuis, j'ai descendu la falaise – et d'autres, et même des ponts – des centaines de fois, et je le fais encore de temps en temps, mais ce jour-là, ce fut un calvaire. Ma peur atteignit son paroxysme au moment où je me retrouvai toute harnachée, dos aux gorges. J'étais tétanisée, incapable de faire un geste, et mes jambes se mirent à trembler. Et plus j'essayais de dominer mon appréhension, plus mon courage vacillait.

De la main droite, je tenais la corde sous la manille, ainsi qu'on me l'avait appris, et, de la gauche, je ne lâchais pas la corde au-dessus du huit. Tous mes doigts étaient crispés autour. Parleur était à vingt centimètres de moi et ne quittait pas mes yeux des siens.

– Ne cherche pas à résister, me dit-il. Ta peur est irrationnelle, mais elle est normale. Profites-en. Donne-toi à elle. Laisse-la prendre complètement le contrôle de toi, jusqu'à ce que la simple idée de bouger un pied te terrorise, jusqu'à ce que tes bras soient tellement mous que tu n'aies plus la force de tenir la corde.

J'étais terrorisée, et je l'étais au point de ne pas oser avancer un pied pour m'éloigner du bord. Et je ne sentais plus les muscles dans mes bras. Et je ne sentais plus mes mains. Je sais que je ne me suis pas évanouie, parce que je garde un souvenir précis de chaque seconde du regard de Parleur, jusqu'au moment où il se fit sourire.

– C'est ça, la peur, Vini. Maintenant, tu la connais. Maintenant, tu sais qu'elle n'est rien, rien qu'un passant. Elle vient, elle te prend et, si tu lui donnes les rênes, elle te conduit au pire qui soit à sa portée. Aujourd'hui, nous ne lui avions pas laissé beaucoup de marge de manœuvre…

Il me montra le huit. Ce fut alors que je pris conscience de m'être affalée dans le harnais et d'avoir lâché la corde de mes deux mains. Ce fut alors que je vis que j'étais suspendue à la manille, cent cinquante pieds au-dessus de l'Aven. J'eus un réflexe brut et je raccrochai la corde de la main gauche, mais je n'avais plus peur, du moins pas plus que le Vielleux ou Mescal avant moi. J'attrapai la corde cette fois sous la manille et je la tirai lentement vers le haut.

– Pousse-toi vers l'arrière, me jeta Parleur.

Je le fis. Cinq ou six minutes plus tard, je rejoignais nos compagnons au bord de la rivière et je criai :

– Je suis détachée !

Parleur descendit si vite que je crus qu'il nous mettrait tous à l'eau en nous percutant. Il se posa bien sûr entre nous avec la grâce d'un papillon et libéra Cendre qu'il avait momentanément placée dans le havresac passé à ses épaules.

Ensuite, l'eau vive et encore froide à mi-cuisse, nous traversâmes la rivière, puis nous remontâmes la chênaie jusqu'à la garrigue et nous la longeâmes sur une lieue. Parfois, Qatam s'écartait du groupe, entraînant Meo dans la myrte et les arbousiers, et revenait avec un garenne ou un agouti qu'il avait relevé d'un piège posé la veille. Meo était émerveillé, nous étions insouciants, et cette insouciance dura jusqu'après le déjeuner frugal que nous partageâmes dans une clairière.

Alors nous fîmes demi-tour et plus nous approchions de l'Aven, plus nos rires sonnaient creux et nos silences s'allongeaient. Ce n'était pas tant la notion de retour à la réalité de la Colline qui nous assombrissait, pas encore, mais les cent cinquante pieds de falaise qu'il fallait affronter.

– On ne s'improvise pas grimpeur, dit Parleur en atteignant la rivière. L'escalade s'apprend et elle s'apprend longtemps. (Il leva la tête vers la falaise et nous suivîmes son regard.) Ça a l'air exagérément élevé et impraticable, pourtant c'est une bonne voie pour débuter : un peu longue, mais truffée de prises qu'un manchot pourrait empoigner.

Il ne nous laissa aucun choix :

– Je vais grimper, puis vous me suivrez dans l'ordre inverse de celui dans lequel vous êtes descendus. Comme à l'aller, vous serez assis dans le harnais, mais celui-ci sera directement attaché en bout de corde et vous n'aurez pas à vous occuper de votre sécurité… je vous assurerai depuis le haut.

Aucun de nous n'osant poser de question, il expliqua de lui-même :

– Je m'efforcerai de garder la corde le plus tendue possible, de façon que vous ne puissiez pas tomber de plus d'une demi-toise, mais ça ne veut pas dire que je vous hisserai… excepté pour passer le surplomb et du moins tant que vous n'avez pas décroché, si vous décrochez assez haut.

À part peut-être l'Acrobate, nous soufflâmes tous (le plus discrètement possible).

– Bon, le truc consiste à pousser sur les jambes plutôt que tirer avec les bras. Les jambes sont solides, les bras se fatiguent vite. On ne bouge qu'un membre à la fois, donc tâchez d'avoir toujours trois points d'appui. Ne regardez pas vers le bas. Servez-vous de vos yeux uniquement pour trouver des prises. Du rocher, Qatam vous conseillera, il connaît la voie par cœur.

Il traversa l'Aven jusqu'au rocher au-dessus duquel pendait la corde et se retourna.

– On n'est pas pressés, alors ne montez pas trop vite. Le but n'est pas que vous parveniez sur le Causse sans mon aide. Le but, c'est de grimper le plus haut possible avant de décrocher.

Il tapota le havresac derrière son crâne et Cendre passa de ses épaules au sac, se glissant dedans pour ne plus laisser paraître que son museau. Parleur serra la sangle fermant le sac, puis il se colla à la paroi, accrocha des aspérités presque invisibles avec ses deux mains décalées, posa la jambe gauche sur un relief plus important et se mit en action.

Ce fut seulement à ce moment (alors que je le savais intuitivement depuis le jour de notre rencontre) que je compris que lui grimpait sans l'assurance d'une corde et d'un harnais. À en juger par son aisance et la vitesse à laquelle il évoluait, je vérifiai qu'il n'en avait aucun besoin. Toutefois, mes entrailles se nouèrent lorsque, atteignant le dévers, il se laissa pendre par les bras et se tracta sous le surplomb avec leur seule force, ne raccrochant la paroi des pieds qu'en le franchissant, par un mouvement de bascule latérale très impressionnant.

– À toi, Vini ! l'entendîmes-nous quelques secondes plus tard.

Je passai le harnais sans avoir conscience de le faire. Qatam en vérifia le maintien, noua la corde dans ses anneaux et me poussa contre la falaise. Il guida même mes mains sur des aspérités, que je constatai plus saillantes que je ne les avais estimées, et me cala le pied gauche sur un relief à peine moins large qu'une marche d'escalier.

– Lève la tête, me dit-il.

Ce que je fis, découvrant une multitude de creux et de bosses.

– C'est comme ça jusqu'en haut, m'assura le trappeur.

– La corde n'est pas tendue, m'inquiétai-je.

– Elle ne le sera jamais vraiment. Avec le surplomb, si Parleur la tendait trop, tu serais tirée vers l'arrière. Tiens, grimpe un peu.

Je crispai mes doigts, poussai un peu sur la jambe gauche et tâtonnai pour placer mon autre pied sur une saillie.

– Euh… Quand Parleur dit qu'il ne faut pas regarder vers le bas, cela ne concerne pas la paroi sous toi, Vini. Tu te fatigueras moins si tu repères les prises *avant* de lever les pieds.

Mon rire sonna très faux.

– Grimpe encore, m'encouragea-t-il.

Je levai la tête, choisis une aspérité de bon aloi et tendis un bras pour l'atteindre. Puis je renouvelai la manœuvre pour l'autre main et je me retrouvai bras distendus, presque assise en crapaud sur mes talons.

– C'est bien, mentit Qatam, mais tu devrais te redresser lorsque ta deuxième jambe est à la hauteur de la première. Ça met tes mains à peu près au niveau de ton visage et ça te permet d'atteindre des prises plus hautes.

Je suivis le conseil et cherchai une nouvelle prise pour ma main droite.

– Hum… attends, Vini. Si tu positionnes les mains en premier, tu vas devoir tirer sur les bras. Le mieux, c'est de hisser un pied sur un appui, de placer les mains pour te stabiliser et de pousser sur la première jambe pour amener l'autre à sa hauteur. Pied, main, main, pied, ou à la rigueur pied, main, pied, main… tu piges ?

Je pigeais et, pour le lui montrer, j'accomplis deux enchaînements.

– Parfait, me félicita-t-il. Reste juste à vérifier un truc, alors tu vas lâcher les mains et les pieds en même temps.

– Quoi ? glapis-je.

– Laisse-toi aller dans le harnais.

Mes pieds étaient au niveau de ses yeux et la corde… je m'aperçus enfin que la corde, lâche de quelques pouces, suivait ma progression. Je me laissai partir vers l'arrière et me retrouvai assise dans le harnais moins de trois pieds sous la position que j'avais occupée.

– Okay ! cria Qatam vers le haut. Tu peux la redescendre.

Parleur me laissa glisser jusqu'à ce que mes pieds reprennent contact avec le rocher.

– Ça va ? demanda le trappeur.

– Impeccable, affirmai-je.

Et c'était vrai. Non contente de me sentir totalement décontractée, je me savais apte à grimper jusqu'au surplomb.

– Alors on recommence à zéro et, cette fois, tu vas jusqu'en haut.

Je n'atteignis même pas le dévers, mais j'en étais à moins de cinquante pieds lorsque mon pied droit ripa sur une prise mal assurée et que mes bras, à bout de forces, refusèrent de me garder contre la paroi. Cette fois, je fis une chute d'une bonne toise, sans que mon cœur manquât plus de deux battements. Je ressentis une bouffée de chaleur dans tout mon corps et une vague tentative de retrait de mon sang dans mes membres, puis une joie énorme.

Ça avait marché ! Alors je laissai ma joie s'expulser de mes poumons et les autres, en bas, m'applaudirent. Ils me remerciaient, en quelque sorte, de leur avoir montré qu'ils ne couraient aucun risque.

Parleur me hissa jusqu'à lui, ainsi qu'il hissa nos compagnons quand, tour à tour, ils manquèrent une prise. Sauf l'Acrobate. L'Acrobate passa même le surplomb, comme si toute sa vie il n'avait qu'attendu d'essayer ce qu'il avait toujours su faire, d'instinct.

Qatam aussi nous rejoignit sans l'assistance de la corde, et heureusement, car il ne s'était pas encordé.

Pour rentrer, nous traversâmes le Causse beaucoup plus groupés que le matin. Non que cette première expérience de l'escalade nous eût encore rapprochés, mais parce que, à chaque relief ou à chaque détour du chemin, nous redoutions de tomber sur Gabar ou Bandeo ou n'importe quel porteur de mauvaise nouvelle. Ce ne fut heureusement pas le cas. Toutefois, quand nous aperçûmes les premières maisons, une remarque du Vielleux déclencha une discussion qui provoqua les mêmes suffocations qu'un bain involontaire dans une rivière gelée.

– Je ne peux pas dire que je me sois amusé dans le harnais, dit-il, mais c'est maintenant que j'ai la sensation d'être suspendu au-dessus du vide.

– J'ai eu une sacrée frousse dans la descente, lui fis-je écho, mais je suis prête à y retourner immédiatement.

– Je ne parlais pas de ça.

J'écarquillai les yeux :

– Tu parlais de quoi ?

Il chantonna :

– Allez trime et sue et paie la gabelle…

Son timbre de voix m'irrita, ou la manière, ou le moment qu'il avait choisi. J'avais l'impression d'un renoncement, d'une espèce de fatalité qui rendait tout effort inutile. Après cette journée, mes peurs, ma joie et le simple bien-être de se laisser aller, c'était une lâcheté que je ne pouvais supporter.

– Tu es pire que pessimiste, Vielleux, tu es défaitiste. L'impôt est trop élevé, d'accord, et le Prévost est un sadique, mais, merde, l'année va être généreuse ! Alors, si nous nous organisons un peu, la terre nous rendra le travail, nous atteindrons les quotas des questeurs et la Garde restera dans la Citadelle ! Nous avons de quoi…

Je ne pus terminer la phrase : Parleur, qui marchait devant moi, s'arrêta, se retourna et me posa la main sur la bouche. Il avait une expression étrange, plissant les yeux tout en laissant le reste de son visage se décomposer.

– Nous avons de quoi nous bercer d'illusions, en effet, lâcha-t-il. C'est le réveil qui va être dur.

Il retira sa main et je m'indignai :

– Le réveil ? C'est toi qui rêves, Parleur ! Même les plus enthousiastes à l'avènement d'Heyel n'ont pas eu l'occasion de dormir longtemps ! Entre les taxes et les descentes de la Garde, il ne doit plus rester grand monde qui somnole !

Sa langue claqua d'agacement.

– Je ne te parle pas de la Colline ! Je te parle de la Citadelle. Tu penses qu'il suffit de la satisfaire pour être heureux ? Tu penses que se tuer au travail pour payer l'impôt à l'écu près le rend juste ?

– Je pense que ça limitera la misère et que ça épargnera les bastonnades et les humiliations à des milliers de crève-la-faim.

– Alors Heyel, Yergheli et d'autres inventeront de nouvelles bastonnades et de nouvelles humiliations. Tant que nous nous contentons de trouver des parades, tant que nous respectons leurs règles, nous ne gagnons pas un pouce sur l'injustice. Les contenter tandis qu'ils nous maltraitent, c'est leur donner raison d'agir ainsi. Et nous ne pouvons pas les empêcher de nous maltraiter. Nous pouvons seulement les frustrer des profits qu'ils en retirent.

Jamais il ne m'avait semblé voir autant de colère dans sa détermination. Je bégayai :

– Tu veux dire qu'il faut refuser de payer l'impôt ?

– Je crains que, malheureusement, la résignation soit plus forte que l'indignation, mais il faudrait le faire, oui, et il faudrait refuser beaucoup plus que l'impôt.

L'air avait de la peine à pénétrer jusqu'à mes cordes vocales et encore plus à irriguer mes poumons.

J'ouvris plusieurs fois la bouche avant de parvenir à proférer un son.

– C'est... Tu... tu voudrais inciter la Colline à la révolte ? Bon sang, Parleur, que nous sommes loin de Karel !

Il y avait énormément de tendresse dans son sourire, et la foudre dans son regard.

– De quel Karel parles-tu ? De celui qui écrivait : *Enfant, j'eus un précepteur qui me flagellait avec une baguette quand je préférais consacrer mes six ans au jeu plutôt qu'au travail. C'était très douloureux et très humiliant, alors j'oubliai les jeux et je redoublai d'efforts. Mais les efforts étaient insuffisants pour satisfaire mon maître et mon dos continuait à goûter de l'entrain de sa baguette. Je pleurais beaucoup après chaque flagellation, de douleur bien sûr et de l'acharnement dont il me fallait faire preuve pour soulager mes reins de quelques misérables coups. Un jour, j'eus tellement mal que je décidai de diminuer mes souffrances en ne travaillant pas. Ce manquement fut dûment puni dès le lendemain, et le surlendemain, et chaque jour pendant deux semaines. Je fus battu et j'eus même droit à d'autres vexations, depuis la privation de nourriture jusqu'à la séquestration dans le noir, mais je ne me remis pas au travail. Émue, ma mère finit par convaincre son protecteur de renvoyer le précepteur à des études qui ne me concerneraient pas. De ce pédagogue, je n'aurai finalement appris qu'une chose : parce que lui seul a un intérêt dans leur relation, c'est le bourreau qui dépend de sa victime.*

Rapport du Premier Maître de la Loge Macilienne au Vénérable Grand Maître de la Ghilde
(extraits)

La réforme des taxes devrait remplir ses deux objectifs de manière plus que satisfaisante. D'une part, le trésor princier se renfloue aussi vite que nos meilleures estimations le prévoyaient. D'autre part, le mécontentement dans les villages et les arrondissements populaires de Macil a décru puis crû de nouveau à la vitesse d'une marée d'équinoxe. Nous veillons aujourd'hui à le maintenir en deçà du seuil qui métamorphoserait les ronchonnements en colère. Toutefois, je pense que nous aurons très vite des problèmes avec la Colline. Non qu'elle soit plus mal lotie que les autres, mais parce qu'elle héberge une poignée de meneurs n'ayant rien de plus pressé que de remettre Karel au goût du jour.

Que la Colline grogne, voire qu'elle gronde, satisfait à l'avancement de notre Projet, particulièrement si, comme je l'espère, ses grondements trouvent un écho par toute la Province. Il me semble cependant risqué de la laisser s'organiser autour d'un mythe aussi fort que l'héritage de son poète assassiné.

Ainsi que vous me l'avez enseigné : il est préférable de devoir mater un soulèvement plutôt que de chercher à éteindre une subversion.

En outre, moyennant de très légères suggestions et de non moins discrètes incitations, la voracité de certains de nos alliés me paraît propice à l'éclosion d'émeutes aussi spontanées que fragiles. Par ailleurs, ce sera l'occasion de se débarrasser de quelques gêneurs.

Je suis plus inquiet en ce qui concerne l'attitude du Roi à l'égard d'Heyel. Il lui a certes donné sa fille, mais s'il continue à exiger sans cesse plus d'hommes pour gonfler ses armées, le Prince n'aura bientôt plus que des enfants et des vieillards en guise de main-d'œuvre. Ne pourriez-vous pas, Vénérable, faire comprendre à notre monarque que la disette a privé Macil de trop de bras pour consacrer ceux qui ont survécu à une vocation uniquement martiale ?

SEPTIÈME VEILLÉE

Nous travaillâmes d'arrache-pied pendant deux saisons. Nous : le bailli et ses assesseurs, à multiplier les doléances auprès de l'Intendant et du Connétable, et toute la Colline, à produire plus qu'elle ne l'avait jamais fait. Les quotas décrétés par les questeurs ne furent pas atteints, mais peu de Collinards durent subir les dévastations de la Garde pour n'avoir pas su acquitter les taxes. D'une part, nous les cachions lorsque celle-ci surgissait. D'autre part, le capitaine Egvand contrôlait mieux les *renforts* dont le Prévost le dotait épisodiquement.

Pourtant, même pour les optimistes qui, comme moi, encourageaient le surcroît de labeur, il devint évident que nous ne tiendrions pas longtemps la gageure.

Au début de l'été, le Prince Heyel épousa l'Infante du Royaume, et Macil se para de couleurs festives plusieurs semaines durant.

À l'automne, la situation se dégrada brutalement. Cela débuta lorsque les émissaires du Dogme vinrent chercher la dîme des vendanges dans le temple d'Alviès. Le Dogme ne disposait pas, comme le Connétable, d'un réseau de questeurs qui lui eût facilité le recouvrement de l'impôt. Il s'en remettait à ses prêtres, leur déléguant entièrement le soin de recenser les récoltes et de prélever la part lui revenant. À l'instar de ses coreligionnaires, Alviès pratiquait donc librement le recouvrement de la dîme, et il avait une façon toute personnelle de le faire. À peine l'impôt livré en nature dans son temple, il le redistribuait équitablement et intégralement à ses pauvres.

« – Je doute qu'on me laisse faire longtemps, avait-il confié au Vielleux.

Parce que, de réputation, la Colline (le Causse, plus exactement) n'était pas très riche en céréales, en maraîchages et en fruitiers, l'archiprêtre Yergheli n'avait rien exigé des récoltes de printemps et d'été. Par contre, nos vignes et notre vin, s'ils n'avaient pas la renommée des coteaux du Haut-Bleyan, ne laissaient aucun connaisseur indifférent. Et le Dogme ne manquait pas de goût en matière de bonne chère et de beuverie. Dès que la deuxième fermentation fut achevée, l'archiprêtre expédia plusieurs charrettes et son meilleur échanson recouvrer la dîme d'automne.

Frappées du sceau dogmate et escortées par douze templiers (les soldats du Dogme), les charrettes furent remarquées bien avant d'atteindre le temple « déchu » par le chemin Aux Dames, et la rumeur de leur approche avait immédiatement circulé par les traboules sur toute la Colline. Il n'était pas difficile de deviner ce que signifiait cette caravane ; beaucoup de Collinards se précipitèrent vers le temple. Parmi eux, le Vielleux et Pettilio, l'incroyant et le fidèle, prêts à défendre avec la même ferveur leur ami prêtre, qu'ils encadraient d'ailleurs, sur le pas du temple, quand l'échanson donna l'ordre aux charretiers d'immobiliser les véhicules.

– Je viens quérir la dîme, claironna-t-il du haut de son arrogance.

Alviès s'avança vers lui, suivi, avec juste ce qu'il fallait de retard pour qu'on ne se méprît pas sur leurs intentions, par le Vielleux et Pettilio. Autour d'eux, la foule commençait à s'amasser en conservant toutefois ses distances. Les templiers se rapprochèrent de l'échanson et se placèrent en éventail derrière lui ; ils n'avaient pas l'air plus affables que les Gardes princiers.

– Je suis le prêtre Alviès, s'inclina respectueusement Alviès. (L'échanson ne lui retournant pas la politesse, il plissa les yeux pour le toiser :) Je vois que votre tunique arbore le saint blason, pourtant il ne me semble pas que vos manières soient celles du Temple. Dois-je vous appeler frâtré ou fîlé ?

L'échanson tiqua et s'inclina à son tour.

– Je suis le prêtre Sélio, se présenta-t-il, mandaté par l'archiprêtre Yergheli pour percevoir la dîme sur les vendanges ressortissant à votre ministère.

– En ce cas, frâtré Sélio…

Très cordialement, Alviès tendit le bras pour inviter l'échanson à le précéder dans le temple. Celui-ci hésita, jaugea le Vielleux et Pettilio et, à contrecœur, passa entre eux. Immédiatement, les douze templiers lui emboîtèrent le pas. Alviès rattrapa l'échanson devant la porte du temple.

– Hmm, frâtré Sélio, fit-il. Je sais que nos amis soldats sont de fervents zélateurs de notre confession, mais est-il bien nécessaire qu'ils communient à douze et en armes ?

– Frâtré Alviès ! s'impatienta Sélio. Nos amis templiers ont vertu de protecteurs du bien et de la personne dogmates. La dîme et moi-même sommes sous leur responsabilité, il n'est donc pas inconvenant qu'ils m'accompagnent dans sa quête.

– Bien sûr, frâtré Sélio, bien sûr… (Alviès baissa la voix :) Mais qui protégera les charrettes pendant que nous discuterons de votre sainte mission ?

Finalement, deux soldats seulement suivirent l'échanson dans le temple, jusqu'à la bibliothèque d'Alviès où il les arrêta à l'entrée, après que Pettilio, le Vielleux et Sélio y furent entrés.

– C'est la seule issue, leur dit-il sur le ton de la confidence. Je vous serais reconnaissant de la garder avec vigilance... nous ne tenons pas à être dérangés par un fidèle importun.

Les templiers jetèrent un regard éperdu vers l'échanson qui, malgré lui, approuva la requête de la tête. Toutefois, il n'entendait pas qu'Alviès fût seul maître de leur entretien. Désignant le Vielleux et Pettilio, il parla à son tour à voix basse :

– Je partage votre souci de confidentialité, frâtré Alviès, et je crois qu'aucune personne étrangère aux vœux n'est en mesure de percevoir les subtilités d'une conférence ecclésiastique, particulièrement dans le domaine qui nous intéresse aujourd'hui.

– Aussi ne vous inquiétez pas, frère Sélio. Ni l'un ni l'autre ne sont étrangers à nos subtilités. L'oncle et le frère de Pettilio ont été ordonnés par nos soins et le Vielleux m'assiste régulièrement dans les réflexions les plus ardues. (De la main, dans son dos, il faisait signe au musicien de cacher son sourire narquois.) Par ailleurs, celui-ci est très féru en matière de chais et celui-là assiste le bailli de l'arrondissement dans sa noble tâche fiscale. Leurs compétences nous seront de la plus grande utilité.

À court d'arguments, Sélio céda et Alviès referma la porte derrière lui. La pièce était encombrée de livres et ne comptait que trois chaises aussi poussiéreuses qu'inconfortables. Alviès en offrit une à chacun de ses visiteurs, s'arrangeant pour que l'échanson se retrouvât entre Pettilio et le Vielleux, et se mit à arpenter les quelques pouces carrés libres, les mains croisées dans le dos, s'arrêtant brusquement devant l'unique fenêtre pour se retourner avec vivacité. Il n'y avait plus une once d'amabilité ou d'hypocrisie dans son timbre de voix :

– Je suis surpris, Sélio, pour ne pas dire interloqué, tant par les allures que vous donnez à votre démarche que par l'attitude du Dogme à l'égard d'un de ses ministères.

Le ton était cassant, la lèvre sûre. La suffisance de Sélio tomba de toute sa hauteur.

– Je n'ai reçu aucune requête, poursuivit Alviès, je n'ai été averti d'aucun édit, je n'ai été informé d'aucun concile, je n'ai même pas eu l'honneur d'une seule visite depuis que le Prince Heyel a promulgué la loi *autorisant* les officiers du Dogme à percevoir la nouvelle dîme sur leurs ministères. Rien, Sélio, qui ne puisse m'éclairer sur le comportement que je devais adopter et rien qui ne me précise les intentions de notre hiérarchie. J'ai donc…

– Vous ne vous êtes pas davantage précipité pour faire valoir votre désarroi auprès de cette même hiérarchie, Alviès !

L'échanson reprenait de sa superbe. Alviès la broya net :

– La hiérarchie implique un partage des responsabilités et du pouvoir décisionnaire non équitable, Sélio. Le supérieur donne des consignes, le subalterne les applique. Ce n'est assurément pas à lui de requérir les consignes sur une politique pour laquelle il ne sera ni consulté, ni entendu. Je vous rappelle par ailleurs que l'on m'a expressément engagé, et à plusieurs reprises, à ne faire preuve d'aucune initiative et à conserver mes suggestions par-devers moi. C'est ce que, en l'occurrence, j'ai fait, en continuant, faute d'alternative, à appliquer les termes de la dîme telle que je l'ai toujours pratiquée.

Sélio ouvrit des yeux effarés.

– Vous voulez dire…

– Je veux dire que j'ai disposé de la dîme comme à mon habitude et que vos charrettes repartiront aussi vides qu'elles sont venues, parce que je n'ai pas le moindre grain d'épeautre ou de raisin à vous offrir.

Il y avait une brèche, l'échanson s'engouffra avec ironie dedans :

– Rassurez-vous, frâtré Alviès, je ne suis pas mandaté pour chercher du grain ou des fruits.

Alviès fit mine de s'étonner :

– Qu'espérez-vous alors de moi ? Les récoltes sont achevées depuis longtemps et…

– Et le vin est tiré.

– Le vin ?

– Le vin. Un baril sur dix, comme il se doit.

Sélio se leva et lissa sa tunique. Il avait repris le contrôle de la discussion, il ne souhaitait plus qu'en finir.

– Le vin ? répéta Alviès, faussement incrédule. Vous m'étonnez de plus en plus, Sélio. (Il se tourna vers Pettilio :) Pettilio, arrête-moi si je me fourvoie. La dîme se prélève en nature sur le fruit des récoltes, n'est-ce pas ?

Embarrassé, Pettilio hocha timidement la tête.

– Eh bien, réponds ! le secoua Alviès.

– C'est cela, pâtré : un dixième des récoltes, de la pêche et de la chasse.

– Les récoltes, j'avais donc bien compris. (Alviès sollicita cette fois le Vielleux :) Dis-moi, mon ami, peut-on considérer le vin comme le fruit d'une récolte ou doit-on l'envisager comme un produit transformé *à partir* du fruit de ces dites récoltes ?

Le Vielleux exultait :

– Le vin s'élabore à partir du raisin, pâtré, mais ce n'est pas le fruit de la vigne.

– Et ce n'est manifestement ni un gibier, ni un poisson. (Alviès revint à l'échanson :) Vous voyez, Sélio, que nous avons été avisés de nous faire assister par des experts. Le vin, comme probablement la bière et l'hydromel, ne peut en aucun cas être soumis à la dîme.

Sélio s'était rassis, Alviès ne le lâcha pas :

– D'ailleurs, nous aurions dû nous en douter, puisque, à l'instar des vêtements fabriqués avec le lin ou la laine, comme d'ailleurs de toutes les ressources naturelles travaillées par la main de l'homme, le commerce du vin est soumis à la gabelle. (Il se frappa le front de la paume.) Vous rendez-vous compte, Sélio, de ce que notre ignorance aurait pu commettre au nom du Saint Dogme ? Une seule barrique de vin sur une de vos charrettes et le Dogme se substituait indûment à l'Intendant dans la perception de la gabelle ! Imaginez le courroux princier ! Et imaginez la confusion d'un peuple qu'on aurait taxé deux fois sur le même produit !

C'en était trop pour l'échanson, il s'emporta :

– Cessez vos ironies, Alviès ! Ni l'archiprêtre Yergheli, ni le Prince Heyel, ni le peuple ne se méprendraient sur...

– Cessez plutôt vos hypocrisies, frâtré sommelier, et rentrez à la Cité du Temple lui conseiller d'apprendre à transformer elle-même le raisin de la dîme en vin. Quant à cette dîme, si humble soit mon ministère, il la versera, lorsqu'il saura enfin comment le Dogme entend l'exploiter.

Sélio quitta la bibliothèque furieux et seul Pettilio n'éclata pas de rire après que la porte eut claqué sur lui.

– Vous allez au-devant de graves ennuis, pâtré, se lamenta-t-il. Le Dogme ne pourra tolérer ni votre conduite avec le pâtré Sélio, qu'il a mandaté, ni l'exemple que vous donnez aux autres prêtres... euh... dissonants.

Alviès ravala un dernier ricanement :

– Je doute en effet que la hiérarchie se flatte de ma... euh... dissonance, Pettilio. Surtout que ce n'est pas la première et surtout qu'elle ne tombe pas au meilleur moment pour elle.

– Il y a de la dissidence dans l'air ? s'étonna le Vielleux, ravi.

– Tous les prêtres n'apprécient pas le rapprochement entre le Dogme et l'autorité politique. Or à lui seul, Yergheli justifierait un schisme, mais la révision de la dîme et la mainmise de la Cité du Temple sur elle provoquent de nombreux conflits.

– C'est une raison de plus pour faire de vous un exemple, insista Pettilio.

Le prêtre haussa les épaules :

– Je ne crois pas. Les exemples de ce type s'appellent des martyrs et le Dogme n'est pas suffisamment solide pour s'aventurer sur ce terrain. La Colline ne l'a jamais beaucoup intéressé et je suis vieux, Pettilio. Il leur suffit d'attendre.

Ils n'attendirent pas. Six jours plus tard, aussi furtif qu'un furet, un nonce se rendit à la cave qu'habitait le prêtre, s'installa raide sur le banc de fortune et, dans la lumière faiblissante du crépuscule puis dans le noir, l'attendit toute la soirée. Lorsque, après avoir achevé la tournée des gueux, Alviès rentra chez lui, il trouva le nonce toujours aussi immobile sur sa planche de bois. Il n'y eut pas de politesses, pas de faux-semblants. Le nonce délivra son message et s'en fut comme il était venu, dans l'ombre des murs les plus sombres.

Deux heures plus tard, alors qu'il les avait quittés depuis peu après m'avoir accompagnée à la viole, le Vielleux revenait aux Enselvains. L'Ours allait fermer la taverne, mais nous étions encore nombreux quand la porte s'ouvrit sur le musicien. Peu, je suppose, virent la gravité sur ses traits, et peu entendirent la phrase qu'il prononça d'une voix macabre. Toutefois, le silence s'abattit avec une telle violence sur les tables proches de lui que ce fut comme une vague de mutisme qui déferla dans la grande salle. Cette fois, lorsqu'il la répéta, personne ne manqua la phrase du Vielleux :

– Ils ont excommunié Alviès.

À l'exception de Pettilio, qui s'effondra en larmes, personne dans la taverne n'avait de sympathie prononcée pour le Dogme, même prêché par Alviès. Pourtant, nous eûmes tous l'impression de prendre un coup sur la tête. Nous n'adhérions pas à sa foi, nous n'assistions pas à ses offices, nous ne connaissions guère plus de lui que les heures partagées auprès des plus démunis – en échangeant si peu de mots ! – pendant l'hiver de la disette. Pourtant, nous ressentîmes tous la même commisération et la même colère.

Nous ne l'avions jamais envisagé ainsi, mais Alviès était des nôtres. Comme nous, il appartenait à la Colline et la Colline lui appartenait comme à nous. Il en était le prêtre, alors il était notre prêtre. L'humilier, c'était humilier tous les Collinards. Et c'était bien ce que le Dogme cherchait : nous avilir en avilissant celui qui avait pris fait et cause pour nous contre lui.

– Ils lui ont ordonné de quitter le temple à midi. (Le Vielleux parlait en essayant de comprendre ce qu'il disait.) Ils ont déjà nommé un nouveau prêtre à sa place. Il arrive à midi, c'est pour ça qu'ils lui ont dit de débarrasser tous ses livres. Il… il est allé emprunter des caisses chez Caneli et il m'a demandé de l'aider à…

Le Vielleux était complètement hébété. Je crois qu'il découvrait à quel point il avait de l'affection pour Alviès et, malgré sa haine du Dogme, combien il avait de respect pour sa vocation de prêtre.

Du comptoir, où il sirotait une chope avec Mescal, Parleur mit un terme à la torpeur générale :

– Nous avons toujours su ce qu'était le Dogme, non ? (Il reposa sa chope.) Sous l'office d'Alviès ou de n'importe qui, un temple est un temple et sa seule vocation, comme celle de son prêtre, est de servir le

Dogme. Le Dogme, lui, ne sert que lui-même à travers les puissants qui le protègent.

Il se détacha du comptoir et traversa la salle.

– J'ai trop d'estime pour Alviès pour ne pas me féliciter, quelles que soient les circonstances, qu'il n'ait plus à servir les bouffis, les fainéants et les oppresseurs.

Il s'arrêta devant le Vielleux, le fixa avec un regard dur et attendit que le visage de celui-ci s'apaisât.

– Il faut savoir ce que l'on veut, Vielleux, et ne pas se laisser pendre avec ses propres tripes.

Ils sortirent, et je ne les suivis pas assez rapidement pour les rattraper.

Je dormais depuis longtemps lorsque Parleur me rejoignit. Ses cheveux sentaient la poussière, mais une poussière très particulière : celle que font les livres lorsque le papier vieillit.

– Tu aides les prêtres ? le taquinai-je, à demi ensommeillée.

– Alviès n'est plus un prêtre.

– Où l'avez-vous installé ?

– Dans une planque du Guevian, pas très loin du temple.

– Du Guevian ? sursautai-je. Tu vas te faire démolir, Parleur !

– J'en doute. Le Guevian portait les caisses les plus lourdes.

Le Vielleux, Parleur et Le Guevian déménageant un prêtre ! Les plus farouches anticléricaux à la rescousse d'un Dogmate ! Il ne manquait plus que…

– Tu ne vas pas me dire qu'Halween et Qatam étaient avec vous ?

– Et Mescal aussi.

J'eus la désagréable sensation d'avoir raté une marche. Cela acheva de m'éveiller.

– Qu'est-ce qui se passe réellement, Parleur ?

– Trois fois rien… Tu n'as pas senti l'odeur dans la taverne ?

– L'odeur ?

– Le feu, le soufre, la lave qui monte… Les Castan ont déclaré la guerre à la Colline, Vini. Le problème, c'est que maintenant elle le sait et qu'elle est un volcan.

La braise qui couve sous le chaume. Oh si ! je l'avais sentie !

– Il n'en faudrait pas beaucoup pour que ça explose, tu sais ? Et c'est tellement le mauvais moment et la mauvaise manière que je suis sûr que c'est exactement ce que souhaitent les Castan.

– Je ne comprends pas : pourquoi nous pousseraient-ils au soulèvement ? Quel intérêt, bon sang ?

– Une jacquerie vite matée prouverait d'une part à leurs pairs qu'ils ont les reins solides et d'autre part à toute la Province qu'elle doit continuer à se laisser presser sans regimber. Bonne nuit, Vini… Je suis crevé et la journée sera rude.

– Hé ! me rebiffai-je. Tu m'as réveillée, tu pues et tu ne m'as toujours pas dit ce que vous faisiez chez Alviès !

La chandelle ne l'éclairait pas suffisamment, mais je suis certaine qu'il était effaré par mon absence de jugeote.

– Il va y avoir une émeute, Vini. C'est plus clair comme ça ? (Il soupira.) Je suis allé m'assurer qu'Alviès en connaissait bien les tenants et les aboutissants. Maintenant, désolé, je suis réellement vanné !

C'est vrai qu'il avait l'air las. Je ne lui permis toutefois pas de s'endormir tout de suite.

Le Dogme n'avait rien laissé au hasard. La prise en main du temple par un nouveau prêtre tombait un jour d'office, à l'heure de l'office.

Une heure avant la passation de ministère, les fidèles et ceux que le Dogme n'avait jamais attirés affluèrent vers le temple. Ils n'avaient aucune intention particulière et pas davantage l'idée de ce qui allait arriver. Ils venaient parce qu'ils ne croyaient pas vraiment à l'excommunication de leur prêtre, parce qu'elle était une aberration et qu'un miracle allait se produire, parce que la hiérarchie dogmate ne pourrait que reculer devant l'amour qu'ils avaient pour Alviès. Je le fis remarquer à Parleur :

– Tous ces gens ont l'air très raisonnables.

– Il y aura provocation.

Alviès n'avait pas ouvert le temple (lui qui ne l'avait jusque-là jamais fermé) et il n'avait aucune intention de le faire. C'était à son successeur, lorsqu'il lui aurait remis la clef, de la glisser dans l'énorme serrure et d'inviter les croyants à l'office. Dans sa soutane de grossier lin gris, il se tenait derrière les deux lourds battants de la porte, debout, immobile. De temps en temps, il tournait juste la tête vers Mescal, comme s'il voulait s'assurer que celui-ci ne partageait pas son anxiété.

Mescal était d'une sérénité absolue. Il n'avait pas cessé de travailler depuis que le déménagement du prêtre avait été fini, mais il n'accusait aucune fatigue.

Dehors, dans la foule patientant sur la place, Teng et le Vielleux scrutaient les visages. Ils en cherchaient qui ne fussent pas Collinards et, parmi ceux-ci, ils cherchaient des déterminations qui ne fussent pas spontanées. Juché sur le piédestal d'une statue qui avait été abattue depuis longtemps, Meo n'avait d'yeux que pour le Gros et le musicien. Chaque fois que l'un d'eux lui adressait un signe, il se penchait vers l'Acrobate et lui parlait à l'oreille. L'Acrobate se glissait ensuite jusqu'au Guevian, sur un perron au bord de la place. Le Guevian donnait alors un ordre dans l'entrebâillement de la porte derrière lui et quelqu'un en surgissait pour se faufiler jusqu'à l'individu repéré par Teng ou le Vielleux.

C'était Le Guevian en personne qui nous avait réveillés ce matin, beaucoup plus tôt que Parleur ne l'eût souhaité, mais il ne l'avait pas regretté.

« – Il y a quelque chose que je ne t'ai pas dit hier, Causeur.

« – Je t'écoute.

« – On m'a proposé pas mal d'écus pour que je place quelques agitateurs devant le temple. Ils devaient juste lancer quelques cris et un caillou ou deux quand la foule commencerait à gronder.

« – Qui a fait cette proposition et pourquoi te décides-tu à me prévenir ?

« – Parce qu'on m'a proposé encore plus d'écus et le rachat d'une vieille dette pour la tête de ton copain trappeur.

« – La Ghilde !

« – À moi, Causeur ! Tu m'entends ? Quinze ans après, ils ont osé me redemander de me vendre !

« – Qu'as-tu dit au messager ?

« – Rien, j'ai seulement accru la dette. Écoute, Causeur, mes propres problèmes me suffisent et je n'avais pas l'intention de me mêler de ce qui ne me concerne pas, mais j'aime bien ton pote trappeur et je suis né Collinard. Alors je te préviens : la Ghilde s'attendait sûrement à ma réponse et elle a au moins une solution de rechange.

Il nous avait salués et avait déjà ouvert la porte, lorsque nous l'entendîmes soupirer :

« – Et puis merde ! J'ai quelques hommes en ville. Si je peux t'aider…

Il le pouvait, et il le faisait.

Qatam et Gabar se tenaient aussi dans la foule, le plus près possible du temple. Le trappeur avait rassemblé quelques hommes ayant gardé les barricades sous ses ordres. L'Ours avait insisté pour être à leurs côtés.

J'étais sur l'un des rares balcons qui surplombent la Place du Temple, dans un appartement que Bandeo louait à un forgeron de ses amis. Au-delà de la place, j'avais tout le haut du chemin Aux Dames en mire.

« – Observe, avait dit Parleur. Observe comme tu sais si bien faire et enregistre tout. Si cela vient à mal tourner, il faudra que tu racontes chaque détail de ce que tu as vu.

Il resta avec moi jusqu'à ce que Ditciec nous rejoignît.

– Ils ont commencé à escalader les Pentes, annonça-t-il. Quarante-huit templiers en uniforme d'apparat, le prêtre à pied au milieu, encadré par deux acolytes très musclés, et un archiprêtre dans une chaise à porteurs… quatre porteurs qui ressemblent eux aussi davantage à des soldats d'élite qu'à des novices.

– Un archiprêtre ? s'étonna Parleur.

– Quelqu'un qui porte la robe violette, en tout cas. Je crois que c'est celui qui a remplacé Yergheli à la Citadelle quand celui-ci a rejoint la Cité du Temple. Bon, mais c'est pas tout. Il y a des groupes de Gardes un peu partout au bas des Pentes, dont une brigade complète aux Mille-Marches. Et en remontant, à tout hasard, je suis passé par le poste de Gardes. Je n'y ai trouvé que deux plantons. Le Prévost a fait mander Egvand avant le lever du jour. Les plantons ne savent pas de quoi il retourne, sinon qu'Egvand leur a confié le poste pour plusieurs jours. Ça sent vraiment mauvais, Parleur. Tu es sûr de savoir ce que tu fais ?

– Je suis sûr de savoir ce que je ne veux pas… et je ne veux pas que la Garde nous refasse le coup de l'émeute dans la Basse-Ville.

– Tu parles du massacre sur le marché ?

– Là-bas aussi, il devait y avoir des brigades un peu partout, prêtes à fondre sur la populace dès qu'elle réagirait aux provocations des questeurs.

Je n'avais pas fait le rapprochement, mais je comprenais maintenant ce qui avait mis la puce à l'oreille de Parleur.

– Allons tenir notre rôle, dit-il.

Ils me laissèrent seule sur le balcon et quittèrent l'appartement. Je les retrouvai rapidement parmi la foule, au moment où ils se séparèrent. Ditciec se rapprochait des premiers rangs par l'est. Parleur s'écartait vers l'ouest, la Mante littéralement collée à lui.

Dès qu'elle avait appris ses intentions, elle s'était accrochée à ses basques et elle ne l'avait pas lâché d'un pied. Naturellement, il avait essayé de le lui interdire, mais elle s'était plantée sous son nez et elle l'avait mis au défi:

« – Il n'y a qu'un moyen de m'en empêcher, c'est de m'assommer. Tu es la seule personne qui peut tenter de le faire sans que je la tue. Alors vas-y, Parleur, frappe !

J'eusse juré qu'il entrerait dans une colère noire. Il se contenta de sourire.

« – Tu veux bouffer mon air, Halween ? Je boufferai donc le tien.

Il l'avait ceinturée d'un bras et, de l'autre, avait arraché un sabre de sa gaine, puis il l'avait fait pivoter contre lui et s'était emparé du second sabre. Ensuite, toujours en la tenant par la taille (elle en était paralysée, mais pas parce qu'il la serrait trop !), il avait levé les deux sabres à hauteur de ses yeux et les avait jetés au sol.

« – Tu peux les ramasser et les rengainer, mais si tu t'approches de moi avec, je te les reprends. Je ne peux pas t'empêcher de jouer les panthères de compagnie et tu ne peux pas m'empêcher de t'enlever les griffes.

C'est une façon parfaitement stupide de se priver de libertés, mais si tu peux faire avec, je ferai avec aussi.

Les yeux d'Halween se baissèrent et se fixèrent un moment sur les sabres, puis elle les releva et me regarda. Sa bouche béate exprimait la stupéfaction d'une découverte inattendue :

« C'est si simple que ça ? » semblait-elle dire.

De mon balcon, je vis le cortège dogmate apparaître sur le chemin Aux Dames et la foule s'ouvrir pour lui céder le passage. Les templiers n'eurent pas à jouer des coudes, les gens s'écartaient spontanément. C'était plus de la curiosité que du respect, et moins de la crainte que de l'étonnement. On n'était pas habitué sur la Colline à voir un tel déploiement de solennité. Personne en fait ne s'était attendu à mieux qu'un prêtre, peut-être accompagné d'un acolyte ou d'un clerc, mais rien de plus qu'un homme, sûrement plus jeune qu'Alviès, dans une soutane nettement moins décatie.

Beaucoup apercevaient pour la première fois le cuir noir et luisant des uniformes templiers. Plus encore découvraient le violet éclatant de la robe, dont très peu finalement savaient qu'elle annonçait un archiprêtre. Les fidèles se sentirent flattés et nombre d'athées aussi. Les autres eurent la sensation d'assister à un spectacle.

La chaise à bras s'arrêta contre les marches conduisant au temple, les templiers se disposèrent en arc de cercle, sur deux rangs, devant elle. D'instinct et un peu guidée par les hommes de Qatam, en se refermant sur le cortège, la foule avait laissé une marge entre les templiers et elle : vingt pieds. J'évaluais son importance à sept ou huit mille personnes.

L'air était frais, mais le soleil resplendissait dans un ciel parfaitement azuréen. Quand l'archiprêtre se dressa sur sa chaise, je me laissai prendre, comme toute la place, au jeu de tant de couleurs. Un court moment. Un très court moment. Le temps que le dignitaire, un quinquagénaire adipeux, prît la parole de sa voix de fausset, dans un silence quasi parfait.

– Maciliennes (il marqua une pause), Maciliens ! Depuis que j'ai prononcé mes vœux, il ne m'a pas été donné d'assumer tâche plus humiliante que celle qui me mène aujourd'hui jusqu'à vous. (Il baissa la voix :) Le Dogme est souillé. (Une pause.) Le Dogme est bafoué et il l'est par son propre fils, celui que nous sommes tous, nous qui avons voué nos vies à son culte. Et cela se produit dans notre noble cité, sous notre propre ministère. Et c'est vous, mes enfants, que cette défaillance injurie. (Une pause et la main droite qui se tend vers la foule.) Vous les plus humbles ! Vous les plus méritants ! Je suis couvert de honte et, par-delà mes serments, c'est tout le Dogme qui confesse cette indignité.

Il y eut un bruit derrière moi et la voix de Bandeo accrocha mes oreilles :

– Que de périphrases !

Je me retournai. Notre bailli mareyeur s'était installé sur une chaise à l'entrée du balcon, les doigts croisés sur le ventre. Je lui fis un signe de la main et revins au parvis.

– On vous a trompés, mes enfants, grandiloquait l'archiprêtre. On vous a spoliés ! Et en vous spoliant, on lésait le Temple tout entier.

– De quoi nous a-t-on spoliés ? lança quelqu'un.

L'archiprêtre chercha à localiser l'importun, mais il n'y parvint pas plus que moi. Tout au plus s'orienta-t-il vers l'endroit d'où avait jailli la question :

– De la dîme, filé. De la dîme ! Car en la détournant au bénéfice de quelques-uns, on a fait de votre devoir la pire des extorsions. Et vous privant d'accomplir ce devoir, on a ravalé votre foi.

En aiguisant mon acuité pour repérer celui qui avait interpellé l'archiprêtre, je tombai sur un contrebandier du Guevian, du moins le supposai-je. Il était derrière un homme de sa stature, la main sur son épaule, et la pointe de son poignard dépassait à peine de sa manche. Par contre, elle appuyait clairement sur le cou de l'homme. Sachant ce que je devais chercher, je trouvai alors d'autres contrebandiers, derrière d'autres inconnus, et je devinai les lames dont ils les surveillaient.

« – Pas de sang, avait insisté Parleur. Vous menacez et vous le faites discrètement, mais je ne veux ni bagarre, ni meurtre en douce.

Les consignes étaient suivies au mot.

– Cet impie, poursuivait l'archiprêtre, ce sacrilège en lequel vous aviez tous confiance, ce… profanateur déguisé en prêtre… pâtré Alviès, comme vous le nommiez…

Le discours avait été trop abscons pour que la foule s'émût de son contenu, mais là il n'était plus question de s'en laisser conter. La place entière bruit d'un murmure qui était presque, déjà, un grondement. L'archiprêtre n'acheva pas sa phrase, il fit un geste et deux templiers se détachèrent du rideau de soldats, pour grimper les marches et ouvrir les battants de la porte du temple.

La porte ne s'ouvrit pas, du moins pas immédiatement, permettant à la foule un sourire avant que la clef, de l'intérieur, jouât dans la serrure. Un seul battant s'entrouvrit et Alviès apparut dans l'entrebâillement. Ce furent d'abord des vivats, puis les templiers l'encadrèrent et, le tenant par les bras, le soulevèrent presque pour le conduire devant la chaise à porteurs. Les vivats se transformèrent en ululements de très mauvais aloi.

À ce moment encore, l'humeur de la place était bon enfant. Telles que les choses se déroulaient, chacun pouvait croire qu'il assistait à une représentation parodique d'un spectacle mal rodé. Mais je n'eus pas besoin de voir Parleur et son ombre approcher le piédestal, sur lequel s'était tenu Meo, pour deviner que le vent tournait.

– Il vous a trahis, il nous a salis, scandait le dignitaire. Le Concile l'a excommunié, il me reste à le déchoir du sceau qu'il a usurpé.

Chacun des templiers encadrant Alviès saisit sa soutane au col et la déchira par les épaules, dénudant le prêtre déchu jusqu'à la ceinture.

Les « Salopards ! » furieux succédèrent aux « Oh ! » d'effroi en moins d'une seconde, et la foule fit un pas en direction des templiers. Elle tenta même d'en faire un deuxième, mais Qatam et ses hommes, qui occupaient la presque totalité du premier rang, la retinrent. Les templiers, eux, avancèrent de quatre pieds et le double cordon qu'ils formaient se resserra.

– Pour le crime qu'il a perpétré contre le Dogme, meugla l'archiprêtre, pour ceux dont il s'est rendu coupable à votre encontre, le Concile des Archiprêtres a condamné l'excommunié Alviès à la bastonnade publique. (Il hurlait :) Le châtiment sera exécuté céans, en ce jour de…

Il ne lui servait plus à rien de brailler, la foule criait plus fort que lui, et elle poussait aussi. Elle poussait d'un même élan et de tout son poids contre le rempart obstiné que constituaient l'Ours, Qatam et ses hommes. Elle gagna trois pieds, puis cinq, et fut à une ou deux secondes de faire craquer la corde humaine qui la retenait. Le premier rang de templiers avait tiré l'épée, le second tendait ses piques. Je vis alors les acolytes du nouveau prêtre extirper des cors de dessous leurs soutanes.

« Mescal ! » implorai-je silencieusement.

Dans l'espace qui se restreignait entre les templiers et la foule, il y eut une étincelle aveuglante et une flamme gigantesque qui grimpa au ciel et disparut d'un coup, comme un éclair jailli du sol. Cela produisit un vacarme différent de la foudre, mais il n'en fut pas moins effrayant.

La foule se figea immédiatement et, sous l'impulsion de Gabar et de Qatam, recula de plusieurs pas, comme reculèrent les soldats. De nouveau, vingt pieds séparaient les deux partis. Les deux templiers avaient lâché Alviès et, dans la chaise à porteurs, l'archiprêtre s'était affalé à la renverse. Il peina un peu à se relever, mais Parleur, dressé à la place de la statue détruite, attendit qu'il le fît pour profiter de la stupeur générale.

– Eh bien, Dogmate ! On dirait que quelqu'un ne partage pas ton goût de la bastonnade !

Toutes les têtes se tournèrent vers lui, même celles des templiers encore sur la défensive. Il n'y avait guère que le dignitaire du Temple pour bouger les yeux en tous sens, à la recherche d'une certitude que la Poudre d'Orient de Mescal avait sérieusement ébranlée.

– Je ne sais s'il s'agit d'une volonté de cette essence divine, que ton Temple nous prêche à grand renfort de dîme, ou la manifestation d'une magie plus terrestre, mais je veux bien voir là le signe d'un mécontentement très... collectif.

La place était encore sous le choc de ce *tonnerre inversé.* Il n'y eut ni rire, ni murmure d'approbation, mais les Collinards avaient reconnu Parleur et ils étaient pendus à ses lèvres.

– Parce que... et tu l'as dit : nous sommes humbles, mais nous ne sommes ni stupides, ni ingrats. Si, comme tu le prétends, pâtré Alviès nous a spoliés, c'est à nous de le juger... et c'est ce que nous ferons, en te laissant ce temple, que tu revendiques si âprement, et en lui en bâtissant un encore plus grand dans nos cœurs.

Cette fois, la foule acquiesça, et ce fut plus qu'un murmure. Derrière moi, j'entendis :

– Bien joué !

Mais Bandeo faisait preuve d'optimisme. Même à cette distance, je voyais à ses traits que l'archiprêtre était en train de retrouver sa hargne.

– Tu voulais récupérer ton temple, Dogmate. C'est fait. Tu veux lui donner un nouveau prêtre. C'est ton droit. Nous l'accueillerons comme il se présente : en étranger. Mais rassure-toi et va rassurer ton Concile, nous autres, de la Colline, nous aimons les étrangers. Je sais de quoi je parle, j'en étais un moi-même… comme beaucoup parmi nous, d'ailleurs.

Une fois de plus, la place manifesta généreusement son assentiment. L'archiprêtre attendit que le calme revînt et leva les bras :

– Vous pardonnez, clama-t-il, je m'en réjouis. C'est faire preuve de miséricorde et la miséricorde est ce que l'homme doit à l'homme. Mais au regard du Dogme, dont il était le serviteur, Alviès a commis l'irréparable, et le Dogme doit le châtier pour cela, ainsi que le Concile en a décidé. Templiers, acolyte… Trente coups !

Les deux qui l'avaient déjà tenu s'emparèrent des bras d'Alviès et un acolyte attrapa le bâton que tendait l'archiprêtre pour s'approcher de lui.

Six ou sept mille regards, encore, se tournèrent vers Parleur. Intérieurement, je ne pus m'empêcher de penser qu'il avait gagné, qu'il n'y aurait pas d'émeute. Je me surpris même à attendre qu'il négocie le nombre de coups. N'était-ce pas ce qu'il avait de mieux à faire ? Satisfaire l'archiprêtre, rassurer les Collinards et épargner quelques coups à ce pauvre prêtre…

– Un instant ! s'écria-t-il.

Il quitta le piédestal et la foule lui fit un passage pour qu'il rejoignît le temple. À lui et à Halween qui marchaient épaule contre épaule. Ils s'arrêtèrent un pas devant les templiers.

– Tu as dit trente coups ? demanda Parleur.

Je faillis applaudir.

– Trente, c'est le châtiment arrêté par le Concile pour l'impiété d'Alviès.

D'un seul mouvement, Parleur ôta sa tunique et la laissa tomber au sol.

– Je partage l'impiété, annonça-t-il, je partage les coups.

Je le maudis de son courage, que je qualifiai sur l'instant d'inconséquence, puis je me maudis de ma lâcheté. Avant que le dignitaire du Temple n'eût le temps d'ouvrir la bouche, Halween avait jeté son corsage à terre.

– Je revendique aussi ma part d'impiété, brava-t-elle, sa superbe poitrine pointant vers les soldats.

Ce furent ensuite Qatam, l'Ours et la moitié du premier rang qui se mirent torse nu et, d'un même mouvement, toute la place, inclus les provocateurs, leurs ombres du Marais et les rares qui, comme moi, observaient depuis les balcons.

Quand j'enlevai mon propre corsage, Bandeo, qui ne pouvait voir ce qui se déroulait en dessous de nous, se précipita à mes côtés.

– C'est pas vrai ! s'exclama-t-il. C'est pas vrai. C'est…

Il ne trouva pas d'autre qualificatif, alors il passa sa chemise par-dessus ses épaules et la posa sur le parapet.

J'ai beaucoup ri, par la suite, de l'image que l'archiprêtre, ses disciples et les templiers ont eue sous les yeux. Nous avons tous ri aux larmes en repensant à ce qui dut se produire dans leurs esprits si résolus. Mais sur le moment, je ressentis l'émotion la plus forte de ma jeune existence. Je communiais, nous communiions, tous, dans la même rébellion, avec la même détermination. Comprenez bien : cela ne justifiait aucun dogme, au contraire, cela prouvait que les dogmes n'ont aucune raison d'être.

Et Alviès ! Il faut avoir vu les larmes à ses joues, lorsque nos poitrines défiaient l'archiprêtre !

Les templiers ne savaient plus comment se comporter. Ils regardaient sans cesse leur supérieur sur sa chaise à porteurs, mais celui-ci ne leur était d'aucun secours. Il lui avait semblé que, pour dangereuse qu'elle fût, sa mission de provocation était au fond assez simple, et elle lui échappait totalement, par l'absurde ! Il resta une minute sans voix, puis il s'indigna, mais son indignation ressemblait au dépit :

– C'est une sédition !

– Mais non, l'archipâtre, riposta Parleur, c'est une confession.

La place à demi nue pouffa.

De toute façon, l'archiprêtre avait déjà reconnu que quelque chose n'avait pas fonctionné. Il ne lui restait qu'à renoncer. Ce qu'il fit en se froissant dans sa robe et en donnant l'ordre de la volte-face. Il y eut à peine un flottement, lorsque les deux templiers qui l'encadraient se demandèrent ce qu'ils devaient faire d'Alviès. Mais Parleur, Halween, Qatam et Gabar se faufilèrent entre les rangs désordonnés des soldats et l'entraînèrent avec eux dans la foule.

Notre nouveau prêtre ne fut pas le dernier à se glisser dans le sillage de la chaise à porteurs. Nous ne le revîmes jamais.

Parleur ne laissa pas la foule consommer son soûl de fous rires et d'exubérance. Escorté d'Halween, il se fit porter par Gabar et Qatam jusqu'au piédestal qui lui avait déjà servi d'oratoire. La place se tut d'elle-même.

– Excusez-moi d'être un peu rabat-joie, attaqua-t-il, mais si vous avez des amis dans la Basse-Ville ou sur le bas des Pentes, vous pourrez vérifier que le Prévost avait disposé des Gardes un peu partout au pied de la Colline. En fait, la Citadelle s'attendait que nous n'accueillions pas le remplaçant d'Alviès avec les égards qu'il méritait, et il n'en aurait pas fallu beaucoup pour que l'archiprêtre appelle la Garde à la rescousse.

Ce fut un coup de massue qui allait vite se répercuter sur toute la Colline. Parleur n'eut pas besoin de forcer la voix, on n'entendait plus une respiration.

– Aujourd'hui, nous avons mouché l'institution dogmate et nous avons évité quelques coups de bâton au pâtré, mais ne vous en rengorgez pas. Nous nous sommes surtout épargné un massacre, dont nous aurions été les victimes.

Nous attendions qu'il poursuivît, mais il n'ajouta rien. Il descendit du socle vide de statue et se fondit dans le nombre pour gagner le temple.

– Je devrais commencer à le connaître, dit Bandeo, mais il continue à m'épater.

Je retrouvai Parleur dans le temple, avec Qatam, Halween, Gabar, Le Guevian, ses hommes et leurs « prisonniers ». Les contrebandiers encerclaient la rangée de bancs sur lesquels les agitateurs potentiels s'inquiétaient de leur sort. Parleur avait un pied sur un dossier et s'adressait à ces derniers :

– Il y en a peut-être un ou deux parmi vous qui se demandent ce qui leur vaut ce traitement. Je leur présente nos excuses… nous n'avions guère le choix. Les autres savent pertinemment pourquoi nous les avons empêchés de jeter des insultes ou des pierres aux templiers. J'espère pour eux que le salaire qu'ils ont perçu à cette fin prévoyait le risque d'être démasqué.

Un des hommes concernés ouvrit la bouche, Parleur l'arrêta d'un geste :

– Je ne veux rien entendre : ni justification, ni remords, ni délation. Je connais les vérités que vous pourriez formuler et les mensonges que vous inventeriez. Je connais même ce que vous ne savez pas, parce qu'on a oublié de vous en informer.

Ils avaient peur ! Bon sang ! Peur au point de ne pouvoir affronter son regard. Pas tous, mais la plupart : quinze sur vingt-trois. C'en était presque risible.

– À propos des écus qu'on vous a versés, poursuivait Parleur, je vous engage à les dépenser loin de Macil. Car je doute fort que le payeur digère et votre échec et les explications que vous lui fournirez. En plus, vous êtes devenus des témoins embarrassants.

Quelques-uns avaient manifesté une ébauche de soulagement, ils se rembrunirent aussi vite.

– Foutez le camp !

Les prisonniers se regardèrent avec incrédulité. L'un d'entre eux se leva, n'osant pas vraiment quitter la rangée, puis d'autres l'imitèrent et commencèrent à s'écarter prudemment du banc. Ils sursautèrent tous lorsque Le Guevian beugla :

– Tu ne vas pas les laisser filer, bordel de merde !

Les contrebandiers se replacèrent. Parleur hocha fermement la tête.

– Ceux qui ne courent pas assez vite sont morts, de toute façon. Les autres… ben… les autres boiront un coup à notre santé dans une ville du Nord, de l'Est ou je ne sais où !

Le Guevian s'en effondra sur un banc.

– Foutez le camp ! répéta Halween.

Cette fois, les agitateurs s'enfuirent sans demander leur reste. Sauf un, un homme jeune et plutôt petit, qui hésita et trouva le courage de se retourner.

– Je… je ne voudrais pas abuser, mais… je ne suis pas concerné par ce que tu as dit. Je suis des Montagnines et j'étais là un peu par hasard, alors… euh… tu crois que je peux rester à Macil ?

Nous éclatâmes de rire.

– Tu t'appelles comment ? demanda Parleur.

– Yennac.

– Alors, Yennac, sois tranquille et installe-toi à Macil si ça te chante. Personne n'en a après toi.

– Merci, s'inclina le petit homme avant de sortir sur un grand sourire.

Dès qu'il eut disparu, Le Guevian s'en prit à Parleur.

– À quoi tu joues ? Ces types sont des salopards sans scrupule et, parmi eux, il y avait probablement un sicaire. Ils…

– Il y avait aussi un étranger de passage et ce n'était peut-être pas le seul. Quant aux salopards sans scrupule… sans vouloir raviver de vieilles plaies, Le Guevian, je me souviens d'un hiver où il n'a pas été facile d'empêcher les Collinards de te faire la peau. À ce propos, je crois que tu as dit de moi que j'étais réglo. Eh bien, je le suis avec tout le monde. Ça te choque ?

Le contrebandier soutint le regard de Parleur.

– Tout le monde n'est pas réglo, Causeur.

– Je trouve ça terriblement dommage, Guevian.

– Tu vas au-devant de déceptions tout ce qu'il y a de plus mortel !

– Je ne sais pas où je vais, ce qui occasionne pas mal de surprises, comme de mériter l'amitié d'un truand des marais…

Le Guevian baissa les bras et nous prit tous à témoin :

– Il est dingue, ce type !

Dans sa bouche, ce n'était ni tout à fait un compliment, ni vraiment un gage d'amitié, mais cela valait n'importe quelle marque de respect.

La Colline parla beaucoup de l'affront infligé au Dogme et elle en parla comme d'une victoire collective sur bien plus que le Dogme. L'après-midi, le soir, le lendemain et durant six jours, elle ressassa sa fronde avec orgueil, malgré l'invitation à la prudence de Parleur. On entendait souvent des « Nous, on est comme ça… » ou des « Faut pas nous chercher… » et on prenait un malin plaisir à commenter l'exploit pour ceux du Port ou de la Basse-Ville qui visitaient nos tavernes. Il y eut quelques accrochages avec les plus bigots parmi ces derniers, mais rien de sérieux : dans l'ensemble, Macil était favorable à notre insolence. Puis la fièvre retomba, aidée par des flocons épars qui nous rappelèrent de tristes souvenirs (mais ce fut juste une évocation) et, malgré l'approche de la queste d'automne, nous retrouvâmes notre très méridionale décontraction.

Sauf Parleur.

Parleur était fébrile.

Il ne mettait plus les pieds aux Enselvains et il disparaissait tous les jours sur le Causse, seul.

Une nuit, un pichet d'hydromel dans chaque main, Halween et Qatam décidèrent de m'accompagner lorsque je le rejoignis après la fermeture de la taverne.

Nous le trouvâmes dans un fauteuil à bascule, la chatte sur les genoux, face à la cheminée dans laquelle mourait une braise mal entretenue. Il nous accueillit sans froideur, mais sans davantage d'enthousiasme. Qatam tira des bûches de sous l'escalier et entreprit de raviver le feu. Halween remplit les gobelets que je lui tendis. L'atmosphère était lugubre.

Quand nous fûmes tous assis (tous au sol, dos à la cheminée et face à Parleur), que nous eûmes chacun un gobelet plein à la main et que le feu eut redémarré, j'optai pour la provocation :

– Je trinque au désespoir de notre sauveur de prêtre et à son défunt sens de la convivialité.

Halween me poignarda des deux yeux, mais Parleur se contenta de hocher la tête. Il leva même son gobelet dans une parodie de toast (je suis certaine qu'il ne m'avait pas entendue).

– Coucou ! insistai-je en agitant la main dans sa direction. Il y a quelqu'un là-bas ?

Il y avait quelqu'un, du moins son ombre, et cette ombre m'accorda un regard illisible d'environ deux secondes. Je crus qu'il allait replonger aussi sec dans son enfermement, mais il prit conscience d'avoir un gobelet dans une main, consentit à le humer et le vida d'un trait.

– J'avais soif, s'éveilla-t-il.

– Ah ! fîmes-nous.

Il reposa la tête sur la croûte de cuir fripée du fauteuil et s'éteignit à nouveau, pour se ranimer au moment où nous nous apprêtions à l'ignorer :

– Egvand est rentré. À la demande du Connétable, le Prévost l'avait chargé d'assurer avec ses hommes la sécurité de l'Infante pendant son voyage dans les Montagnines. Il refuse d'admettre que la venue de l'archiprêtre était un coup monté et qu'on l'a volontairement éloigné de la Colline, mais c'est une dénégation de principe.

– Tu l'as vu ? m'étonnai-je.

– Il est passé avec Bandeo en début de soirée.

– Mauvaise nouvelle ? s'enquit Qatam.

Parleur ne répondit pas directement à la question :

– À son retour à la Citadelle, cet après-midi, Egvand s'est vu notifier les quotas d'impôt pour l'hiver. Les questeurs ont fixé les taxes hivernales de la Colline au même taux que les saisons précédentes.

Halween et Qatam ne réagirent pas. De toute façon, depuis que Parleur s'était ranimé, Qatam hochait la tête d'une moue entendue à chacune de ses phrases, et Halween le fixait avec la même intelligence énamourée que Cendre lorsqu'il lui caressait la gorge. Moi, j'étais assesseur du bailli…

– Oh ! Tendre Mère ! m'effondrai-je.

Cette fois, Halween et Qatam s'inquiétèrent et Parleur donna un sens morbide à leur inquiétude :

– Bandeo dit que, pour être équitables, les questeurs auraient dû diminuer la gabelle d'un tiers et la taille d'un quart. La Colline risque de connaître un hiver pire que celui de la disette. Sur le Plateau, une famille sur trois ne pourra s'acquitter entièrement des taxes, et une sur deux dans les Pentes. Le trou sera énorme et on peut compter sur les Gardes pour que les représailles soient à sa mesure.

J'eus envie de pleurer, mais les larmes ne vinrent pas. J'étais à peine capable de me lamenter :

– Bon sang, pourquoi s'acharnent-ils sur nous ?

– Ils ne s'acharnent pas sur nous, dit Parleur. Ce qu'ils font ici, ils le font dans toute la Province.

– Enfer des âmes ! jurai-je. Pourquoi nous envoyer les Gardes et l'archiprêtre, alors ?

– Pour éviter les rebuffades, Vini.

– Quelles rebuffades ? (J'avais presque crié.) Nous nous saignons pour payer l'impôt et nous n'avons jamais agressé le moindre questeur !

Sur les genoux de Parleur, la chatte remua, me lança un regard désapprobateur, s'étira en bâillant et se remit en boule.

– Jusque-là, c'est vrai, admit Parleur, sauf que, de toute la Province, nous sommes les moins soumis. (Il poursuivit sur le ton de l'énumération :) Nous sommes tellement soudés que nous mangeons dans la même bauge sans qu'il y ait jamais de coups de dents. Nous traitons les bourgeois, les nobles, les questeurs et les gardes avec familiarité sinon insolence. Nous dénigrons le Dogme. Nous inondons l'administration de doléances qui mettent en cause son honnêteté. Nous écrivons des pamphlets sur les murs et nous entonnons des chansons satiriques. Et nous possédons un fantôme que nous invoquons avec tendresse alors qu'il terrorise la Citadelle.

J'ouvris de grands yeux.

– Karel, m'éclaira-t-il. Karel, dont elle se croyait débarrassée depuis son assassinat et qui hante nos traboules et notre impudence.

Parleur se tut et personne ne le relança. Je crois que Qatam devinait ce qu'il avait encore à dire, la teneur, du moins. Moi, comme à ma première escalade, j'avais l'impression d'être devant une falaise parfaitement lisse. Je voyais Parleur la gravir, mais cela ne suffisait pas à me révéler ses aspérités. Halween, elle, profita du silence pour attraper un pichet, se lever et remplir nos gobelets.

Elle termina par Parleur, puis au lieu de se rasseoir entre le trappeur et moi, elle s'installa sur un accoudoir du fauteuil et posa le bras sur le sommet du dossier. Parleur se crispa et faillit s'arracher du fauteuil, mais Cendre passa de ses genoux à la cuisse d'Halween, se calant entre son aine et l'épaule de Parleur. À ma connaissance – et je le vérifiai à la stupeur outrée de Parleur –, c'était la première fois que la chatte avait un contact avec Halween. Mais le pire (pour Parleur) fut que, lorsque celle-ci commença à la caresser, Cendre se mit à ronronner.

Personnellement, j'y vis un présage et ce présage me parut de bon augure. Je ne doutai d'ailleurs pas qu'Halween interprétât l'événement avec le même optimisme. Parleur serra les dents et revint à ses préoccupations :

– La réaction de la Citadelle était prévisible, celle de la Colline l'est aussi. Nous…

– Quelle réaction ? l'interrompis-je.

– Une colère tellement irrépressible qu'elle conduira à l'émeute. Une bouffée de violence aussi spontanée qu'aveugle et que la Garde réprimera au centuple.

– Ce n'est pas dans notre tempérament, niai-je.

– Il n'est pas question de tempérament, Vini, mais d'alternative. Ou la mort à petit feu, ou celle d'un embrasement.

– C'est pas très nouveau, comme choix ! fit remarquer Qatam. C'est jamais que celui que tout le monde doit faire chaque jour de sa vie !

– Selon la philosophie de saint Qatam, certainement, mais pour beaucoup de Collinards, c'est la première fois qu'une flambée présentera plus d'attraits que la braise. Et ils se feront massacrer sans que le joug se desserre d'un cran.

Qatam haussa les épaules.

– Au moins, ils seront morts en se battant. C'est toujours mieux qu'une agonie d'esclave !

Parleur lui jeta un regard affligé.

– Combattre ne se fait pas forcément par les armes, Qatam, et la mort n'est jamais une victoire.

– Après saint Qatam, voici saint Karel, railla le rappeur.

Je l'aurais volontiers giflé, mais la gifle n'aurait pas atteint sa destination et il m'aurait remerciée de lui donner raison. Parleur usa d'un autre argument :

– Ce n'était pas de Karel. Même lorsqu'il maniait les évidences, Karel était beaucoup plus élégant que moi, beaucoup plus retors aussi. Par exemple, dans une situation comme la nôtre, il aurait écrit : *La violence est la seule légitimité de ceux qui bafouent la justice. Le juste, lui, n'a besoin d'aucune excuse pour faire valoir le droit...*

DU VÉNÉRABLE GRAND MAÎTRE DE LA GHILDE AU PREMIER MAÎTRE DE LA LOGE MACILIENNE
Ordre de Mission

Votre analyse est toujours valable. Encouragez Heyel à accroître l'oppression sur les points les plus instables de la Province et à la diminuer ailleurs. Les inégalités existent déjà, elles doivent devenir flagrantes.

Puisque, de fait, l'exemple naît de la Colline, arrangez-vous pour qu'elle donne celui de l'émeute… facilement réprimée. Les justifications de cette répression et les moyens de cette facilité devant être suffisamment convaincants, sinon explicites, pour que les jacqueries campagnardes n'aient pas d'autre choix que le maquis, lequel finit invariablement par s'apparenter au brigandage. La populace se lasse toujours très vite du brigandage.

Par opposition à ces débordements, Heyel doit rester irréprochable vis-à-vis de la loi, même si c'est lui qui dicte la loi et même si celle-ci est injuste. L'image que nous devons maintenant lui construire est celle de l'intégrité, pas celle de la justice. Celle-ci viendra ensuite, quand il n'aura plus à prouver qu'il est capable d'autant de fermeté que de miséricorde parce que, quelle que soit la situation, il agit comme il doit agir. Qu'on le craigne, mais que ce soit pour sa droiture. On ne l'en aimera que davantage après. Sauf la noblesse, qui connaîtra ces émotions dans l'ordre inverse.

N'en doutez pas, nous devrons alors frapper l'aristocratie aussi durement que nous sommes aujourd'hui contraints de brimer le peuple, car celle-là goûtera encore moins que celui-ci l'immanence de notre justice. Le Royaume et ce que nous en ferons est à ce prix.

Concernant le recrutement, j'ai convaincu le Roi que les armées, qu'il lève dans toutes les Provinces, inquiètent ses très méfiants voisins et qu'il serait prudent de freiner la conscription avant que lesdits voisins ne fomentent des alliances contre lui. Mais par pitié, Premier Maître, ne me demandez plus d'intercéder pour Macil auprès de notre monarque !

HUITIÈME VEILLÉE

Nous n'attendîmes pas que l'année s'achevât (l'Année de Paix, comme il était convenu de l'appeler, l'Année des Impôts, ainsi que nous la nommions). Pourtant, la rage au ventre, nous – *Ceux des Enselvains,* tels que je nous ai souvent désignés – laissâmes une fois de plus la Garde mettre à sac les foyers miséreux de ceux qui n'avaient pu s'acquitter des taxes d'automne.

Ce ne fut ni plus ni moins odieux que les deux fois précédentes, mais moins douloureux qu'en début d'année. Sauf pour Parleur et le Vielleux, sauf pour Pettilio, pâtré Alviès et Ditciec, sauf pour ceux qui, spontanément, se joignirent à eux et firent rempart de leurs corps entre les Gardes et ceux qu'ils entendaient châtier.

Egvand nous avait promis – et il tint promesse – que ses hommes s'opposeraient aux violences des *renforts* de la Prévosté, mais ils étaient si peu nombreux et ils ne pouvaient être partout. Dans les Pentes au-dessus de l'Aven, ils furent même débordés. Alors der Egvand Siehl enfin gagna la confiance des Collinards. Lui, le capitaine d'arrondissement, tira l'épée contre un officier de son rang.

Les *renforts,* une vingtaine de Gardes qui ne devaient plus être mercenaires depuis longtemps venaient de saccager un pâté de maisons parmi les plus indigentes et ils commençaient à s'en prendre aux Collinards avoisinants.

– Ceux-ci sont à jour d'impôt, intervint Egvand.

Les *renforts* hésitèrent, mais ils étaient frustrés de bastonnade depuis le début de la matinée et ils avaient essuyé nombre d'invectives. Leur officier eut un sourire méprisant pour Egvand et leur fit signe de poursuivre. Egvand n'était accompagné que de deux hommes, ils tirèrent l'épée juste après lui.

La Mante avait raison : la réputation du Captain' Miette et de ses soldats était celle d'une élite, jusque chez les Gardes de la pire engeance. Les *renforts* se figèrent et leur officier pâlit. À plus de vingt contre trois, ils avaient peur.

– J'insiste, capitaine, lâcha Egvand.

D'un coup d'œil circulaire, l'officier de la Prévosté passa ses Gardes en revue, l'air d'évaluer ses chances, et fit mine de tenir tête à Egvand :

– Aucun officier ne peut tolérer que ses troupes soient insultées par des pouilleux.

Egvand fit deux pas dans sa direction.

– Je n'ai pas entendu d'insulte. Rappelle tes hommes et foutez le camp.

L'officier brava Egvand par principe, puis il donna l'ordre du repli.

– J'espère que vous avez conscience, den Egvand Siehl, que je devrai faire un rapport…

– Alors il faudra que tu rapportes que, par lâcheté, tu as tourné les talons.

Les *renforts* quittèrent le quartier sous les railleries des Collinards.

Ailleurs, cela ne se passa jamais aussi facilement.

La veille, sous prétexte d'entretenir les bonnes dispositions du Guevian à l'égard de la Colline, Parleur avait demandé à Qatam d'entraîner Halween dans les marais. Lorsqu'elle rentra, bien après que les Gardes eurent regagné la Citadelle, la Mante ne fut guère plus furieuse que le trappeur en découvrant pourquoi Parleur les avait éloignés.

Toute la journée, du moins tant qu'ils avaient pu se relever, le pâtré, Pettilio, Ditciec, le Vielleux et Parleur s'étaient offerts aux coups des Gardes. Puis, comme d'autres, hommes et femmes mêlés, je les avais imités.

Devant chaque maison que les *renforts* avaient ordre de piller, nous nous placions sur plusieurs rangs pour leur en interdire l'accès, mais nous ne leur résistions pas, nous nous contentions d'obstruer les entrées. Alors les Gardes s'ouvraient un passage en nous frappant et nous tombions, un à un.

Je ne pense pas que cela apitoya plus d'un soldat sur dix, mais ce n'était pas notre objectif. Nous voulions… non, Parleur nous apprenait à tourner la violence en dérision, à montrer qu'elle n'est qu'absurdité et qu'elle se suffit à elle-même, à lutter contre elle par la passivité, mais sans renoncer à s'exprimer.

Halween et Qatam entrèrent dans une rage folle quand ils dénombrèrent nos ecchymoses et nos hématomes (il fallut même poser une attelle sur le bras cassé de Pettilio), mais, comme le reste de la Colline, ils furent impressionnés. Il y eut pourtant un échange très vif entre Parleur et eux, lorsque celui-ci en eut assez de subir leurs reproches.

– D'accord, vous êtes très forts pour donner les coups, leur jeta-t-il, mais savez-vous les recevoir ?

– Je n'ai jamais à les recevoir, ricana Qatam.

– Alors tu ignores ce qu'est le courage.

– J'ignore surtout ce qu'est la douleur.

Halween esquissa un sourire plus carnassier qu'approbateur. Parleur le lui rengorgea :

– La douleur, c'est à l'intérieur et, ça, je sais que vous connaissez tous les deux.

– Et toi ? demanda sèchement Halween. Tu sais ce que ça produit à l'intérieur ?

Elle était la dernière personne de qui Parleur attendait de l'agressivité. Il la regarda longuement dans les yeux et hocha la tête.

– La haine ou la désespérance, laissa-t-il tomber, parfois les deux.

Je sentis bien que c'était un aveu, et Halween avec moi, mais qu'avouait-il réellement, sinon qu'il avait un passé dont nous ignorions tout ? Je regardai Qatam. Il détourna le regard. Lui savait.

Les brimades d'automne passées, nous nous attaquâmes à celles de l'hiver. Moins d'une semaine après la razzia de la Garde, Bandeo fit placarder des affiches que j'avais soigneusement rédigées et que les lettrés lurent aux analphabètes :

« En prévision de la collecte des taxes hivernales, le bailli engage chaque Collinard à consulter au plus tôt l'écot établi à son nom par les questeurs. Ces écots pourront être consultés tous les matins sur la Place du Marché auprès du bailli et de ses assistants. »

Le vent de panique se leva plus vite que nous ne nous y attendions. Quelques minutes après la pose du premier placard, les Collinards se pressaient par centaines autour de la maison du mareyeur. Je fus moi-même très sollicitée, que ce fût aux Enselvains, dans la rue et jusque chez moi, et chaque assistant du bailli connut semblable empressement. Plusieurs d'entre nous furent même insultés et il fallut toute la diplomatie d'Alviès pour empêcher que la porte de Bandeo ne fût défoncée. Finalement, malgré notre intention initiale, nous convînmes de répondre à chaque question par : « La réévaluation des questeurs ne tient pas compte de la saison. Certains écots sont à peine plus faibles, d'autres légèrement plus élevés, mais personne n'est épargné. »

La Colline comprit rapidement ce qui s'abattait sur elle et se mit à bourdonner partout d'une unique discussion. Pourtant, faute de connaître dans le détail l'écot que chacun devrait acquitter, la crainte l'emportait sur le mécontentement. La crainte, et une certaine nervosité, que, le soir venu et dans toutes les tavernes, le vin, la bière et l'hydromel exacerbèrent.

Aux Enselvains, après la journée que j'avais endurée, j'avais prévenu que je ne chanterais pas. Je n'avais d'ailleurs pas l'intention de me montrer dans la grande salle. Mais Halween et Qatam avaient beaucoup de mal à préserver le calme sans faire le coup de poing et la magie de Mescal n'opéra pas, du moins pas sur l'ambiance. Il y eut même un début de rixe, auquel j'assistai depuis la cuisine et qui fut à deux doigts de dégénérer.

Pour la cinquième ou sixième fois, trois marins revenaient au comptoir dépenser une part de leur solde en pichets que Gabar remplissait généreusement. Ce n'étaient pas des habitués, mais chaque fois que leur bateau faisait escale à Macil, ils rendaient une visite amicale aux Enselvains. Personne ne s'en était jamais plaint.

À une table très proche, deux jeunes Collinards, récemment employés par l'armée royale à des tâches aussi subalternes qu'ingrates, profitaient de leur première permission pour vider quelques chopes avec le cadet de l'un d'eux, un soldat plus âgé qu'ils avaient connu en campagne et deux de ses amis, ces trois derniers de la Basse-Ville.

Aiguisée par l'ambiance générale de la taverne, il y avait de la jalousie dans l'air : les marins dépensaient beaucoup, les soldats comptaient au plus juste. Et les marins riaient fort alors que tous les Collinards étaient moroses. À force de rire, le marin qui le tenait renversa le quart du pichet de vin que Gabar venait de lui tendre sur le comptoir.

– C'est pas grave, assura l'Ours en remplissant de nouveau, et gracieusement, le pichet à ras bord.

– Putain ! s'exclama un soldat, s'adressant à l'Ours. Si t'étais un peu moins généreux avec eux qu'avec nous, ils n'en foutraient pas la moitié par terre !

Celui-ci (Nielli), Gabar le connaissait depuis le premier poil sur son menton. Qu'il en eût maintenant suffisamment pour avoir l'air d'un homme ne risquait pas de l'impressionner. L'Ours n'eut pas un regard vers Qatam, qui raccompagnait à la porte deux pêcheurs éméchés, et ne s'assura même pas qu'Halween était dans les parages.

– Au moins, eux, ils ont le vin qui rigole ! répliqua-t-il avec bonne humeur.

Deux des marins repartirent à rire, le troisième se tourna vers Nielli.

– C'est qu'on n'a pas souvent l'occasion de se marrer en mer, expliqua-t-il.

– Toi, on t'a pas causé ! bondit l'autre soldat natif de la Colline.

Surpris, le marin recula, s'appuya sur le comptoir pour ne pas tomber et leva une main en guise d'excuse.

– Ho, les gars ! Faut pas vous fâcher ! Moi, ce que j'en disais, hein ? Allez, je vous paie la tournée !

Ce fut le dernier soldat, celui de la Basse-Ville, qui envenima les choses :

– Va te faire foutre, avec tes écus !

Le marin était trop ivre pour percevoir le danger.

– Dis donc, t'es pas bien poli, toi !

Le soldat de la Basse-Ville lui jeta sa chope à la figure, ses amis se dressèrent et Nielli tira un coutelas de la taille d'une machette. Avant que Gabar n'eût le temps d'appeler Halween à l'aide, les trois marins se retrouvèrent acculés et la même lame avait déjà zébré deux fois la tunique de l'un d'eux.

– Allez, viens, viens ! provoquait le gamin que Gabar pensait bien connaître. Fais-nous voir si t'as autre chose que du vin dans la bidoche !

Il y eut pas mal de mouvement dans les tables alentour et l'Ours m'empêchait de voir ce qui se passait, puis il s'écarta et je vis : Parleur. Il s'était glissé entre les marins et les jeunes soldats, face au plus excité de ceux-ci, une main en l'air, doigts écartés, pour freiner Qatam qui accourait déjà, le sabre au poing.

Qatam ne s'immobilisa pas, mais il rangea son arme et s'approcha plus lentement. La Mante, elle, ne s'arrêta pas. Elle ne dégaina pas ses sabres, mais elle franchit la dernière table qui la séparait du groupe d'un bond et se campa au milieu des soldats stupéfaits.

– On est un peu tous nerveux, ce soir, dit Parleur en la surveillant du regard, et ça ne fait pas de nous des gens très accueillants, non ? (Il fixa Nielli :) Tu devrais ranger ton couteau, maintenant.

Le soldat n'hésita pas – la Mante était dans son champ de vision et il avait repéré Qatam au premier rang des buveurs –, mais il s'exécuta à contrecœur et il y avait plus de colère que de mépris dans le regard qu'il jeta à Parleur, avant d'entraîner ses amis vers la sortie.

Moins d'une minute plus tard, quand chacun eut regagné sa place, Halween me lançait une phrase que je n'avais pas entendue depuis longtemps :

– Ouvre un peu ton corsage, grimpe sur le comptoir et chante, Vini.

Le Vielleux surgit comme par enchantement (les nuits, dans la taverne, il n'était jamais loin de moi, de toute façon) et fit chanter les cordes d'un instrument dont il se servait publiquement pour la première fois.

C'était un instrument merveilleux, constitué de six cordes courant sur un manche long jusqu'à la rosace d'une caisse aux formes féminines. Les cordes se pinçaient ou se grattaient, produisant des harmonies très fluides. J'avais déjà entendu le Vielleux en jouer, du moins entraîner ses doigts à courir sur le manche, mais je fus surprise de la vitesse à laquelle il était parvenu à le maîtriser, comme si cette *guitare*, venue de Montille, avait été conçue à sa seule intention. Il me fallut d'ailleurs un moment pour m'habituer aux arrangements qu'il avait composés pour nos morceaux habituels (j'avais du mal à reconnaître les ballades aux premières notes), puis, comme lui, je me laissai emporter par les charmes de cette fluidité.

Nous interprétâmes d'abord deux gigues de l'intérieur des terres et une romance typiquement macilienne, qui pleurait sans amertume un amour écourté par la mer. La taverne entière reprenait le refrain avec moi et son chœur était empreint de tendresse, presque mélancolique. Quand le morceau s'acheva, comme un murmure, un silence étrange s'empara de la salle. Personne ne bougea, aucun pichet ne tinta contre un gobelet, aucune discussion ne reprit. Alors, dans les doigts du Vielleux, la guitare entama d'autres harmoniques.

J'étais assise sur le comptoir, lui s'était installé sur une chaise, près de moi. Je ne voyais ni son regard ni ses lèvres, juste sa chevelure, son bras sur la caisse de l'instrument et ses doigts sur le manche. Il me fallut de nombreuses mesures pour reconnaître le morceau, et cela faisait si longtemps que je ne l'avais pas chanté que je ne l'eusse peut-être pas fait sans la mélodie qu'il glissa entre les harmoniques. Il y avait si longtemps… mais je ne fis aucun effort pour retrouver les paroles.

Ils sont venus un matin
Par la Montée du Hayet
Un lieut'nant et ses huit chiens
Dans leurs tenues de laquais
Ils cherchaient le forgeron
Qui pour l'honneur de sa sœur
Avait rossé un baron
Son valet et son bretteur

Ils l'ont conduit sur la place
Au pied de la Citadelle
L'ont hissé dans une nasse
Et l'ont confié au soleil
Après dix jours de carême
Quand ils l'ont redescendu
Le forgeron était blême
Et la justice rendue

Je suis né dans une cité
Où la loi est si parfaite
Qu'elle se passe de procès
De défenseur et d'enquête
Car il suffit une fois rossé
Pour obtenir réparation
D'en avertir la Prévosté
Pour peu bien sûr qu'on soit baron

C'était un des premiers poèmes de Karel que le Vielleux avait mis en musique, la première ballade en tout cas qui avait été interdite. Pas de refrain, des rythmes cassés et la dernière strophe tranchant sur l'ensemble par le nombre de pieds, elle annonçait ce qu'allait être leur collaboration. Je ne fus pas étonnée que le Vielleux l'eût choisie pour sanctionner « officiellement » son retour à la subversion. Et ce ne fut pas le seul texte de Karel que nous interprétâmes ce soir-là. Il y en eut deux autres, sur le même ton. Mais nous ne chantâmes pas la Gigue de la Gabelle. Je crois que tout Macil la connaissait déjà et que, inconsciemment, nous craignions que l'émoi provoqué par les affiches du bailli soit trop frais et trop indécis pour supporter son ironie sans excès.

Après que la taverne eut fermé et que nous lui eûmes rendu un semblant d'éclat, Parleur et moi rentrâmes ensemble (ce qui était de plus en plus rare). En traversant le Plateau, nous discutâmes de ce que seraient les jours à venir. Nos paroles n'étaient pas anodines, mais elles avaient perdu toute gravité tant nous les ressassions depuis deux semaines. Aussi fus-je surprise, lorsque, d'une voix égale, il annonça :

– Cette fois, Vini, je crois que nous allons devoir résoudre un vrai problème.

Mon étonnement ne dura pas : juste devant chez nous, j'aperçus Nielli et quatre de ses amis (seul le cadet de l'autre Collinard était absent). Ils étaient encore trop loin pour que nous puissions juger de leurs intentions, mais Parleur ne s'arrêta ni ne ralentit et il devint vite évident, à la façon dont ils vinrent à notre rencontre, qu'ils ne souhaitaient pas seulement nous saluer.

Quand ils nous barrèrent le chemin, je ne peux pas prétendre que j'eus peur – Parleur était tellement serein –, mais je regrettai qu'Halween ou Qatam ne nous eussent pas accompagnés. J'étais trop fatiguée pour accepter d'être chahutée par des gosses un peu ivres dont l'aîné n'avait pas vingt ans. Car je croyais sincèrement que leur agressivité se limitait à la frustration de n'avoir pu corriger les marins. Ce n'était pas de l'inconscience, c'était de la naïveté. Pourquoi un Collinard s'en fût-il pris à un autre Collinard ?

– Pas mécontent de t'avoir en face, attaqua Nielli, là, comme ça, entre nous.

À son haleine et à la nervosité de ses gestes, je sus que leur virée nocturne ne s'était pas arrêtée aux Enselvains. Ils avaient dû se réfugier dans une autre taverne, peut-être dans la Basse-Ville, et ils s'étaient monté le cou, tout en buvant, jusqu'à ce que l'alcool décidât de laver l'affront encaissé devant les marins.

– Ils disent tous que t'as des couilles grosses comme ça ! poursuivait Nielli. (Il fit la moue.) Et c'est vrai, je l'ai vu de mes yeux : avec la Mante et le trappeur dans le dos, t'es le mec le plus couillu de la Colline. Je te connaissais de réputation, mais on peut dire que tu m'as impressionné, ce soir ! Tellement que, avec les potes, on s'est demandé si t'étais aussi balaise tout seul.

Les autres ricanèrent, évidemment, et Nielli s'en sentit encore plus fort.

– Alors on a bien réfléchi et on s'est dit qu'y avait un moyen facile de s'en assurer. On a même inventé un test pour ça. (Il lâcha un rire idiot.) J't'explique : je vais te coller une beigne et si tu te mets pas à genoux, c'est que t'as les couilles. Ensuite, c'est Guille qui va t'en mettre une, puis Fatch, puis le Mulot, puis Sami et ce sera de nouveau mon tour. Ainsi de suite, tu vois ? Comme ça, on aura des dizaines d'occasions de vérifier que t'es une bête de courage !

Les rires furent encore plus bruyants que précédemment. Parleur les laissa s'éteindre puis fit un pas en avant.

– En gros, il me suffit de plier les genoux pour prouver ma lâcheté, c'est ça ?

– T'as tout pigé !

Parleur hocha la tête, recula de deux pieds et s'agenouilla.

– Bon, maintenant, entre nous, face à face, tu sais que je suis un lâche. Satisfait ?

Je dus crisper ma mâchoire pour ne pas sourire de la déconfiture des cinq adolescents. Ils ne s'étaient attendus ni à remporter une victoire aussi rapide, ni qu'elle eût un goût aussi quelconque. En fait, ils étaient tellement interdits qu'ils en avaient oublié leur réelle motivation : se défouler sur celui qui les avait empêchés de le faire plus tôt dans la soirée.

Parleur eût pu s'en tirer à si peu de frais. Je savais même exactement ce qu'il fallait dire pour mettre un terme définitif à cette absurdité, et je faillis le dire (« Bon, on vous paie un dernier verre ? »), mais Parleur se releva et se planta de nouveau sous le nez de Nielli.

– Quelque chose ne marche pas, dit-il. Vous avez prouvé que je suis un lâche, mais il n'y a que vous qui le savez… Ce ne devait pas être le bon test. Tu veux que je t'en propose un autre ?

Cela ranima instantanément l'animosité du garçon.

– Je vais te casser la gueule !

Il recula le poing pour frapper. Parleur leva une main pour l'arrêter :

– Ça, c'est un bon test, mais il faut le faire en public. Je te regarde droit dans les yeux et tu cognes. Je ne me dérobe pas, je ne pare pas, je ne riposte pas. Mieux : je me relève chaque fois que je le peux et tu cognes encore.

Le bras de Nielli retomba, il cherchait à comprendre.

– Si Qatam ou Halween ne sont pas dans les parages, reprit Parleur, si vous ne vous y mettez pas à cinq et si tu ne tires pas ton coutelas, le test aura au moins prouvé que tu es capable de frapper quelqu'un qui ne se défend pas. Mais même dans ces conditions, je doute que ce soit moi qui passe pour un lâche.

Le garçon commençait à comprendre et la fureur revint dans son regard. Alors Parleur tonna :

– Tu es soldat, Nielli, tu sais te battre ! Moi pas ! En apparence, cela te donne un avantage, car chaque fois que nous ne sommes pas d'accord, tu n'as qu'à lever la main sur moi. Si je persiste, il te suffit de cogner plus fort ou de m'enfoncer ton couteau dans le ventre. J'en crèverai peut-être, mais cela ne prouvera pas que j'ai tort. Et un jour, tu finiras par tomber sur un type plus fort que toi, ou une lame plus vive, qui te fera taire comme tu m'as fait taire. Cela ne prouvera pas davantage qu'elle a raison.

« Quand je suis intervenu, tout à l'heure, je ne cherchais ni à vous rembarrer, ni à vous vexer. Je voyais seulement que tu allais planter un type parce que sa tête ne te revenait pas, parce qu'il frimait un peu et parce que c'est pas la joie sur la Colline en ce moment. Mais c'est la joie nulle part et c'est pas en nous étripant que ça va s'améliorer.

La tension de Nielli se relâchait, mais il sentait que ses amis l'observaient derrière lui et il lui était difficile de se dégonfler devant eux.

– Tu ne serais jamais intervenu si tu n'avais pas eu la Mante et le trappeur pour te couvrir, revint-il à la charge. T'es sûrement courageux, mais t'es pas suicidaire...

– Je ne peux pas te convaincre que l'absence d'Halween et de Qatam n'aurait rien changé, Nielli. Par contre, essaie d'imaginer ce qui se serait produit si moi je n'étais pas intervenu. Vous auriez planté les marins, et après ?

– La Mante et Qatam vous auraient tués, intervins-je. Et si vous n'en êtes pas persuadés, il faut m'expliquer pourquoi vous ne les avez pas affrontés quand vous en aviez l'occasion.

Parleur me foudroya du regard. Il n'appréciait pas du tout que je ramène la conversation sur le terrain de l'exploit guerrier. Avec le recul, je dois reconnaître que mon intervention manquait de subtilité. Heureusement, pour cette nuit, les soldats et leurs amis n'avaient plus aucune envie de faire jouer leurs muscles.

– Même si ce que tu dis n'est pas idiot, lâcha Nielli, tu causes trop, Parleur, et tes phrases ne te sortiront pas toujours de la merde dans laquelle tu te mets.

– Je me mêle de ce qui ne me regarde pas, c'est ce que tu veux dire ?

– Exactement !

Parleur haussa les épaules.

– Ça a sauvé la peau des marins et la vôtre... À ce prix-là, je veux bien continuer à jouer au con.

Le garçon secoua la tête d'un air accablé et passa devant Parleur sans lui jeter un regard.

– Venez, les mecs, lança-t-il à ses camarades. Il n'y a rien à tirer de lui.

Parleur le rappela avant que ses amis ne le rejoignissent :

– Nielli !

Le soldat ne tourna que la tête.

– Je crois que si nous nous mêlions tous de ce qui ne nous regarde pas, dit Parleur, le monde entier finirait par nous concerner.

Nielli s'éloigna dans la nuit en soupirant.

Pour le bailli et ses assistants, la journée fut épuisante, mais ce ne fut rien par rapport à celles qui suivirent et durant lesquelles, fort heureusement, nous ne fûmes pas les seuls à donner de nos personnes. C'était un peu ma faute, enfin... disons que j'étais à l'origine de notre surcharge de travail.

La matinée venait à peine de commencer, lorsque je m'installai sur la Place du Marché entre Pettilio et Bandeo, et, déjà, des files interminables s'impatientaient devant chacun de nous. À l'évidence, toute la Colline avait décidé de s'informer sur l'écot dès le premier jour. À l'évidence aussi, en se serrant de si près, elle était plus indignée qu'anxieuse. Je vérifiai alors à quel point le nouveau système de perception de l'impôt était pervers. Ce n'étaient ni les questeurs, ni le Connétable, ni personne de son administration qui affrontaient la peur et la colère des Collinards, c'étaient d'autres Collinards – nous, en l'occurrence – qui, assis sur des tabourets dont les pieds ripaient entre les pavés, se chargeaient du sale boulot. Et, comme la veille, c'était contre nous que la foule maugréait.

Quand le premier de ma file se fut présenté, que, après avoir consulté la liste établie par les questeurs, je lui eus annoncé son écot et qu'il m'eut assené sa rage comme si j'étais personnellement responsable de ce qui lui arrivait, je posai mes deux mains bien à plat sur l'étal qui me servait de table et je le regardai droit dans les yeux.

– Tu sais écrire, Mestraen ?

Il était en train de prendre à témoin ceux qui le suivaient immédiatement. Il s'arrêta net.

– Écrire ? répéta-t-il, interloqué. Un peu, oui.

– C'est quoi : un peu ?

– Je ne connais pas l'orthographe.

– Une doléance ne nécessite aucune orthographe.

– Quoi ?

– Ce n'est pas moi qui décide de l'impôt, c'est le Connétable. Alors plutôt que me râler dessus, tu vas lui adresser une doléance. Et comme tu es un des rares à savoir écrire, tu vas aller chercher deux tréteaux, un banc et une planche et tu vas t'installer derrière moi pour rédiger les doléances des autres.

Il était éberlué.

– Mais... mais j'ai pas le temps !

– Alors tu rentres chez toi et tu te débrouilles tout seul pour inventer les écus que le Connétable te réclame.

Derrière lui, ceux qui entendaient notre conversation commencèrent à le pousser de la voix.

– Allez, Mestraen, c'est pas un peu d'écriture qui va te fatiguer le bras !

– D'accord, céda-t-il. D'accord, je vais faire ça. Mais tu crois sérieusement que le Connétable va baisser les taxes parce que je vais lui adresser une dizaine de doléances ?

Je souris :

– Non, mais je pense que plusieurs milliers de doléances écrites d'une centaine de mains lui donneront à réfléchir.

Sur son visage, je vis le moment où il comprit l'immensité de la tâche que je lui proposais, puis celui où il se dit que l'enjeu valait peut-être l'effort.

– Il me faut du papier, une plume et de l'encre.

Bandeo les lui fournit (il n'attendait que ça), comme il les fournit à tous ceux qui, l'espace de quelques jours, s'improvisèrent écrivains publics.

Chaque matin, une charrette pleine de doléances quitta la Colline pour la Citadelle. Chaque soir, Gabar offrit un repas aux épistoliers de fortune qui les rédigeaient. Aux Enselvains, il se mit à régner une ambiance inhabituelle, non que la plupart des plumitifs ne fussent pas déjà des habitués de la taverne, mais parce que, eux comme les autres, participaient du même effort et qu'ils avaient conscience d'oser cet effort contre la Citadelle.

D'autres choses changeaient, d'autres personnes. Mescal, dont les spectacles prenaient une tournure ouvertement contestataire. Il alignait vingt chopes sur le comptoir, par exemple, les remplissait à ras bord de vin – avec le même pichet qui, dans les mains d'un autre, n'eût jamais pu en servir six – et faisait disparaître leur contenu ou le changeait en eau, tout en expliquant qu'il y avait un avant et un après la gabelle. Une fois, alors que le Gros s'était costumé de violet et singeait un archiprêtre avec force grimaces, il le transforma en cochon. Le lendemain, ce fut Meo, déguisé en Garde, qui, d'un seul mouvement de nappe, devint un gros rat. Le surlendemain, il délesta de leurs bourses un groupe de bourgeois du Nord (ceux de Macil ne fréquentaient plus la taverne depuis longtemps), en extirpa les écus qu'elles contenaient et les changea en cailloux.

Il y eut un esclandre, bien entendu, et le magicien rendit aux cailloux leur forme d'origine, non sans que la salle eût copieusement sifflé les bourgeois. Pourtant, ce ne fut ni l'attitude de Mescal ni celle des bourgeois qui me surprirent. Ce fut Gabar, qui fondit sur les mécontents bien avant que Qatam ou Halween ne fissent mine de les raccompagner.

– Si vous n'aimez pas notre humour, les houspilla-t-il, allez rire ailleurs !

Ce qu'ils firent sans demander leur reste.

– L'Ours est nerveux, fis-je remarquer au Vielleux.

– Peut-être, convint-il, mais je crois surtout qu'il veut rappeler qu'il est chez lui et que, chez lui, son ami magicien a tous les droits, même lorsqu'il ridiculise le Dogme, la Garde ou les nantis, en présence du capitaine d'arrondissement.

Oui, Gabar voulait faire savoir qu'il était solidaire de Mescal, comme il était solidaire du Vielleux et de moi lorsque, chaque fin de soirée, nous interprétions cinq ou six chansons de Karel, avant de conclure par la Gigue de la Gabelle, dont le refrain était entonné par toute la salle.

Et den Egvand Siehl n'intervenait pas. Il était de plus en plus sombre et quittait rarement le poste de la Montée du Hayet, mais il ne faisait jamais plus que nous mettre en garde :

– N'allez pas trop loin. La Citadelle ne lit peut-être pas vos doléances, mais elle entend vos chansons et elle connaît vos noms. Un jour, je recevrai l'ordre de vous arrêter et je ne pourrai faire autrement que l'exécuter.

– S'ils devaient se débarrasser de nous, ils ne se serviraient pas de toi, affirmait Parleur, et je doute qu'ils le fassent avec l'assassinat de Karel en mémoire. Ils sont obligés d'attendre un faux pas, capitaine, une émeute ou une agression sur un questeur. Ils attendent parce que toute la Province a l'œil sur nous et qu'elle accepterait mal un massacre injustifié.

Chaque jour, nous pouvions vérifier que la Province entière nous suivait pas à pas. Chaque étranger qui visitait les Enselvains nous en apportait la confirmation. Des Montagnines à la Chaîne d'Orient, du Cap Sud aux Plaines du Centre, on ne parlait plus que des Collinards expulsant un archiprêtre en se déshabillant, ou s'exposant sans broncher aux bâtons de la Garde. Les histoires étaient enjolivées, leurs acteurs magnifiés, mais la Colline était en train de devenir le porte-drapeau des gueux et la Gigue de la Gabelle s'entonnait dans la moitié du Royaume.

Nous étions un exemple, et Parleur veillait à ce que nous eussions conscience de ce qui en faisait la valeur : le refus de recourir aux armes. Et l'exemple prenait : d'autres charrettes de doléances commencèrent à circuler dans la Province et certaines atteignirent Macil. Alors la Citadelle se lassa. Un matin, avant qu'elle ne franchît le pont menant à la Citadelle, le Prévost jeta lui-même un brandon dans notre charrette. Elle brûla moins d'une heure, mais toute la ville en vit les flammes ou la fumée.

Même sur le Port et dans la Basse-Ville, ce fut un tollé. Sur les bords de l'Aven, au pied de la Citadelle, il y eut quelques échanges d'insultes entre de jeunes Maciliens et la Garde, mais aucune violence.

Aux Enselvains, nous passâmes la journée et une bonne partie de la nuit à rédiger une unique doléance, que nous fîmes signer à tous les Collinards adultes. Beaucoup de noms furent inscrits des seules plumes lettrées, mais avec l'approbation de leurs propriétaires. Nous avions usé d'un unique rouleau de parchemin, sans le massicoter, et la doléance pesait son poids lorsque Bandeo, bailli de la Colline, la porta à la Citadelle, uniquement escorté du capitaine Egvand.

Nous n'avions pas souhaité qu'Egvand accompagnât Bandeo, mais il ne nous avait pas laissé le choix :

« – Que cela vous plaise ou non, c'est la procédure. Si cela peut vous consoler, ça ne réjouira pas davantage le Prévost et le Connétable, mais je m'y tiendrai.

En aparté, Parleur me confia :

– Notre petit capitaine est très embêté. Il voit le moment s'approcher où le choix qu'il devra faire entre ses sympathies collinardes et son allégeance au Prévost lui attirera la haine des uns ou des autres. Pour l'instant, il s'en tient à la loi, mais il redoute que l'un des deux partis ne s'en écarte et il a une frousse bleue que ce ne soit la Citadelle.

Bandeo et Egvand rentrèrent au coucher du soleil. Egvand était sombre, le front barré d'une tension inquiète, Bandeo était d'une pâleur cadavérique.

Le mareyeur regagna directement son domicile, déclina le dîner que lui proposait la seule domestique qu'il avait conservée à la mort de son épouse et s'enferma dans son bureau. Nous étions convenus qu'il nous rejoindrait dans le salon aux joueurs des Enselvains, afin de nous rendre compte de son entrevue avec le Connétable ; il ne vint pas. Den Egvand Siehl aussi resta invisible, mais nous ne nous attendions pas, de sa part, à une autre attitude. Ceux qui les avaient croisés à leur retour ayant décrit leur morosité, nous décidâmes, vers minuit, de les visiter.

Halween se rendit au poste de garde de la Montée du Hayet, où Egvand logeait lorsqu'il s'imposait la surveillance nocturne de la Colline (ce qui était devenu presque quotidien). Parleur et moi traversâmes le Plateau jusqu'à la maison de Bandeo.

Nous dûmes cogner à l'huis de nombreuses fois avant que le mareyeur en personne vînt nous ouvrir. Il ne dormait pas, il avait renvoyé sa domestique dans sa famille et il s'était effondré dans un fauteuil, aux prises avec une torpeur intellectuelle qui le privait de forces. Il nous introduisit dans son salon, éclairé de l'unique bougie d'un seul chandelier, nous offrit deux sièges et se laissa tomber dans un troisième.

– Excusez-moi, je… je n'avais pas le courage d'affronter la cohue des Enselvains et il fallait que je réfléchisse.

Il était épuisé, physiquement et moralement, et son élocution était laborieuse.

– Dès que nous avons franchi le pont-levis, Egvand a été mandé par le Prévost. Je ne l'ai revu que lorsqu'on m'a signifié mon congé... J'ai beaucoup attendu. On m'a promené d'une antichambre à l'autre, on m'a fait visiter toute l'aile administrative, et au moins dix sous-fifres m'ont reçu pour jeter un vague regard à ma doléance et s'avouer incompétents. Finalement, j'ai rencontré le Connétable en fin d'après-midi. Il a commencé par m'expliquer qu'il était débordé de travail et que nous risquions d'être dérangés pendant l'entretien. Nous l'avons été onze fois, presque chaque fois que je posais une question... Je suis sûr qu'il actionnait une sonnette et que son secrétaire s'empressait de requérir sa présence pour une urgence imaginaire. Alors il sortait et revenait après quelques minutes.

– Il y avait quelqu'un dans une pièce attenante, déduisit Parleur, quelqu'un qui écoutait votre conversation et qui donnait des consignes. Sûrement Heyel.

Bandeo eut un geste de la main pour signifier que cela n'avait aucune importance.

– Au début, il jouait à me flatter, comme si nous étions sur un pied d'égalité ou, en tout cas, hiérarchiquement très proches.

« La charge de bailli est une charge cruciale, de haute responsabilité, qui nécessite un jugement éclairé et dont le commun ne connaît pas la finesse, mais, finalement, elle offre certains avantages, n'est-ce pas, Bandeo ? »

« Honneur, devoir, sacrifice, fermeté... il m'a débité tous les poncifs, puis il a parlé de confiance mutuelle et je me suis impatienté. Je... je lui ai carrément demandé de lire la doléance. Il l'a fait et l'entretien est tout à coup devenu beaucoup moins hypocrite.

« Une doléance uniquement pour vous plaindre que je ne tiens pas compte de vos précédentes doléances... Soyons sérieux, Bandeo ! »

« Il s'est levé, il a marché jusqu'à la cheminée et il a jeté le rouleau dans les flammes. Puis il est tranquillement revenu s'asseoir en face de moi et il a complètement changé de ton :

« *Votre charge de bailli consiste à percevoir l'impôt tel que les questeurs l'ont établi. Tâche que vous avez été jusque-là incapable de mener à bien. Toutefois, ayant noté que vous progressiez à chaque terme, je n'ai pas jugé utile de vous sanctionner personnellement. Vous comprenez… bailli ? Il est de votre seule responsabilité que la Colline paie les taxes. Je me contrefous de vos difficultés, comme vous devez vous contrefoutre de celles des Collinards. Vos biens privatifs et votre charge dépendent de votre efficacité. Alors, si je peux vous donner un conseil, oubliez les doléances. De toute façon, ainsi qu'en a statué la magistrature royale, il est hors de question que je prenne en compte les récriminations de citoyens ne s'acquittant pas de leurs devoirs civiques, dont le premier est l'impôt.* »

Bandeo transpirait à grosses gouttes. Il s'interrompit le temps de s'éponger avec un mouchoir et reprit :

– Je ne sais pas ce que j'escomptais en me rendant là-bas… des explications, une discussion, une confrontation de points de vue… peut-être même une négociation ? Mais pas ce cynisme, pas cette inflexibilité, pas ce… ce refus absolu de nous considérer comme des êtres humains.

Il secoua la tête d'un air désespéré.

– Il n'y a pas d'issue, Parleur. Ils ont le pouvoir, ils ont les armes, ils ont tout. Nous pouvons faire ce que nous voulons, nous ne les intéressons pas. Ils sont dans un monde et nous dans un autre. Quoi que nous tentions, c'est perdu d'avance.

– Ça, c'est ce que le Connétable a voulu te faire croire, objecta Parleur. La réalité, c'est que nous partageons le même monde, mais qu'ils l'ont scindé en deux parts formidablement inégales. Ils sont tout-puissants, c'est vrai, pourtant nous les intéressons… et pas qu'un peu ! Leurs écus, leurs châteaux, leurs bateaux, leurs armées, leurs beaux vêtements, leurs beuveries, leurs ripailles, ils nous doivent tout ! Jusqu'au plaisir que certains prennent à nous maltraiter. Tout ce qu'ils possèdent et tout ce qu'ils font provient de notre sueur. Même ce qu'ils ressentent, car leurs émotions seraient bien différentes s'ils devaient connaître ne serait-ce qu'un dixième de nos préoccupations. Voilà pourquoi nous ne sommes pas impuissants.

Le désarroi du mareyeur céda la place à une inquiétude beaucoup moins passive. Il fronça les sourcils.

– Qu'essaies-tu de m'expliquer ? demanda-t-il.

– Rien que tu ne saches déjà, Bandeo. Simplement que la noblesse et ses mouches à miel ne se contentent pas de vivre sur le dos des roturiers ; ils ne peuvent en aucun cas se passer d'eux… de nous, donc… alors que l'inverse n'est pas vrai.

– L'inverse ?

– Si nous refusons de trimer pour leur bon plaisir et si nous ne payons pas l'impôt, ce seront les Castan et leurs parasites qui perdront le plus.

Bandeo faillit s'en décrocher la mâchoire :

– Tu as raison, ils ont beaucoup plus à perdre que nous ! Nous, il ne s'agit jamais que de nos vies…

– Plus ils nous tuent, moins ils disposent de bras pour besogner à leur place. Par ailleurs, l'armée royale et la Garde ne sont constituées, aux officiers près, que de gens du peuple. Leur solde et le déracinement le leur ont peut-être fait oublier, mais il serait facile de leur rappeler que nous sommes leurs parents.

Le bailli continuait à béer.

– Bon sang, Parleur ! Te rends-tu compte que tu parles des mêmes qui pillent les quartiers les plus pauvres une fois par saison ? Quelle espèce de miséricorde peux-tu espérer de ces bouchers ? Et combien faudra-t-il de morts avant qu'Heyel s'inquiète de la dégradation de son train de vie ?

– Je n'espère rien des bouchers. Ce sont des hommes comme ceux qui travaillent sous les ordres d'Egvand qui m'intéressent. Quant à Heyel, il commencera à s'inquiéter quand ses amis dûment adoubés, la Ghilde, le Dogme ou le Roi en personne lui demanderont des comptes. D'ici là, ce sera à nous par une obstination aussi forte que la sienne, de lui faire comprendre que son intérêt n'est pas de mettre le feu à Macil, cité et Province.

– Je serais curieuse de savoir comment on fait ça vins-je au secours de Bandeo. Car tu as une idée derrière la tête, n'est-ce pas ?

Il en avait une. Il en avait même deux, et la seconde était une issue à la première. Mais elles étaient tellement audacieuses que, malgré sa détermination, je crois qu'il en était effrayé. En tout cas, il les exposa sans fard et il s'évertua, à chaque remarque, de refroidir notre enthousiasme.

Avant de rentrer, nous fîmes un détour par les Enselvains. Il était tard et seuls Halween et Qatan veillaient encore, une piste de dés entre eux et Cendre allongée de tout son long sur la table. Nous n'eûmes pas à résumer ce que Bandeo nous avait appris Egvand l'avait raconté à Halween et elle l'avait retransmis au trappeur. Par contre, la Mante nous répéta ce que le capitaine n'avait pas révélé au mareyeur :

– Un édit sera placardé dans les semaines à venir, il stipule que toutes les personnes qui chanteront la Gigue de la Gabelle, ainsi que toutes celles qui se référeront à Karel seront arrêtées, déportées sur l'Île Kassan et condamnées aux travaux forcés pour cinq ans

Miette a reçu l'ordre de faire appliquer strictement la loi. On lui a demandé en outre de dresser une liste de tous les Collinards défiant l'autorité princière. Il dit que c'est une mauvaise période à passer et que nous devons nous tenir à carreau, parce qu'il ne peut plus rien pour nous. Le Prévost le soupçonne d'avoir des accointances avec ce qu'il appelle les disciples de Karel.

– Il fallait s'y attendre, commenta calmement Parleur. C'est quoi ton : « dans les semaines à venir » ?

– La Colline n'est pas seule concernée. Heyel a des problèmes avec les paysans des Montagnines. Quelques-uns ont pris le maquis après avoir pendu trois questeurs. La Garde les cherche, mais elle a d'autant moins de chances de les dénicher que les villages alentour les nourrissent et les protègent. Le Prévost va prendre des mesures de rétorsion contre ces villages, mais Heyel préfère se couvrir : il a demandé au Roi l'autorisation de nommer un Sénéchal pour appliquer une justice aussi officielle qu'expéditive. Sa requête est appuyée par le Dogme qui craint pour la Cité du Temple. Le Roi donnera son accord. C'est juste le temps d'un aller retour entre la capitale et Macil. À bride abattue, cela…

– Nous laisse deux semaines, la coupa Parleur.

– Deux semaines pour quoi ? demanda Qatam.

– Pour nous couvrir aussi.

Ce fut pendant ces deux semaines que nous prîmes l'habitude de nous réunir, tous, enfin une bonne moitié des Collinards. La première de ces réunions, sur la Place du Marché du Plateau, fut surtout conduite par Bandeo, qui exposa notre situation vis-à-vis des impôts et du Connétable, et par Gabar, qui avait tenu à être le porte-parole de Parleur, sans que personne, cette fois, le lui eût demandé. Navia ne voyait pas d'un bon œil que l'Ours s'exposât ainsi, mais il ne lui avait pas plus laissé le choix qu'à Parleur et nous l'avions soutenu, nous engageant tous à prendre son relais dans les jours à venir. Il ne s'agissait pas seulement de masquer le plus longtemps possible l'influence de Parleur ; nous pensions que, plus la liste des *disciples de Karel* serait longue, moins la tâche du Prévost et du futur Sénéchal serait facile, ou simplement exécutable.

Notre deuxième réunion, décidée à l'unanimité lors de la première (même si Parleur en était le seul initiateur), se déroula sur la Place des Princes, au pied de la Citadelle. Nous nous y installâmes au lever du jour, occupant la moitié de sa superficie. Nous avions apporté des couvertures ou de simples bouts de tissu que nous installâmes sur le pavé et sur lesquels nous nous assîmes. Nous étions plus de dix mille.

Je sais que le Prince nous aperçut, le Connétable aussi, et le Prévost et probablement tous les notables de la Citadelle. Nous les vîmes se succéder derrière les fenêtres ouvrant sur l'Aven et la place. Nous étions trop loin pour distinguer leurs visages et nous ne les reconnûmes pas vraiment, mais il n'était pas difficile de deviner qui ils étaient, ni que nous les intriguâmes. Ni que nous les inquiétâmes.

J'imagine le spectacle qu'ils observèrent depuis leurs tours imprenables. Le plafond nuageux était gris et bas, il ne faisait pas très froid, mais nous étions mal couverts de vêtements aux couleurs disparates vingt fois rapiécés. Nous étions un champ bigarré de taches ternes, et muettes. Derrière nous, dans le fond de la place, là où surgissent les rues de la Basse-Ville, ils pouvaient deviner d'autres taches aussi ternes : les badauds, dont nous avions éveillé la curiosité en traversant leurs quartiers, et qui n'osaient approcher.

Ils tardèrent à baisser le pont-levis.

– Pourquoi ne réagissent-ils pas ? demandai-je.

Nous étions au premier rang, face au pont qui conduisait à la Citadelle, près de Qatam et d'Halween, entre tous ceux des Enselvains.

– Ils ont peur, répondit Parleur.

– Peur de quoi ? Nous n'avons même pas d'armes !

– Ça, ils ne le savent pas, pas plus qu'ils ne savent qui nous sommes, ni ce que nous faisons. Ils ont peur de l'inconnu, Vini, d'une situation tellement nouvelle qu'ils ignorent comment la traiter. Pour l'instant, ils amassent tous ce qu'ils ont de Gardes derrière le pont-levis. Quand notre passivité leur redonnera un peu de confiance, ils l'abaisseront et les Gardes se positionneront dessus et sur le pont entre lui et nous. Puis un officier s'avancera jusqu'au bord du pont, mais il ne mettra pas un pied sur la place, et il nous ordonnera de rentrer chez nous.

Cela prit deux heures – quelqu'un devait espérer que nous partirions de nous-mêmes – et cela se déroula comme Parleur l'avait prédit. Quand l'officier eut exigé notre retrait, Ielo, du dixième rang, lui jeta :

– Nous voulons parler au Prince.

Du septième rang, Merah ajouta :

– Nous voulons lui parler des impôts.

– Nous voulons présenter une doléance, enchaîna Peyal du sixième rang.

– Nous ne bougerons pas, affirma Pettilio trois rangs plus loin.

Chaque fois, l'officier chercha à saisir les traits de celui ou de celle qui s'exprimait, mais les phrases étaient trop courtes et les voix jaillissaient d'endroits trop éloignés les uns des autres.

– Qui dit ça ? tonna-t-il.

– Moi, mentit Caneli du vingtième ou trentième rang.

– Moi, répéta Tahelle d'encore plus loin.

Puis ce fut un concert de « moi » et l'officier retraversa le pont pour disparaître dans la Citadelle. Il ne revint qu'une demi-heure plus tard et débita le discours qu'on lui avait dicté :

– Son Altesse ne reçoit aucune doléance. C'est le Connétable qui s'en charge sur recommandation du bailli. Vous...

– Le Connétable brûle les doléances sans les lire, l'interrompit Mescal juste derrière moi.

– Et il éconduit les baillis, ajouta Bandeo au milieu de la foule.

– Nous voulons que le Prince nous entende, cria Ditciec.

Cette fois, l'officier revint rapidement. Nous ne le laissâmes pas parler. À tue-tête, dix mille voix entonnèrent la Gigue de la Gabelle.

Avant de regagner la Colline au soir tombant, nous la chantâmes de nombreuses fois, mais le Prince ne nous reçut pas et la Garde ne nous chargea pas, pas ce jour. Pas même le lendemain, où nous eûmes droit à la visite du Connétable, que nous refoulâmes de notre ritournelle. La Garde chargea le troisième matin, à peine nous arrivâmes sur la place. Elle nous y attendait, en bon ordre, les piques en avant, prête à nous tailler en pièces.

Nous avions tous à l'esprit que cela finirait par se produire, mais personne n'avait conscience de la tournure que cela prendrait. Pas même Parleur, qui pensait qu'un repli rapide et sans résistance nous épargnerait le pire.

Quelques-uns ont essayé de discuter avec les Gardes avant qu'ils se ruent sur nous. Ils ne se sont pas arrêtés. Caneli est mort là, et une trentaine d'autres avec lui. Ce fut ensuite une débandade beaucoup moins sereine que nous l'escomptions. La traversée de la Basse-Ville se transforma en bain de sang, parce que ses habitants réagirent à la déferlante des Gardes en leur jetant des pavés et tout ce qui lui tombait sous la main.

La Basse-Ville avait trop de rancœurs depuis trop longtemps. En se dressant contre la Garde, elle s'attira l'essentiel de sa foudre.

La Colline ne s'en sortit pas indemne, loin s'en faut. Les soldats s'y défoulèrent jusque tard dans l'après-midi et lui infligèrent de nombreuses morts et encore plus de blessures. Soixante-dix morts, je crois, et nous n'avons pas compté les blessés. Il y eut aussi des viols et beaucoup de maisons furent saccagées. Pourtant, nous n'opposâmes aucune résistance et nous passâmes d'une traboule à l'autre pour échapper au massacre.

Ce fut Le Guevian, dans la nuit, tandis que, dans la taverne dévastée, nous parions au plus pressé, qui nous apprit que nous n'avions pas été chargés par les troupes régulières du Prévost, mais par un corps de mercenaires qu'Heyel avait rappelé des Montagnines. Plus tard, lorsqu'il rentra de la Citadelle, où il avait tenté vainement d'intercéder en notre faveur, Egvand nous informa que la rétorsion ne s'arrêterait pas là.

– Les mercenaires ont été renvoyés, je ne sais où, mais sûrement loin de Macil. Officiellement, tout en déplorant leurs excès dans la Basse-Ville, la Citadelle invoquera les provocations d'agitateurs qui, sous prétexte d'exiger un régime privilégié, s'en sont pris à eux. À titre de réparation, la Basse-Ville sera exempte des taxes d'hiver et la Colline verra les siennes augmenter d'un tiers. Pour ce qui me concerne, je conserve mes attributions, mais le Prévost m'adjoint un commandant de la Garde et deux cents hommes sur lesquels je n'aurai aucune autorité. Dès sa nomination, ils dépendront du Sénéchal et leur mission sera de débarrasser la Colline des comploteurs « kareliens ».

Dans la taverne, il régnait un silence de mort. Datam le brisa d'une voix suspicieuse :

– Pourquoi ne t'ont-ils pas purement et simplement viré ?

Egvand blêmit, mais il ne baissa pas les yeux.

– J'aimerais croire que l'intervention personnelle de l'Infante en est la seule raison, dit-il, mais le Prévost sait comme moi qu'il y aura un « après » la mission du Sénéchal.

– Le velours après le bâton, commenta Parleur. Pourquoi l'Infante ?

Cette fois, le capitaine rougit.

– Nous avons eu l'occasion de discuter lorsque je m'occupais de sa sécurité. Elle a de l'estime pour moi. (Le trappeur eut un sourire égrillard, Egvand le foudroya du regard.) Juste de l'estime, Qatam, une chose qu'elle accorde aux hommes et aux femmes qui ne se courbent ni ne tremblent devant ses titres, ce qu'elle connaît fort peu à la cour d'Heyel et qui la pousse à s'intéresser à vous quand je dépeins vos tendances à la subversion.

– Tu… tu lui as parlé de nous ? bégayai-je.

Egvand haussa les épaules.

– Elle n'aime pas plus Heyel que vous et, elle, elle est obligée de partager sa couche.

– Et toi ? s'engouffra Parleur. Que ressens-tu à l'égard de ton Prince ?

– Moi ? Moi, je n'ai droit qu'au devoir et je m'y tiens.

– Alors pourquoi viens-tu nous prévenir de ce que trame ton Prince contre nous ?

– Parce que je ne tiens pas à l'entendre m'ordonner de vous traiter en ennemis et que vous ne lui laissez aucun choix.

Parleur secoua la tête d'un air navré.

– Dans ce cas, nous allons te demander de nous abandonner à nos conspirations.

Egvand aussi secoua la tête, avec le même air désolé.

– Personne, excepté lui, ne sait qui le Prince a choisi pour Sénéchal, mais vous pouvez être sûrs que lui connaît déjà tous vos noms et que sa première action visera les Enselvains. Quoi que vous ayez en tête, oubliez-le et disparaissez quelque temps.

En sortant, il ne nous salua pas. C'était inutile : à sa façon, et qu'on suivît ou non son conseil, il nous avait déjà dit adieu. Toutefois, ce ne fut pas à cause de son avertissement que nous redevînmes graves et il n'y eut pas de discussion. Parleur dit simplement :

– Il est temps de refermer les Portes.

Nous savions tous à quoi il faisait allusion, qu'il nous en eût déjà parlé, comme à Bandeo et à moi, ou que l'évidence nous sautât aux yeux au moment où les mots furent prononcés.

– Il nous en manque deux, fit remarquer Gabar.

– Plus maintenant, fit Bandeo.

Personne ne posa de question.

– Il ne nous reste qu'à rameuter la Colline, annonça Parleur.

– Et à la convaincre, ajouta le Vielleux.

– Ça, la Citadelle s'en est déjà chargée ! assurai-je.

Ô Karel, mon frère, je comprenais enfin ce que tu voulais dire !

On ne bâtit rien sur le désespoir, fors la haine, mais avec la colère et l'usure des souffrances qui se répètent, avec la faim et la peur du lendemain, avec nos seuls coudes serrés pour nous tenir chaud, et nos larmes en écho, et nos rires enfuis, un jour, avec juste ça, entre hommes et femmes, nous n'aurons plus besoin que d'un rêve pour nous éveiller.

Rapport du Premier Maître de la Loge Macilienne au Vénérable Grand Maître de la Ghilde (extraits)

Ils se sont exclus de Macil !

Ils ont refermé les sept Portes qu'ils avaient posées l'Année de la Disette et ils ont scellé les deux qu'ils devaient tenir en réserve dans un entrepôt secret de ces traboules qui minent les Pentes.

Ils l'ont fait la nuit où Heyel s'apprêtait à les mettre à genoux. Imaginez sa rage, Vénérable, et imaginez ma stupeur ! Mais il faut reconnaître que, depuis plusieurs semaines, j'allais de surprise en surprise. Depuis l'accueil réservé à l'archiprêtre, très exactement. Leur façon de s'exposer aux brutalités de la Garde, les charrettes de doléances, les manifestations silencieuses devant la Citadelle, cette gigue qu'ils opposaient aux brimades et aux refus de les entendre : tout ce qu'ils entreprenaient heurtait ma science de l'histoire. Au point que je me suis demandé si quelqu'un n'avait pas trahi notre Grand Œuvre et si quelqu'un d'autre n'agissait pas délibérément contre Nous.

Je n'avais qu'un traître potentiel. Je l'ai dûment cuisiné et j'ai acquis la certitude que, malgré ses sympathies manifestes pour les Collinards, il ne leur vendrait ni son âme ni son épée. En outre, sur ses conseils, je me suis replongé dans Karel et j'ai pu vérifier que la Colline n'inventait rien. C'est seulement qu'elle s'est trouvé quelqu'un capable de matérialiser ses vers et leurs métaphores.

Vous savez qui, n'est-ce pas, Vénérable ? Vous qui répondez si chichement à mes questions sur son passé. Vous qui êtes sûrement en possession de la correspondance qu'il entretenait avec Karel, et dont je suis enfin au courant, malgré lui et, je le crains, malgré vous.

Je ne vous le reproche pas. Je suis tellement exposé, ici, que tout ce qui n'est pas indispensable à mon action *doit* rester hors de ma connaissance. Par ailleurs, deviner suffit à satisfaire mon ego. Je souhaite seulement que vous ayez tenu compte de ma suggestion et que le Roi nomme lui-même le Sénéchal que réclame Heyel. Car celui qu'il s'est choisi est aussi excessif que lui.

Heyel ne sait pas s'arrêter. Nous n'avons d'ailleurs pas été de trop, Yergheli, l'Infante, l'Intendant, le Connétable et moi, pour le convaincre d'oublier la Colline, le temps, au moins, qu'il ait maté la jacquerie des Montagnines et les foyers de rébellion qui, çà et là, naissent dans la Province. C'est un excellent tacticien, mais il n'a aucun sens de la stratégie.

« – La Colline n'a pas de quoi subvenir à ses seuls besoins alimentaires, lui ai-je dit, elle tombera d'elle-même après quelques mois de famine.

« – Cela prendra trop de temps !

« – Le temps est son ennemi, alors qu'il est votre allié, Majesté. Priez pour que son obstination soit forte et son agonie très lente. Il vous faudra des semaines pour reprendre le contrôle de la Province et des mois pour que votre clémence éclairée le fasse oublier.

« – Ma clémence ?

« – Baisse des impôts, extension des prérogatives des baillis aux affaires locales de police, création de tribunaux, nomination de magistrats, participation de jurés populaires aux cours de justice… Nous en avons déjà parlé, Majesté : il ne suffit pas de l'influence du Temple et de l'appui de toutes les Citadelles, il ne suffit ni d'écus ni d'alliances avisées, il vous faut être plébiscité par le peuple, le vôtre, parce qu'il vous aimera, et celui de tout le Royaume parce que, à Macil, les Maciliens se féliciteront d'être vos gens.

« – Ce n'est pas le peuple qui fait les rois !

« – Il y a sept cents ans, Majesté, c'est comme ça que les Castan, petits barons des Montagnines alors montillanes, sont devenus Princes de Macil. Parce que le Dogme a pris fait et cause pour eux, parce qu'ils ont réussi à convaincre les marchands de la Ghilde de les financer, parce que la Colline en pleine rébellion a récusé les noblaillons qui se l'arrachaient pour se donner à eux, eux dont tous les voyageurs venant de Montille disaient la sagesse et l'équité.

Je ne sais à combien de reprises, sur la foi des archives du Dogme, Yergheli lui a tenu de semblables discours, dont l'authenticité et le bien-fondé ne lui échappent pas. Pourtant, inlassablement, Heyel retombe sous le pouvoir de la déficience mentale qui le pousse à exercer la cruauté comme une expression dérivée de sa sexualité. Et devinez avec quoi j'ai fini par apprendre à le contenir…

La saumure de brome, que je fais mêler à ses aliments et pour laquelle l'Infante me voue une infinie reconnaissance.

Avouez, Vénérable Maître, que vous ne m'avez pas confié la plus valorisante des missions…

NEUVIÈME VEILLÉE

Nous connûmes l'angoisse. Pas tous, pas de la même manière, mais la Colline entière se retrouva en proie à une anxiété pesante. Sur le Causse, dans les champs et dans les vergers, le travail nous faisait oublier la fragilité de notre situation, mais il suffisait que quelqu'un remontât les chemins à l'improviste pour que notre respiration s'arrêtât. Sur le Plateau, malgré notre acharnement à parler d'autre chose, nous ne pouvions pas nous empêcher de regarder vers les Pentes. Et dans les Pentes, il était impossible de ne pas sursauter au moindre bruit.

Quant aux Portes, Tendre Mère, il suffisait de les voir pour regretter. Elles paraissaient si chétives vues de haut ! Et nous arrivions toujours du haut, et il y avait toujours un moment où nous les dominions, apercevant encore la mer ou le Port ou la Citadelle, mais pas les rues en dessous, ni ce qui s'y tramait. Puis l'horizon disparaissait derrière leur faîte et nous ne pouvions plus qu'imaginer. La cité de Macil. L'ennemi.

Pourtant elles avaient fière allure, nos Portes ! Cinquante pieds de haut, toutes de châtaignier durci à la flamme et goudronné : des troncs cinquantenaires croisant des troncs cinquantenaires, renforcés de plaques de forge. Et devant elles, les maçons achevaient de dresser vingt pieds de murs de pierres dûment cimentées. Dans quelques semaines, le Prévost pourrait essayer ses béliers : soutenues par le bâti de pierre, les Portes ne broncheraient pas. Parce que ce n'étaient plus des portes. Elles en avaient l'apparence, côté Basse-Ville, pour laisser penser que nous nous étions enfermés – pour rassurer, en quelque sorte –, néanmoins, nous nous étions emmurés.

Oh ! Nous avions bien prévu des voûtes, légèrement excentrées au pied des murs, s'ouvrant comme des arches sur les battants de bois, mais nous les avions obstruées d'une maçonnerie qui, pour provisoire qu'elle fût, n'en était pas moins hermétique.

Nous avions aussi rehaussé le sommet des Portes par des troncs taillés en pointe, et une passerelle courait d'un mur ou d'un pan de falaise à l'autre. De la passerelle, des sentinelles surveillaient les rues dont nous nous étions exclus, des sentinelles qui se relayaient par veilles de quatre heures, de minuit à minuit. C'étaient les hommes qui avaient épaulé Qatam durant la disette et qu'il coordonnait encore. Ils possédaient leurs arcs, leurs carquois et leurs flèches. Ils disposaient de barriques pleines de pierres, peu : six sur chaque passerelle, mais, comme celles d'eau, déversées sur les premières patrouilles que le Prévost avait postées près de chaque Porte, elles n'avaient pour fonction que de décourager.

« – La prochaine fois, elle pourrait être bouillante, avait averti Qatam.

Les Gardes avaient pris la menace au sérieux, ils s'étaient éloignés des Portes, de quelques pieds. Mais, en ces premiers jours, nous savions que nos menaces étaient comme nos pierres ou comme nos Portes : à la libre appréciation de ceux qui les subissaient. Si la Citadelle ordonnait l'assaut et si elle s'en donnait les moyens, l'apparat de forteresse derrière lequel se terrait la Colline volerait en éclats. Nous avions besoin de temps pour nous organiser. Nous avions besoin de soleil pour sécher le ciment.

Le pire était l'attente. L'attente de cet assaut et des massacres qui s'ensuivraient. Ou l'attente du moment où nous pourrions repousser la charge de la Garde sans dommage majeur. En fait, la seule chose que nous eussions souhaitée, et que nous ne pouvions attendre, était la certitude qu'il n'y aurait ni assaut ni massacre.

Les jours et les nuits se succédaient avec une lenteur infinie et den Heyel Castan, Prince de cette Macil que nous avions amputée d'une colline, ne réagissait pas. Des officiers nous avaient ordonné d'ouvrir les Portes, avant de se reculer, trempés. Des patrouilles avaient envahi les plus proches rues de la Basse-Ville, mais aucune ne disposait de bélier. Le Prévost en personne était venu visiter nos édifices et était reparti sans nous adresser un mot. Au bout d'une semaine, une seule personnalité de l'administration princière avait semblé s'inquiéter de notre sécession : un conseiller du Connétable. Il avait exigé de parler au bailli et Bandeo était monté sur la Porte des Mille-Marches pour l'écouter.

« – Puis-je toujours vous considérer comme bailli de la Colline ? avait-il demandé.

« – J'en doute, avait répondu Bandeo.

« – Êtes-vous retenu contre votre gré ?

« – En aucune façon.

« – Dois-je penser que, au contraire, vous êtes personnellement engagé dans cette sédition ?

« – Nous sommes tous personnellement engagés.

« – En ce cas, je vous recommande de signifier à chaque Collinard que sa situation personnelle est tributaire d'une part de l'acquittement de l'impôt, d'autre part de la libre circulation des personnes au sein de la cité. Par ailleurs, je vous somme de libérer le capitaine Egvand et les Gardes de sa juridiction.

« – Lorsque nous le lui avons proposé, den Egvand Siehl a refusé de quitter la Colline. Il a aussi refusé de rendre les armes et s'est enfermé avec ses hommes dans le poste de Garde. Nous ne sommes en mesure ni de les déloger, ni de les expulser.

« – J'en prends acte et j'en référerai au Connétable. Il va de soi que, tant que ces différents points n'auront pas été résolus et que vous n'aurez pas démonté les Portes, aucun commerce et aucun convoyage ne seront tolérés entre la Colline et le reste de Macil.

« – Bon sang ! Pourquoi croyez-vous que nous nous sommes enclavés ?

Le porte-parole de l'administration princière s'était autorisé un sourire ironique et avait regagné la Citadelle. Trois jours avaient passé depuis et rien de nouveau ne s'était produit.

La réaction d'Egvand nous avait pris de court.

Quand, après moins d'une demi-heure d'un débat sans opposant, la Colline avait approuvé la fermeture des Portes, nous n'avions pas espéré que le capitaine d'arrondissement remît ses armes de gaieté de cœur, mais ni Qatam ni Halween, à la tête de quarante hommes, n'avaient envisagé qu'il leur offrirait plus qu'une résistance de principe. Egvand avait fait pour lui-même et ses hommes ce que nous avions fait pour la Colline : il s'était emmuré. Lui, son lieutenant et douze Gardes dans moins d'un are… même en leur fournissant eau et nourriture, nous étions certains que les désagréments de leur situation les ramèneraient rapidement à la raison.

Ce ne fut pas le cas. Après douze jours d'un dialogue cent fois interrompu, Egvand tenait bon et ses hommes continuaient à lui apporter leur soutien. Et cette obstination payait puisque, de plus en plus, elle entachait nos réunions d'échanges venimeux. Il y avait les partisans de la manière forte, par le feu ou la faim, et ceux qui se refusaient à toute violence mais ne proposaient aucune solution. Ces tensions nous perturbaient d'autant plus que le groupe relativement restreint que nous formions (moins de trente personnes, toutes plus ou moins liées avec les Enselvains) réfléchissait à l'élaboration d'une structure politique légitime. Nous prétendions établir une organisation permettant à toute la communauté de participer à sa propre gestion et nous, qui nous connaissions de manière intime, n'étions pas capables de gérer notre première et dérisoire crise sans nous dresser les uns contre les autres !

Quand nous en prîmes conscience, il fut décidé d'accorder un délai d'une journée aux Gardes avant de leur couper les vivres. Comme Bandeo et Parleur étaient les plus farouches opposants à cette attitude, nous les chargeâmes de tenter une dernière démarche auprès d'Egvand. L'aube était encore loin, mais ils se rendirent immédiatement au poste de la Montée du Hayet et comme le capitaine, malgré leurs garanties, refusa de sortir pour discuter, ils choisirent de le rejoindre dans son ghetto.

Halween était encore à la taverne quand un des hommes chargés de surveiller le poste de garde l'en informa. Elle entra dans une rage folle, mais elle ne put faire plus que rallier le poste et s'installer devant, et attendre.

Entassés dans une pièce que Bandeo et Parleur ne visitèrent pas, la plupart des Gardes dormaient. Dans une autre, celle qui donnait sur la rue, deux hommes surveillaient la Montée du Hayet par les interstices aménagés dans le bric-à-brac barricadant leur prison. D'autres Gardes dormaient dans une troisième, plus petite, et le capitaine, flanqué de son lieutenant, conduisit ses visiteurs dans celle, encore plus exiguë, qui lui tenait lieu de bureau et de chambre.

Tout le poste puait. Une odeur de renfermé où se mêlaient celles de la sueur et des déjections humaines.

Pourtant, si leurs uniformes étaient sales et malodorants, quoique pâles et émaciés, les deux officiers étaient rasés de moins d'un jour.

– Je n'ai que le sol à vous proposer, annonça Egvand en refermant la porte. Je préfère laisser les sièges aux hommes qui montent la garde.

Un reste de chandelle fut allumé et placé au milieu de la pièce, diffusant une lumière pâlotte, puis tous quatre s'assirent en tailleur, le dos appuyé contre un mur : Bandeo et Parleur du même côté, le capitaine et son lieutenant chacun sur un mur les jouxtant.

– Il faut sortir de cette impasse, attaqua Bandeo d'une voix ferme. Nous ne pouvons plus vous nourrir sans que vous fassiez un geste de…

– Nous avons décidé de ne plus accepter les aliments que vous nous offrez, le coupa Egvand.

Le mareyeur resta bouche ouverte, Parleur plissa les yeux.

– *Vous* avez décidé ? demanda-t-il.

– Tous les quatorze.

– Tous les quatorze ? répéta Parleur en faisant la moue.

– Nous n'aurons besoin que de deux pintes d'eau par jour et par personne, précisa Egvand.

Il y eut un long silence. Bandeo cherchait un moyen de relancer la conversation sur des bases constructives. Parleur s'efforçait à la plus stricte froideur.

– Si nous ne parvenons pas à nous entendre, dit-il, vous n'aurez plus d'eau dès demain soir.

Egvand accusa le choc sans frémir :

– C'est une menace logique.

– Ce n'est pas une menace, se ranima Bandeo, c'est ce que nous avons été chargés de vous annoncer. (Il laissa les deux officiers s'imprégner de ce qu'impliquait l'information, puis il continua :) Mais ce n'est pas le motif de notre démarche. En fait, ni Parleur ni moi n'avons approuvé cette décision, cependant nous sommes convenus que la situation ne pouvait pas rester en l'état… et il semble que, de votre côté, vous soyez parvenus à la même conclusion. Alors, puisque nous sommes d'accord sur le principe, il serait temps de négocier une sortie honorable, et à votre sens et au nôtre.

Egvand réfléchit moins de cinq secondes.

– Nous refusons de quitter notre poste, dit-il.

– Mais quel poste, bon sang, Egvand ? s'irrita Parleur.

– L'arrondissement dont on nous a confié la police.

– Il n'y a plus d'arrondissement. Il n'y a plus de police.

– Quelle espèce d'illusion entretiens-tu, Parleur ? Et pour qui ? Ce ne sont ni des affamés, ni des pilleurs qui sont de l'autre côté de tes Portes, cette fois. C'est la Garde Macilienne. Si elle donne l'assaut, vous ne tiendrez pas deux heures !

Parleur secoua la tête, comme s'il sortait d'un rêve absurde.

– C'est là-dessus que tu comptes ? Tu devrais passer la tête par la fenêtre et jeter un œil à la Porte du Hayet. Je suis sûr que ça t'aiderait à comprendre pourquoi le Prévost n'a pas bronché.

Parleur savait qu'il avait marqué un point. Pourtant le capitaine ne se départit pas de ses certitudes :

– Les vantards qui font le pied de grue devant le poste n'arrêtent pas de se glorifier de tes Portes fortifiées… tu crois qu'ils crâneraient autant s'ils les pensaient imprenables ? Et toi, tu te sens vraiment à l'abri ?

– Plus le temps passe, plus j'ai l'esprit serein, oui.

– Le ciment est presque sec, c'est ça ? Que connais-tu à l'art de la guerre, Parleur ? Que sais-tu d'un siège et de la prise d'une ville ?

– J'en sais suffisamment pour te garantir que si Heyel veut reprendre la Colline, il lui en coûtera beaucoup de temps, d'hommes et d'écus. Je ne doute pas que le sacrifice des hommes et des semaines ne lui pose aucun problème, mais les écus, Egvand, ses précieux écus, il n'acceptera jamais de s'en priver.

Le capitaine souffla par le nez :

– C'est en vous abandonnant à votre sort qu'il s'en priverait, puisque vous ne versez plus l'impôt.

– À d'autres ! Heyel ne sait pas moins bien calculer que toi et moi, et le siège de la Colline lui coûterait cent fois ce que nous lui rapportons.

– Il n'y a pas que les écus, Parleur. Votre rébellion est un exemple qu'il ne peut pas laisser s'étendre.

– Donc il doit choisir entre masser ses troupes dans la Basse-Ville ou les disperser dans la Province pour interdire à quiconque de nous imiter. Tu prends un pari ?

Egvand ne releva pas. Bandeo en profita pour revenir dans la conversation :

– Le capitaine sait que nous avons déjà gagné le pari. D'ailleurs, il était gagné d'avance…

Surpris, Egvand tendit l'oreille et même son lieutenant se défit de son renfermement. Satisfait d'avoir capté leur attention à son seul usage, le mareyeur s'expliqua :

– N'importe quel stratège de moyenne envergure pouvait conclure que, en s'enclavant, la Colline se privait de ressources extérieures et qu'il suffisait d'attendre que la famine fasse son office. C'est ainsi que tombent les forteresses, n'est-ce pas ?

Les deux officiers se regardèrent, puis Egvand se décida :

– Nous pensions que den Heyel était trop impulsif pour se contenter d'un siège, mais il doit avoir d'autres préoccupations et, comme tu le dis, il n'a qu'à attendre.

– C'est bien là-dessus que nous comptions, avoua Bandeo.

– Compter sur quoi ? s'exclama Egvand. Sur une agonie de plusieurs mois ? Vous aurez vidé vos réserves avant la fin du printemps et ce que vous récolterez de fruits vous nourrira à peine pour l'été. De surcroît, vous ne disposez ni de gibier ni d'élevage et vous n'avez plus accès à la mer. Au milieu de l'automne, vous redécouvrirez les joies de la famine. Vous vous souvenez sûrement de cet hiver de disette, non ?

Ce fut au tour de Parleur et de Bandeo d'échanger un regard. Parleur eût volontiers interdit au mareyeur de s'engager plus loin sur ce terrain, mais celui-ci avait une idée en tête, et aucune envie de la laisser filer.

– Nous avons remarquablement survécu à la disette, lâcha-t-il. T'es-tu jamais demandé comment, Egvand ?

Egvand le savait, pas dans le détail, mais il avait entendu parler des combats dans les marais et des expéditions en amont du Bleyan. Il avait aussi certainement eu vent du système de nacelles. Toutefois, il n'avait pas prêté grande attention à nos histoires et il n'en avait pas intégré tous les éléments dans une réflexion globale... il faut avouer que, à part Parleur, personne ne l'avait fait.

– Vous étiez libres de vos allées et venues, objecta Egvand.

– Nous le sommes toujours, affirma Bandeo. En fait, de tout Macil, il n'y a que tes hommes et toi à être enfermés. Comprends-moi bien, Egvand : vous vous êtes barricadés pour nous empêcher de vous expulser de la Colline et, rien que pour ce que vous venez d'entendre, vous ne pourrez plus jamais la quitter. Le problème maintenant est de savoir ce que nous allons faire de vous. Beaucoup parmi nous se sont résolus à patienter quatre ou cinq jours avant de se débarrasser de vos charognes. Parleur et moi espérons toujours éviter cette extrémité… alors si vous avez une proposition, c'est le moment ou jamais.

Egvand écarta les bras en signe d'impuissance.

– Quel genre de proposition ?

– Puisque vous ne voulez ni ne pouvez quitter la Colline, reprit Bandeo, la question est de savoir comment vous allez gagner votre pain.

Les deux officiers se sentaient de plus en plus désarmés.

– La Colline s'en sortira, mais elle ne peut pas entretenir d'inactifs, du moins pas parmi les valides, insista le mareyeur. Comment comptez-vous contribuer à sa survie ? (Devant l'absence de réaction de ses vis-à-vis, Bandeo fit mine de s'énerver :) Saint Dogme ! Faites un effort ! Je suis en train d'essayer de vous sauver la peau !

Parleur non plus ne voyait pas où le mareyeur voulait en venir, et il craignait de regretter rapidement de l'avoir laissé aller aussi loin, mais les officiers étaient tellement déstabilisés qu'il préféra enfoncer le clou de Bandeo plutôt qu'attendre de voir si la manœuvre aboutirait.

– Il n'y aura pas d'autre possibilité de conciliation, Egvand.

– Ça, c'est assez clair, soupira le capitaine. C'est ce que vous attendez de nous qui l'est moins… et ce n'est sûrement pas à moi de vous le rappeler, mais nous sommes des soldats au service du Prince contre lequel vous vous dressez.

– Tout le malentendu est là, se précipita Bandeo. La Garde se contente de servir la Citadelle, alors que son office concerne la Province. Et vous, qui aviez en charge l'arrondissement de la Colline, serviez le Prévost et le Connétable au lieu de servir les Collinards.

Le lieutenant s'indigna :

– Ce ne sont ni les Collinards qui nous paient, ni eux qui détiennent l'autorité !

– D'où la Citadelle tire-t-elle les écus de ta solde, lieutenant ? Je ne suis plus bailli, mais je peux te rappeler ce que nous coûtaient ces impôts dont une part servait à payer ta fidélité ! Je ne sais pas ce que deviendra Macil, mais la Colline est aujourd'hui soumise à l'autorité des Collinards. (Il revint à Egvand :) Tout à l'heure, tu disais que vous refusez de quitter l'arrondissement dont on vous a confié la police. Il n'y a plus d'arrondissement et ceux qui vous commissionnaient n'ont plus d'autorité sur la Colline. Toutefois, vous pouvez toujours… ou plutôt *enfin* placer vos compétences au service de ces Collinards que vous avez jusque-là contribué à exploiter.

Parleur en resta sans voix, il était atterré, et le lieutenant ne l'était pas moins que lui. Den Egvand Siehl, lui, en bafouilla :

– Tu veux que… tu veux nous…

– Je ne veux rien, sinon vous sortir vivants d'ici et je ne peux même pas vous garantir que j'y parviendrai. Mais si vous êtes prêts à remplir une fonction de police non répressive dans une enclave sans noblesse, sans Prévosté et sans injustice, je veux bien essayer de convaincre la Colline que nous aurons besoin de vous, même si nous n'avons aucun usage de vos talents de soldats.

– Et à quoi pourraient-ils nous être utiles ? se récria Parleur.

Bandeo sourit à Egvand.

– Tu vois, j'ai déjà un adversaire. (Pour Parleur, il ajouta :) À éviter ou à régler les petits différends privés. À déceler les risques de conflits plus importants. À recenser les déséquilibres et à assister ceux qui peinent plus que les autres. À aider les plus individualistes à respecter les décisions collectives.

Il se releva et s'adressa aux deux officiers :

– Je vous soumets un projet auquel vous n'êtes pas obligés d'adhérer et que la communauté ne ratifiera peut-être pas. Je prends sur moi de le défendre auprès d'elle, mais c'est à vous seuls de décider s'il vous agrée. (Il les salua d'un signe de tête.) Capitaine, lieutenant… quoi qu'il se décide, pour vous comme pour nous, nous n'avons que quelques heures pour nous en convaincre.

Il ouvrit la porte et sortit sans que personne cherchât à le retenir. Parleur allait l'imiter lorsque Egvand le rappela :

– Tu vas t'opposer au projet ?

Sur le pas de la porte, Parleur sourit :

– Tu vas l'accepter ?

Dehors, Halween accueillit Parleur en se jetant dans ses bras.

– Tu es franchement dingue, tu sais ? lui dit-elle.

Il ne s'attendait tellement pas à la trouver devant le poste de garde que son mouvement de recul arriva trop tard, et il suffit à Halween de faire un pas en avant pour rester contre lui. Alors il la repoussa.

Les bras écartés, elle s'indigna :

– Mais je n'ai pas d'armes !

Non, elle n'avait pas d'armes. Ses sabres étaient restés sur le comptoir de l'Ours et elle n'avait même pas emporté un poignard. Quand il l'eut constaté, elle tenta une nouvelle fois de se lover dans ses bras. Et, Tendre Mère, sais-tu ce qu'il fit, cet imbécile, au lieu de l'embrasser ? Il la rembarra en lui débitant des platitudes où il était question de moi ! Et il eut la goujaterie de me le raconter et de me demander, une fois de trop, ce que la Mante pouvait espérer de lui.

Ce matin-là, je ne répondis pas. De toute façon, la réponse qui avait mûri en moi ne s'adressait qu'à moi. Je ne pouvais pas offrir à Halween ce qu'elle espérait de Parleur, mais je pouvais interdire à celui-ci de se cacher derrière moi.

Ce ne fut pas une décision facile à prendre : on n'efface pas des années de vie commune, avec leurs fardeaux d'habitudes et le confort qu'elles représentent, en claquant des doigts. J'aimais Parleur comme j'avais aimé mon frère, et pour les mêmes raisons. Ce n'était ni de l'amitié, ni de la fraternité, mais malgré nos orgasmes partagés, ce n'était pas de l'amour. C'était… c'était que je ne valais pas mieux que lui. Je pouvais aimer toute l'humanité et j'étais incapable de concentrer cet « amour » autour d'un seul être.

Halween si. Halween était douée pour l'exclusivité.

Alors j'acceptai d'écarter de son chemin le seul obstacle sur lequel j'avais une prise : moi. Cela se fit sans heurt, en quelques semaines, presque naturellement. À l'égard de Parleur, je manifestais un peu de lassitude, j'espaçais nos ébats, je me donnais plus facilement à d'autres, et je prenais ouvertement le parti de ceux qui me semblaient avoir raison sur lui, Bandeo surtout, ce qui l'agaçait prodigieusement.

Avec le recul, j'ai un peu honte d'avoir agi aussi sournoisement. Pourtant, à l'époque, il me semblait que je ne pouvais pas simplement m'asseoir en face de Parleur et lui dire : « Nous deux, ça suffit. On ne s'apporte plus grand-chose et je fais de l'ombre à quelqu'un qui a vraiment de l'amour à te donner. » Il l'eût accepté avec la même fatalité que ce fut finalement lui qui décréta notre séparation, en toute amitié et sans m'imputer la moindre responsabilité dans ce qu'il croyait être sa décision.

Il l'eût certes accepté, donc, mais il en eût tiré une raison supplémentaire de haïr Halween.

Durant ces semaines-là, la Colline connut une agitation sans rapport avec ses activités coutumières, même en tenant compte de la nouvelle situation. Cela commença une fois de plus aux Enselvains, quand Bandeo nous soumit le projet d'intégrer Egvand et ses hommes dans la collectivité. Il faut dire que, à l'exception d'Alviès, de Pettilio et de moi, son projet ne rencontra aucun enthousiasme. Parleur, Mescal et Halween se contentaient d'un soutien critique. Les autres, Qatam et le Vielleux en tête, s'opposaient farouchement à ce qu'ils considéraient être de la dernière inconséquence.

Depuis le début de la matinée, nous étions dans le salon aux joueurs (Navia et ses filles se succédant pour servir les rares clients de la grande salle) et nous discutions sans espoir de parvenir à un accord. Vers midi, l'Ours rejoignit Navia et nous continuâmes à palabrer autour d'un déjeuner frugal que nous avalâmes sans appétit. Quand le repas s'acheva, à l'initiative de pâtré Alviès, nous convînmes de nous séparer une heure ou, du moins, de ne pas reprendre le débat tous ensemble avant que ce délai ne fût écoulé. Seuls Gabar, Navia, ses filles, Mescal et Bandeo demeurèrent dans l'auberge. Les autres, par groupes, se dispersèrent sur la Colline.

Avec Qatam, Halween, Meo et Parleur, nous grimpâmes jusqu'à mon arbre, très vite rejoints par Cendre, qui revenait de sa chasse quotidienne. Nous étions assis à même le sol, la chatte s'installa au-dessus de nos têtes, sur ma branche préférée. Puis, alors que nous n'avions pas échangé un mot de toute la balade, Qatam s'adressa à Parleur :

– Je ne comprends pas pourquoi tu encourages cette connerie.

– Je ne l'encourage pas.

– Il n'a rien de mieux à proposer, dis-je, alors il ne s'oppose pas, mais, si tu veux mon avis, il est encore moins favorable à l'idée que toi.

Mon ton était plutôt vif et supposait que je désapprouvais leurs deux positions (ce qui était le cas, mais j'en rajoutais un peu). Ils tournèrent des yeux suspicieux dans ma direction.

– Alors, toi, me reprocha Qatam, ce n'est pas un encouragement, c'est un blanc-seing que tu donnes à Bandeo !

– Et toi quatorze poignards que tu enfonces dans le dos de quatorze types qui ne nous ont rien fait, me défendis-je. (Puis je m'en pris à Parleur :) Quant à toi, si tu continues à ne pas te situer franchement, tu obtiendras exactement le même résultat.

Il savait très bien où je voulais en venir, mais j'insistai :

– Tu dis que tu suis Bandeo, seulement les arguments que tu avances vont contre son projet. D'une part, ça ne risque pas d'aider les indécis à trancher en sa faveur et, d'autre part, tu te sentiras peut-être dégagé de toute responsabilité, mais au bout du compte les Gardes continueront à pourrir dans leur ghetto.

– Egvand est un officier de la Garde, Vini. J'ai du mal à inventer des arguments qui…

– Si Egvand est nuisible, il faut s'en débarrasser et, dans ce cas, puisque nous n'avons pas les moyens de l'expulser, c'est Qatam qui a raison : il faut le laisser crever.

Je me levai, pas furieuse, mais franchement écœurée, et je repris le chemin de la taverne. Dans mon dos, j'entendis Qatam :

– Elle n'a pas tort, Parleur : tu tournes en rond.

Je n'entendis pas la réplique de Parleur et personne ne me raconta la suite de la discussion. Simplement, quand ils nous rejoignirent aux Enselvains, les derniers et en retard de quelques minutes, je constatai que Parleur avait choisi d'aborder le problème sous un tout autre angle. Il s'installa entre Mescal et Teng, laissa Bandeo finir la phrase commencée avant son arrivée et nous décocha sa volée de flèches :

– Je crois qu'il est temps d'arrêter de nous prendre pour les administrateurs de la Colline. Egvand nous a coincés, mais ce n'est pas une raison pour nous arroger un droit de vie ou de mort sur sa tête ou le pouvoir d'instituer une milice. En outre, la Colline a des besoins beaucoup plus urgents. Maintenant que la Citadelle semble avoir décidé de nous abandonner à notre sort, il va falloir mettre en place les nacelles, prendre des contacts avec l'extérieur, négocier avec Le Guevian, faire rentrer du bois, des animaux et les denrées qui nous manquent. Il va falloir aussi répartir les tâches en fonction des volontés et des compétences. Et rien de cela n'est de notre ressort.

Nous restâmes muets. Il poursuivit :

– Pour l'instant nous parons au plus pressé et nous le faisons, nous, parce que nous sommes pour beaucoup dans la sécession de la Colline et que, sur cette base, les Collinards considèrent notre autorité comme naturelle. Cette acceptation tacite n'est pas un mandat. La seule chose que nous avons à faire aujourd'hui est de réunir les Collinards et de leur demander de choisir ceux qui mettront en place notre système politique… car même cela, nous n'avons pas à nous l'octroyer sur la seule base de notre bonne foi.

Le discours de Parleur nous remettait totalement en cause et beaucoup d'entre nous fronçaient les sourcils. Bandeo, lui, revint à son cheval de bataille :

– Tu fais bien de nous le repréciser, mais il y a tout de même urgence en ce qui concerne Egvand et ses hommes.

– Pourquoi ? demanda Parleur. Parce qu'il nous y contraint ou parce que la proposition que tu lui as faite nous met au pied du mur ?

– Cette proposition a le mérite de décoincer la situation, objectai-je.

– Au bénéfice de qui, Vini ? Des Collinards ? Je ne le pense pas. Le Vielleux et Qatam ne le pensent pas, et les trois quarts d'entre nous pas davantage... là (il pointa deux doigts au-dessus de la table), dans le salon aux joueurs des Enselvains. Nous nous trompons peut-être, je l'admets, mais tous les Collinards ont pris d'énormes risques pour se débarrasser d'un pouvoir arbitraire et nous n'avons pas à céder en leur nom à une autre forme d'arbitraire.

– Quelle forme d'arbitraire ? résistai-je.

– Le chantage. D'ailleurs, je te rappelle qu'Egvand nous menace de se laisser mourir de faim non pas pour cette fonction de police, qu'il accepterait d'autant plus volontiers qu'elle lui laisserait les mains libres au cœur de l'enclave, mais pour que nous abattions les Portes.

– Donc tu proposes que nous les laissions se suicider, s'indigna pâtré Alviès.

– C'est toujours mieux que les affamer. De toute façon, je crois que, en attendant qu'une assemblée légitime puisse statuer sur leur sort, nous devons leur offrir une alternative raisonnable à ce qu'ils s'imposent seuls.

– C'est-à-dire ? s'enquit le Vielleux avec suspicion.

– Les assigner à résidence dans un endroit un peu plus confortable que le poste du Hayet et leur permettre, sous bonne garde, de se dérouiller les jambes. Leurs armes leur seront évidemment confisquées. Qu'ils acceptent ou non, nous continuerons à leur fournir eau et victuailles. Ce qu'ils en feront ne nous concerne pas.

– Autrement dit, commenta le Vielleux, rien de changé depuis hier ! Nous continuons à leur demander de rendre les armes et eux peuvent continuer à nous envoyer paître.

Parleur sourit largement.

– Les données sont au contraire très différentes, dit-il. D'abord, il n'est plus question de renvoyer les Gardes d'arrondissement au Prévost. Ensuite, il n'est plus question qu'un groupe d'individus se substitue à la communauté pour gérer une affaire qui la concerne collectivement. Ce qui signifie, et c'est valable pour chacun de nous comme pour n'importe quel Collinard, que si quelqu'un souhaite participer activement à l'organisation et à la gestion de la Colline, il devra soumettre sa candidature à l'ensemble de la collectivité.

Cette fois, personne n'émit la moindre remarque. En le réduisant une fois de plus au problème de notre illégitimité, Parleur mettait un terme au débat sur la situation des Gardes. De plus, il continua à nous bousculer :

– Je suggère que nous passions le reste de l'après-midi à informer la Colline qu'une réunion se tiendra dès ce soir.

– Doucement, le modéra Gabar. Tu as l'intention de dire quoi, à cette réunion ?

– Que nous ne pouvons pas décider de l'avenir de la communauté à sa place et que, en conséquence, les Collinards désirant s'impliquer dans sa gestion disposeront… disons d'une semaine pour se faire connaître, avant que nous nous réunissions à nouveau et que nous élisions ceux qui seront chargés de définir à très brève échéance les structures politiques de la Colline.

Plusieurs questions fusèrent simultanément.

Combien en élira-t-on ? Comment les élira-t-on ? Quelle échéance ? C'est quoi, ces structures ?

Pour en avoir discuté avec lui, je savais que Parleur était effaré par notre naïveté, effaré au point d'être resté en retrait de nos discussions « politiques » depuis la fermeture des Portes. Je comprenais aussi qu'il eût préféré ne jamais s'engager, du moins pas de cette manière. Il aimait émettre des idées parce qu'il aimait les voir rebondir dans la tête de ses interlocuteurs, mais lui, qui était pétri des préceptes de Karel, redoutait qu'on n'appliquât les siens par défaut.

Défaut de maturité, défaut d'expérience, défaut de réflexion, défaut d'imagination, précisément tous les défauts dont nous souffrions depuis la naissance de l'enclave.

L'enclave, Tendre Mère ! Le mot était de lui. L'idée était de lui. Déjà j'avais deviné qu'elle était plus vieille qu'aucun de nous ne le pensait et longtemps j'ai cru qu'elle remontait à l'hiver de la disette. Il m'a fallu des mois pour me souvenir d'une discussion, la nuit où il avait pour la première fois parlé de barricader les Pentes. Il avait dit que cette idée datait du jour où il avait découvert la Colline. Par la suite, j'ai fini par admettre que, dès ce jour – celui de son arrivée à Macil –, il pensait à l'enclave. Simplement, il refusait qu'elle fût sienne. Et il refusait toujours, mais nous ne lui laissions pas le choix.

– Peu savent lire et nous n'avons pas le temps de mettre des bureaux en place, expliqua-t-il, pour cette fois, nous voterons en public et à main levée. Il faut espérer qu'il n'y aura pas plusieurs centaines de candidats. Pour le nombre, il y a des évidences... Trop, ce serait courir le risque de paralyser le travail par des désaccords entre clans. Pas assez, ce serait prendre celui de conclusions partielles ou partiales. Une douzaine me paraît être un nombre raisonnable. Une douzaine qui disposeraient d'un mois pour proposer un système simple... je veux dire : que tout le monde puisse comprendre, et qui le soumettraient à l'approbation des Collinards.

– Et s'il y en a qui n'approuvent pas ? s'enquit Gabar.

– Eh bien, s'ils sont plus de la moitié, il faudra recommencer, en tenant compte, je suppose, de ce qui ne leur convient pas.

Cela paraissait simple, un peu effrayant comme tout ce qui est inconnu (nous commencions toutefois à avoir une certaine habitude des expériences nouvelles), et difficilement critiquable. Pourtant personne ne manifestait le moindre entrain. Je crus d'abord que c'était parce que Parleur lui-même s'était exprimé sans enthousiasme, ou parce que notre opinion comptait finalement peu dans une idée qu'il nous imposait par dépit. Je me demandai ensuite si les Enselvains ne s'inquiétaient pas plutôt de perdre le contrôle des événements, car il s'agissait bel et bien, dans notre for intérieur, de remettre le pouvoir entre les mains de ceux pour qui nous l'avions conquis. Or Parleur nous assenait la plus courte échéance qui fût.

Le silence ne dura pas plus de deux minutes, mais il était chargé de malaise. Nous cherchions tous une phrase à ajouter ou une question à poser, ne fût-ce que pour ne pas avoir à nous lever, et nous n'en trouvions pas.

– Ce n'est pas un enterrement, bon sang ! nous fit sursauter Parleur. C'est l'aboutissement de ce que nous avons réalisé. Et il faut le faire maintenant : avant que nous ne commettions des actes irréversibles. Alors si quelqu'un a quelque chose à dire... Bandeo ?

Bandeo avait les mains croisées sur la table et la mine pensive. Il inspira profondément et se recula sur son siège.

– Il faut que les douze personnes que nous élirons puissent gérer les urgences, dit-il (et c'était un soutien total au projet de Parleur). Tu as parlé de ce qui concerne notre approvisionnement, mais il peut surgir des problèmes que nous n'avons pas envisagés et qui occuperont beaucoup de leur temps. Je pense que, pendant ce mois, il faudrait les doter d'un contrôle sur une équipe qu'ils nommeraient et qui assumerait l'intendance et les mauvaises surprises.

– Adopté, sourit Parleur. De toute façon, avant que d'autres personnes soient formées à les assumer, il y a des tâches qu'il est malaisé de déléguer. Par exemple, je vois mal qui à part Qatam et Halween peut organiser notre défense et il est évident que Vini et toi êtes nos meilleurs intendants. D'autres suggestions ?

Il n'y en eut pas, mais nous avions retrouvé un peu de cœur à l'ouvrage et ce fut avec le seul souci d'efficacité que nous nous répartîmes les rues de la Colline en vue de l'assemblée prévue pour le crépuscule.

Cette réunion démontra à quel point il était temps, comme l'avait dit Parleur, de ne plus nous prendre pour des Collinards à part. À peine présentées, ses propositions furent accueillies par des vivats assourdissants et, dès le lendemain, tandis qu'Egvand et ses hommes déménageaient sous bonne garde pour le vieux moulin, la Colline se passionna pour les préparatifs de ces premières élections.

Élection, candidature, vote et toutes leurs déclinaisons étaient des mots que les Collinards tournaient en bouche comme les saveurs d'un grand vin. On avançait des noms ou des idées, on donnait des conseils ou on en prenait. On faisait des calculs ou on dressait des plans avec autant de ferveur que de candeur. La moitié des phrases commençaient par : « Il faudrait… », l'autre par : « Moi, si j'étais… » Beaucoup se découvraient une vocation d'administrateur ou de conseiller, plus encore se découvraient des affinités et certains développaient des talents insoupçonnés, comme celui de battre campagne ou de fasciner un auditoire par la seule magie de la voix.

Six jours durant, je m'agitai énormément. Je vis peu mes amis, tous aussi sollicités que moi, mais je n'eus pas une seconde de solitude. Puis, la veille de cette première élection, quand tous les candidats se furent déclarés et que j'en recopiai la liste en plusieurs exemplaires, les premières évidences tombèrent. Celles que la Colline pensait inévitables et celles qu'elle n'attendait pas.

Parleur ne se présenta pas, pas plus que Mescal et le Vielleux, pas plus que Qatam, Halween, Gabar, Pettilio, Teng, Navia, l'Acrobate ou Meo. Personne des Enselvains, en somme, puisque j'avais moi-même décidé de laisser leurs chances à d'autres candidats. Sur le coup, j'en fus à ce point atterrée que je faillis rajouter mon nom en bas de chaque placard. J'avais l'impression que mes amis démissionnaient, collectivement, de ce qui n'eût jamais existé sans eux. Ce fut en discutant avec pâtré Alviès que je compris que leur retrait n'était ni une lâcheté, ni une lassitude.

– Et toi, Vini ? me demanda-t-il après que je lui eus expliqué ma déception. Pourquoi ne te présentes-tu pas ?

J'ouvris la bouche pour arguer de cette fameuse chance offerte à autrui, mais ce ne fut pas ce que je dis.

– Il y a quelque chose de trop officiel dans tout ça. C'était excitant de travailler autour d'une table avec des gens que je connaissais bien, mais je ne veux pas remplir une fonction qui conviendrait parfaitement à d'autres. Je... Honnêtement, pâtré, je comprends la nécessité de ce que nous sommes en train de faire, mais j'ai l'impression que nous gâchons la liberté que nous avons conquise. Mon frère disait que ce qui est institué n'a aucune spontanéité. Je suis trop indépendante pour contribuer à l'établissement de règles qui vont encadrer ma spontanéité.

Alviès ouvrit les bras, paumes vers le ciel.

– Je ne serais pas étonné que la plupart de tes amis aient suivi semblable raisonnement.

– La plupart ?

– Bandeo est aussi ton ami, n'est-ce pas ?

Bandeo fut élu. Il fut même le seul, sur les quarante-neuf candidats, pour lequel nous nous abstînmes de compter les bras levés tant ils étaient innombrables.

Avec lui, outre huit personnes que je connaissais mal, les Collinards désignèrent Peyal (le boucher), Ditciec et Merah (sa femme). Il n'y avait que deux femmes pour dix hommes et, si je n'en fus ni surprise (cinq femmes seulement s'étaient présentées) ni réellement choquée, cela fit entrer Halween dans une rage folle. Elle ne fut pas la seule à critiquer la composition de la Commission : quelques jeunes s'indignèrent de sa moyenne d'âge – il faut dire que Merah en était la cadette et qu'elle approchait sa quarantième année – et les quartiers du côté de l'Aven s'inquiétèrent de ne pas être représentés. Pourtant, dans l'ensemble, la Colline se félicita de ses choix et reprit le cours de ses activités avec encore plus de vigueur.

Comme nous nous y attendions, la Commission confirma Qatam à la tête de nos défenses et confia la sécurité des expéditions à Halween. Avec Pettilio, je fus chargée de poursuivre le recensement de nos capacités et de nos besoins. Mescal et Parleur furent désignés pour nouer des relations avec l'extérieur et faire rentrer ce qui nous manquait le plus, essentiellement du bois et des animaux d'élevage.

Parleur remit en marche les nacelles, deux sur le Bleyan (beaucoup plus en amont que lors de la disette) et deux autres sur l'Aven. Les chasseurs se mirent à courir la garrigue et les pêcheurs prirent l'habitude de traverser le fleuve pour poser leurs filets et leurs lignes à la lisière nord du Marais. Mescal, lui, fila plus au nord, disparaissant presque tout le mois, et, avec les écus des impôts que nous n'avions pas payés, il acheta des volailles, des chèvres, des moutons, un taureau et une trentaine de vaches laitières. Hisser les bovins sanglés sous le ventre, le long de la falaise et de nuit, ne fut pas une mince affaire, mais nous nous en sortîmes sans incident.

Sans incident… Tendre Mère ! On dirait que je relate une normalité ! Mais rien n'était normal. C'était comme si nous bâtissions un royaume – un royaume sans roi – dans une contrée inconnue, alors que nous habitions cette contrée depuis toujours. Tout ce que nous faisions de plus ordinaire était extraordinaire. Nous construisions des habitations sur le Plateau pour accueillir les familles du bas des Pentes, celles dont nous avions muré les logements par mesure de sécurité. Nous ouvrions de nouveaux puits vers la nappe souterraine, nous installions des gouttières et nous creusions des réservoirs pour l'eau de pluie, nous aménagions des entrepôts, des fumoirs, des clapiers, des étables, des granges. Nous préparions la terre pour le printemps qui approchait, nous... nous nous apprêtions à vivre cette autonomie telle que nous l'avions décrétée. Avec enthousiasme.

Et cet enthousiasme, heureusement, palliait nos carences. Car nous mangions mal, mieux que pendant la disette, mais de loin insuffisamment, et, pour modéré que fût cet hiver, le froid ne facilitait pas les travaux de force. Qu'importait, chaque jour qui passait, en amenuisant nos craintes, nous rendait plus libres.

Ce que nous n'étions pas et que nous ne serions jamais vraiment, comme le rappelait parfois Parleur en comité restreint :

« – Une enclave dépend du bon vouloir de ses voisins.

Notre plus proche et plus important voisin était Macil, bien sûr, dont nous connaissions intimement la menace. Puis il y avait les villages du nord de la Province avec qui nous établissions un commerce. Enfin et surtout, il y avait les contrebandiers du Guevian.

Le Guevian nous avait rouvert les marais sans difficulté. Il en avait même fait l'offre avant que Parleur ne le lui demandât, de la même façon qu'il avait offert ses services pour toute marchandise dont nous aurions besoin. Le Guevian avait autant d'admiration pour l'enclave qu'il avait d'amitié pour Parleur, mais il régnait sur deux mille individualistes qui se contrefichaient de la Colline.

Parleur avait passé de nombreuses heures à leur assurer qu'ils étaient les bienvenus sur la Colline et que nous allions devenir leur plus gros client, en échange de quoi ils seraient avisés de ne pas profiter exagérément de l'aubaine. Autant demander à un renard de ne pas se glisser dans un poulailler ouvert. Nous n'avions que peu d'écus à leur proposer et nous en viendrions rapidement à bout. À moins que nous ne trouvions un moyen d'en gagner, ce que Bandeo envisageait sérieusement (il suffisait, après tout, de trouver un artisanat ou des denrées dont nous pourrions faire le négoce), mais pas avant plusieurs saisons. Notre maigre trésor serait à sec bien avant et Le Guevian éprouverait de plus en plus de difficultés à contrôler l'impatience de ses hommes.

« – Un jour, avait-il dit à Parleur, je serai peut-être obligé de t'interdire le Marais ou de te demander de brûler mon propre village.

« – Nous en avons parlé il y a longtemps, avait répliqué Parleur, je n'accepterai ni l'un ni l'autre.

« – Si je peux te donner un conseil… ce jour-là, ne viens pas essayer tes arguments sur mon successeur, il n'aura sûrement pas mon sens de l'hospitalité.

« – Conseil pour conseil, Guevian, quand tu sentiras le vent tourner, viens tester la nôtre, d'hospitalité. Tu auras peut-être des regrets, mais ça prouvera seulement que tu es vivant.

Halween me raconta tout cela le soir où, à la stupeur générale, après avoir débarqué aux Enselvains avec son havresac plein à craquer et Cendre sur les épaules, Parleur sollicita une chambre, que Gabar et Navia se firent un plaisir de lui donner. Halween ne fut pas la seule à s'inquiéter de mon moral, mais elle fut la première à se précipiter chez moi et à s'en enquérir.

Je lui affirmai, évidemment, que je me sentais bien. Ce qui n'était ni l'exacte vérité, ni un franc mensonge : j'avais un peu mal aux tripes, mais j'étais soulagée. De toute façon, si fantasque que fût son amitié, Halween me respectait assez pour ne pas chercher à en apprendre davantage. Elle eut même suffisamment de tact pour ne pas manifester sa joie. Toutefois, malgré de réels efforts, elle fut incapable de ne pas introduire Parleur dans notre conversation, quel que fût le sujet que nous abordions. Comme chaque fois qu'elle se prenait sur le fait, elle baissait les yeux et rougissait, je finis par en être plus gênée qu'elle, et cela devint tellement visible qu'elle s'en aperçut :

– Je… Pardonne-moi, Vini, s'empourpra-t-elle encore davantage. Je suis d'une maladresse…

– Avec moi, tu peux l'être, l'interrompis-je (j'avais décidé de crever l'abcès), mais pas avec lui, tu comprends ?

Elle ne comprenait pas. Je soupirai :

– Fous tes vêtements de garçonne au feu et range tes sabres, Halween, définitivement. Mieux, donne-les à Meo, je suis sûre qu'il sera ravi.

Tant je la suffoquais, elle avait la bouche ouverte, mais aucun son n'en sortait. J'en profitai :

– Crois-moi, avec Parleur, il ne faut pas faire les choses à moitié, et tu fais tout à moitié… quand tu atteins la moitié. Même quand tu l'accompagnes dans le seul but de le protéger, tu l'indisposes. Alors que tu pourrais le suivre partout, à condition de ne pas te comporter en garde du corps.

– Merde, Vini ! explosa-t-elle. Il prend des risques absurdes et il est infoutu de se protéger lui-même !

– Non, Halween, et tu devrais en parler avec Qatam, parce que, jusqu'à preuve du contraire, ce n'est pas qu'il ne *peut* pas, c'est qu'il ne *veut* pas.

Quant aux risques, il n'en prend manifestement pas davantage avec qui que ce soit que sur une falaise. Tu ne prétends pas lui tenir la main quand il grimpe, n'est-ce pas ? Alors renonce à ne lui montrer de toi que ce qu'il déteste… ou renonce à lui.

Le regard qu'elle me jeta se passait de commentaires.

– Tu devrais aussi renoncer à t'occuper de la sécurité des expéditions, continuai-je, et de celle des Portes et de tout ce qui peut solliciter tes qualités guerrières.

– Et qui va le faire à ma place ?

– Qatam…

– Il ne peut pas tout faire seul !

– … et Meo.

– Meo est un gamin !

– Tu dis toi-même que Meo se débrouille très bien ! Mais ce n'est pas le problème, n'est-ce pas ?

Ses épaules s'affaissèrent.

– Tu n'as pas choisi, dis-je avec douceur, ni ce que tu es, ni celui que tu aimes, et les deux ne vont pas ensemble. Si cela m'était arrivé à moi et que j'étais toi, je me serais traitée de petite gourde tout juste bonne à se renier pour un pénis et quelques flatteries occasionnelles. (Elle ne rit pas franchement, mais ce fut plus qu'un sourire.) Seulement, nous sommes chacune ce que la vie a bien voulu faire de nous et je préfère te conseiller de baisser ton pantalon pour passer une robe.

Cette fois, son rire éclata pleinement.

– Pas de faux-semblant ? demanda-t-elle.

– Tout ou rien, confirmai-je.

– Et je l'aurai ?

Je hochai la tête.

– Et tu ne m'en voudras pas ? (Elle se rattrapa :) Je veux dire : ça ne te gênera pas ?

Mon rire ne valait peut-être pas le sien, mais il n'en était pas moins sincère.

Comme prévu, après un mois de réflexion, la Commission présenta ses propositions sur la Place du Marché. Plus des neuf dixièmes des Collinards les ratifièrent une semaine plus tard et la Colline connut sa deuxième campagne électorale, puis ses secondes élections.

Sans surprise, Bandeo devint le premier Bourgmestre de l'Enclave et Peyal, Ditciec et Merah furent réélus, comme d'autres, alors que d'autres encore vécurent leur première élection. Gabar et Pettilio faisaient partie du nombre, et Ielo échoua de peu. En tout, le Bourgmestre et vingt-cinq Conseillers furent institués pour deux ans. Ainsi que la Commission l'avait recommandé, nous les dotâmes d'un pouvoir exécutif quasi total et d'un pouvoir législatif limité à notre approbation par voie de vote. Ils imaginaient, ils débattaient, nous décidions. Même Parleur, qui avait une fois de plus refusé de présenter sa candidature, considérait le Conseil de l'Enclave comme un système viable et équitable. D'ailleurs, lorsque celui-ci constitua un corps de police et qu'il le confia à Egvand, il ne formula aucune critique et, lorsque Bandeo s'en étonna, il lui rétorqua juste :

– Le Conseil de l'Enclave a très légitimement désigné le Captain' Miette pour remplir un office civil de police. *Légitimement,* Bandeo, ne vois-tu pas dans ce seul mot quelque chose d'historique ? Alors, mes réserves quant à l'utilité de cette police et au bien-fondé de la nomination à sa tête d'un ancien capitaine de la Garde…

La vérité, c'était que Parleur ne parlait plus. Pas sur la Colline, en tout cas (il passait une moitié de son temps à l'extérieur et souvent dans les marais). Il était de toutes les initiatives, il participait à de nombreuses tâches, il inventait la plupart des solutions à nos problèmes pratiques, mais il ne se mêlait pas de la gestion de l'Enclave et il ne bousculait plus personne de ses tirades assassines.

Je me suis longtemps interrogée sur les raisons de son *silence* et, dans mes moments les plus égocentriques, j'ai même envisagé que notre séparation en fût responsable. Aujourd'hui, je pense que Parleur ne s'exprimait plus parce qu'il n'avait tout simplement rien à dire ou, plus exactement, à redire. Pour lui, nous avancions dans la bonne direction, point.

Si nous avions alors discuté, j'aurais compris qu'il ne s'était pas arrêté de parler. Il parlait dans le Marais pour insuffler un peu d'humanité aux contrebandiers et lier leur destin au nôtre. Il parlait dans les villages sur le Bleyan. Mais nous ne nous voyions que très peu et toujours en présence d'autres. Qatam, Mescal, le Vielleux, Meo et Halween, un curieux mélange, au bout du compte. Des individualistes forcenés, à n'en pas douter, irréprochablement altruistes, qui s'excluaient du groupe qu'ils avaient rassemblé, et auxquels se joignaient souvent Merah et Ditciec, Conseillers de l'Enclave, et moi, qui n'étais plus tout à fait des leurs.

C'était peut-être que je m'impliquais trop dans le sillage de Bandeo. C'était peut-être qu'avec Gabar nous ne nous occupions plus des Enselvains, mais il n'y avait plus de taverne Aux Enselvains, juste un local où Tahelle et le pâtré Alviès distribuaient les repas cuisinés par Navia, ainsi que cela se pratiquait dans toutes les tavernes. C'était peut-être que j'étais celle qui rationnait tout, car nous avions encore quelques saisons difficiles devant nous. C'était un peu de tout ça et, à moindre échelle, un peu d'Halween.

Halween étincelait. Partout, à chaque seconde, il était impossible de ne pas être ébloui en la regardant. Il ne faut pas croire que je me répète : elle était allée au-delà de ce dont je la pensais capable. Elle ne se maquillait pas, elle n'exagérait pas les effets de ses corsages ou de ses jupes, elle ne trichait ni avec son regard, ni avec sa voix. Elle était naturellement femme, et même jeune femme, enfin... d'une féminité animale.

Tendre Mère ! Elle avait un modèle, et ce modèle était Cendre. Et cela me sautait aux yeux chaque fois que je la voyais, au point que je détournais le regard, de crainte que quelqu'un ne s'aperçût de l'évidence. Pour autant que Parleur n'en eût pas déjà conscience et qu'il s'en satisfît.

Dans mes cauchemars, j'imaginais que, une nuit, il finissait par la laisser coucher dans son lit, la tête dans son cou, et qu'il ne faisait mieux que lui caresser les cheveux. Alors elle ronronnait...

Je sais, Karel, je sais :

Si nous nous regardions avec les yeux d'autrui, comment nous jugerions-nous ? Sinon comme il nous juge...

DU VÉNÉRABLE GRAND MAÎTRE DE LA GHILDE AU PREMIER MAÎTRE DE LA LOGE MACILIENNE
Ordre de Mission

La jacquerie s'étend vers le nord et l'est. Déjà six Provinces connaissent des insurrections semblables à celle des Montagnines et la situation est tendue dans les grandes villes des quatre autres. Ce sont des problèmes très localisés, mais l'aristocratie commence à s'énerver. Imaginez : le Roi a dû intervenir personnellement pour calmer les esprits dans la capitale ! Je ne vous cacherai pas qu'il a détesté ça, de la même façon qu'il déteste entendre geindre les Citadelles de dix Provinces sur onze.

Puisque seule Macil ne se plaint pas et qu'ici chacun sait qu'elle est à l'origine de toutes les frondes, Heyel doit montrer l'exemple et éteindre les foyers de révolte qui secouent sa Province *avant* que les troupes royales ne reçoivent l'ordre de manœuvrer vers le sud.

J'insiste. Si nous ne voulons pas voir les Castan perdre une crédibilité si chèrement acquise, il faut écraser les rébellions maciliennes, et ce dans les plus brefs délais. Faites donner la Garde contre les groupes de paysans en armes et faites pendre les meneurs. Que leurs corps restent exposés aux potences jusqu'à ce que la putréfaction les détache de la corde. Puis qu'Heyel applique la clémence princière ainsi que vous le lui avez expliqué : baisse des impôts, création de tribunaux, etc. L'effet de soulagement suffira à le prémunir contre toute récidive, et le renvoi du Sénéchal, auquel il imputera les excès, lui attirera la sympathie roturière.

Un Prince qui s'excuse auprès de son peuple des violences commises par un émissaire royal et qui brave le Roi en le lui retournant comme un vulgaire criminel fera aisément figure de héros. Cela impressionnera aussi la noblesse de tout le Royaume.

Concernant la Colline, contentez-vous de l'isoler, en vous assurant qu'elle ne puisse plus commercer ni communiquer avec l'extérieur, et reprenez contact avec notre agent ou, au besoin, infiltrez-en un autre. Il est anormal que les mutins se promènent librement dans toute la Province, alors que nous n'avons pas la moindre idée de ce qui se trame derrière leurs Portes ! Procédez comme bon vous semblera, mais nous avons besoin de certitudes quant à son proche avenir. S'effondrera-t-elle d'elle-même ? Combien de temps cela prendra-t-il ? Devrons-nous lui donner un coup de pouce ? Comment pourrons-nous acquérir la certitude qu'Heyel ne la traînera pas comme un boulet pendant des années ?

Enfin, je vous somme de veiller à ce que l'Infante donne un enfant mâle à Heyel avant deux ans. Sur ce point aussi, les procédés seront de votre seule compétence. Je vous rappelle simplement que notre Projet vise moins à instituer Heyel qu'à offrir le Royaume à son héritier. Ce qui nécessite d'une part qu'il en ait un et, d'autre part, que celui-ci soit en âge de régner lorsque, après la mort du Roi, nous aurons éliminé tous les autres prétendants.

Ne vous mettez pas martel en tête avec ce Parleur. Ce que nous savons de lui indique, au demeurant, qu'il s'agit d'un individu très ordinaire, issu d'un milieu modeste. Son instruction semble provenir de sa seule curiosité et de son acharnement à apprendre. Il a manifestement beaucoup voyagé, mais il ne connaissait ni Macil, ni Karel : leur amitié était épistolaire (nous ignorons par quel biais ils en sont arrivés à correspondre). À l'évidence, sans être le disciple du poète macilien, il lui vouait une admiration telle que sa vie s'est organisée autour des préceptes et des concepts de celui-ci.

Je suis désolé de vous décevoir, mais il n'a jamais travaillé ni pour le Dogme, ni pour nous, ni pour aucune cour ou citadelle.

DIXIÈME VEILLÉE

L'Année de l'Enclave fut une année heureuse, sur la Colline, en tout cas. Ailleurs, elle fut nommée l'Année des Frondes et le mot fut entaché d'ignominie. On se battait partout. On lynchait, on pendait, on pillait. On se haïssait d'un village à l'autre, parfois d'une ferme à l'autre. Il y avait ceux qui entonnaient la Gigue de la Gabelle, ceux qui s'en servaient de prétexte pour des actes de brigandage, ceux qui restaient fidèles aux Citadelles et ceux qui ne demandaient qu'à se réfugier dans leurs girons. C'était le règne de la peur et de la lâcheté. Des héros affrontaient des bouchers, pendant que l'immense majorité se demandait quand tout cela allait finir.

Peu d'entre nous furent confrontés à ce qui se passait dehors, parce que même parmi ceux qui se glissaient hors de l'Enclave, pour pêcher ou pour chasser, beaucoup se contentaient de sillonner la garrigue ou les marais. En fait, seuls ceux qui commerçaient avec les villages du Haut-Bleyan nous rapportaient des nouvelles de la Province et des rumeurs du Royaume. Les unes comme les autres devinrent si alarmantes que le Conseil finit par limiter leurs expéditions à de brèves excursions dans la région proche. Nous n'eûmes de toute façon bientôt plus assez d'écus pour commercer dans de bonnes conditions et nous ne produisions encore rien qui pût se vendre. Avant la fin de l'année, nous ne traitâmes plus qu'avec Le Guevian, ce qui suffisait à combler les maigres besoins que le Causse ne nous permettait pas d'assouvir.

Notre autonomie n'était pas totale, mais elle était satisfaisante, au point que le Conseil augmentait régulièrement nos rations sans cesser d'alimenter nos réserves. Il arriva un moment où la plupart des Collinards constatèrent qu'ils n'avaient jamais aussi bien mangé. Ce qui nous amena à nous demander comment nous pouvions réorganiser notre gestion des denrées et des matériaux.

Tout était recensé, centralisé et également distribué : le bois, la nourriture, les vêtements, les outils, le travail, tout, et, malgré l'euphorie ambiante, la lourdeur du système commençait à nous peser. Trop d'entre nous œuvraient à sa prise en charge et nous consacrions trop de temps à courir d'un local de distribution à l'autre. De surcroît, le principe d'équité contrôlée entraînait une uniformité pesante.

Sous l'impulsion de Bandeo, le Conseil décida que l'Enclave devait parachever son autonomie en frappant ses propres écus. Il n'y eut pas de débat tant l'idée paraissait lumineuse de simplicité et, moins de dix jours après qu'il l'eut émise, le Bourgmestre convoqua la Colline en assemblée pour que nous choisissions l'aspect de notre monnaie.

C'est alors que Parleur se remit à parler.

Cela se passa quelques heures avant que se tînt l'assemblée, alors que les vingt-cinq Conseillers achevaient de dresser la liste de leurs propositions. Ils avaient travaillé presque toute la nuit et, à la demande de Bandeo, je les avais rejoints dès le début de la matinée. Nous en étions à discuter des différents alliages proposés par les forgerons sur la base des difficultés à se procurer les métaux. L'étain, le plomb et le zinc étaient aisés à acquérir, mais les forgerons recommandaient l'usage du cuivre en proportions plus ou moins importantes et les plus proches mines de cuivre nous étaient délicates d'accès. Notre écu ne devait pas être d'une qualité inférieure à l'écu royal, car, dans nos projections les plus optimistes, nous rêvions que le Royaume l'accepte pour tout aussi valable que les écus frappés dans chaque Province.

Les deux battants de la porte de la Maison du Conseil s'ouvrirent simultanément, l'un poussé par Qatam, l'autre par Halween. Parleur et Alviès firent irruption entre eux. Ils passèrent entre les bancs vides de l'auditoire public et contournèrent la balustrade pour nous rejoindre autour de la table des Conseillers. Halween et Qatam refermèrent la porte et s'installèrent au premier rang de l'auditoire. Cendre était enroulée autour du cou d'Halween.

Que Parleur surgît ici était inattendu, mais que le pâtré l'accompagnât augurait une mauvaise nouvelle. Nous étions tous inquiets et Bandeo s'en fit l'écho :

– Il y a un problème ?

– C'est quoi, ces conneries ? rétorqua Parleur.

Son agressivité nous surprit trop pour que quiconque réagît, mais il n'avait de toute façon pas l'intention de nous laisser dans cette expectative béate :

– Vous voulez regoûter aux joies de l'inégalité ? Vous voulez revenir au bonheur du clivage par le profit individuel ? Vous voulez rendre à la Colline ses belles injustices d'antan ?

Ditciec leva une main pour l'arrêter, et il s'arrêta.

– Pourrais-tu prendre la peine de nous expliquer de quoi tu parles ? demanda le pêcheur.

– De vos écus, répondit Alviès (il était plus calme que Parleur, mais il avait l'air aussi déterminé). C'est un retour à des valeurs dont nous avons trop peiné à nous défaire pour vous laisser les exhumer en silence.

– Pour vous laisser les exhumer *tout court,* jeta Qatam de l'autre côté de la balustrade.

Il avait son sourire des mauvais jours (les jours d'antan, comme avait dit Parleur) et cela eût dû nous alerter, mais nous avions perdu l'habitude de ses éclats… et de ceux de Parleur. Tout était si calme depuis des mois.

La table du Conseil était ovale et le Bourgmestre la présidait depuis l'une de ses pointes. Parleur et Alviès l'encadrèrent, mais ils ne purent s'asseoir. Si vaste que fût la table, elle n'était prévue que pour vingt-six personnes, et Ditciec et Merah avaient déjà dû se serrer pour que je glisse un siège entre eux.

– À quelles valeurs faites-vous allusion ? démarra Bandeo. Cela va faire un an que tous les Collinards travaillent jusqu'à l'épuisement pour que l'Enclave subvienne à ses besoins. Ils n'ont pas trimé moins qu'ils ne trimaient pour les miettes que leur laissait la Citadelle et ils n'ont pas eu moins d'obligations qu'ils n'en avaient du temps de la gabelle. Nous avons seulement remplacé le joug de la noblesse par celui de la communauté et si, aujourd'hui, la Colline est indépendante, les Collinards ne le sont toujours pas. Ils mangent plus, ils se chauffent plus, ils s'habillent plus… plus, oui, mais pas mieux et pas comme ils le souhaitent. (Il se leva et appuya les deux poings sur le bois de la table.) La liberté, ce n'est pas seulement de disposer d'un libre arbitre, c'est aussi de pouvoir en user ! Or nous sommes tous différents, nous avons tous des goûts, des envies et des qualités différents, et ce n'est pas en continuant à décider de ce qui convient à chacun que nous autoriserons ces particularités à s'exprimer !

Bandeo prit conscience que, non seulement il s'était dressé, mais qu'il avait aussi haussé la voix. Comme ni Parleur ni Alviès ne réagissaient, il fit la moue, revint à un ton plus calme, mais ne se rassit pas :

– La monnaie est une convention à l'échelle de l'individu. Elle permet l'échange entre du travail et des biens en se passant de l'aval de la communauté. Donc elle permet à chacun d'avoir une vie qui lui soit propre. Bref, si nous ne sommes pas capables de faciliter l'expression des particularités et des qualités de chacun… là, oui : le Conseil de l'Enclave ne vaudra guère mieux que n'importe quelle Citadelle.

Bandeo se tut et regarda tour à tour le prêtre et Parleur avec insistance. Le message était clair : « Nous devons travailler, alors si vous n'avez rien à ajouter… » Je dois avouer que, à l'image des vingt-cinq Conseillers, j'étais plutôt satisfaite de notre Bourgmestre. C'est probablement que nous interprétâmes mal la déconfiture qui se lisait sur les traits d'Alviès et la volte-face silencieuse de Parleur. Celui-ci fit même un geste de modération en direction de Qatam lorsque celui-ci faillit s'indigner de son abandon. Pourtant il n'abandonna pas. Il entraîna seulement le pâtré avec lui et ils s'assirent entre Halween et le trappeur. Son message aussi était clair : « Vous travaillerez lorsque nous en aurons fini avec vous. »

– Ce qui me peine le plus, Bourgmestre, dit-il d'une voix lasse, c'est que tu sois sincère… que vous soyez tous sincères. Car vous êtes tous solidaires de ce projet, n'est-ce pas ? Et c'est tellement normal. Vous, les élus.

Tous les Conseillers n'avaient pas la subtilité de Bandeo :

– Si tu voulais faire partie du Conseil, il te suffisait de présenter ta candidature, lança Peyal (debout, le doigt pointé vers Parleur). Tu sais très bien que tu aurais été élu aussi facilement que Bandeo. Alors c'est pas maintenant qu'il faut nous reprocher de siéger à ta place !

Parleur soupira :

– Si j'avais voulu siéger au Conseil, j'aurais été quelqu'un d'autre. Mais toi, Peyal, et la question vaut pour vous tous, vous êtes-vous demandé, non pas pourquoi vous avez soumis vos candidatures, mais pourquoi c'est précisément vous qui avez été élus ?

– Je ne vois pas le rapport avec notre débat, s'impatienta Bandeo.

– C'est dommage, Bourgmestre… ou dois-je t'appeler Bailli ou Mareyeur ? (Il empêcha Bandeo de s'indigner en accélérant le débit :) Tous autant que vous êtes, vous avez été élus parce que vous étiez des notables, et vous étiez des notables parce que vous étiez artisans ou commerçants. Regardez-vous, bon sang ! Taverniers, forains, boucher, pêcheur, savetier, meunier, coutelier, sourcier… tous vous viviez de ce que vous vendiez ! Y a-t-il un apprenti ou un fermier parmi vous ? Y a-t-il un mineur ou un marin ? Y a-t-il un palefrenier, une servante, un mendiant ? Et vous voulez remettre les écus au goût du jour ! Mais que pouvait-on attendre de la part des seuls Collinards qui en ont jamais gagné ?

Tous avaient envie de se récrier, mais le malaise l'emporta et beaucoup de regards se perdirent dans le bois de la table.

– Nous ne sommes pas les seuls, osa toutefois Peyal.

– Non, mais nous sommes vingt-cinq mille dans l'Enclave et moins de cinq cents sont concernés. Rassurez-vous, je ne doute pas que votre projet ait le soutien total de ceux-ci. Seulement il ne faudra pas vous étonner si les autres renâclent un peu quand je leur aurai expliqué ce qui les attend.

Ceux qui croyaient encore que l'intervention de Parleur était une démarche de principe eurent une douloureuse expression de désillusion. Cela ne concernait ni Pettilio, ni l'Ours, ni moi (nous nous étions trop souvent retrouvés face à lui lorsqu'il manifestait cette détermination), mais même Bandeo blêmit. Le temps lui avait fait oublier combien Parleur pouvait être combatif – et persuasif – et il n'était pas pressé de l'affronter publiquement autour d'un projet de *son* Conseil.

– D'accord, jeta Ditciec (qui sentait le Bourgmestre en perdition), nous sommes les bourgeois de la Colline et c'est pour ça que nous voulons une monnaie, et c'est sûrement très mal. Maintenant, tu vas nous expliquer en quoi, parce que j'ai peur que, en plus d'être malintentionnés, nous ne soyons des imbéciles.

Alvièș fut plus vif que Parleur :

– Ce que vous appelez « l'expression des particularités et des qualités » est la définition du luxe. C'est ce qu'on s'offre sans nécessité, simplement parce qu'on en a le moyen. Si ce moyen consiste à générer des écus, cela signifie qu'il n'y a plus égalité dans l'expression des qualités, et ce déséquilibre engendre à son tour l'inégalité dans l'expression des particularités. Au bout du compte, en prétendant épanouir la différence, vous recréez un système de privilèges qui en favorisera certaines et en pénalisera d'autres.

Malgré le contrôle qu'il avait sur elle, la voix monocorde du prêtre vibrait d'un sentiment à peine moins urgent que la colère.

– Je ne comprends pas, pâtré, avoua Ditciec. Le système ne privilégie personne, puisque nous sommes tous égaux.

– Nous ne pouvons être égaux que devant et par le droit, fîlé. C'est le droit qui crée la justice. La nature, elle, ne conçoit que des équilibres instables qui tendent vers un chaos organisé. Pour ce qui concerne l'humanité, ce chaos est fait de gens qui naissent plus ou moins forts, plus ou moins habiles, plus ou moins vifs, et ces mêmes gens apprendront plus ou moins facilement, se développeront plus ou moins bien, se découvriront ou non une voie. C'est à l'Homme seul qu'il revient d'assurer l'égalité entre les Hommes et il ne doit pas le faire en offrant les mêmes chances à chacun, mais en veillant à ce que tous jouissent des mêmes avantages, jusqu'au plus malchanceux.

– Et l'écu, intervint Parleur, c'est un outil offert aux veinards pour qu'ils profitent sereinement de la déveine des autres.

– Je parlerai aussi contre vous, conclut Alviès.

Qatam le salua d'applaudissements radieux, auxquels se joignit Halween, naturellement, puis moi, ce qui me valut quelques froncements de sourcils parmi les Conseillers et un regard anéanti de Bandeo. Quand il faut choisir une bannière, mon frère, je me range toujours sous la tienne, fût-elle brandie par un prêtre.

Avant de reprendre la parole, Bandeo jeta un coup d'œil circulaire sur la table du Conseil, constatant que plusieurs Conseillers avaient été ébranlés par les arguments d'Alviès et de Parleur. Gabar et Merah, particulièrement, tandis que Ditciec s'était déjà rangé à leur opinion. Je le sentis hésitant pour la première fois depuis qu'il était Bourgmestre. Il remua même plusieurs fois les lèvres sans en tirer un son, avant de se lancer :

– Je... je ne peux pas être insensible à vos craintes. Elles découlent des raisons pour lesquelles nous nous sommes enclavés. Pourtant nous ne pouvons pas... nous ne *devons* pas avoir les mêmes réactions aujourd'hui que lorsque nous étions à la merci du Connétable et du Prévost. La Colline est à nous, et ce que nous y réalisons est sous notre seul contrôle. S'effrayer du passé ou avoir peur de ses fantômes, c'est avouer que nous n'avons aucune confiance en nous et c'est s'interdire d'avancer. Vous nous avez prévenus d'un risque et nous devrons en tenir compte, mois après mois, année après année, mais connaître le danger ne change rien aux données du problème.

Faute d'épanouissements individuels, notre communauté est dans une impasse beaucoup plus dangereuse, et à court terme, que ce que vous redoutez. Le désintérêt, l'ennui, la frustration et les excès qu'ils provoqueront inévitablement.

Il se tourna complètement vers les bancs de l'auditoire et posa un regard sévère sur Parleur et Alviès.

– Il est indéniable que le Conseil n'est constitué que d'anciens notables et il est possible que notre projet et notre innocence, vis-à-vis des risques qu'il engendre, découlent de notre situation particulière. Mais vous, pâtré, et toi, Parleur, et Halween et Qatam… (il donna un coup de menton dans ma direction) et Vini et une poignée d'autres, que connaissez-vous en matière de monotonie et de lassitude ? Vous qui courez la Colline et le Causse, vous qui partez régulièrement en expédition dans le Marais, la garrigue et le Haut-Bleyan, vous qui accomplissez des dizaines de tâches différentes et participez de près à toutes les réalisations de l'Enclave, vous qui n'avez ni conjoints ni enfants et dont chaque Collinard connaît les qualités tant vous les mettez à l'œuvre… Croyez-vous que, à l'image de votre désabusement à notre encontre, nous puissions nous aussi nous étonner lorsque vous venez défendre l'inertie ? Que fallait-il attendre des seuls qui s'épanouissent au quotidien ?

Les Conseillers se ragaillardissaient, sauf Ditciec dont la conviction était faite. Halween était impassible, mais Parleur et Alviès encaissaient douloureusement, et je me sentis tout à coup morveuse. Qatam, lui, se jeta sur la balustrade :

– Que crois-tu ? Que nous n'avons jamais envie de faire autre chose que nous démener pour l'Enclave ? Que nous nous réjouissons chaque fois qu'il faut boucher un trou ou grimper mille livres de viande meuglante avec un palan branlant ? Quant à la chasse, tu devrais essayer… je te recommande particulièrement les serpents, les crocos et les phacoches !

– Je crois que votre situation, comme la nôtre, est privilégiée.

– Et moi je constate que, quand on te met le nez dans ta merde, tu n'as rien de plus pressé que de la renvoyer dans la gueule des autres !

– L'égalité de droits, Qatam, c'est aussi le partage des erreurs et des responsabilités. J'assume les miennes, j'attends de toi que tu en fasses autant. La communauté ne peut survivre et progresser que si nous le faisons tous deux.

De la paume, Qatam frappa la balustrade avec une telle violence que le bois faillit se rompre.

– Pauvre prétentiard ! Si nous sommes tous les deux des fouteurs de merde, je te propose que nous nous tirions tous les deux ! C'est la communauté qui décidera ensuite lequel de nous deux était irremplaçable !

Bandeo dut être profondément vexé car il retourna l'offense sans se soucier du tempérament de l'offenseur.

– La communauté est comme un corps et, dans un corps, les muscles et le cerveau sont tout aussi indispensables !

Nous fûmes nombreux à trembler pour le mareyeur, nous attendant que le trappeur bondît pardessus la balustrade et lui démontrât la supériorité du muscle sur la cervelle, mais Qatam se contenta d'un rire très méprisant :

– C'est ça, insulte-moi ! Fais rouler les muscles de ton gros cerveau ! Tu sais très bien que je ne gâcherais pas une chiquenaude pour corriger un impotent… Il n'empêche que si le Conseil démissionne en bloc, il se trouvera des centaines de types pour prendre la relève. Alors que, si Parleur, le prêtre, Halween et moi nous nous tirons, vous vous retrouvez dans une merde noire ! Et nous ne réclamons aucun privilège, nous. Nous faisons même exactement l'inverse. Est-ce que tu peux consacrer une partie de ton intelligence supérieure à piger ça ?

Je crois qu'il avait vu que Bandeo avait pâli sous sa propre témérité et, même si celui-ci n'avait jamais été vraiment un ami, il s'en voulait de l'effrayer. Il recula et se rassit, puis se releva, incapable de contenir une excuse en forme de dernière pique :

– Tu digères mal le pouvoir, Bourgmestre.

Il se rassit, cette fois définitivement. Côté Conseillers, le malaise avait atteint son paroxysme et personne ne trouva le courage de relancer le débat, s'il y avait débat. Alors, avant que Bandeo ne se remît de ses émotions, Parleur prit sur lui de le faire :

– Je crois que Qatam a raison, attaqua-t-il. (Puis il enfonça le couteau loin dans la plaie :) Vous n'êtes pas indispensables.

Avant l'intervention du trappeur, la phrase eût provoqué un tollé. Elle ne fut à l'origine que de vagues murmures. Parleur continua :

– Et c'est un bien, car c'est ce que nous ambitionnions en refermant les Portes : une Colline libre d'irréfutables. Je crains aussi que notre belliqueux ami ait raison sur un second point : certaines compétences sont encore l'apanage de trop peu de Collinards et l'Enclave souffrirait gravement de la défection d'une poignée d'entre nous. Il nous faut veiller à ce que les compétences se diffusent. Vini et pâtré Alviès devraient commencer par enseigner la lecture, l'écriture et le calcul à nos enfants, et nous devrions tous les imiter en leur donnant nos savoirs respectifs. Mescal et moi avons peu à faire, maintenant que nous avons moins à commercer ; nous pouvons nous charger de bâtir une école. À tour de rôle, les artisans viendraient y expliquer les rudiments de leurs disciplines et, plus tard, assureraient une formation plus précise à ceux qu'elles intéresseraient.

Je l'écoutais, nous l'écoutions tous avec une avidité béate. Qu'il eût changé de sujet nous avait d'abord interloqués, presque dérangés, mais ce qu'il mettait en avant, de manière aussi incongrue, était prodigieux. C'était comme s'il claquait les doigts et qu'un univers s'ouvrait et, plus que quiconque, cet univers me fascinait. Oh ! bien sûr, je savais ce qu'il faisait ! J'avais reconnu le décalage dont il avait usé en nous enseignant la *démocratie*. Il avait laissé le conflit se développer jusqu'à l'absurde et il nous projetait à des lieues en avant, si loin que les Conseillers se voyaient minuscules en le regardant faire leur travail.

Cette école, il devait y penser depuis des mois, depuis peut-être l'instant où il avait eu l'idée de l'Enclave, et il la sortait du chapeau comme Mescal en eût tiré un lapin. Après cela, il réglerait le désaccord autour du projet de monnaie avec une semblable et lapidaire conviction, et ce ne serait pas selon sa seule conviction. Ai-je déjà dit que je l'admirais ? Ce jour-là, Tendre Mère, je fus à deux doigts de retourner entre ses bras.

– Je crois aussi que Bandeo a raison : les tavernes doivent se rouvrir et les artisans reprendre leurs ouvrages sans la seule contrainte de nécessité. L'Enclave ne doit pas être une prison de devoirs et d'uniformité alors qu'elle subvient à ses besoins vitaux. Une monnaie ne circulant qu'à l'intérieur de l'Enclave pourrait servir d'étalon, une monnaie de papier puisqu'il est plus facile de se procurer des fibres végétales et des pigments que des métaux. Nous tâtonnerons sûrement pour concevoir une imprimerie à l'image de celles qui produisent des ouvrages pour le Dogme ou la Cour Royale, mais je les ai vues tourner et je dois pouvoir en reconstituer les plans.

– Une monnaie de papier ? s'étonna Ditciec pour notre compte à tous.

Parleur sourit et haussa les épaules :

– Ce n'est ni plus ni moins que le principe des lettres de créance : un billet frappé d'un sceau qui enjoint le Trésor de s'acquitter en écus d'une dette impayée. Au lieu du Trésor Royal, notre monnaie sera fra… imprimée par une banque, soumise à la gestion du Conseil, qui en fixera seule la valeur marchande.

– Tu veux dire qu'elle fixera les prix et…

– Oui, l'Ours. Elle, et elle seule, en tant que représentante de la communauté et en fonction de la difficulté à se procurer telle ou telle marchandise. D'une part, cela évitera les abus. D'autre part, cela nous permettra de contrôler nos besoins.

– Certaines marchandises sont impossibles à évaluer, objecta Bandeo. Comment fixer le prix d'une sculpture, par exemple ?

– Comme pour tout : en fonction du matériau utilisé et du temps passé à la réaliser.

– Et la qualité du travail ? interrogea Peyal. Qu'est-ce que tu en fais ?

– Qui juge de la qualité du travail, Peyal ?

Le boucher n'avait pas de réponse.

– L'acheteur, se répondit Parleur à lui-même. Elle lui convient, il achète. Elle ne lui convient pas, il n'achète pas. De toute façon, le travail ne sera pas coté, parce qu'il ne sera pas rémunéré.

Personne ne se risqua à poser la question qui eût démontré son incompréhension, mais je doute fort que qui que ce fût eût compris.

– Pâtré Alviès aussi avait raison, reprit Parleur, nous sommes tous égaux et nous devons le rester. Chaque semaine ou chaque mois… le rythme idéal est à définir… chaque Collinard recevra une somme calculée par la banque, en fonction de la richesse globale de l'Enclave, et identique pour tous. Il pourra bien sûr en user ou la thésauriser à sa fantaisie.

– C'est une forme de salaire, remarqua Merah, à ceci près qu'il est le même pour tous. C'est pas bête. Comment tu…

– Ce n'est pas un salaire, la coupa Parleur. Même ceux qui travaillent moins ou pas percevront leur écot. Il faudra aussi fixer une quote-part pour les enfants, de façon que les familles ne soient pas lésées et que les adolescents puissent disposer d'une certaine indépendance. Je t'ai interrompue… que disais-tu ?

Merah avait encore la bouche ouverte. Elle la referma le temps de digérer la notion d'écot indifférencié, puis elle posa sa question :

– Comment empêcheras-tu les… débrouillards d'amasser plus d'écus que les autres ?

Parleur ouvrit les bras et sourit.

– Tu n'as pas compris, Merah : le système s'équilibre de lui-même. En contrôlant les prix et les coûts pour qu'ils n'autorisent aucun profit, la banque ne permet à personne de jouer les débrouillards. L'une de vos premières mesures au printemps ayant été de placer la terre et les murs sous la propriété et l'administration de la communauté, il n'existera plus la moindre possibilité de profiter d'un marchandage.

Nous assimilâmes cette information comme nous avions reçu les précédentes, en candides. Mais nous ne l'étions pas tous.

– Il y aura des tricheurs, se ranima Bandeo d'un ton péremptoire. Pas tout de suite, évidemment, mais d'ici un an ou deux, quand nous commencerons à générer des excédents. Un pêcheur ou un chasseur soutirera ses meilleures prises de ce qu'il livre à la communauté et les revendra sous le manteau. Ou quelqu'un acceptera de rendre un service discret moyennant rémunération. Ou…

– Eh bien ! Ta police servira enfin à quelque chose ! l'interrompit Qatam. Tu l'as conçue dans cette intention, non ?

Bandeo n'insista pas. Il savait que le trappeur ne lui laisserait pas placer un mot sans s'en prendre personnellement à lui (c'était le prix à payer pour l'insulte qu'il lui avait adressée). De toute façon, Parleur écarta l'argument d'un revers de la main :

– Des tricheurs, des fainéants, des jaloux, des voleurs, nous serons un jour confrontés à tous les problèmes et, comme tu le dis, cela viendra quand nous serons débarrassés de ceux qui concernent notre survie. Mais là aussi c'est à nous, par l'exemple et l'enseignement, de veiller à ce que nos enfants apprennent ce que nous nous devons mutuellement. Et cela commence maintenant et par vous, Conseillers, dans l'élaboration de notre économie, parce que, si le système est réellement équitable, les tricheurs, les fainéants, les jaloux et les voleurs n'auront aucune raison d'être.

Il n'avait plus rien à nous *révéler*. Il se releva, regarda Bandeo avec la même insistance que celui-ci avait eue à son égard au début de la discussion et s'approcha de la balustrade pour s'adresser une dernière fois aux Conseillers :

– Comme moi, les Collinards négligent trop votre charge. Cette salle devrait être comble et les idées devraient jaillir en permanence. Il faudrait les inciter à assister aux Conseils… peut-être en leur en limitant l'accès par des séances publiques qui précéderaient vos propres débats à huis clos. Il suffit de faire connaître les ordres du jour par voie d'affichage et d'y inclure chaque fois un sujet qui les touche de très près, du moins les premiers temps, pour leur donner l'habitude. (Il prit un air amusé.) Pour aujourd'hui, je crois que nous en avons fini avec le débat public.

Alviès, Qatam et Halween retraversèrent l'auditoire avec lui. Le prêtre se retourna sur le pas de la porte.

– J'espère que vous tiendrez compte de nos suggestions, dit-il.

C'était une façon d'exprimer son total soutien à l'économie proposée par Parleur. Halween, elle, prononça ses premiers et derniers mots dans la Maison du Conseil :

– Ils en tiendront compte, pâtré, ne vous inquiétez pas.

Pas une menace, pas même l'ombre d'une ironie : elle avait bien changé, notre Mante !

Après leur départ, la session du Conseil peina à reprendre. Il y eut de nombreuses discussions par petits groupes et, si quelques-unes concernaient seulement les aspects pratiques de la proposition de Parleur (l'imprimerie et la banque, surtout), la plupart s'efforçaient de l'adapter ou de la déformer pour y introduire les notions qu'elle visait à éradiquer. Puis deux clans se créèrent, l'un, mené par Ditciec et Merah, qui refusait tout compromis au projet soumis par Parleur, minoritaire, l'autre, nettement favorable à sa perversion par un système de contrôle des profits. Il s'agissait non plus d'interdire le bénéfice individuel, mais de le limiter. Bandeo ne prenant aucune position (mais je devinais vers quel camp penchaient ses hésitations), je finis par lui porter l'estocade :

– Tu parlais de tricheurs, lui lançai-je en désignant les supporters du retour au profit, ils sont déjà là. Ce qui prouve non seulement que tout ce qu'ont dit le prêtre et Parleur est vrai, mais que, plus que de ne pas être indispensables, tes Conseillers sont aussi dérisoires qu'inutiles.

Moi, j'eus droit au tollé, et ce fut Peyal qui le déclencha :

– Ça suffit, Vini ! Pour qui tu te prends, à la fin ?

Naturellement, les partisans de la solution équitable me soutinrent de leurs propres huées et Bandeo, enfin, dut se décider à intervenir :

– Notre rôle n'est pas de choisir entre tel ou tel système, rappela-t-il. Notre rôle est de soumettre des propositions aux Collinards qui, eux seuls, peuvent décider de leur réalisation. Ce matin, nous avions un projet unique. Maintenant, il semble en exister deux, mais je note avec satisfaction qu'aucun de vous ne soutient plus le projet initial. Il est inutile de nous jeter des horions. Pâtré Alviès et Parleur nous ont déjà démontré que notre fonction ne faisait pas de nous des êtres parfaits. Si nous ne pouvons nous entendre sur une proposition, présentons-en plusieurs.

Les murmures d'approbation furent plus francs dans le camp de Peyal que dans celui de Ditciec et de Merah.

– Personnellement, poursuivit Bandeo de sa voix bonhomme, comme je ne me reconnais pas dans l'image de partisan de l'inégalité que Parleur et Alviès fabriqueront pour ceux dont les projets favorisent d'une manière ou d'une autre le profit individuel, je défendrai leur proposition telle qu'elle nous a été soumise.

Bandeo dans toute sa splendeur…

Sur la Place du Marché, devant toute la Colline, le Conseil ne soumit qu'une proposition. Bien que surpris, et sans se douter de la crise à laquelle ils avaient échappé, les Collinards adoptèrent facilement le principe de la monnaie de papier. Une autre consultation, une semaine plus tard, aboutit à l'appeler *ivel.* Il fut aussi décidé de la mettre en circulation dès l'automne, ce qui ne me laissait que peu de mois pour mettre en place la Banque de l'Enclave, déterminer ses moyens et ses prérogatives, et chiffrer toutes les valeurs qu'elle aurait à contrôler.

Car ce fut à moi, bien sûr, que le Conseil – presque exclusivement composé d'artisans dont j'avais jadis dressé les comptabilités – demanda de réaliser l'économie inventée par Parleur. Mais je n'acceptai qu'avec la garantie que celui-ci m'épaulerait. Une assistance que Bandeo et Ditciec ne lui arrachèrent qu'en l'accusant de velléité, grâce à l'appui inattendu de Qatam.

Je dois avouer que, si j'appréciai de travailler avec Parleur sur un projet aussi alambiqué, ce ne fut pas son cas. D'une part, avec la construction de l'imprimerie, dont il était l'architecte, et celle de l'école, pour laquelle Mescal le sollicitait fréquemment, il n'avait plus une seconde à lui. D'autre part, je profitais de tous les instants où nous nous retrouvions seuls (et qu'il fuyait comme la malemort) pour l'inciter alternativement à présenter sa candidature à l'élection du prochain Conseil et à répondre enfin aux sentiments d'Halween. Et, puisque de nouveau il évitait ou rabrouait Halween avec une régularité d'horloge, j'abordais ce dernier point sans la moindre finesse :

« – Tu as fait vœu de chasteté ou quoi ? (Ou :) Ça ne te gêne pas d'avoir une esclave ? (Ou encore :) Tu l'as tellement changée que plus personne ne la reconnaît, mais ce n'est pas ça, le pire ; le pire, c'est que, toi, tu ne fais rien pour la connaître.

Je ne lui épargnais rien et lui se contentait de me fuir avec encore plus d'obstination qu'il ne la fuyait elle. De temps en temps, j'avais bien droit à un regard furieux ou à un soupir agacé, mais pas une réplique qui ne durât plus qu'une interjection. Alors que, lorsque je parlais du Conseil, il formulait une phrase complète, toujours la même :

« – N'insiste pas, Vini.

Un soir de fin de printemps, alors que nous étions épuisés par une journée entière de calculs et d'ajustements, je pris conscience que, faute de place, nos bras et nos jambes se frôlaient fréquemment. Nous étions seuls dans l'annexe ajoutée à la Maison du Conseil et il y avait peu de risques qu'on vînt nous déranger. J'eus envie non pas de faire l'amour, mais de sentir mon corps s'échauffer. Je me lançai dans un jeu de contacts *involontaires* de plus en plus longs et de plus en plus appuyés. Ce fut facile, nous étions assis sur le même banc et le pied de la table l'empêchait de s'écarter autrement qu'en se levant.

Je fis durer le jeu une bonne heure, jusqu'à ce que les nerfs de ma peau fussent dans un état d'excitation presque insupportable, jusqu'à ne plus pouvoir contracter un muscle sans ressentir la chaleur entre mes cuisses. Jusqu'à apercevoir l'érection sous ses braies.

Je posai la main sur la bosse que formait son sexe et, du pouce, j'en caressai le gland. Quand je me penchai vers sa bouche pour l'embrasser, je ne sais pas ce qui se passa. Mon désir ne s'évanouit pas, il se figea, juste en deçà du seuil de la douleur, et je l'embrassai sur la joue, très sororalement, avant d'appuyer ma tête sur son épaule et de lui parler à l'oreille, avec plus de tendresse que je ne l'avais jamais fait.

– Qu'est-ce qui t'empêche d'offrir ça à Halween ?

J'avais passé mon bras gauche autour de sa taille et, de la main droite, je continuai à lui masser le sexe à travers le lin, très lentement, très langoureusement. Il n'eut pas un geste de recul, pas une crispation et sa turgescence ne faiblit pas. La douceur de ma voix peut-être, ou l'étrangeté de la situation, ou quelque chose de très profond qui le ramenait à l'enfance… il se mit à parler, sur le ton de l'aveu :

– C'est au-delà de mes forces… J'ai essayé, tu sais ? Je veux dire : j'ai essayé de ne plus avoir peur d'elle, de ne plus… (il retint son souffle et le relâcha d'un coup :) souhaiter sa disparition. Pas sa mort, tu comprends ? Simplement qu'elle ne soit plus là.

Il se laissa glisser et appuya ses épaules contre le mur. Je me collai davantage à lui et je continuai à le caresser. Je n'avais rien d'autre à faire. Je n'osais pas prononcer un mot.

– Tous, vous l'appelez la Mante, reprit-il, tous vous la redoutez, mais je suis le seul qu'elle peut vraiment dévorer. (Le débit de ses paroles ralentit et sa respiration se fit irrégulière.) Elle n'est que pur instinct, alors que je n'ai même pas celui de la survie, et elle est mon contraire en tout point. T'es-tu demandé ce qui se produirait si je lui cédais ? Combien de temps il s'écoulerait avant qu'elle ne tue quelqu'un parce qu'elle craindrait pour ma vie ? Et que se passerait-il si elle devenait jalouse ? Je suis incapable d'assumer ça, Vini.

Sous l'étoffe, son sexe mollit. L'évocation de sa terreur d'Halween le privait de désir. Car s'il y avait une chose que je comprenais enfin, c'était qu'elle le terrorisait. Non qu'elle fût son contraire, ainsi qu'il le prétendait, mais parce que, d'une certaine façon, elle était son complément et qu'il se savait impuissant face à ce qui lui manquait. Je devinais aussi qu'il avait dû renoncer à beaucoup de lui-même pour emprunter la voie que les écrits de Karel avaient révélée, et qu'une part de ses abandons se reflétait en Halween.

Je retirai ma main de ses braies et me redressai.

– Je suis sûrement mal placée pour te dire ça, parce que je suis moi-même très lâche en matière de sentiments, mais tu devrais les traiter comme tu traites tout le reste : en leur rentrant dedans.

– Je n'ai aucun sentiment pour Halween ! s'offusqua-t-il.

– Je parle du sentiment que tu as de toi. Tu sais : cette espèce de fierté furieuse, que tu ressens en étant l'unique et irréprochable défenseur des idées de Karel.

Son expression n'eût pas été moins hagarde si j'avais parlé une langue de l'Orient.

– Tu t'es donné une mission, Parleur, et, ma foi, tu l'as merveilleusement bien remplie. Maintenant, il serait temps que tu te donnes aux autres.

Il commença à froncer les sourcils, mais je n'en avais pas fini :

– Cela va être très difficile, parce que, au lieu de nous aimer pour ce que nous représentons, tu vas devoir nous aimer pour ce que nous sommes. Un par un, pas en communauté.

La barre sur son front se rida de deux autres lignes.

– Je ne peux pas aimer Halween.

– Je ne suis pas certaine que tu puisses aimer qui que ce soit, mais, au moins, fais semblant ! Et, si cela te pose un problème, tu n'as qu'à considérer que c'est une partie intégrante de ta mission. Un nouveau défi, en quelque sorte. Tu sais ce que disait Karel ?

« Je n'aurai jamais le temps d'aimer tout le monde, alors je profite de chaque occasion pour t'aimer toi, ma sœur, et toutes celles que j'ai la chance de pouvoir choyer. »

« Et les hommes ? ai-je demandé pour le taquiner. Tu n'as jamais envie d'aimer les hommes ? »

« C'est trop facile d'aimer les hommes… ils ne sont que généralité ou ils n'espèrent rien de moi. »

Ce qu'il y avait de pratique avec Parleur, c'était que, en citant Karel, je ne risquais pas de riposte, sinon Karel. Mais là, je savais qu'il séchait.

– Tu devrais abandonner les généralités, conclus-je en me levant, et choyer les espérances de celles qui t'en donnent l'occasion.

Je le laissai méditer sur ce pluriel qu'il savait de pure forme. Par la suite, ayant dit tout ce que j'avais sur le cœur, je n'abordai plus le sujet. Bien sûr, il ne cessa pas de rabrouer Halween du jour au lendemain, mais, petit à petit, son attitude devint moins hostile.

Je le vis même, un soir d'ivresse, la laisser s'asseoir sur ses genoux et je suis sûre qu'il n'en fut pas dégoûté. Puis, à la fin de l'été, il se mit à la regarder. À la regarder vraiment. Si les vendanges ne nous avaient pas apporté leur content de mauvaises surprises, il lui eût cédé avant l'automne.

Ce fut d'abord Cantal, le pêcheur géant de la Basse-Ville, qui se risqua dans le Marais pour demander au Guevian de porter un message à Ditciec. Le message ne disait pas grand-chose, sinon qu'il souhaitait nous rencontrer, nous : Parleur, Ditciec et moi. L'imprimerie n'était pas achevée et la mise en place de notre économie s'avérait plus difficile que prévu, mais, au nom du Conseil, Ditciec insista pour que nous l'accompagnions au village des contrebandiers, où Le Guevian avait accepté d'organiser notre rencontre.

« – Cela vous changera les idées, avait-il affirmé.

Cela nous les changea, en effet.

Nous étions déjà dans la hutte du Guevian lorsque deux de ses guetteurs y conduisirent Cantal dûment cagoulé. Ditciec lui ôta lui-même sa cagoule et les deux hommes s'étreignirent avec chaleur, avant que nous ne prenions place sur les sofas qu'un contrebandier avait *empruntés* à un poussah d'Orient. Nous dûmes pratiquement insister pour que Le Guevian restât avec nous. Puis il nous sortit un cognac de Montille, nous servit dans de petits verres magnifiques et se fit le plus discret possible.

– Alors ? attaqua Ditciec. Mes amis de la Basse-Ville se languissent de moi ?

– Tu représentes un sacré trou dans les affaires des poissonniers ! rit le géant (pourtant son rire ne sonnait pas juste). Mais ce n'est pas pour ça que je voulais te voir… vous voir tous les trois.

Il nous regarda tour à tour avec un air embarrassé et, enfin, il se lança :

– La Colline est le dernier endroit libre de Macil… Tous les villages qui s'étaient soulevés ont été écrasés par le Sénéchal. Pour ce qu'on en sait, ça n'a pas été beau à voir. Il y a eu pas mal de grabuge jusque dans la Basse-Ville, mais, pour une fois, ce n'est pas nous qui avons le plus trinqué. Le plus curieux, c'est que nous le devons au Prévost et au Prince en personne. Ils ont carrément fait barrage aux troupes du Sénéchal.

– C'est curieux, en effet, commenta Parleur.

– Ce n'est pas le seul truc curieux. Le Connétable a baissé les impôts dans toute la Province et le Prince a viré le Sénéchal… un protégé du Roi, tu te rends compte ? Il paraît que l'Infante a été obligée d'implorer son père à genoux pour qu'il ne punisse pas son Heyel de mari ! On dit aussi que la Garde Macilienne a mis une sacrée pâtée aux troupes de mercenaires dont le Sénéchal s'était encadré. Dix mille morts selon les uns, vingt mille selon les autres. Les mercenaires ne voulaient pas quitter la Province et ça a été une sacrée bataille… En tout cas, le Roi a massé une véritable armée sur les frontières des Provinces avoisinantes ! Un putain d'avertissement, si vous voulez mon avis !

Nous hochâmes la tête. Satisfait, le pêcheur reprit :

– Bref, la Citadelle fait un peu profil bas en ce moment. Heyel a rabattu la plupart de ses divisions sur Macil et il laisse son frère monter au créneau.

– Yergheli ? m'exclamai-je.

– Ouais, l'archiprêtre Yergheli, en passe de devenir le plus jeune Primat de l'histoire du Temple, est en train de se servir de tout le poids du Dogme pour amadouer le Roi, sans que Macil fasse amende honorable, et tout en obtenant la *démission* de plusieurs ministres.

– Le bruit court que deux têtes sont déjà tombées, confirma Le Guevian, et qu'une autre devrait y passer.

– Tu étais au courant de tout ça ? s'étonna Parleur (un rien suspicieux).

Le contrebandier haussa les épaules.

– Ça et d'autres choses, pourquoi ?

– Tu aurais pu nous mettre au courant !

– J'aurais peut-être dû, tu as raison. Mais j'ai mes propres soucis et je n'ai guère le temps de vérifier les rumeurs. Puis je ne vous ai pas beaucoup vus, ces derniers mois…

Parleur leva une main pour s'excuser et fit signe à Cantal de poursuivre.

– Il n'y a pas que la Garde qui s'est rabattue sur Macil : la moitié des frondeurs ayant échappé aux massacres se sont donné rendez-vous dans la ville… dans la Basse-Ville, pour être exact. Ce n'est pas que nous les intéressions beaucoup, soyons francs, ni qu'ils soient tellement nombreux… une centaine, mais… comment dire…

– Ils sont venus pour la Colline, c'est ça ? l'aida Ditciec. Et la Basse-Ville ne les héberge pas de bonne grâce ?

Le géant hocha plusieurs fois la tête.

– L'accueil est assez froid, en effet. Il y a ceux qui ont peur d'une descente de la Garde, même si la Prévosté nous laisse plutôt tranquilles en ce moment, et il y a ceux qui ne jurent plus que par leur Prince retrouvé… je crains que ceux-ci ne finissent par faire du zèle.

– Heyel a bien manœuvré, souligna Parleur. Il a poussé la Province à la rébellion, il l'a fait mater par un émissaire royal, se débarrassant de la plupart des empêcheurs de tourner en rond, et maintenant il récolte les fruits d'une bienveillance toute neuve !

– C'est exactement ça, approuva Cantal. Et, dans la Basse-Ville, j'en connais beaucoup qui ne sont pas franchement rassurés d'avoir la Colline au-dessus de leurs têtes. Si tu vois ce que je veux dire…

– Nous voyons très bien, affirma Ditciec. Bon, qu'est-ce que tu veux, au juste ?

Il connaissait la réponse à sa question. Nous la connaissions tous. Pourtant il fallait bien que le géant la formulât. Il vida son verre d'un trait, comme pour se donner du courage, et il lâcha le morceau d'un coup :

– Je crois que la Colline devrait adopter les frondeurs. Je sais que ce sont des bouches en plus à nourrir et qu'ils ont beaucoup à oublier ou à faire oublier, mais ce sont des gens qui se sont battus pour conquérir le même genre de liberté que vous vous êtes offerte et ce ne sont ni des cossards ni des veules. Mon opinion, c'est qu'ils en ont assez bavé, quoi !

Nous nous regardâmes, les yeux inexpressifs.

– Combien sont-ils exactement ? interrogea le Conseiller Ditciec.

– Cent sept… cent huit avec moi.

– Toi ?

– Si j'avais su comment m'y prendre, je vous aurais bien rejoints avant. Puis tu sais ce que c'est, non ? Tant qu'on peut servir à quelque chose… Je ne dis pas que la Basse-Ville n'a plus besoin de moi, mais les gens me dégoûtent. Ils haïssent la Citadelle pendant des années et il suffit que le maître leur flatte la croupe pour qu'ils lui lèchent la main. (Il secoua la tête d'un air écœuré.) Faméliques puis fidèles, je ne veux ni gémir, ni remuer la queue avec eux.

De retour dans l'Enclave, nous nous rendîmes directement à la Maison du Conseil. Nous n'avions bien sûr rien promis au géant et nous avions mis à profit le trajet pour adopter tous trois une attitude commune. Malgré celle-ci, à peine présentée, la requête de Cantal déclencha une polémique des plus passionnées. Sur le principe, à l'exception de Peyal, plutôt enclin au chauvinisme, nous étions tous d'accord : l'Enclave devait assistance et hospitalité à ceux qui fuyaient la répression de la Citadelle, à condition qu'ils se plient à nos règles. Sur le plan pratique, nos points de vue divergeaient de manière notable, mais ils tenaient d'un même constat : la Colline et ses ressources n'étant pas extensibles, nous ne pouvions pas augmenter ou laisser croître sa population sans contrôle. Or, plus nous accueillerions de migrants, plus nous devrions limiter les naissances, ce qui, en termes de productivité, entraînerait un vieillissement embarrassant des Collinards.

Nous débattîmes trois jours durant et nous convînmes de soumettre l'accueil des frondeurs à l'ensemble de l'Enclave, en insistant bien sur la nature exceptionnelle de la démarche. Nous décidâmes aussi que l'événement ne devrait jamais être divulgué à l'extérieur.

Comme toujours, l'assemblée se tint sur la Place du Marché et tous les Collinards adultes y participèrent, mais ce fut la première fois, depuis que nous avions refermé les Portes, qu'ils me déçurent. Non qu'ils rejetèrent la requête de Cantal, mais parce qu'elle ne fut acceptée qu'à une faible majorité : le discours xénophobe de Peyal ayant éveillé des peurs aussi stupides qu'égoïstes. L'Enclave était un privilège que les Collinards redoutaient de partager !

Je retaillai ma plume la plus vive et le Vielleux ressortit ses instruments. Qatam, lui, se remit à gronder et Parleur n'eut aucun mal à convaincre Mescal d'enseigner la lecture sur les textes de Karel. En outre, il s'en prit ouvertement et violemment aux sectaires qu'avait révélés Peyal, du moins aux prosélytes qui avaient clamé haut et fort leur *enclavisme.* Il ne fut pas le seul, malheureusement, et cela ne se passa pas sans altercations, dont une, plus chaude que les autres, s'acheva à coups de poing.

La bagarre se déroula dans le chemin Aux Dames le dernier soir de l'été, soit neuf jours après que Cantal et les frondeurs eurent rejoint l'Enclave. Elle ne causa que des ecchymoses et quelques entailles mineures, mais personne ne pouvait dire la tournure qu'elle eût prise si Egvand et ses hommes n'étaient pas intervenus aussi rapidement. Elle opposa une centaine d'*enclavistes* à une poignée de frondeurs des Montagnines, vite secourus par des Collinards moins sectaires. En soi, ce n'était déjà pas un événement qui pouvait nous laisser indifférents, mais ce que nous révéla Egvand, lorsqu'il vint en personne nous en informer (alors que nous peaufinions notre économie dans l'annexe de la Maison du Conseil), nous affligea totalement.

– Le boucher a mis des vers dans le bois, commenta-t-il après nous avoir raconté la rixe, et ça ne va pas être facile de les déloger… parce que ce ne sont pas des Peyal qui étaient aux Dames, ce soir, c'étaient des gosses !

Je n'en croyais pas mes oreilles.

– Des gosses ? m'égosillai-je.

– Le plus vieux a vingt-deux ou vingt-trois ans et la plupart en ont seize ou dix-sept. D'ordinaire, ils sont plus arrogants que méchants. Seulement, plus le temps passe, plus ils s'ennuient. Alors, entre les contraintes de l'Enclave et le discours de Peyal, ils se sont inventé une espèce de croisade contre la mollesse du Conseil. Pour eux, Bandeo est un vendu et les Conseillers des fainéants. Qatam est un ringard, moi je suis un garde-chiourme et toi, Parleur, tu es un pleutre.

– Et moi ? demandai-je.

Du regard, Egvand s'assura que j'étais certaine de vouloir entendre la réponse à ma question. Je l'étais. Il soupira :

– Une catin… et si ça peut te rassurer, c'est Hal-ween qui a le pire sobriquet : ils l'appellent l'Esclave.

Je jetai un coup d'œil à Parleur : il était cramoisi.

– J'ai coffré les plus virulents pour la nuit et celui qu'ils considèrent comme leur porte-parole, reprit Egvand. Un certain Nielli.

– J'aurais dû m'y attendre, dit Parleur. (Puis il frappa la table de la main :) Et merde ! Il aurait pas pu mûrir un peu ? Je vais aller lui parler.

– C'est inutile, le découragea Egvand. Il sait très bien ce qu'il fait et ça l'amuse beaucoup. Non, le mieux que vous ayez à faire, c'est de distribuer les ivels au plus vite et de rouvrir les tavernes. C'est de distraction qu'ils ont besoin, pas de morale.

Les papetiers produisaient autant de papier à billets qu'ils le pouvaient et l'imprimerie tournait à plein rendement, mais nous ne serions pas prêts avant plusieurs semaines.

– C'est amplement suffisant, assura le capitaine. Avec une nuit au poste et le savon que je leur ai passé, ils ne cesseront certainement pas d'inventer des conneries, mais ils n'en feront plus pendant quelque temps ! Toutefois… et je préfère vous en parler avant d'en parler à Bandeo (il ne m'incluait que par politesse, mais j'appréciai l'intention…) il ne faudra pas attendre qu'il y ait mort d'homme pour prendre le problème à bras-le-corps. Il serait donc infiniment préférable que vous trouviez une solution, avant de devoir vous demander ce que vous allez faire d'un meurtrier.

– À quel genre de solution fais-tu allusion ? demanda Parleur.

– C'est toi le spécialiste des idées géniales, alors ne compte pas sur moi pour te parler de prison, de punition, de bannissement ou de n'importe quoi ! Ce que je veux que tu comprennes, c'est que, Collinard ou pas, Nielli est une teigne et qu'il finira par planter quelqu'un. Or l'Enclave ne…

– Personne n'est une teigne, Captain' Miette !

– En matière de durs à cuire, c'est moi, le spécialiste, Parleur ! Et le spécialiste te dit que l'Enclave ne doit pas laisser un Nielli la déstabiliser. Je t'ai prévenu, je préviendrai Bandeo. C'est à vous de réfléchir au comment du pourquoi.

Egvand nous abandonna à nos comptes, mais nous ne reprîmes pas leur étude. J'étais un peu secouée et Parleur était franchement énervé. Intellectuellement, il avait toujours su que nous finirions par nous confronter à ce type de problèmes, mais il n'avait jamais envisagé que ceux-ci surgissent aussi rapidement, ni imaginé que nous devrions effectivement les résoudre.

– Que va-t-on faire ? demandai-je lorsque j'en eus assez de son silence.

– Sanctionner, laissa-t-il tomber. Que veux-tu que nous fassions ? Bandeo va convoquer un Conseil spécial de l'Enclave, auquel les Collinards seront invités à participer, et les Conseillers condamneront les responsables de la rixe à terminer la construction et l'aménagement des logements pour les nouveaux arrivants.

– Les punir par où ils ont péché… bien pensé !

– Ce n'est pas une punition, c'est une réparation. Il faut que nous nous en tenions au principe d'équité : celui qui lèse répare. Le hic, c'est que ça ne résout pas le cas Nielli, car il n'y a aucune raison que nous le traitions différemment des autres. Si Egvand ne se trompe pas, nous devrons attendre qu'il récidive, en espérant que ce ne soit pas trop grave, pour prendre une mesure plus contraignante.

J'attendais qu'il poursuivît, mais il ne le fit pas.

– Quelle mesure ? le relançai-je.

– Si je le savais, Vini... De toute façon, je ne crois pas à un système qui soit obligé de recourir à la rétorsion. Je vais voir avec Qatam et Mescal si nous ne pouvons pas lui fournir des occupations dans lesquelles il trouverait sa part de responsabilité.

Il n'eut malheureusement pas de temps à consacrer à Nielli.

Toute la journée, le lendemain, nous pûmes voir les galères de la Citadelle s'enfoncer dans le delta ou traverser le fleuve à hauteur de la Ménargue. Des dizaines de vaisseaux de guerre, des centaines d'embarcations plus petites et mieux adaptées à la navigation dans les canaux du Marais. Quelques bateaux se positionnèrent sur le Bleyan, sous nos propres falaises, entre la mangrove et le Causse.

En fin d'après-midi, nous aperçûmes çà et là des filets de fumée. Le soir, le Marais brûlait en des dizaines d'endroits, comme si quelqu'un avait réussi à enflammer l'eau.

– La tourbe en décomposition, expliqua Mescal, et probablement quelques barriques de goudron. L'été a été très sec, les chenaux sont à leur plus bas niveau, gorgés de boue de bitume et de naphte, et même les palétuviers doivent s'embraser comme le paillis.

Ce que nous craignions se produisit peu avant l'aube. De grandes flammes jaunes s'élevèrent dans la nuit, au cœur même du Marais, là où quelques-uns d'entre nous situaient le village des contrebandiers.

Dans la matinée, la flotte princière manœuvra à la lisière des marécages et, par moments, nous vîmes des yoles en surgir, instantanément éperonnées et coulées. Heyel avait entrepris de nettoyer le Marais, son armée le faisait de façon systématique.

– Nous pouvons dire adieu à notre principal fournisseur, commenta Qatam avec cynisme.

– Tu lui diras adieu quand tu verras son cadavre ! cracha Halween.

Avec des centaines de Collinards, nous étions au bord de la falaise. Nous y étions revenus plusieurs fois depuis la veille, effarés de ce à quoi nous assistions. Halween, surtout, la Mante, qui dans chaque flamme et dans chaque barque coulée, voyait sa jeunesse disparaître à jamais. Halween, qui ne détachait pas son regard d'une zone précise du Marais, une zone d'où montait une épaisse fumée de suie. Halween qui tremblait de rage et d'impuissance et qui se mit à pleurer.

Qatam en blêmit jusqu'à perdre toute couleur et s'excusa au moins dix fois pendant qu'elle le toisait de ses larmes. Parce qu'elle le toisa, les épaules et le ventre secoués de sanglots, et elle ne lâcha son regard que lorsqu'il eut baissé les yeux.

Alors Parleur la prit dans ses bras et, en la serrant longuement, en mêlant ses propres larmes aux siennes et en lui baisant les yeux, les joues et les lèvres, lui murmura ce que Karel lui eût dit :

– *Pleure, Halween, pleure tout ton soûl et le mien. Pleure jusqu'à éteindre les flammes qui brûlent le Marais, et jusqu'à étouffer celles qui te rongeront quand ta colère criera vengeance. Pleure pour lui, pleure pour les siens, pleure pour tous ceux qui l'ont précédé et pour tous ceux qui le suivront, pleure contre tout ce qui rend cela possible, mais ne pleure pas sur toi, tu n'éteindrais que ta seule souffrance.*

Mais ce n'était pas du Karel.

Rapport du Premier Maître de la Loge Macilienne au Vénérable Grand Maître de la Ghilde (extraits)

Cela m'a pris du temps, mais j'ai enfin réussi à infiltrer l'Enclave, en me servant du jeune Maître que nous avions expédié dans les camps rebelles des Montagnines. C'est un archer hors pair qui a pu me faire parvenir un premier rapport, lacé à une flèche, moins de quatre nuits après son infiltration. Depuis, il m'en expédie régulièrement et tous sont porteurs de nouvelles alarmantes…

Notre agent sur la Colline – l'Assistant même que vous m'aviez délégué et que je pensais mort – a trahi ou, s'il ne l'a pas fait, il a déserté. Il s'est carrément placé au service du Conseil de l'Enclave et se voue totalement et sincèrement à la mission que celui-ci lui a confiée.

Je ne m'étendrai pas sur le système politique mis en place par les Collinards (il est amplement détaillé dans le dossier joint), mais vous pourrez juger du schisme qu'il risque de créer dans un contexte monarchique et, comme moi, vous ne douterez pas, si les Portes de la Colline devaient se rouvrir d'elles-mêmes, que, au moins par l'esprit, les Collinards n'y renonceraient jamais.

De toute façon, si d'aventure nous parvenions à les affamer ou si la malemort les frappait de plein fouet, je ne crois pas qu'ils se résoudraient à réintégrer la Province.

Entre autres choses, Vénérable, ils se sont dotés d'une autonomie alimentaire, d'un gouvernement, d'une police, d'une école, d'une économie et d'une monnaie. Une monnaie de papier, Vénérable, produite par leur propre imprimerie, gérée par leur propre banque et distribuée équitablement à tous ! Car, en tout, l'équité est leur maître mot. Que voulez-vous que leur fasse miroiter la Citadelle ? Que voulez-vous que leur offre le Prince ?

La fin d'une famine qu'ils ne connaissent pas ?

À ma demande, le Connétable a constitué des garnisons dans tous les villages qu'ils pourraient atteindre et l'Armée Princière a écrasé les contrebandiers, brûlé leur village dans les marais et exécuté ceux qui essayaient de fuir. Mais quel refuge croyez-vous que ces marauds sans morale tentaient d'atteindre ? La Colline, bien sûr, comme l'ont tenté avant eux les survivants des frondes auxquelles nous avons mis un terme.

Le Prévost fait surveiller le fleuve et des patrouilles arpentent les gorges de l'Aven et la garrigue, mais c'est sans espoir : même si l'Enclave stoppait ses expéditions, elle ne manquerait de rien, ou de si peu qu'une poignée d'hommes pourraient aller le chercher sans que nous le sachions.

Ils ne nous ont pas seulement échappé, ils se sont mis hors de notre portée, et ils l'ont fait de manière admirable. Car, quoi qu'il advienne, Vénérable Maître, leurs audaces et leurs innovations franchiront les siècles et feront le tour du monde. Ce qu'ils ont réalisé, d'autres le réaliseront. Nous peut-être. Nous sûrement. Ne sommes-nous pas le mouvement intemporel qui permet aux hommes de rattraper le destin de l'humanité ? Un de vos successeurs, Vénérable Maître, favorisera l'égalité par le droit. Un autre promouvra les vertus de l'école populaire. Un troisième participera à la chute des monarchies (ne vivons-nous pas déjà leur déclin ? Ne sommes-nous pas leur fin ?). Et s'ils ne le font pas, *si nous ne le faisons pas,* d'autres le feront, des individus très ordinaires issus de leurs modestes milieux, qui se passeront du Dogme, des Citadelles et de nous. Malgré nous.

Mais c'est à vous aujourd'hui que j'ai affaire, et c'est à moi qu'ils ont affaire.

Pour m'épargner tout espoir et toute désillusion, je ne vous présente aucune conclusion, aucune proposition. J'attends vos ordres.

DERNIÈRE VEILLÉE

Une semaine après que les feux se furent éteints dans le Marais, les galères princières coulèrent la dernière yole qui tenta de franchir le Bleyan, mais elles ne se retirèrent pas. De jour comme de nuit, elles continuèrent à sillonner le fleuve et, depuis leurs ponts, les archers nous adressaient une volée de flèches chaque fois que nous nous approchions du bord du Causse. Les flèches ne nous atteignaient pas, mais elles interdisaient toute tentative de remettre les nacelles en fonctionnement.

Dans les gorges de l'Aven, ce n'était guère mieux. Nous pouvions encore tenter l'aventure de nuit, mais il fallait être rentré avant le lever du soleil et faire preuve d'une prudence extrême pour éviter les patrouilles. La Citadelle avait décrété le blocus de l'Enclave et, même s'il ne nous importunait que sur le principe, nous devions reconnaître qu'il était efficace. En fait, malgré nos ressources et notre fatalisme, nous étions inquiets, moins parce que nous serions à court de bois avant l'été (le bois de chauffe était notre seul problème, mais nous avions de quoi passer l'automne, l'hiver et le printemps sans nous rationner, et Parleur étudiait l'usage du lisier fermenté comme source d'énergie) que parce que le revirement dans l'attitude d'Heyel à notre égard annonçait la volonté d'en finir avec nous. Cela prendrait sûrement plus d'une année, peut-être deux, mais il finirait par comprendre que, subvenant à nos besoins, nous ne nous rendrions pas. Que ferait-il alors ?

Plusieurs pensaient qu'il tenterait de négocier notre reddition. Beaucoup estimaient qu'il essaierait la manière forte avant de s'y résoudre. Certains envisageaient de devoir lui abandonner la Colline contre un passage vers les continents de l'Occident. Et l'idée était séduisante, mais, à l'instigation de Parleur et de Bandeo, nous encouragions ses promoteurs à la garder pour eux, car elle portait les germes du renoncement.

Arrivée avec l'automne, la pluie persista quatre semaines durant, une pluie froide et agaçante, puis le soleil nous gratifia d'un retour d'été, tardif mais rassérénant. Quelques jours après qu'il eut réapparu, quand la terre eut un peu séché, Ielo et Meo surgirent aux Enselvains en pleine nuit, réveillant toute la taverne tant ils étaient excités. Au nord des marécages, ils avaient aperçu un feu, un feu étrange.

Parleur et Halween se précipitèrent sur la falaise et observèrent le point jaune un long moment avant de convenir qu'il ne s'agissait pas d'un feu de camp, mais bien d'un signal. Les flammes semblaient monter très haut, puis elles disparaissaient d'un coup, et réapparaissaient, toujours aussi fortes, après une poignée de secondes.

– Le Guevian, assura Halween, et au moins trois de ses hommes… Il faut être quatre au minimum pour tendre une couverture au-dessus d'un feu si important. Ils sont sur l'une des îles Mara, entre le Grand Chenal et les sables mouvants. Je vais les chercher.

Qatam, qui s'habillait encore en les rejoignant, l'approuva :

– Je vais avec toi.

– Moi aussi, dirent simultanément Meo et Ielo.

– Hors de question ! les récusa Halween. J'y vais seule, parce que, seule, j'ai toutes les chances de passer et que nous serons bien assez nombreux au retour.

– Ils seraient même bien assez nombreux sans toi, objecta Parleur.

Halween plissa les yeux.

– Qu'est-ce que tu veux dire ?

– Je veux dire que s'ils avaient voulu ou pu gagner la falaise, ils l'auraient déjà fait.

– Ce ne sont pas des grimpeurs, Parleur. Comment auraient-ils été sûrs d'atteindre le Causse sans que nous les hissions ? (Elle réfléchit une seconde et lui dédia son plus beau sourire :) Tu as peur pour moi ?

Rien n'avait changé entre eux, si ce n'était qu'il lui accordait un peu plus d'intérêt qu'aux autres femmes et qu'il ne s'y résolvait pas pour l'empêcher de nuire (à son sens) ou parce qu'elle ne lui laissait pas le choix. Et, même si son seul élan de tendresse s'était éteint avec les larmes qu'elle avait versées, il allait aussi souvent au-devant d'elle qu'elle le faisait pour lui.

– Et si ce n'était pas Le Guevian ? tricha-t-il.

– J'en serais quitte pour une baignade gratis.

– Une baignade ?

– Les nuits sont trop claires, une barque serait facile à repérer, tandis qu'un tronc qui flotte…

– Je t'accompagne, insista Qatam.

Elle secoua fermement la tête.

– Non. Tu nages pas mal et tu te démerdes bien dans le Marais, mais j'irai plus vite sans toi.

– Tu n'auras qu'à me lâcher si je te ralentis…

– Merde, Qatam ! En cas de coup dur, ta place est ici, d'accord ?

– D'accord, s'inclina le trappeur en se tournant vers le Plateau. (Puis il changea d'avis et lui tendit son sabre.) Prends ça.

Halween éclata de rire :

– Qu'est-ce que tu veux que je fasse de ça ? Trouve-moi plutôt une corde et veille à ce qu'elle soit toujours en place à mon retour.

Je n'assistais pas à cette scène et je le regrette. J'aurais aimé voir la tête de Parleur, et quand elle refusa l'arme, et quand, juste avant de se jeter dans le vide (en rappel et avec un harnais, évidemment !), elle l'embrassa à pleine bouche.

Deux jours plus tard, en même temps que l'aube, elle était de retour. Elle ramenait Le Guevian et vingt-six de ses hommes, tous blessés ou dans un état d'épuisement qui en disait long sur les semaines qu'ils venaient de vivre. Mais ils ne racontèrent pas plus leurs mésaventures qu'Halween ne raconta sa dernière escapade dans les marais. Nous apprîmes seulement que d'autres contrebandiers avaient échappé au massacre et qu'ils avaient préféré fuir vers l'ouest. Peu de chose, en somme…

Ah ! Si : ce fut Parleur qui tendit la main à Halween, lorsque sa tignasse rousse et ses yeux verts émergèrent de la falaise. Elle se laissa tracter, bien sûr, et, dans le même mouvement, elle se redressa sur ses jambes, se plaqua à lui et l'embrassa de nouveau à pleine bouche. Cette fois, j'étais présente et j'eus le temps de compter jusqu'à cinq avant qu'il la repoussât.

– Résistance passive ? lui glissai-je à l'oreille.

Qatam fut plus direct que moi :

– Tu vieillis, Parleur. Fais gaffe ! Un jour, elle va te serrer entre ses cuisses et tu ne réagiras pas assez vite pour prétendre au viol.

Aux Enselvains, une heure plus tard, Halween offrit sa chambre à Le Guevian, et, le soir même, migra dans celle de Parleur. Là aussi, j'y étais et, pour rien au monde, je n'aurais raté ça.

Contrairement aux contrebandiers, Halween n'avait pas dormi de la journée – je doute pourtant qu'elle eût dormi plus d'une heure durant les deux derniers jours – et elle s'était affairée avec beaucoup d'autres à transformer un entrepôt en maison d'hôtes pour les hommes les plus valides parmi ceux qu'elle avait ramenés. Le soir, elle regagna la taverne avec moi et visita les blessés, chambre après chambre, pour finir par la sienne, où nous attendait un Le Guevian encore hagard. Tout en prenant de ses nouvelles et tandis que je changeais ses pansements, elle vida son placard de tous ses vêtements et les rangea dans une malle que Gabar lui avait portée. Quand elle eut fini, elle me désigna une poignée de la malle et me demanda de l'aider. Ce que je fis, la suivant dans le couloir de l'étage, jusqu'à la chambre de Parleur.

J'ai l'étonnement facile et j'avoue que, là, elle me sidéra mais la stupeur de Parleur fut sans commune mesure avec la mienne.

Il sortait de la chambre de Mescal et était à moins de dix pieds de nous lorsque Halween posa la main sur la poignée de sa porte, la tourna et, sous son nez, nous entraîna, la malle et moi, à l'intérieur. Nous eûmes le temps de choisir l'angle de mur dans lequel nous posâmes la malle avant qu'il fît irruption derrière nous. Je ne dirais pas qu'il était enragé – en fait, l'hébétude l'emportait sur la colère –, mais l'expression sur son visage n'était pas particulièrement amène. Sa voix, elle, hésitait entre la panique et la fureur :

– Attendez ! Vous faites quoi, là ?

Halween lui décocha son regard le plus amusé, s'approcha de lui à le toucher et, tout naturellement, lui répondit :

– Je m'installe.

Il était effaré au point que son cerveau refusait de comprendre :

– Tu t'installes, mais… C'est Gabar qui…

Elle ouvrit de grands yeux ronds, innocents à l'envi.

– Gabar ? Que vient faire Gabar là-dedans ?

Elle avait un aplomb fabuleux. Je devrais dire : elle était enfin sûre d'elle, et lui, qui avait réponse à tout parce qu'il pensait toujours à tout avant tout le monde, lui n'était plus qu'un enfant, pris en défaut alors qu'il jouait à l'adulte. Il se déhancha à gauche, puis à droite, et se mit sur la pointe des pieds pour chercher de l'aide dans mon regard, mais elle se déhancha et se haussa avec lui.

– Coucou ! (Elle agitait les deux mains à hauteur de son visage.) C'est là que ça se passe, entre toi et moi.

Alors il reposa les pieds sur terre, dans tous les sens de l'expression. Du moins s'y essaya-t-il et s'efforça-t-il de ne le faire que partiellement :

– D'accord, je veux bien t'arranger pour une nuit… j'irai dormir ailleurs, mais…

Elle attrapa sa tunique à hauteur du plexus et le tira vers elle.

– Je-m'installe, articula-t-elle exagérément. Moi emménager ici, tu comprends ?

Il s'indigna :

– Tu me chasses, quoi ?

Elle le lâcha.

– Non. Si j'avais voulu te chasser, je t'aurais pris par la peau du cul et je t'aurais jeté à travers la porte. Là, puisqu'il faut te faire un dessin, j'aurais plutôt tendance à me jeter dans ton lit.

Prétendre que Parleur perçut le « dessin » comme une révélation serait excessif, mais il accusa le choc de bonne foi et puisa dans sa dignité outragée pour s'emporter :

– C'est bien ce que je disais : tu me chasses ! (Il pivota sur ses talons.) Dans ce cas…

Elle ne le laissa pas faire un pas. Elle passa devant lui avec une vivacité sidérante, le saisit cette fois au col et plaqua sa bouche sur la sienne. Ensuite elle se recula, le regarda de biais, satisfaite et hilare, posa les mains sur les hanches et fit mine de bloquer le passage.

– Ce qui est vrai, dit-elle, c'est que je ne te laisse pas le choix. Mais, si je ne le fais pas, je finirai vieille fille, aigrie et poussiéreuse. Donc, tu vas cesser de faire l'effarouché et nous allons mettre un terme à cette situation ridicule.

Ma Mère, sais-tu ce qu'il fit ? Il tituba à reculons jusqu'au lit et s'effondra dessus, assis juste au bord, comme si le plafond s'était abattu sur ses épaules. Horripilant ! Je me penchai vers lui et je lui soufflai :

– Félicitations.

Puis je sortis, prenant bien soin de refermer la porte derrière moi. Je n'étais pas certaine qu'Halween parvînt aisément à ses fins – il devait être en train de songer à quitter l'Enclave pour lui échapper ! –, mais elle l'avait enfin coincé et elle ne le lâcherait plus. En tout cas, avant de fuir la Colline, il lui fallait déjà sortir de la chambre…

Ah ! Tendre Mère ! Si seulement ces deux-là avaient eu plus de temps !

L'année nouvelle et l'hiver étaient encore loin, mais le froid était précoce. Venant du nord, les oiseaux migrateurs firent leur halte annuelle dans le delta. Sous un soleil radieux, le moindre pré, la moindre mare se couvrit de leurs plumes multicolores. Les enfants jouaient à les égailler en faisant mine de les attraper. Les adultes vaquaient à leurs occupations automnales. Jamais la Colline n'avait été aussi enclavée, mais il y faisait bon vivre, même s'il y régnait une certaine fièvre, à l'approche de la réouverture des tavernes, des échoppes et des marchés. Les ivels étaient prêts, depuis l'encre, enfin sèche sur le papier, jusqu'au premier tableau de prix fixés par la banque.

Descendant aussi du nord par le fleuve, surgirent des galères battant pavillon royal. Douze bâtiments d'un modèle étrange, avec un pont de poupe surélevé et très large, qui mouillèrent en pleine eau avant d'atteindre la Ménargue et se tournèrent vers nous. Pendant deux jours, il régna sur ces ponts une activité intense. Des dizaines d'hommes y allaient et venaient, des charpentiers y ajustaient d'énormes pièces de bois que des menuisiers retaillaient au gré de l'assemblage. Des balistes, des onagres, des trébuchets, dix-huit machines de guerre en tout, qu'on installait face à nous depuis l'embouchure du Bleyan, pendant que la Garde du Prévost en avançait douze autres à travers la Basse-Ville et qu'elle les plaçait au pied des Pentes.

Puis nous vîmes arriver des troupes d'un peu partout et des camps militaires se former près du Port et de la Citadelle. Des milliers de soldats aux couleurs de Macil ou de l'Armée Royale, et des milliers d'autres en uniformes de fortune, mercenaires.

Bien avant qu'il n'existât plus aucun doute sur ce qui se tramait, l'hébétude frappa tous les Collinards, du plus jeune au plus aguerri, du plus craintif au plus téméraire. Dans tous les regards qu'on croisait, on ne pouvait plus lire que la certitude de la fin. L'Enclave se savait condamnée.

Faute d'organisation, je pense – les ordres de mise en marche avaient dû suivre la décision de moins d'une journée –, les préparatifs durèrent deux semaines. Qu'elles furent longues, ces semaines ! Que l'attente fut odieuse !

Nous avons eu mille fois le temps de l'angoisse et mille fois celui de l'espoir, et celui de la haine, et celui de la lâcheté. L'inéluctable foisonne d'émotions aberrantes et contradictoires, de ce qu'il y a de meilleur et de ce qu'il y a de pire en l'Homme, jusqu'à l'acceptation.

J'ai vu pleurer des enfants, des femmes et des hommes. J'ai entendu des rires si faux que j'en aurais crevé les gorges qui les chevrotaient. J'ai assisté à des scènes d'abandon, de beuverie et d'orgie. J'ai senti des amis verser dans la folie, suicidaire ou mystique. J'ai chaviré moi-même. Et j'ai fait semblant, comme d'autres, comme beaucoup, comme tous finalement, d'être un peu plus qu'un animal.

Parleur encore.

Il nous aura portés, poussés, transcendés. À l'autorité, à l'esbroufe, à coups de gueule ou d'amitié, à grand renfort de Karel et de raison. Bandeo a craqué, il a pris sa place et il n'a pas cessé de le secouer pour lui permettre de reprendre pied. Bandeo est revenu, il lui a dit ce qu'il fallait faire. Il a bataillé avec le Conseil, il a bataillé avec la Colline, il a bataillé avec tout le monde, heure après heure, mot après mot, et nous avons renoncé à nos peurs.

Sous les pentes, les soldats achevaient d'accaparer la Basse-Ville. Il nous réunissait, tous, une dernière fois, sur la Place du Marché. Je le revois : debout sur un échafaudage de tables hâtivement assemblées, Halween et Qatam à ses côtés (Qatam en armes, Halween en robe), et le Conseil autour de son Bourgmestre figé derrière eux. Devant, à ses pieds, la Colline entière et muette, silencieuse jusque dans ses pensées intimes.

– Eh bien ! attaqua-t-il. On n'est pas toujours d'accord sur des points de détail, mais ça fait plaisir de voir qu'on est plutôt soudés quand tout marche de travers, non ?

Difficile d'évaluer à quoi chacun s'attendait, mais sûrement pas à ce ton goguenard.

– En tout cas, moi, ça me fait plaisir, poursuivit-il. Parce que... Merde ! C'est ça, l'Enclave ! C'est nous, maintenant et ensemble. C'est ce que nous avons partagé pendant deux ans et que nous partagerons jusqu'au bout ! Un morceau de monde hors du monde où personne ne veut tirer la couverture à soi.

C'est ce que nous voulions, c'est ce que nous avons réalisé. Alors… je sais que vous préféreriez m'entendre dire que nous allons nous en sortir, mais je ne suis pas très doué pour les mensonges. D'ailleurs, lequel d'entre vous me ferait encore confiance, si je disais une énormité de cette taille ?

Il n'y eut pas de rire, mais l'intention y était.

– Nous, nous nous en sortirons, en tout cas la plupart d'entre nous… Je ne donne pas cher de ma tête et de celle des Conseillers, mais, dans l'ensemble, vous ne risquez pas grand-chose… (Il ricana :) La Citadelle a trop besoin de vos bras ! Mais dès qu'Heyel aura enfoncé nos Portes, l'Enclave ne sera plus qu'un souvenir… un merveilleux souvenir, quelque chose que vous raconterez à vos enfants et à vos petits-enfants, et qu'ils raconteront aux leurs. Deux années de justice et de liberté. Deux années sous le joug de personne, pendant lesquelles tout ce que nous avons entrepris, nous l'avons entrepris pour nous, de notre seule volonté, en en tirant le plein bénéfice. Quand vous les raconterez, n'oubliez pas de rappeler qu'elles avaient été moins qu'un rêve, un rêve que personne n'avait osé faire, mais auquel nous avons donné vie. Et peut-être que vous aurez la chance de voir grandir d'autres rêveurs qui, à leur tour, matérialiseront leurs rêves.

« Ici, pour nous, le rêve prend fin. Disons-nous simplement que nous avons eu l'immense privilège de le vivre durant huit saisons, alors que des millions d'autres donneraient un bras et tout ce qu'ils possèdent pour en tâter ne serait-ce qu'un mois. Piètre consolation, direz-vous ? Attendez de retrouver les joies de la vie macilienne ! Et songez alors à ceux qui n'ont jamais connu autre chose.

« Voilà. Si Heyel avait voulu négocier… ou, plus prosaïquement, s'il avait souhaité nous imposer une reddition, il l'aurait fait avant de mettre en place ses machines de guerre. Il ne faut donc pas trop compter sur une invasion en douceur. Egvand dit que ses catapultes et ses soldats sont prêts. Je pense qu'ils passeront à l'offensive demain. Nous n'avons pas à leur faciliter la tâche. Ce serait lui permettre de crier haut et fort que l'Enclave nous importait si peu que nous l'avons vendue à la première occasion. Toutefois, nous ne résisterons pas. Ce serait leur fournir une raison de nous massacrer. Alors, lorsqu'ils donneront l'assaut, je vous invite à vous réunir ici, sur cette même place. Elle est hors de portée de leurs catapultes et nous y tenons tous. Là, nous les attendrons, comme nous l'avons fait jadis devant la Citadelle, assis et silencieux. Puis, pour bien leur signifier que nous ne nous prêterons à aucune violence, et en souvenir d'un piteux archiprêtre, nous les accueillerons en ôtant nos vêtements.

Il n'y eut pas d'enthousiasme dans l'ovation que la Colline lui fit, juste de la reconnaissance, en toute amitié, pour l'esprit de communauté qu'il nous offrait de conserver envers et contre tout.

Depuis le fleuve et la Basse-Ville, les catapultes entrèrent en action dès l'aube. Les balistes étaient chargées de traits enflammés, les onagres de pierres de cent livres et les trébuchets de masses tellement énormes qu'elles pouvaient détruire une maison d'un seul coup au but. Ce fut effroyable.

Nous ne nous attendions ni à un tel déchaînement, ni à ce qu'il fût aussi systématique. Des centaines de personnes moururent sous les décombres de leurs propres habitations et plus encore périrent en tentant de rallier la Place du Marché ou d'autres zones que les projectiles n'atteignaient pas. La Colline prit feu en des dizaines d'endroits et nous dûmes rapidement renoncer à tenter d'éteindre les foyers, nous contentant de contenir les flammes à la limite entre les

Pentes et le Plateau. Très vite aussi, il nous fut impossible de secourir ceux qui se retrouvèrent coincés dans les Pentes.

Toute la matinée, sans interruption, les machines de guerre nous vomirent leur bile, puis, soudainement, cela cessa. Le soleil était au zénith, les Pentes brûlaient du Bleyan à l'Aven, la Colline entière était recouverte d'une pellicule de cendre. Alors nous entendîmes d'autres machines se mettre en action : les béliers. Ils tonnèrent une heure durant, puis nous ne perçûmes plus que le craquement des flammes et des immeubles qu'elles emportaient.

Sur la Place du Marché, face à la Grand-Rue d'où surgirait inévitablement la Garde, vingt mille respirations se figèrent ensemble. Ceux qui, comme moi, couraient d'un blessé à l'autre s'immobilisèrent. Ceux qui geignaient retinrent leur douleur. Même les enfants cessèrent d'avoir peur, quelques secondes, le temps de s'imprégner de nouvelles craintes, le temps que le doute s'emparât de tous les adultes et qu'il supplantât notre résolution de passivité.

J'étais assez loin du groupe assis sur les marches de la Maison du Conseil, mais ce fut vers lui que je tournai mon regard et ce fut de lui que je reçus la confirmation de ma propre angoisse.

Tout en haut, adossés au mur du bâtiment, il y avait Qatam, Meo et Ielo. Meo regardait fixement devant lui, juste au-dessus des milliers de têtes inquiètes, peut-être la Grand-Rue, peut-être au-delà. Qatam avait les yeux baissés sur la poignée du sabre qu'il caressait entre ses jambes. Ielo essayait de l'imiter avec sa propre épée ; ses gestes étaient beaucoup plus nerveux. À quelques pieds d'eux, assis sur la marche supérieure, Ditciec et Bandeo avaient suspendu leur discussion, et Merah agrippait l'épaule de son mari. Sur leur gauche, Pettilio s'assurait que leurs enfants et d'autres enfants de leurs âges ne s'éloignaient pas ; il les observait tous comme s'ils étaient les siens, et qu'il allait les perdre. Deux marches en dessous, le Vielleux serrait la guitare contre son ventre et son étreinte était un adieu. Il y avait aussi l'Acrobate et le Gros, et les dés entre eux qui s'étaient arrêtés de rouler. Puis Parleur, les yeux fouillant le même point de fuite que Meo, et Halween, assise entre ses jambes, une marche en dessous, le crâne rejeté contre sa poitrine, et Cendre, qui passa de son cou à celui de Parleur. Enfin venaient les contrebandiers, impassibles, à l'image de Le Guevian, plus impassible encore, mais sombre à effrayer un mort.

Dans la foule, parmi les rares debout, je vis que Mescal et Alviès s'étaient eux aussi tournés vers la Maison du Conseil. Le regard de Navia hésitait entre Tahelle et Gabar, se demandant qui elle devait rejoindre : sa fille aînée, plus proche d'elle et de ses sœurs, ou l'Ours, de l'autre côté, trop près de la Grand-Rue ? Et, de la Grand-Rue, remontaient Cantal et Egvand. Le géant portait deux gosses en pleurs, des enfants de six ou sept ans, un dans chaque bras. Le capitaine soutenait une femme dont le visage dégoulinait de sang. Le suivaient neuf de ses hommes, tous étaient noirs de suie, tous aidaient ou portaient quelqu'un qui avait eu moins de chance qu'eux. Deux d'entre eux transportaient une civière de fortune sur laquelle je crus reconnaître le lieutenant.

Je n'entendis pas Qatam, lorsqu'il se redressa brusquement, mais je sus ce qu'il dit. Nous le sûmes tous, tous ceux qui étions hors de portée de sa voix et qui le connaissions si bien. Ou nous le devinâmes, aux paupières de Parleur qui se fermèrent.

– Ils vont nous massacrer.

Mon ventre tressauta et mes jambes se mirent à trembler. J'eus envie de crier : « Oui, Qatam, ils vont nous massacrer. Nous le savons tous. Nous le sentons tous et nous sommes paralysés. »

Pas tous. Pas lui. Il tenait fermement le sabre dans sa main droite, il le remit dans son fourreau et descendit les marches jusqu'à Parleur. Je ne l'entendais toujours pas, mais je lisais sur ses lèvres. Je décidai de me rapprocher.

– Il faut foutre le camp, affirma le trappeur.

– Et où veux-tu aller ? répliqua Parleur.

– Sur la falaise, côté Aven. Nous pouvons y installer toutes les nacelles en moins d'une heure et…

– Nous n'aurons pas le temps de descendre cent personnes. Qui vas-tu choisir de sauver ?

– Nous pouvons aussi laisser pendre des dizaines de cordes. Merde ! Ce n'est pas difficile de se laisser glisser, même sans baudrier.

– Nous n'avons pas des *dizaines* de cordes de cette longueur, Qatam, et la descente est trop longue pour les femmes, les enfants et les vieux. Et en bas, entre l'Aven en crue et les patrouilles, même toi tu ne passeras pas. Crois-moi, nous n'avons pas d'autre choix qu'attendre ici.

– C'est la mort que nous attendons, Parleur. Tu le sais aussi bien que moi.

Parleur haussa les épaules.

– Que veux-tu qu'ils fassent ? Qu'ils nous trucident tous ?

– Bon sang ! Réveille-toi, mon ami ! Ils ont détruit les Pentes et la moitié du Plateau avec leurs catapultes. S'ils avaient voulu prendre la Colline, ils se seraient contentés de quelques coups de semonce pour nous éloigner des Portes et ils auraient commencé par mettre les béliers en branle. Il n'y a pas que les troupes maciliennes, il y a des bataillons royaux et toute une armée de mercenaires. Heyel veut raser la Colline ! Tu comprends ? Effacer à jamais le souvenir de l'Enclave ! Et la meilleure façon de le faire consiste à supprimer tous ceux qui pourraient en conserver la mémoire ou en parler. Nous… tous !

– C'est ce qu'il a essayé de faire dans les Montagnines et dans les marais, le soutint tout à coup Le Guevian. C'est la politique de la terre brûlée : il est moins onéreux de reconstruire que de remettre sur pied.

– Il ne prendra pas le risque de ternir sa toute nouvelle réputation de tyran généreux et éclairé, résista Parleur. Il me fera arrêter, il fera arrêter le Conseil et quelques autres qui seront présentés comme les instigateurs de notre rébellion, et il nous fera juger et condamner à une mort publique. Mais, pour l'ensemble de la Colline, comme il l'a fait ailleurs, il fera étalage de sa magnanimité.

Le Guevian et Qatam échangèrent un regard navré.

– En admettant que tu aies raison, s'immisça Teng, tu as réellement l'intention d'attendre que la Garde t'arrête ?

– Il le faut, Gros. Parce que si Heyel ne peut pas punir les vrais meneurs, il jouera à la chasse aux sorcières et il en inventera qui paieront pour nous.

– Exact, approuva Halween, mais, si vous craignez la corde, vous n'êtes pas obligés de rester. (Elle leva la tête vers Qatam.) À dix ou douze, vous avez une chance de passer entre les patrouilles et de traverser la garrigue sans dommage. Partez tranquilles, je suis sûre qu'Heyel se contentera de quelques têtes…

Tous les traits du trappeur se contractèrent.

– Je te préférais avec tes sabres, la Mante ! cracha-t-il. Tu encourageais moins la veulerie !

Il remonta les marches et retourna s'adosser à la Maison du Conseil. Puis il se ravisa et redescendit vers Halween :

– Je ne pense pas ce que j'ai dit et, si ça tournait mal, je serais content de t'avoir à mes côtés. (Il se ravisa encore :) Et puis, merde ! Même si tu ne te bouges pas le cul, je resterai fier d'être ton pote ! Je suis fier d'être votre pote à tous !

Et il se mit à pleurer. Et je pleurai avec lui, et Parleur aussi.

Dans la Grand-Rue, au loin, des casques apparurent. Ils n'étaient ni aux couleurs de Macil, ni à celles du Royaume. Quand les mercenaires aperçurent la place couverte de gens assis ou qui s'assirent, ils ralentirent, le temps que l'armée derrière eux se resserrât, mais ils ne stoppèrent pas. Leurs épées et leurs lances pendaient au bout de leurs bras, elles se redressèrent lorsqu'un officier aboya l'ordre de la charge.

Aucune hésitation, aucune question, juste la charge et la solde au bout qui tenait à nos vies.

L'Ours, mon Ours, fut le premier à se remettre sur ses jambes et le premier à tomber, la poitrine transpercée de part en part.

En hurlant ses milliers de terreurs, la place fut prise de panique et, dans les premiers instants, la débandade tua autant que les soldats.

Je courais. Nous courions tous, mais il n'y avait pas de lieu vers où fuir et aucun refuge possible. Seulement le Causse, seulement les champs, le verger et les bois. Quelques-uns tentèrent de se perdre dans les traboules et les ruines. D'autres restèrent dans les rues et les maisons du Plateau, s'inventant des caches que les mercenaires découvraient une à une. Cela dura tout l'après-midi et toute la nuit, parce que Qatam, Le Guevian, Egvand et tous les hommes qui avaient un jour travaillé sous leurs ordres résistèrent pied à pied, et la Garde continua à fouiller les décombres deux jours durant. Le massacre, encore plus systématique que le trappeur n'avait voulu nous en prévenir.

Sur la Place du Marché, parce qu'ils n'avaient ni la force ni l'envie de fuir, le Gros Teng, Navia, Bandeo et pâtré Alviès furent parmi les premiers à se faire embrocher. Peyal, Pettilio et presque tous les Conseillers, réfugiés dans la Maison du Conseil, périrent avec les enfants, qu'ils essayaient de sauver, dans les flammes qui détruisirent le symbole de l'Enclave. Une flèche délogea l'Acrobate de l'arbre sur lequel il était perché, une autre perça le cœur du Vielleux tandis qu'il courait à mes côtés.

Je courus jusqu'à ne plus avoir que deux pierres brûlantes à la place des poumons, parmi un torrent de fuyards, puis au milieu de petits groupes désorientés, tantôt vers les pâturages, tantôt vers les bois ou la falaise. Je passais d'un buisson à un trou dans le sol, de l'abri d'un muret à celui d'un rocher, mais où que je me terre, ce ne pouvait être que le temps de reprendre mon souffle. Plusieurs fois, après m'être barbouillée du sang de mes amis, je dus faire la morte parmi leurs propres cadavres. Je vomis, je pleurai, je tremblai des heures durant sans cesser de courir d'un refuge illusoire à une cachette absurde. J'atteignis finalement les flaches entre les moraines, si près de la falaise que je pouvais entendre l'Aven en contrebas, et les soldats entre l'abîme et moi.

Mescal, lui, avait été plus loin que moi, et il s'était jeté entre leurs bras. Il faisait déjà sombre, mais je vis nettement le sang qui s'écoulait de son cou, comme je vis quatre Gardes Royaux le saisir chacun par un membre et le jeter dans le vide. Il ne leur offrit pas même le plaisir d'un cri.

La nuit tomba et je demeurai près de la falaise. Je ne pensais pas être capable de franchir le surplomb en désescalade, mais je ne me connaissais pas d'autre espoir. J'attendais. J'attendis jusqu'à ce que, aussi loin que je pouvais voir, les soldats allument de grands feux tout autour du Causse et campent à la chaleur de leurs flammes. La falaise interdite, du moins son accès trop risqué, je décidai de regagner la Colline et de m'enfoncer dans son sous-sol par les caves et les traboules.

De nombreuses fois, je dus m'écarter de ma trajectoire ou faire demi-tour, toujours en rampant, toujours… Oh ! Ma Mère ! J'ai rampé entre les dépouilles de mes amis, j'ai glissé sur elles, je me suis souillée de leur sang et de leurs viscères jusqu'à n'avoir plus ni larmes ni bile. Mais j'ai trouvé la force de passer, j'ai même trouvé celle d'achever Ielo alors qu'il tentait de remettre ses tripes dans son ventre.

Le ciel était déjà orange lorsque je me coulai dans la cave à moitié obstruée d'une maison du Plateau, et il me fallut encore des heures pour me frayer un chemin dans les traboules effondrées. Je devais rejoindre le réseau de galeries serpentant sous les Pentes et trouver celle qui descendait jusqu'à l'ancienne maison de Ditciec. De là, oui, j'avais une chance de quitter la Colline.

Je devais, mais ce ne fut pas ce que je fis, pas directement. Avec l'excuse de l'obscurité, je pris la direction d'une maison où je savais pouvoir trouver des torches : les Enselvains. À tâtons, souvent à genoux, parfois à découvert entre deux bâtiments, parfois deux ou trois niveaux sous la rue, je passai de cave en cave. Je fus prise en face de la taverne, quand une galerie totalement détruite me contraignit à remonter vers la surface, dans la cour d'une maison ouvrant sur la place des Enselvains.

Dans la cour, il y avait une vingtaine de Gardes, blessés ou agonisants, et quelques autres indemnes, dont deux m'attrapèrent par les bras et me portèrent sous un appentis. D'abord, ils me jetèrent dans un abreuvoir et, comme ils me mettaient la tête sous l'eau glacée et l'y maintenaient chaque fois plus longtemps, je crus qu'ils essayaient de me noyer. Je ne me débattais d'ailleurs pas, j'étais hagarde. Puis d'autres les rejoignirent et ils me bloquèrent le bassin sur le bord de l'abreuvoir. Cette fois, je cherchai à résister, mais la seule chose que je pouvais faire était de tenir ma tête à la surface en m'appuyant sur les bras.

Je ne sais combien m'ont violée. J'eus l'impression que cela dura des heures, parce que, sans perdre totalement conscience, je perdis le sens de la réalité. Je n'étais que douleur. À un moment, ils me sortirent de l'eau. À un autre, ils me jetèrent dans le bric-à-brac d'une pièce très sombre. Je me souviens que deux soudards s'escrimaient encore en moi lorsqu'un officier surgit en hurlant. Je n'étais qu'une marionnette désarticulée depuis longtemps, la marionnette s'évanouit.

Je revins à moi dans la même pièce, un réduit à peine plus grand qu'un placard. Si petit, en fait, que le sol tout entier se constituait d'une paillasse. Le seul éclairage provenait d'une lucarne minuscule dans un mur. La seule issue était une porte de la largeur du réduit, fermée.

Me redresser, m'adosser contre la porte et m'appuyer sur elle pour me lever fut un calvaire interminable. Dix fois, je tombai. Dix fois, je recommençai. Puis mes jambes me soutinrent et je pus coller mon visage à la lucarne.

Devant moi, il y avait la fontaine et, au-delà, la taverne. Il devait être midi : le soleil éclairait sans ombre la place entière. Mes sens avaient dû être atrophiés par la souffrance de tout mon corps ; je ne perçus le vacarme à l'extérieur que lorsque mes yeux acceptèrent de voir la bataille qui y faisait rage.

Mes souvenirs sont confus, partiels, uniquement faits d'éclats de scènes :

Qatam barrant à lui seul le passage qu'une foule de soldats tentaient de percer depuis une rue adjacente…

Le Guevian, son œil aveugle dénudé, faisant tournoyer une épée gigantesque au-dessus de lui…

Cantal frappant comme un dément…

Ditciec et Egvand, dos à dos, qui se protégeaient mutuellement…

Des contrebandiers, des Collinards, un rescapé des Montagnines vendant chèrement ce qui leur restait de vie contre des dizaines, des centaines de soldats à peine moins hargneux qu'eux…

Le Guevian vacillant…

Qatam perdant du terrain…

Ditciec s'écroulant…

Egvand s'ouvrant un chemin vers Qatam…

Cantal tombant et se relevant…

Merah jaillissant de la taverne et se précipitant vers son mari…

Elle ne l'atteignit pas, la gorge ouverte d'une oreille à l'autre. Cantal tomba une dernière fois. Le Guevian fut empalé par trois lames simultanément. La place fut tout à coup noire de sang et de soldats. Et Qatam et Egvand continuaient à fendre et à pourfendre.

Des Gardes et des mercenaires enfoncèrent la porte de la taverne que personne ne défendait plus. À l'étage, des fenêtres s'ouvrirent et des archers s'y installèrent.

Une volée de flèches mit fin à la légende du Captain' Miette. Une autre cloua le trappeur sur la porte contre laquelle il s'était adossé, mais il en fallut une seconde pour que son sabre lui échappât des mains et une troisième avant que sa tête ne s'inclinât sur sa poitrine.

Tous mes muscles cédèrent en même temps.

La nuit était déjà tombée quand je sortis de ma torpeur. Le regard que je jetai par la lucarne me révéla une place vide, vide de vie en tout cas (les cadavres n'avaient pas été enlevés), mais je vis de la lumière à travers les fenêtres de la taverne. Pour en finir, je décidai d'attirer l'attention des Gardes en secouant violemment la porte. Seulement, à la première sollicitation, elle s'ouvrit et je découvris que les soldats avaient abandonné la maison. Ils avaient pourtant laissé leurs blessés les plus graves dans la cour, quatre moribonds que j'eus l'impulsion d'achever par pure haine, mais que ma haine préféra laisser crever de leurs seules douleurs.

J'ouvris la porte et je risquai un œil sur la place, puis, comme rien ne bougeait, je m'y avançai et la traversai jusqu'aux Enselvains.

La lumière était celle d'un chandelier dont les bougies achevaient de se consumer. Elle n'éclairait qu'une faible partie de la grande salle, mais cela suffisait pour se faire une idée du vandalisme auquel s'étaient livrés les soldats. Entre les tables et les chaises brisées, gisaient une trentaine de corps. Ils étaient tous féminins, ils avaient tous été souillés avant d'être égorgés ou éventrés.

À l'étage, en faisant le tour des chambres, je découvris Tahelle, ses sœurs et six de leurs amies, mortes elles aussi. Je redescendis et visitai chaque pièce à la recherche de quelqu'un qui eût échappé au carnage. Je trouvai Halween dans le patio, nue et déchirée comme je l'avais été… non, bien plus que je ne l'avais été. Sur elle, ils s'étaient acharnés. Peut-être parce qu'elle avait refusé de mourir malgré le pieu dans son ventre. Peut-être parce qu'elle avait continué à les insulter tant qu'elle avait eu une once de conscience. Peut-être parce qu'ils savaient qui ils torturaient.

Je m'agenouillai près d'elle, je m'inclinai pour lui baiser le front et je sentis son souffle, ténu, glacé, mais réel. Elle n'ouvrit pas les yeux, mais elle me reconnut :

– Je ne me suis pas battue, Vini… Tu lui diras, hein ? Je ne me suis pas battue. (Un hoquet sanguinolent.) J'ai failli, oui… quand ils l'ont attrapé… mais je ne l'ai pas fait. (Une autre glaire vermillon.) Il faut lui dire, Vini. Il faut… Quand tu le rejoindras… dis-le-lui. Même quand ils l'ont pendu… même après… je… j'ai tenu.

Les larmes retrouvèrent le chemin de mes yeux asséchés.

– Il est mort ? soufflai-je.

– Mort ? Nous sommes tous morts, Vini… sauf toi… Sauve-toi ! Tu dois raconter, tu sais ? Comme il disait… il faut que tu racontes…

Elle mourut dans mes bras sans prononcer d'autres mots. Juste : « Il faut que tu racontes », qu'elle alternait avec : « Tu lui diras. »

Réapparaissant comme par miracle, avec son seul instinct pour guide, Cendre me rejoignit dans la cave des Enselvains. Nous errâmes deux, peut-être trois semaines dans les galeries les plus profondes de la Colline, buvant l'eau d'infiltration et nous nourrissant des rats qu'elle attrapait. Je ne retrouvai jamais le chemin de la cave de Ditciec, mais le hasard nous conduisit jusqu'à une trouée dans la falaise, trente-six pieds au-dessus de l'Aven, à un quart de lieue de la Basse-Ville.

Il n'y avait plus une once de raison en moi lorsque, une nuit, la chatte nichée sous mes vêtements, je me jetai dans la rivière.

Si tout était à refaire, écrivait Karel la veille de sa mort, *j'aimerais être frappé d'amnésie et, si je devais tout perdre, je choisirais la folie.*

Ce n'est pas un bon choix, mon frère.

DU VÉNÉRABLE GRAND MAÎTRE DE LA GHILDE AU PREMIER MAÎTRE DE LA LOGE DE L'OCCIDENT
Correspondance privée

Depuis que vous avez quitté Macil, beaucoup d'eau a coulé sous les ponts, mon ami, et quelques-uns de ces ponts se sont effondrés. Votre successeur n'avait pas le tiers de vos talents et son successeur en a encore moins. L'un n'a pas su se tirer des arcanes de Yergheli quand celui-ci est devenu le Primat du Dogme, l'autre m'appelle à l'aide dix fois par an. Je ne peux leur en tenir rigueur, n'ayant pas su moi-même prévenir ce qui s'est produit. Et je ne regrette pas davantage d'avoir commué votre démission en mutation vers les continents de l'Occident. Non, je n'ai ni amertume, ni regret. Je me sens seulement aussi las que vous vous sentiez, lorsque nous avons dû éradiquer jusqu'au souvenir de l'Enclave.

Hier, Heyel est mort assassiné, comme jadis le fut l'Infante, sa première épouse, alors qu'elle attendait l'enfant que sauvèrent finalement les médecins. Aujourd'hui, c'est ce fils qu'un spadassin a trucidé, et je sais enfin que le commanditaire des trois meurtres n'est autre que le Roi.

Moi qui soupçonnais Yergheli !

Je le soupçonne encore, mais seulement d'avoir percé notre Projet et d'en avoir informé la Cour.

Je suis las, vous dis-je. Il est temps que je me retire et que je passe la main à l'un de ces jeunes Maîtres qui fourmillent d'idées. Vous serez ravi d'apprendre, j'en suis sûr, que nombre de leurs projets sont nés des innovations de l'Enclave. Encore que je ne sois pas certain que vous appréciiez la façon dont ils les exploitent.

Puisque le monde va changer, disent-ils, favorisons sa mutation, car en surface tout peut s'altérer sans que rien change vraiment. Vous voyez ? Ils sont plus cyniques que je n'ai su l'être et, avec eux, je commence à douter que le cynisme ait valeur de contre-pouvoir.

Vous n'y avez jamais cru. Vous n'avez même jamais pensé que la Ghilde soit plus qu'un pis-aller. Si, si, ne vous en défendez pas. Mais vous vous trompez : la Ghilde n'est pas la moins mauvaise alternative au chaos, elle en est l'un des gestionnaires. Or l'avantage, avec le chaos, c'est que, quelle que soit la façon dont vous le gérez, il refusera de s'organiser tout à fait comme vous le souhaitez. Je veux bien convenir que c'est une justification des plus syllogistiques (et une piètre excuse pour nos erreurs), mais elle assure notre pérennité et favorise notre croissance.

Pérennité et croissance, mon ami, deux mots qui devraient nous faire horreur, mais qui sont, je le crains, la seule interminable fin de nos abominables moyens.

Pour finir, je me permettrai un conseil :

Retirez-vous avant de devoir trahir mon successeur. Vos scrupules (tardifs) ne méritent pas le traitement qu'il leur infligerait.

ÉPILOGUE

Voilà, j'arrive au bout de ces chroniques et je les livre ici comme je les ai racontées à celui qui m'a – poussée, contrainte, implorée ? – demandé de le faire, de le faire enfin.

Lui aussi est arrivé un matin par le Causse. Lui aussi avait une boule de poils sur l'épaule gauche. Lui aussi avait Karel plein la bouche. Alors je l'ai accueilli comme j'avais accueilli Parleur.

Il est reparti, maintenant, et il n'est pas resté longtemps : onze jours. Onze jours que nous avons passés à arpenter la Colline pour y retrouver les traces de ce qu'elle fut avant ses heures funestes. Et onze nuits à veiller au coin du feu, pendant lesquelles je le soûlais de souvenirs et lui m'assommait de ses lettres. Curieux accord que celui que nous avons contracté : l'histoire de l'Enclave contre ce que l'Histoire ne dira jamais.

Curieux jeune homme, aussi. Plus jeune que Parleur ne l'était l'Année des Feux de Pierre. Dix ans plus jeune et déjà plus mûr… je veux dire : plus achevé. Il sait qui il est et ce qu'il veut, et il sait comment s'y prendre.

Lorsque, de ma fenêtre, je l'ai vu s'arrêter sous *mon* arbre, j'ai failli m'évanouir. Ma nouvelle maison est si proche de l'arbre que l'herbe sous son ombre est un peu mon jardin. Mais mon cœur a tenu et mes jambes m'ont portée jusqu'à lui sans faiblir. Je savais tellement ce qu'il allait dire que je n'ai pas défailli non plus lorsqu'il a parlé :

– *Et parce que c'est si calme et parce que c'est si beau, il n'y a rien que je ne regretterai plus que de mourir ici.*

– *On ne devrait jamais mourir quand il existe quelque chose de beau,* ai-je récité par réflexe. *La mort enlaidit tout.*

– Bonjour, Vini.

Je ne lui ai pas demandé qui il était. Je n'ai pas demandé le nom de la chatte. Je n'ai même pas pleuré. J'ai seulement fait comme si je le connaissais depuis toujours et j'ai accepté son marché morbide. La copie des lettres volées à la Ghilde contre le récit de mes souvenirs.

Bien sûr, je ne pouvais m'empêcher de fouiller ses traits à la dérobée pour y retrouver ceux de Parleur. Bien sûr, j'ai imaginé que Parleur avait survécu et qu'il avait un fils. Mais il ne lui ressemblait pas et je savais qu'Halween ne m'avait pas menti.

Alors qui ? Qui avait réussi à échapper au pogrom ? De quel ami n'avais-je pas vu le cadavre ?

Je n'ai pas eu besoin de le questionner. Une nuit d'insomnie, cela m'est apparu comme une évidence.

Meo.

D'une certaine façon, Meo était l'enfant de l'Enclave, le seul pour qui chacun de nous s'était fendu d'un cadeau. Parleur lui avait offert la vie, Halween lui avait donné ses sabres, Qatam lui avait appris à s'en servir, Mescal lui avait révélé les secrets de sa magie, je lui avais enseigné la lecture et l'écriture. Et Meo avait tellement pratiqué la falaise qu'il avait pu en franchir le surplomb de nuit.

– Quelques mois après, il embarquait pour les Terres de l'Occident. Là-bas, il a fondé une famille et il a manœuvré pour infiltrer la Ghilde. C'est de lui que je tiens toutes les lettres. Quand ma mère et ma sœur sont mortes, emportées par la malemort, il a retraversé l'océan et nous nous sommes installés dans le sud de Montille. L'année dernière, il a péri dans un naufrage.

Je me souviens de m'être dit : « Je suis de nouveau la dernière Collinarde. » Et c'est peut-être vrai, ou ce ne l'est pas. D'autres, comme Meo, comme moi, ont pu échapper à l'*éradication* commanditée par la Ghilde. D'autres, mais aucun Enselvain, de cela je suis hélas certaine. D'autres, qui se sont tus ainsi que je me suis tue, moins par lâcheté que pour n'avoir pas à évoquer l'horreur.

– Ce que tu m'as raconté, tu dois l'écrire, Vini.

– Pour quoi faire ? Tous ceux à qui je le dois sont morts.

– Que veux-tu devoir aux morts ? C'est auprès des vivants que tu as une dette et je suis venu m'assurer que tu t'en acquitteras.

– Et à quel titre te sens-tu le droit de…

– Au titre d'héritier, Vini.

C'est cela, le fils de Meo. Il ne croit pas aux vertus de l'héritage, alors il n'a de cesse de distribuer celui dont Meo l'a doté.

– Il y a tant de choses à raconter, tant d'événements et tant de vies, me suis-je défendue, et je n'en connais qu'une infime partie. Tiens, je ne sais même pas qui était l'agent de la Ghilde…

– Den Egvand Siehl.

– Ce n'est pas possible !

– Relis les lettres que je t'ai confiées. Le Captain' Miette croyait sincèrement à l'humanisme de la Ghilde, jusqu'à certains recoupements, jusqu'à découvrir en Parleur quelqu'un n'ayant aucun besoin de justifier ses actes par l'objectif qu'il se fixait. Je pense qu'il était en proie au doute bien avant que vous ne refermiez les Portes, puis l'Enclave l'a libéré de son fardeau.

– Pourquoi ne nous l'a-t-il jamais avoué ? Cela nous aurait pourtant aidés !

– Qatam l'aurait tué. Quoi qu'il en soit, ce qu'il savait ne vous aurait été d'aucune utilité. Il n'était qu'un homme de terrain, à qui l'on en dit le moins possible.

J'ai résisté autant que j'ai pu. J'ai opposé argument contre argument, mais il avait réplique à tout. Une heure avant son départ, je lui ai promis que je m'y attellerais dans les semaines à venir. Puis, parce qu'il avait tellement d'admiration pour Parleur, je lui ai confié quelque chose que je n'avais pas l'intention d'écrire.

Il m'a interdit de me taire, alors je l'écris…

Parleur rêvait de bâtir l'utopie de Karel à l'endroit où Karel était tombé. Il rêvait si fort qu'il nous a entraînés à l'édifier avec lui.

Il est mort de son rêve.

Nous sommes tous morts de son rêve.

C'était peut-être l'endroit pour y parvenir, mais ce n'était pas le moment. À moins qu'il n'y ait ni endroit ni moment. Juste des pierres à poser, une à une, pour que l'édifice se bâtisse de lui-même, avec une vie d'homme dans chaque pierre et, au bout, l'humanité comme monument.

Il m'a fallu nous survivre trente ans pour comprendre que c'est ce que nous construisions. Il m'a fallu traverser la moitié du Royaume avec le désespoir pour seul bagage, et il m'a fallu revenir.

Cela fait quinze ans. J'en ai pris la décision lorsque Cendre est morte, elle aussi dans mes bras. Je sais : on dit qu'une année de chat vaut six des nôtres et qu'ils meurent avant l'âge où l'enfant devient adolescent. Mais Cendre était une exception.

Sa stérilité, peut-être... Parfois, quand je me sens trop vieille, cette infécondité, que nous partagions, me revigore.

Parfois, j'aimerais mourir et rejoindre l'Enclave dans l'oubli. L'Enclave, la Colline et les Collinards.

Parce qu'ils ont tous été oubliés et que cela aura pris moins des trois décennies qui se sont écoulées.

Ainsi, tu as raison : je n'ai pas le droit d'emporter leur sacrifice dans la tombe, ce serait pire que de les avoir tués moi-même. Mais tu te fourvoies si tu crois que ce sacrifice ou la relation que j'en fais permettront de bâtir le rêve qui les a engendrés. Car les Ghildes, les Dogmes et tous ceux qui s'octroient le pouvoir par la peur, la misère et les armes seront les premiers à tirer les leçons de l'Enclave, et qu'ils s'empresseront de tuer dans l'œuf tous les Parleurs à venir. Et si d'aventure l'un d'entre eux leur échappait, si d'aventure il croissait et multipliait comme Karel puis Parleur ont crû, il leur suffirait de l'écraser, comme ils nous ont écrasés.

Il était sur le pas de la porte, le havresac pendant au bout d'un bras, la chatte déjà nichée dans son cou.

– Ce leur sera plus difficile la prochaine fois.

– La prochaine fois ? soupirai-je. C'est ce que tu es venu chercher, n'est-ce pas ? Des raisons d'être le Parleur de la prochaine fois ?

– Pas des raisons, non. Ça, il y en a partout autour de nous. Mais, avec ta permission, je porterai le nom de Parleur, oui.

Il me regardait droit dans les yeux et je compris qu'il espérait vraiment ma permission.

– Le nom ne m'appartient pas, ai-je dit très froidement, ta vie non plus. Fais ce que tu veux de l'un comme de l'autre.

Il a ouvert la porte, fait deux pas en direction de mon arbre et passé les courroies du sac autour de ses épaules. Je l'ai suivi jusqu'au perron, mais je ne suis pas sortie.

– Parleur n'est pas un nom facile à porter, tu sais ?

Il s'est retourné et m'a souri :

– Le Dogme et la Ghilde ne l'ont en effet certainement pas oublié.

– Ils lâcheront leurs chiens dès que tu le mentionneras.

– Écris l'histoire de l'Enclave, Vini, et ils hésiteront avant de lâcher les chiens.

J'ai hoché la tête :

– Si tu parviens à faire imprimer le livre et si tu arrives à le distribuer… peut-être qu'ils hésiteront, en effet… la première fois.

– Je te l'ai dit : cette prochaine fois leur causera beaucoup plus de problèmes.

Il a croisé les mains dans son dos et elles sont réapparues, très vite, aussi vite que jaillissait la main de Qatam. Puis, avec la même dextérité que le trappeur, il s'est mis à jongler avec les sabres d'Halween.

Science-Fiction

Depuis 1970, J'ai lu explore les vastes territoires de la Science-Fiction pour mettre à la portée d'un très vaste public des chefs-d'œuvre méconnus. De la *hard science* à l'*heroic fantasy*, des auteurs classiques à l'avant-garde cyberpunk, des maîtres américains à la nouvelle génération des auteurs français, tous les genres sont représentés sous la désormais célèbre couverture argent et violet.

ANDERSON Poul

La reine de l'air et des ténèbres
1268/3
La patrouille du temps
1409/3

ATWOOD Margaret

La servante écarlate
2781/5

AYERDHAL

L'histrion
3526/6 Inédit
Balade choreïale
3731/5 Inédit

Sur une planète lointaine, une terrienne et une non-humaine s'affrontent ou font alliance, en fonction des détours d'une politique subtile.

Sexomorphoses
3821/6 Inédit
Genèses
4279/5

Une sélection de nouvelles par les auteurs français de S-F les plus importants en 1996 : Ayerdhal, Pierre Bordage, Richard Canal, Jean-Claude Dunyach, Serge Lehman, Jean-Marc Ligny, Jean-Louis Trudel, Elisabeth Vonarburg, Bernard Weber...

Parleur
4317/10 Inédit

BELLETTO René

Le temps mort
4095/4

Un recueil de dix nouvelles fantastiques, premier ouvrage de Belletto, couronné en 1974 par le prix Jean Ray.

Isaac Asimov

Isaac Asimov (1920-1992)
Auteur majeur de la S-F américaine, Isaac Asimov est né en Russie. Naturalisé américain, il fait des études de chimie et de biologie, tout en écrivant des romans et des nouvelles qui deviendront des best-sellers. Avec les robots, il trouve son principal thème d'inspiration.

Les cavernes d'acier
404/4

Les cavernes d'acier sont les villes souterraines du futur, peuplées d'humains qui n'ont jamais vu le soleil. Dans cet univers infernal, un homme et un robot s'affrontent.

Les robots
453/3
Face aux feux du soleil
468/3
Tyrann
484/3
Un défilé de robots
542/3
Cailloux dans le ciel
552/3
La voie martienne
870/3
Les robots de l'aube
1602/3 & 1603/3
Le voyage fantastique
1635/3
Les robots et l'empire
1996/4 & 1997/4
Espace vital
2055/3
Asimov parallèle
2277/4 Inédit
Le robot qui rêvait
2388/7

La cité des robots
- La cité des robots
2573/6 Inédit
- Cyborg
2875/6
- Refuge
2975/6

Robots et extraterrestres
- Le renégat
3094/6 Inédit
- L'intrus
3185/6 Inédit

Deuxième volet d'une série passionnante, par deux jeunes talents de la S-F parrainés par Asimov.

- Humanité
3290/6 Inédit

Robots temporels
- L'âge des dinosaures
3473/6 Inédit (Par F. WU)
- Le dictateur - Le guerrier
4048/7 Inédit (Par F. WU)
- L'empereur - L'envahisseur
4177/7 Inédit
(Par F. WU)

La trilogie de Caliban
- Le robot de Caliban
3503/6
- Inferno
3799/5 Inédit
- Utopia
4304/6 Inédit

Science-Fiction

BISSON
Johnny Mnemonic
4079/4

BLAYLOCK JAMES
Homunculus
3052/4 Inédit FANTASY
Reliques de la nuit
4049/8 Inédit FANTASY

BRIN DAVID
Marée stellaire
1981/6 Inédit
Le facteur
2261/5 Inédit
Elévation
2552/5 & 2553/5
Les Galactiques décident de donner une leçon aux humains, mais Robert et Athaclena, la mutante, contre-attaquent.

BROOKS TERRY
Le glaive de Shannara
3331/8 Inédit FANTASY
Après la dernière guerre des races, les habitants des Quatre Terres sont parvenus à reconstruire une civilisation. Mais les forces du Mal veillent et, pour empêcher un nouveau désastre, Shea doit s'emparer du glaive de Shannara.
Les pierres des elfes de Shannara
3547/7 Inédit FANTASY
L'enchantement de Shannara
3732/8 Inédit FANTASY
Royaume magique à vendre !
- Royaume magique à vendre !
3667/6 FANTASY
- La licorne noire
4096/5 Inédit FANTASY
Le Spectre et le Sort
4277/5 Inédit FANTASY (Sept.)

BUTLER OCTAVIA E.
La parabole du semeur
3948/6 Inédit

CADIGAN PAT
Mise en abyme
4134/5 Inédit

CANAL RICHARD
Swap-Swap
2836/3 Inédit
Ombres blanches
3455/4 Inédit
Aube noire
3669/5
Le cimetière des papillons
3908/4 Inédit
La malédiction de l'éphémère
4156/4

CARD ORSON SCOTT
Abyss
2657/4
La stratégie Ender
3781/5
La voix des morts
3848/6
L'extermination des Doryphores par Ender est à présent considérée comme une gigantesque erreur. Lorsqu'une nouvelle race d'extraterrestres est découverte sur la planète Lusitania, les humains délèguent pour établir des contacts avec celui qu'on nomme le Porte-Parole des Morts et qui n'est autre qu'Ender...
Xénocide
4024/8
Troisième volume des aventures d'Ender le Stratège, surnommé la Voix des Morts. Un virus mortel menace les humains qui ont colonisé la planète Lusitania. Mais le détruire revient à anéantir les indigènes, pour la reproduction desquels ce virus est indispensable. Ender parviendra-t-il à éviter un nouveau xénocide ?

CARROLL JONATHAN
Le pays du fou rire
2450/4

CHERRYH C.J.
Hestia
1183/3
Chasseurs de mondes
1280/4
Les adieux du soleil
1354/3
Les seigneurs de l'Hydre
1420/4 Inédit
L'opéra de l'espace
1563/3 Inédit
Chanur
1475/4 Inédit
L'épopée de Chanur
2104/4 Inédit
La vengeance de Chanur
2289/4 Inédit
Le retour de Chanur
2609/7 Inédit
L'héritage de Chanur
3648/8 Inédit
La pierre de rêve
1738/3
L'œuf du coucou
2307/3
Cyteen
2935/6 & 2936/6 Inédit
Politicienne habile, Ariane Emory vise l'immortalité, l'apanage des dieux, pour mener à bien ses projets.
Volte-Face
3144/5
Forteresse des étoiles
3330/7
Temps fort
3417/7 Inédit
Les portes d'Ivrel
3631/4 FANTASY
Le puits de Shiuan
3688/5 Inédit FANTASY
Les feux d'Azeroth
3800/4 Inédit FANTASY
La porte de l'exil
3871/8 Inédit
Les chants du néant
4155/7 Inédit

COCHRAN & MURPHY
Le maître de l'éternité
3814/9 Inédit FANTASY

Science-Fiction

CURVAL Philippe
Le ressac de l'espace
595/3

DARTEVELLE Alain
Imago
3601/4

DE HAVEN Tom
Chroniques du vagabond
- D'un monde l'autre
3186/5 Inédit FANTASY
Parmi les clochards de Crane Park, Jack frappe par son étrangeté. Il prétend être venu d'un monde parallèle par une déchirure de l'atmosphère et se promène avec une guêpe qui lui obéit comme un chien...
- Le Mage de l'Apocalypse
3308/5 Inédit FANTASY

DEMUTH Michel
Les Galaxiales
693/4

DEVLIN Dean
Stargate
3870/6 Inédit

DICK Philip K.
Loterie solaire
547/2
Dr Bloodmoney
563/4
Le maître du Haut Château
567/4
En 1947, les Alliés capitulent. Hitler impose sa tyrannie à l'est des Etats-Unis, les Japonais s'emparent de l'ouest. Cependant une étrange rumeur circule : un homme vivant dans un Haut Château a écrit un livre racontant la victoire des Alliés en 1945.
A rebrousse-temps
613/3
Les clans de la lune alphane
879/3
L'homme doré
1291/3
Le dieu venu du Centaure
1379/3
Le message de Frolix 8
1708/3
Blade Runner
1768/3
Un Blade Runner, c'est un tueur chargé d'éliminer les androïdes qui s'infiltrent sur Terre...
Le temps désarticulé
4133/3
Aux États-Unis, dans les années cinquante, Ragle Gumm, qui mène une existence paisible dans une petite ville vit une expérience troublante : la réalité commence à se disloquer autour de lui...

DICK & NELSON
Les machines à illusions
1067/3

DICKSON Gordon R.
Le dragon et le georges
3208/4 Inédit FANTASY
Une histoire d'amour est-elle vraiment concevable entre une jeune fille et un effroyable dragon ?
Le Chevalier Dragon
3418/7 Inédit FANTASY
Le dragon à la frontière
3620/6 FANTASY

FARMER Philip José
Les amants étrangers
537/3
L'univers à l'envers
581/2
Des rapports étranges
712/3
La nuit de la lumière
885/3
Le soleil obscur
1257/4

FOSTER Alan Dean
Alien
1115/3
AlienS
2105/4
Alien 3
3294/4

GALOUYE Daniel F.
Simulacron 3
778/2

GIBSON William
Neuromancien
2325/4
Comte Zéro
2483/4
Mona Lisa s'éclate
2735/4
Gravé sur chrome
2940/3
Lumière virtuelle
3891/6

HABER Karen
L'héritage du mutant
3813/4 Inédit

HALDEMAN Joe
La guerre éternelle
1769/3

HAMILTON Edmond
Les rois des étoiles
432/4
Le retour aux étoiles
490/4

HARRISON Harry
Le rat en acier inox
3242/3

HEINLEIN Robert A.
Une porte sur l'été
510/3
Etoiles, garde à vous
562/4
Double étoile
589/3
Vendredi
1782/5
uLe chat passe-muraille
2248/6
Au-delà du crépuscule
2591/7 Inédit

HOUGRON Jean
Le Naguen
4005/6

Science-Fiction

HOWARD Robert E.
Au cours de ses voyages aventureux à travers l'espace et le temps, Conan, le guerrier aux yeux de saphir, découvre des mondes étranges, hantés par des démons et des sorcières.
Conan le Barbare
1449/3 *avec Sprague de Camp*
FANTASY
Conan le destructeur
1689/2 *avec R. Jordan*
FANTASY
Conan
1754/3 FANTASY
Conan le Cimmérien
1825/3 FANTASY
Conan le flibustier
1891/3 FANTASY
Conan le vagabond
1935/3 FANTASY
Conan l'aventurier
2036/3 FANTASY
Conan le guerrier
2120/3 FANTASY
Conan l'usurpateur
2224/3 FANTASY
Conan le conquérant
2468/3 FANTASY
Conan le vengeur
3289/3 FANTASY
Conan le boucanier
3378/3 FANTASY
Conan l'explorateur
3528/3 FANTASY
avec Sprague de Camp
Conan le libérateur
3577/3 FANTASY
avec Sprague de Camp
Conan l'Aquilonien
3649/3 FANTASY
avec Sprague de Camp
Conan le justicier
3710/3 FANTASY
avec Sprague de Camp
Conan le valeureux
3950/4 FANTASY
avec John Maddox Roberts
Conan et l'épée de Skelos
4007/4 FANTASY
avec Andrew J. Offut
Conan le triomphant
4222/4 FANTASY
avec Robert Jordan

JETER K. W.
Horizon vertical
2798/4 Inédit

JEURY Michel
Le jour des Voies
761/3
La croix et la lionne
2035/3

JONES Raymond F.
Renaissance
957/4

KESSEL John
Bonnes nouvelles de l'espace
3744/8 Inédit

KEYES Daniel
Des fleurs pour Algernon
427/3

KLEIN Gérard
Le rêve des forêts
2164/3
Les voiliers du soleil
2247/2

KUBE-McDOWELL M.P.
Projet Diaspora
3496/7 Inédit FANTASY
Exilé
3689/7 Inédit

LEE Tanith
Cyrion
1649/4 FANTASY
La déesse voilée
1690/4 Inédit FANTASY
La quête de la sorcière blanche
2042/4
Tuer les morts
2194/3
Terre de lierre
2469/3

LEM Stanislas
Le congrès de futurologie
1739/2
Mémoires d'Ijon Tichy
4221/3

LEOURIER Christian
Les racines de l'oubli
2405/2
La terre de promesse
3709/3
Une étrange visite dans un monde parallèle, l'Irgendwo. Mais s'agit-il d'une réalité ou d'un autre niveau virtuel créé par les rêves des Lanmeuriens ?

LETHEM Jonathan
Flingue sur fond musical
4199/4 Inédit

LEVIN Ira
Les femmes de Stepford
649/2

LIGNY Jean-Marc
Inner City
4159/4 Inédit

LOVECRAFT Howard P.
L'affaire C. D. Ward
410/2 FANTASY
Dagon
459/5 FANTASY
Night Ocean
2519/3 FANTASY
Le cauchemar d'Innsmouth
4094/2 FANTASY
Cinq nouvelles, autour d'une ville maudite : *Le cauchemar d'Innsmouth, La maison de la sorcière, Celui qui hantait les ténèbres, L'indicible* et *Le monstre sur le seuil.*
Le mythe de Cthulhu
4176/2 FANTASY
Six nouvelles formant le cycle le plus célèbre de Lovecraft : *L'appel de Cthulhu, Par-delà le mur du sommeil, La tourbière hantée, La peur qui rôde, La couleur tombée du ciel* et *Celui qui chuchotait dans les ténèbres.*
La quête onirique de Kadath l'inconnue
4256/2 FANTASY
Les montagnes hallucinées
4326/2

Science-Fiction

MacAVOY R. A.
Le troisième aigle
2835/4 Inédit
La quête de Nazhuret
3989/5 Inédit FANTASY

MacBRIDE ALLEN Roger
L'homme modulaire
3782/5 Inédit

McDONALD Ian
Necroville
4278/7 Inédit

McKILLIP Patricia A.
La Sorcière et le Cygne
3974/5 Inédit FANTASY
En pénétrant dans la petite maison noire qui s'est matérialisée devant lui, Corlen perd Tiel, sa bien-aimée. Pour la retrouver, il devra rapporter le cœur du Cygne, la constellation responsable de son malheur.
Le Cygne et l'Oiseau de Feu
4111/5 Inédit FANTASY

McMASTER BUJOLD Lois
Miles Vorkosigan
3288/5 Inédit
Cordelia Vorkosigan
3687/5 Inédit
Cordelia, officier de la force expéditionnaire Bêta, succombe au charme de son pire ennemi, Lord Aral Vorkosigan. Au terme d'une guerre acharnée, Cordelia accepta de l'épouser. De cette union, naquit Miles Vorkosigan...
Barrayar
3454/6 Inédit
L'esprit de l'anneau profane
3762/6 FANTASY
Un clone encombrant
3925/5 Inédit
La danse du miroir
4025/8 Inédit

MERRITT Abraham
Les habitants du mirage
557/3 FANTASY
Le gouffre de la lune
618/4 FANTASY
Le visage dans l'abîme
886/4 FANTASY

MILLER Robyn & Rand
Myst
4110/5 Inédit

MOORE Catherine L.
Shambleau
415/4
Jirel de Joiry
533/3 FANTASY
La nuit du jugement
700/2

MORROW James
L'arbre à rêves
2653/4
Notre mère qui êtes aux cieux
3131/5 Inédit FANTASY
En remorquant Jéhovah
3910/6 Inédit

NIVEN Larry
L'Anneau-Monde
3527/5
Les ingénieurs de l'Anneau-Monde
3893/6

NORMAN John
Les aventures de Tarl Cabot sur la planète Gor, où règne une civilisation moyenâgeuse, aux mœurs cruelles et raffinées.
Le tarnier de Gor
3168/4 FANTASY
Le banni de Gor
3229/4 FANTASY
Les prêtres-rois de Gor
3351/5 FANTASY
Les nomades de Gor
3435/5 FANTASY
Les assassins de Gor
3497/6 Inédit FANTASY
Les pirates de Gor
3548/6 FANTASY
Les chasseurs de Gor
3668/7 FANTASY
Les maraudeurs de Gor
3909/6 FANTASY
Les tribus de Gor
4026/7 FANTASY
Les esclaves de Gor
4201/6 FANTASY

PELOT Pierre
Delirium circus
773/3

PERRY Steve
Aliens - La ruche terrestre
4063/4

POGUE Charles Edward
Dragonheart
4287/4 Inédit

POHL Frederik
La Grande Porte
1691/4
Les pilotes de la Grande Porte
1814/5
Rendez-vous à la Grande Porte
2087/5 Inédit
Les Annales des Heechees
2632/5 Inédit
A travers la Grande Porte
3332/4 Inédit
Dialogue avec l'extraterrestre
4327/5 Inédit

POWERS Tim
Les voies d'Anubis
2011/5
Sur des mers plus ignorées...
2371/4
Le Palais du Déviant
2610/4
Le poids de son regard
2874/6
Poker d'âmes
3602/9
À Las Vegas, Scott Crane se livre à un jeu étrange, dont les règles s'inspirent à la fois du poker et des tarots. Mais ici, ce sont des corps et des âmes qu'il s'agit d'échanger.
Date d'expiration
4154/9 Inédit
Dans un Los Angeles halluciné, d'étranges fantômes cherchent à entraîner les humains dans les abysses.

Science-Fiction

PRATCHETT & GAIMAN
De bons présages
3892/6 FANTASY
Le Grand Livre des Gnomes
- Camionneurs
4178/2 FANTASY
Un peuple invisible de gnomes vit au bord d'une autoroute. Les ressources s'épuisant, ils montent clandestinement à bord de camions et débarquent chez Harold Frères, un grand magasin peuplé lui aussi de gnomes. Entre les deux tribus, c'est bientôt la guerre. Une satire désopilante des rapports humains.
- Les terrassiers
4179/2 FANTASY

ROBINSON KIM STANLEY
La planète sur la table
2839/4
Le géomètre aveugle
2922/4

RODDENBERRY GENE
Star Trek
1071/3
Un immense nuage vert, luminescent, fonce vers la Terre, anéantissant tout sur son passage. Seul le croiseur *Enterprise* peut l'intercepter.

SCARBOROUGH ELIZABETH ANN
Le clan des fées
4341/4 Inédit FANTASY

SHECKLEY ROBERT
Le mariage alchimique d'Alistair Crompton
4064/3
Le prix du danger
1474/3
Les erreurs de Joenes
4135/3

SILVERBERG ROBERT
L'homme dans le labyrinthe
495/4
Les ailes de la nuit
585/3
Un jeu cruel
800/3
Trips
1068/4
Le chemin de l'espace
1434/3 Inédit
Pavane au fil du temps
2631/4
Le château de Lord Valentin
2656/8
Opération Pendule
3059/3 Inédit
La saison des mutants
3021/5 (*Avec Karen Haber*)
Tom O'Bedlam
3111/5
Le XXIIe siècle a accouché d'un monde sans espoir, marqué par la terrible guerre des poussières. Tous ceux qui approchent Tom le vagabond commencent à être, à leur tour, visités par ses merveilleux rêves : le Monde vert, la planète des Neuf Soleils, la Sphère de lumière.
Lettres de l'Atlantide
3167/2
Thèbes aux cent portes
3227/4
Starborne
4109/4 Inédit
Une mission est envoyée à la recherche de planètes propres à la colonisation. A bord du vaisseau spatial, les passions humaines se déchaînent.

SIMAK CLIFFORD D.
Demain les chiens
373/3
Dans le torrent des siècles
500/4
Le pêcheur
609/4
Les épaves de Tycho
808/2
Chaîne autour du soleil
814/3
Au carrefour des étoiles
847/3
Une chasse dangereuse
903/4
Mastodonia
956/3
Escarmouche
1005/3
Les visiteurs
1194/3
Projet Vatican XVII
1367/4
La planète aux embûches
1588/3 FANTASY
Quoi de plus innocent qu'une machine à sous ? Sauf lorsqu'elle vous demande : «Que désirez-vous ?»
Au pays du Mal
1781/3 FANTASY
Le chemin de l'éternité
2432/4 Inédit
La Confrérie du Talisman
2760/4 Inédit
Chargés de remettre un parchemin à l'évêque de Wise, le chevalier Duncan et son fidèle Conrad entament un périple dangereux aux confins de l'Angleterre. Car personne n'a survécu en Terre de Désolation, ce lieu immonde, hanté par la Horde des Destructeurs.
L'empire des esprits
3926/3 FANTASY
Les fleurs pourpres
4220/5

SPIELBERG STEVEN
E.T. l'extraterrestre
1378/3
Abandonné sur la Terre, cette planète étrange et hostile à trois millions d'années-lumière de chez lui, E.T. trouve refuge auprès d'Elliott, un petit garçon avec qui il établit une complicité télépathique.
L'un des plus grands succès mondiaux du cinéma.
E.T. la planète verte
1980/3

4317

R.I.D. Composition 91400 Gometz-la-Ville
Achevé d'imprimer en Europe (Angleterre)
par Cox & Wyman à Reading
le 27 janvier 1997.
Dépôt légal janvier 1997. ISBN 2-290-04317-6
Éditions J'ai lu
84, rue de Grenelle, 75007 Paris
Diffusion France et étranger : Flammarion